Rena Monte · Die schöne Verräterin

Rena Monte

Die schöne Verräterin

Roman

Moments

Originalausgabe
Rena Monte: Die schöne Verräterin

Lektorat: Sandra Gottmann
Einbandgestaltung: agilmedien, Köln
Einbandabbildungen: Zefa
Satz & Layout: Andreas Paqué, Gleichen
Druck und Bindung: GGP Media GmbH, Pößneck
Printed in Germany
ISBN 3-937670-48-3

www.moments-verlag.de

Personenverzeichnis

Silvana, Contessina aus adeligem Luccheser Geschlecht, die unter Soldaten aufwächst und an raue Sitten gewöhnt ist

Dino Monteggiori, Silvanas Vater, jähzorniger Burgherr, der ein strenges Regiment führt

Castruccio Castracani, Herr über die Lucchesia, sieggewohnter Feldherr, klug und stets vom Glück begünstigt, Freund des deutschen Königs Ludwig der Bayer

Pina Streghi di Perotti, Gemahlin von Castruccio, den sie verehrt, aber durch unangebrachtes Mitteilungsbedürfnis in Gefahr bringt

Tiziano Bernardini, Günstling von Castruccio und Liebhaber von Silvana, die er mit den Regeln des Liebeskampfes vertraut macht

Marchesa Donata, Herrin auf Marlia, die ihre Nichte Silvana mit Hilfe der Geistlichkeit zu einem Edelfräulein erziehen möchte

Marchese von Marlia, Gemahl von Donata, der seine Nichte als blendende Reiterin und ausgezeichnete Falknerin bewundert

Roberto di Ripafratta, pisanischer Erbfeind, der Silvana erpresst und misshandelt

Marietta, ältliche Dienerin, die an Silvana die Mutterstelle vertritt und bedingungslos zu ihr hält

Stefano, ein junger Falkner, leichtlebig und ein Freund amouröser Spiele

Matteo dal Poggio, Wolf im Schafspelz, der überall seinen Vorteil sucht

Kastellan der Festung Castiglione, misstrauisch und sadistisch

Kastellanin, Frau des Kastellans, Kennerin einheimischer Heilkräuter

Notker, Burggeistlicher von Collodi, Menschenkenner, der kluge Entscheidungen trifft

Schändliche Erpressung

Um die fünfte Morgenstunde, als die Außenposten vom Steilufer des Serchio zurückkehrten, erhob sich ungewöhnlicher Lärm.

Invincibile! Lauter als sonst schrien die Soldaten ihre nächtliche Parole dem Wachthabenden zu, der vom Turm herab den Grund der Aufregung zu erkennen suchte. Die hölzernen Wehrgänge, in denen die Wachen Tag und Nacht gemessenen Schrittes patrouillierten, erzitterten vom Getrampel schwerer Männerstiefel.

Silvana griff zu ihren Reiterhosen aus grob gewebtem Tuch, die zu tragen ihr Vater sie gezwungen hatte, solange sie denken konnte. Noch niemals hatte er ihr gestattet, eines der seidenen Kleider anzulegen, die in den Schränken ihrer verstorbenen Mutter hingen. Silvana hatte nur kurz gegen dieses Verbot aufbegehrt. Denn nachdem man ihr auf Geheiß des Vaters auch noch ihre langen, gelockten Haare abgeschnitten hatte, unterschied sie sich nur unbedeutend von den jungen Soldaten, so dass sie, entgegen dem Verbot ihres Vaters, unbemerkt in dem Kastell umherstreifen konnte.

Auch jetzt gelang es ihr, ohne entdeckt zu werden, fast bis zum Burgtor vorzudringen. Sechs Soldaten waren soeben dabei, den gewaltigen Eisenriegel beiseite zu schieben, um das Tor öffnen zu können. Von ihrem Versteck aus beobachtete Silvana, wie die kleine Gruppe der Außenposten auf einer schwankenden Trage aus Weidengeflecht einen anscheinend verletzten Soldaten hereintrugen. Aus einer Wunde an der linken Schulter tropfte Blut auf die Steinfliesen des Burghofes, und beide Arme hingen leblos rechts und links an der Trage herab.

Jemand musste wohl den Burgherrn verständigt haben. Seine Stimme war nicht zu überhören, und Silvana drückte sich noch enger in die Dunkelheit der Mauernische. Conte Monteggiori ließ eine Reihe von Flüchen hören, von denen »Stronzo« noch der mildeste war. Sie wusste, was jetzt geschehen würde. Einer der nächststehenden Männer, der sich nicht schnell genug in Sicherheit bringen konnte, würde ein paar schallende Ohrfeigen empfangen. Und falls durch diese Züchtigung eines völlig Unschuldigen die Wut des jähzornigen Burgherrn noch nicht besänftigt sein sollte, würde er sogar noch seinen Degen ziehen, um mit der flachen Klinge die soeben heimgekehrten Außenposten zu traktieren.

»Was steht ihr hier herum und glotzt? Holt den Feldscher herbei, damit er das Blut zum Stillstand bringt und die Wunde säubert!«

Nur zu gern stürzten vier Soldaten davon. Einen fünften packte der Burgherr beim Kragen und schüttelte ihn so heftig, dass der Kopf des jungen Soldaten unablässig hin und her flog. Silvana glaubte sogar, ein Knacken der Halswirbel gehört zu haben. »Du bleibst hier und berichtest mir, wie es geschehen konnte, dass Matteo verwundet wurde!«

Der Junge, der sich mit erhobenen Armen zu schützen versuchte, brachte mit zitternder Stimme eine Erklärung hervor, dass sich Matteo trotz der Warnung seiner Kameraden auf pisanisches Gebiet gewagt habe. »Er hat den Kampf geradezu gesucht, um sich hervorzutun.«

Vorsichtig wagte sich Silvana noch einen Schritt näher. Sie wusste, dass Matteo unter dem besonderen Schutz ihres Vaters stand, weil der Junge dem berühmten Conte Monteggiori von einem langjährigen Waffengefährten zur Erziehung anvertraut worden war. Und sie erkannte im Gesichtsausdruck ihres Vaters nicht nur Wut, sondern auch Angst.

Anscheinend hatte man den schon betagten Feldscher aus tiefstem Schlaf geholt. Mit halb geschlossenen Augen torkelte er auf unsicheren Beinen herbei. Niemandem in der Burg war es unbekannt, dass der Alte dem Alkohol in überreichlichem Maße zusprach. Der Conte unterließ jedoch jegliche Zurechtweisung, weil der Feldscher mit seiner Kunst schon so manchem verwundeten Soldaten das Leben gerettet hatte.

Mühsam und mit einem Ächzen, das lauter klang als das leise Stöhnen des Verletzten, ließ sich der Feldscher an der Trage nieder. »Der Junge hat sehr viel Blut verloren.«

Im Schutze der Soldaten, die sich kaum zu bewegen trauten, wagte sich Silvana noch einen weiteren Schritt aus der Mauernische hervor und erkannte erst jetzt, dass ein Pfeil tief in das Schulterblatt des Jungen eingedrungen war.

Aber der Conte musste wohl eine Bewegung in seinem Rücken verspürt haben, denn er drehte sich unversehens um, entdeckte seine Tochter und näherte sich ihr mit drohend erhobener Hand. Die Soldaten öffneten den Kreis, den sie um die Trage herum gebildet hatten, so dass Silvana schutzlos dem erzürnten Vater gegenüberstand. Die Stimme des Burgherrn schwoll bedenklich an. »Was hast du hier unter den Männern zu suchen? Scher dich in deine Kammer, und bleibe dort, bis ich dich rufen lasse!«

Er hätte wohl ein mächtiges Gebrüll angestimmt, wenn nicht der Feldscher warnend einen Finger auf die Lippen gelegt und auf das bleiche Gesicht des Verwundeten gewiesen hätte. »Der Junge braucht Ruhe. Lasst ihn in mein Laboratorium schaffen und auf den hölzernen Tisch legen. Es ist keine Zeit zu verlieren. Der Pfeil muss entfernt und die Wunde ausgewaschen werden.«

Silvana hatte den Rückzug angetreten, aber anscheinend hatte der Conte Vorsorge getroffen, damit sie die Kammer ohne seine Erlaubnis nicht noch einmal verlassen konnte. Denn ein bärbeißiger Haudegen hatte vor ihrer Tür Posten bezogen und machte nicht den Eindruck, als sei er irgendwelchen Bitten zugänglich.

Drei Tage lang schob dieser Wachtposten mit seiner pockennarbigen Hand einen Blechnapf mit Brot und Milch durch einen Spalt der Kammertür. Silvana war ratlos, wie sie sich Erleichterung verschaffen könnte. Verbittert dachte sie an die wunderschönen Gobelinhandarbeiten, die sie in der Truhe ihrer verstorbenen Mutter gesehen hatte. Wenn man ihr wenigstens erlaubt hätte, einen der unvollendeten Wandbehänge fertig zu stellen!

Aber als sie ihren Vater vor einiger Zeit um diese Gunst gebeten hatte, war ein grobes Gelächter die Antwort gewesen. »Mit deinen ungepflegten Händen wirst du eine so zarte Stickerei niemals zustande bringen. Schau dich nur an! Niemand würde in dir ein adeliges Burgfräulein vermuten. Und das ist auch gut so.« Zu ihrem Entsetzen hatte er eine Gobelindecke mit dem Degen zerschnitten, auf der ein junger Lautenspieler in kunstvollem Kreuzstich abgebildet war.

Hasserfüllt erinnerte sie sich auch daran, dass der Vater ihr ebenfalls untersagt hatte, einer silbernen Flöte einige Töne zu entlocken, die, sorgsam eingewickelt in ein kostbares Tuch, auf dem Grund der Truhe lag. Sie hatte laut geweint, als der Conte in einem seiner Wutanfälle das zarte Instrument mit seinen klobigen Reiterstiefeln zertreten und die verbogenen Teile zum Fenster hinausgeworfen hatte. Wahrscheinlich hätte sie sich nur schwer beruhigen können, wenn sie sich nicht vor dem Zorn ihres Vaters gefürchtet hätte.

Um ihre traurigen Gedanken zu vertreiben, lehnte sie sich weit aus der Maueröffnung und folgte mit den Blicken dem Flusslauf des Serchio, der in weitem Bogen hinter der Hügelkette verschwand. Nicht einmal ihren Augen war es erlaubt, dem Fluss bis dahin zu folgen, wo sich die Stadt Lucca befinden sollte, von der die Soldaten flüsternd erzählten: von den Türmen und Kirchen, von dem bunten Leben in den Gassen, von der Fröhlichkeit der Menschen und natürlich auch von den Mädchen, deren Schönheit unvergleichlich sein sollte.

Zu dieser Morgenstunde warf die Sonne schon ihre ersten Strahlen auf den Fluss und verwandelte die nächtliche Flut in ein silbernes Band. Auf dem Gegenufer blitzten Lichter auf, und Silvana erkannte einen bewaffneten Reitertrupp an dem gegenüberliegenden Ufer. Etwa zehn Männer bewegten sich auf dem Damm flussaufwärts, und der vorderste Reiter trug einen Wimpel mit den Farben des pisanischen Feindes. Ein zweiter Trupp näherte sich auf einem steilen Pfad, der von dem Kastell Ripafratta abwärts führte. Während dieser Frühjahrszeit führte der Serchio ungewöhnlich viel Wasser, so dass es keine Furt gab, die eine Durchquerung erlaubt hätte.

Silvana horchte gespannt, wie ihr Vater wohl der Herausforderung der Pisaner begegnen würde. Sie glaubte zu hören, dass man im Burghof die Pferde sattelte, und sie beschloss, ihren Wächter zu überlisten, um den Wehrgang zu erreichen. Mit heftigem Ruck riss sie die Tür auf, und der junge Mann, der offensichtlich ihre Bewachung übernommen hatte, wich erschrocken zurück. Ihr gegenüber stand Matteo.

Silvana gab sich Mühe, sanft und freundlich zu sprechen. »Geht es dir wieder besser? Das würde mich freuen.« Mit diesen teilnehmenden Worten trat sie einen Schritt näher, um sich an dem Jungen vorbeizudrücken.

Aber Matteo, der an Oberarm und Schulter noch immer einen Verband trug, verwehrte ihr den Durchgang. »Es geht mir gut genug, um Euch am Weitergehen zu hindern.«

»Wie kommst du nur auf den Gedanken, ich wolle meine Kammer verlassen?« Aber entgegen dieser Versicherung machte sie zwei weitere Schritte in Richtung der Treppe, die zum Wehrgang führte. Offensichtlich wusste der Junge nicht, wie er sich verhalten sollte, und verlegte sich aufs Bitten. »Wenn du ohne Erlaubnis diesen Raum verlässt, wird man mich strafen und nicht dich.«

Silvana ließ sich auf der untersten Stufe nieder. »Werden sich unsere Soldaten auf ein Scharmützel einlassen?«

Matteo schüttelte den Kopf. »Man sagt, der junge Herr von Ripafratta sei nach Nozzano unterwegs, um sich für den nächtlichen Vorfall zu entschuldigen, eine Geldbuße zu zahlen und ein Friedensangebot zu unterbreiten.«

»Ah, wirklich?« Silvana schob sich noch eine Stufe höher. »Mein Vater glaubt doch etwa nicht diesem verlogenen Pack?« Sie erklomm noch eine Stufe und hätte den Wehrgang wohl mit einem Sprung erreichen können.

Aber sie blieb auf der Hut und erkannte rechtzeitig die Schritte ihres Vaters. Vor allem die dröhnende Stimme war nicht zu überhören. »Matteo, komm her!«

Silvana war schon wieder in ihrer Kammer, bevor der Conte die oberste Stufe erreicht hatte. Hinter der geschlossenen Tür hörte sie die beiden Männer miteinander reden. Sie wartete, bis sich ihr Vater wieder entfernt hatte, und lugte durch einen Spalt nach draußen. »Was hattet ihr miteinander zu flüstern?«

Matteo brüstete sich mit seiner Antwort. »Der Capitano wird morgen Roberto di Ripafratta empfangen. Er wünscht, dass ich an der Verhandlung teilnehme und meine Verwundung mehr als deutlich zur Schau trage, um eine entsprechend hohe Geldbuße verlangen zu können.«

Silvana schürzte verächtlich die Lippen. »Das sieht ihm ähnlich.« Ihre Gedanken nahmen eine andere Richtung. »Und wen wird man zu meiner Bewachung abstellen? Doch nicht etwa wieder dieses pockennarbige Scheusal?«

Anscheinend durchschaute Matteo nicht die listige Fragestellung, und er berichtete arglos, dass kein Wachtposten zur Verfügung stünde, weil alle Männer im Burghof und am Steilufer Aufstellung nehmen müssten, um einen eventuellen Angriff der Pisaner abzuwehren.

Am nächsten Tag zeigte sich aber, dass der pisanische Erbfeind nur mit einer kleinen Eskorte vor dem Burgtor von Nozzano erschien und Einlass begehrte. Das schwere Tor wurde einen Spalt breit geöffnet, um die Männer einzeln eintreten zu lassen. Ein junger lucchesischer Reiter, der seine Lanze stoßbereit gesenkt hielt, gebot den Ankömmlingen, ihre Waffen niederzulegen.

Silvana war es gelungen, einen abgelegenen Hof aufzusuchen, der mit ungeschnittenem Gras und wilden Sträuchern eher einer Steppe als einem Garten glich. Der Koch hatte ihr einmal anvertraut, dass die Contessa Luisa vor ihrem bedauernswerten Unfall dieses Stückchen Erde in ein wahres Blumenmeer verwandelt hätte, dass aber der Conte, nachdem die Contessa nicht von ihrem Abendspaziergang zurückgekehrt und wahrscheinlich vom Steilufer in den Serchio gestürzt sei, bei strenger Strafe verboten hatte, jemals dort wieder Blumen anzupflanzen.

Durch eine Öffnung in der dichten Hecke hatte Silvana die Ankunft der feindlichen Eskorte beobachten können. Sie verfolgte noch, wie ein Offizier den jungen Herrn von Ripafratta am Eingang zum Burgsaal in Empfang nahm und hinter ihm die Tür fest verschloss.

Die Verhandlung wurde mit erregten Stimmen so laut geführt, dass einige Wortfetzen in ihrem Versteck zu hören waren. »Grenzüberschreitung ... Spionage ... Mordabsichten ... schwere Verwundung ... lebenslängliche Behinderung.« Anscheinend konnte man sich nicht einigen, und Silvana beschloss, um sich die Zeit zu vertreiben, den kleinen Garten näher in Augenschein zu nehmen. In der hintersten Ecke an der verfallenen Mauer entdeckte sie einen blühenden Pomeranzenbaum. Von dem ungewohnten Anblick überwältigt, blieb sie einige Minuten still vor dem Blütenwunder stehen, schwang sich schließlich auf den untersten Zweig und ließ die Beine baumeln. Sie fühlte sich sehr glücklich. Über ihr im Wipfel stritten sich zwei Vögel um den Erstbezug eines Nestes. Gespannt verfolgte Silvana den Kampf, der mit durchdringendem Zirpen und Schnabelhieben ausgefochten wurde. Sie schloss für sich eine Wette ab, wer denn wohl den Sieg davontrüge, und wünschte dem leuchtend gelb gefiederten Vogel den Erfolg. Niemand hatte ihr die Namen der Vögel beigebracht, denn von ihrer schmalen Fensteröffnung aus sah sie allenfalls einige Fischreiher, die kaum vom tief hängenden Geäst der Bäume zu unterscheiden waren, wenn sie bewegungslos am Ufer des Serchio verharrten, um dort unter den Fischen ihre Beute zu suchen.

»Gefällt dir der Gobbolo?« Sie erschrak, als eine raue Stimme ertönte und jemand sie an den Waden herabzuziehen versuchte. »Wenn man mich nicht gezwungen hätte, die Waffen abzulegen, könnte ich dir den Vogel mit einem Pfeilschuss herunterholen.«

Silvana sah einen stämmigen Mann, dessen eng beieinander liegende Augenbrauen ihm ein finsteres Aussehen verliehen, das auch durch ein Lächeln nicht wettgemacht wurde. Sie war sich nicht sicher, ob es sich bei dieser Begegnung um Roberto di Ripafratta handelte, den sie nur von weitem gesehen hatte. Sollte sie dagegen von einem Soldaten ihres Vaters entdeckt worden sein, könnte das schlimme Folgen für sie haben. Denn alle Männer waren ihrem Vater treu ergeben und würden sich nicht scheuen, dem Capitano von ihrem Ungehorsam Meldung zu erstatten.

»Wer seid Ihr, und wie kommt Ihr in diesen Garten?«

Sie erhielt keine Antwort, sondern eine Gegenfrage. »Und wer bist du, Bursche, der hier im ehemaligen Garten der Contessa von Nozzano auf den Bäumen herumklettert, um die Paarung der Vögel zu beobachten?«

Silvana hob den Kopf und schaute ihrem Gegenüber starr in die Augen. »Ihr solltet Eure Worte zügeln. Denn ich bin als Tochter des Conte Monteggiori in der Burg von Nozzano heimisch und kann mich aufhalten, wo es mir beliebt.«

Das stimmte nicht, und sie schaute ängstlich zur Pforte, ob dort ihr Vater oder einer seiner Vertrauten auftauchen würde. Der Fremde deutete eine Verbeugung an, die ihr spöttisch erschien. »Ich bin der Herr des Kastells Ripafratta, und es freut mich, die Tochter der Contessa Luisa kennen zu lernen, die Euch allerdings, verzeiht mir die Bemerkung, an Schönheit bei weitem übertraf.«

Silvana entging nicht sein abschätziger Blick, mit dem er ihren Aufzug betrachtete. Sie fuhr sich mit allen zehn Fingern durch ihr struppiges Haar und schämte sich. Mit einer plötzlichen Wendung versuchte sie, der Nähe des Pisaners zu entkommen, aber Roberto di Ripafratta hielt sie mit einem groben Griff zurück.

»Warum wollt Ihr nicht ein wenig mit mir plaudern und mir die Zeit vertreiben? Man hat mich in diesen Garten verbannt, bis der Conte Monteggiori geruht, mich das Ergebnis der Besprechung wissen zu lassen. Nun aber hat mich ein glücklicher Zufall zu meinem eigentlichen Anliegen geführt, der Bekanntschaft mit Euch. Ich fürchtete schon, ich müsse mit immer neuen Ausreden und Vorschlägen hierher zurückkehren.«

Silvana war nahe daran, einen der Befreiungsschläge anzuwenden, die sie den Männern abgeschaut hatte. »Welch einen Unsinn redet Ihr da! Warum sollte es Euer Wunsch gewesen sein, mich kennen zu lernen?«

Der Pisaner verstärkte seinen Griff. »Ich könnte Euch mit einer sehr spannenden Geschichte unterhalten. Oder seid Ihr gar nicht neugierig, etwas über Eure Mutter zu erfahren?«

Silvana verschränkte ihre Hände ineinander und schwieg. Noch niemals hatte jemand mit ihr über die Contessa Luisa gesprochen, an die sie keine Erinnerung hatte und die eines Tages nicht mehr von ihrem Abendspaziergang zurückgekehrt war. Hartnäckig hielt sich das Gerücht, sie sei vom Steilufer des Serchio, der damals Hochwasser führte, in den Fluss gefallen und ertrunken, während der Conte fest davon überzeugt war, sie sei einem Meuchelmord des pisanischen Erbfeindes zum Opfer gefallen.

Roberto di Ripafratta stellte sich breitbeinig vor Silvana hin. »Hat man dir etwa erzählt, deine Mutter sei tot? Wie hässlich von deinem Vater, ein kleines Mädchen auf so infame Weise zu belügen!«

Silvana spürte, wie sie von einer Erregung gepackt wurde, die ihr fremd war. Sie presste ihren Rücken fest gegen den Stamm des Pomeranzenbaumes, um Haltung zu bewahren. »Ihr seid es, der mich belügen will! Wo sollte meine Mutter denn sein, wenn nicht in dieser Burg?«

Der Pisaner stieß ein hässliches Gelächter aus. »Da gibt es eine unterhaltsame Geschichte, die ich dir erzählen werde.« Er betonte das Wort »unterhaltsam« mit einem Grinsen, das Silvana nicht nur am Unterhaltungswert dieser Geschichte zweifeln ließ, sondern auch unbestimmbare Ängste in ihr erweckte.

»Hast du schon einmal von jenen Musikanten gehört, die man Minnesänger nennt? Ah, du schüttelst den Kopf. Wohlgestalte Jünglinge ziehen mit ihrer Laute von Burg zu Burg und besingen Schönheit und edle Gesinnung der Frauen. Mit ihren sanften Stimmen haben sie schon so manches Edelfräulein betört, zuweilen aber auch verehelichte Burgdamen.«

Silvana schwieg noch immer, aber sie begann zu ahnen, wie sich diese Geschichte weiterentwickeln würde.

»Nun, der Minnesänger, der Nozzano aufsuchte, war ein wunderschöner Knabe mit einer Stimme, die nicht einmal im Himmel unter den Engeln zu finden wäre. Was soll ich dir sagen? Als dein Vater gezwungen war, sich an einem Kriegszug gegen die Florentiner zu beteiligen, verschwand deine Mutter auf Nimmerwiedersehen mit diesem Musikanten.«

Silvana fühlte, wie ihre Finger, Arme und Beine nacheinander abstarben, als ob alles Blut aus ihren Adern entwichen wäre. Sie zitterte wie in den kalten Wintertagen, wenn der Ostwind durch die Gänge der Burg pfiff. »Ihr lügt!«

»Ach, meinst du? Es ist kaum einen Monat her, als ich deine Mutter auf einem Jahrmarkt sah. Sie glich allerdings eher einer alten Vettel als einer Contessa, deren Schönheit damals in aller Munde war. Der junge Minnesänger war ihrer bald überdrüssig geworden und stahl sich eines Nachts davon, nachdem er noch einmal sein Vergnügen an ihr gehabt hatte. Nun lebt sie als ehrlose Dirne unter fahrendem Volk und muss froh sein, wenn sie für ihre unwürdigen Liebesdienste einige Kupfermünzen und keinen Fußtritt erhält.«

Silvana fürchtete, dass sie sich erbrechen müsse, aber der Pisaner schien ihren Zustand nicht zu bemerken. »Der eingebildete und hochfahrende Conte Monteggiori wird nicht sehr erfreut sein, wenn ich mein Jahrmarktserlebnis bei allen lucchesischen Edelleuten zu Gehör bringe. Du könntest aber dazu beitragen, dass diese böse Geschichte unter uns bleibt.«

Silvana hatte sich gefasst. »Was verlangt Ihr? Etwa das, womit meine Mutter solchen Männern wie Euch zu Diensten steht?« Sie hatte schon so manches Gespräch der Soldaten belauscht und gehört, mit welchen Mitteln Mädchen gezwungen wurden, die sich gegenüber den Wünschen der Männer allzu halsstarrig zeigten.

Roberto di Ripafratta verzog sein Gesicht zu einer Fratze. »Aber nein! So etwas würde ich von einem unbescholtenen Burgfräulein niemals verlangen. Außerdem halten sich Eure Reize in Grenzen.« Er zog sie so nahe zu sich heran, dass Silvana entgegen seiner beleidigenden Worte seine männliche Gier spürte. Aber ebenso plötzlich stieß er sie wieder von sich. »Da du dich, wie du behauptest, als Tochter des Kommandanten frei in der Burg bewegen darfst, verlange ich für mein Stillschweigen, dass du mir alle Ein-, Aus- und Wehrgänge genau aufzeichnest. Und da du unter den Soldaten lebst, weißt du sicher auch über die Stärke der Besatzung Bescheid. Aber wehe dir, wenn du mich betrügst!«

Silvana brauchte mehrere Minuten, bevor sie die Ungeheuerlichkeit dieser Forderung begriff: Sie sollte zur Verräterin werden! Als ihre Fassungslosigkeit wich, kam ihr eine anscheinend rettende Idee. »Ich brauche einen Beweis, dass Ihr mich nicht belügt!«

Der Pisaner nickte herablassend mit dem Kopf. »Aber gern, mein Täubchen!« Er griff in seine Tasche und zog einen Wappenring hervor, der mit dem lucchesischen Emblem, dem Panther, aus Lapislazuli geschmückt war.

Erleichtert betrachtete Silvana dieses so genannte Beweisstück. »So einen Ring trägt doch jeder, der aus lucchesischem Geschlecht stammt.«

Roberto di Ripafratta sah sie fast bewundernd an. »Du bist gar nicht so dumm, mein Täubchen! Aber da gibt es noch einen anderen Beweis, den ich dir gern erspart hätte.«

Was mochte er noch zurückgehalten haben? Silvana starrte auf die groben Fäuste, die jetzt in der Hosentasche etwas umklammert hielten und nur zögernd zum Vorschein brachten. Auf der ausgebreiteten Handfläche bot er ihren Blicken einen goldenen Ohrring dar, der mit einem auffälligen Rubin geschmückt war. Silvana griff nach dem Schmuckstück. Zu ihrem Erstaunen überließ ihr der Pisaner dieses angebliche Beweisstück. »Woher habt Ihr diesen Ohrring?«

Roberto di Ripafratta lachte. Es klang höhnisch. »Du kennst mich nicht. Aber ich verstehe mich gut darauf, alle Mädchen und Frauen so in Erregung zu versetzen, dass sie sich wie im Paradies wähnen und die Wirklichkeit um sich herum nicht mehr wahrnehmen. Es war mir während einer sehr vergnüglichen Stunde ein Leichtes, deiner Mutter beide Ohrringe abzunehmen.«

Silvana fühlte sich, als ob sie aus einem dunklen Tunnel in grelles Tageslicht gestoßen worden sei. Sie sann auf Rettung aus dieser verzweifelten Situation. »Solche Ohrringe könntet Ihr, die Ihr ein widerwärtiges Scheusal seid, einer adeligen Dame gestohlen haben.«

Diesen Einwand tat der Pisaner mit einer Handbewegung ab. »Lass dich von deinem Vater in den Ahnensaal führen. Dort wirst du viele Gemälde vorfinden, die von den berühmtesten der toskanischen Künstler angefertigt wurden. Sie wetteiferten geradezu miteinander, wer von ihnen diese Schönheit malen durfte. Auf jedem dieser Bilder wirst du nicht nur den Wappenring, sondern auch die Ohrringe erkennen, die sie niemals abgelegt hat. Übrigens war sie eine der besten Dirnen, denen ich jemals in die Ohrläppchen biss.«

Silvana verlor ihre Fassung. Sie spuckte dem Mann ins Gesicht, holte aus und gab ihm eine Ohrfeige, wie sie es zu tun pflegte, wenn ihr einer der Soldaten zu nahe trat. »Ihr seid abscheulich!«

Der Pisaner verhielt sich jedoch in keiner Weise so, wie die eingeschüchterten Untergebenen des Capitano. Er packte sie und grub seine Zähne in ihren Nacken. Silvana schrie laut auf.

Mit aller Kraft, die für ein junges Mädchen beträchtlich war, versuchte sie sich aus der Umklammerung zu lösen. Aber je mehr sie sich wehrte, umso kräftiger drückte Roberto di Ripafratta sie an sich, vergrub seine Lippen in ihrem Haar und fuhr mit seiner rechten Hand in den Hosenbund ihrer Reiterhose.

»Sil-va-na!« Ein lang gezogener Schrei ertönte von der Pforte zum Burgsaal. Im Kreise seiner Vertrauten stand dort der Conte mit zornrotem Gesicht, während seine Offiziere vor Schreck und Empörung erbleicht waren. Einer der jüngsten eilte herbei und streckte den Pisaner mit einem Faustschlag nieder, während Silvana entfloh. Ihr war bewusst, dass der Conte und seine Männer diese Situation missdeuten würden, und sie fürchtete sich vor den Folgen, denen sie jetzt ausgesetzt war. Das betraf nicht nur die schreckliche Geschichte des Pisaners, die sie in eine ausweglose Lage geführt hatte, sondern auch die Angst vor einer schweren Strafe.

Ein einziges Mal hatte ihr Vater einem Unteroffizier, der die Prügelstrafe an unbotmäßigen Soldaten vollstrecken musste, unbeugsam befohlen, er solle seine Tochter mit Ruten schlagen. Dabei hatte es mehrerer ernsthafter Wiederholungen des Befehls bedurft, ehe der Unteroffizier dieser Anordnung nachgekommen war. Der Mann hatte jedoch Milde walten lassen und die Ruten nur sanft geschwungen. Trotzdem hatte sie laut geweint, weniger aus Schmerz als wegen der Demütigung, vor allem deswegen, weil sie sich keiner Schandtat bewusst war. Sie hatte sich nur mit einem alten Kleid ihrer Mutter als Prinzessin verkleidet, wie das kleine Mädchen gerne zu tun pflegten. Wenn diese Kleinigkeit schon mit einer Prügelstrafe geahndet worden war, wie schwer musste jetzt die Bestrafung ausfallen, da man sie verdächtigte, mit dem pisanischen Erbfeind ein Liebesverhältnis eingegangen zu sein. Sie fürchtete sich sehr und horchte angstvoll auf die Schritte ihres Vaters.

Zwei Tage dauerte die Ungewissheit, welche Strafe der Conte über seine ungehorsame Tochter verhängen würde. Niemand sprach mit ihr, und keine Hand reichte ihr eine, wenn auch noch so dürftige, Mahlzeit durch den Türspalt. Damals, als sie die Züchtigung mit der Rute erdulden musste, hatte sie zum letzten Mal geweint. Auch jetzt verspürte sie keine Tränen, sondern saß mit angezogenen Beinen auf ihrem Lager und starrte mit trockenen Augen vor sich hin.

Als sie endlich die schweren Schritte des Conte hörte, empfand sie das als Erleichterung. Sie wagte nicht, ihrem Vater ins Gesicht zu schauen, und sah erst erstaunt auf, als der gefürchtete Burgherr mit verhaltener Stimme zu sprechen begann. Er hatte die Arme über der Brust gekreuzt, als ob er sich davor schützen müsse, seine Tochter zu berühren, sei es nun mit Schlägen oder mit einer Liebkosung. »In all diesen Jahren habe ich versucht, dir ein guter Vater zu sein.«

Hier konnte Silvana ein freches Lachen nicht unterdrücken, und sie beobachtete, wie dem Conte die Hand zuckte, als wolle er eine Ohrfeige austeilen. Aber er hatte sich anscheinend in der Gewalt und fuhr ruhig fort. »Das verstehst du nicht. Ich wollte dich vor allen Verlockungen bewahren, denen ein mutterloses Mädchen ausgesetzt ist, das gezwungen ist, unter lauter Männern zu leben. Nicht nur darum habe ich es abgelehnt, dass du als begehrenswertes Weibchen heranwächst. Vor allem aber war es mir wichtig, dass du nicht den Verführungskünsten eines Pisaners erliegen würdest. Deshalb habe ich dir stets verboten, Streifzüge in die nähere Umgebung zu unternehmen, wobei du vielleicht unversehens auf pisanisches Gebiet geraten wärest. Was diese ehrlosen Männer mit der Tochter eines Feindes gemacht hätten, möchte ich dir nicht näher erläutern. Ich habe aber eingesehen, dass ich mit meinen Erziehungsgrundsätzen gescheitert bin. Wie es dir gelungen ist, mit Roberto di Ripafratta ein Liebesverhältnis einzugehen, möchte ich gar nicht wissen.«

Silvana schwieg beharrlich. Ihr erschienen Erklärungen nutzlos. Der Conte löste seine Arme aus der Verschränkung und trat einen Schritt auf sie zu, um nach den nun folgenden Worten einem lautstarken Protest schnell ein Ende bereiten zu können.

»Ich habe daher beschlossen, dich in ein Kloster zu schicken. Die Nonnen sind vielleicht eher befähigt, deine weitere Erziehung zu übernehmen und dich in weiblichen Handfertigkeiten zu unterweisen. Morgen wird meine Schwester, die Marchesa Donata, hier eintreffen und dich auf mein Geheiß den Klarissinnen in Lucca übergeben.«

Der erwartete Tränenstrom blieb aus. Silvana, die es gewohnt war, sich stets unumgänglichen Gegebenheiten anzupassen, nickte folgsam. Denn was konnte schlimmer sein, als hier fast wie eine Gefangene zu leben und der Willkür eines jähzornigen Vaters ausgeliefert zu sein? Und was konnte es Besseres geben, als in einem Kloster den Nachstellungen des Pisaners zu entgehen? Er würde wohl kaum wagen, in einen Konvent einzudringen, um sie dort zu belästigen.

Aber noch beschwerte sie eine ungeklärte Frage. »Würdet Ihr mir gestatten, bevor ich die Burg verlassen muss, ein einziges Mal die Gemälde anzuschauen, auf denen meine Mutter abgebildet ist?«

Der Conte runzelte die Stirn, schien aber doch erleichtert zu sein, dass dieses der einzige Wunsch seiner Tochter war. Er nahm sie sogar bei der Hand, zog sie von ihrem Lager hoch und führte sie durch die weitläufigen Gänge der Burg bis zu einem abgelegenen Raum, an dessen gobelingeschmückten Wänden nichts anderes hing als vier lebensgroße Gemälde einer Schönheit, die in kostbare Gewänder gekleidet war. Voller Bewunderung verharrte Silvana vor diesen Bildern. Sie hatte sogleich den blauen Wappenring aus Lapislazuli erkannt, und auf einem der Gemälde war der kostbare Ohrschmuck so deutlich abgebildet, als sei er wichtiger als die Dame, die ihn trug.

Silvana krampfte ihre Hände um den Ohrring, den sie in ihrer Tasche trug, und war nahe daran, ihn hervorzuziehen und sich dem Vater anzuvertrauen. Aber um sich zu bezähmen, wies sie auf einen kleinen Hund, der auf allen Bildern ihrer

Mutter zu Füßen lag. »Und wo ist dieses Hündchen geblieben? Ist es auch ertrunken?« Sie drehte sich zu ihrem Vater um und sah in ein wutverzerrtes Gesicht.

»Ich wollte diesen Hund nicht mehr sehen und habe ihn umbringen lassen.«

Silvana ergriff ein Gefühl, als hätte jemand hundert Fackeln angezündet, um mit grellem Licht diesen Raum nicht nur zu beleuchten, so dass die Person auf den Gemälden kalt und starr wirkte, sondern auch um einen Brand zu legen, der all dies vernichten und auch vor ihr und ihrem Vater nicht Halt machen würde.

Er kennt die Wahrheit und verbreitet die Mär von einem Unfall, wenn nicht gar von einem Meuchelmord, um sich selbst, seine Tochter und die Ehre der Familie vor dem Spott und der Verachtung der lucchesischen Gesellschaft zu schützen. Ich muss ihm seine Härte verzeihen und alles tun, um die Fassade aufrechtzuerhalten. Silvana empfand ein bisher nicht gekanntes Mitleid mit diesem Mann, der in seinem Stolz getroffen war, vor allem aber mit dem Schicksal ihrer unglücklichen Mutter. Sie griff nach seiner Hand, die er ihr sofort entzog.

»Bereite dich auf deine Abreise vor! Du wirst nicht viel mitnehmen müssen. Man wird dich in dem Kloster einkleiden.« Er verzichtete darauf, sie in ihre Kammer zurückzubegleiten.

Diesmal musste sie nur einen einzigen Tag warten, der ihr jedoch endlos erschien. Von ihrer Fensterluke aus beobachtete sie den Serchio und das gegenüberliegende Kastell Ripafratta. Niemand zeigte sich auf dem steilen Weg, der vom Kastell aus abwärts führte, und es schien, als ob es dort keine Menschen gäbe. Nur einige dunkle Vögel umkreisten die Fahne, die schlaff herabhing.

Endlich, nach einer Nacht, in der sie kaum geschlafen hatte, ertönte Hufgetrappel vor dem Burgtor. Silvana beobachtete, wie zwei Reiter, die eine prunkvolle Kutsche als schützende Eskorte begleiteten, von ihren Pferden sprangen. Die üblichen Rufe nach der Losung ertönten, und das Tor wurde geöffnet. Dann geschah mehrere Stunden nichts. Schließlich hörte sie erleichtert die Schritte eines Soldaten, der bei ihr um Einlass bat. Es war Matteo, den man mit der Aufgabe betraut hatte, die Tochter des Capitano in den Burgsaal zu führen. Seine Miene drückte Verachtung aus. Anscheinend hatte es sich schon herumgesprochen, dass der Capitano seine Tochter, nach dem empörenden Vorfall im Garten, hinter Klostermauern einsperren werde. Schweigend ging Matteo voran.

Silvana kannte kein Herzklopfen, und es war ihr gleichgültig, wie sich Marchesa Donata ihr gegenüber verhalten würde. Sie hatte erwartet, einer knöchernen alten Tante in schwarzer Kleidung gegenüberzustehen. Aber stattdessen fand sie eine Dame vor, die ihrer Mutter an Schönheit in nichts nachstand und eine Anmut zur Schau trug, die Silvana noch niemals gesehen hatte.

Als Silvana eintrat, sprang sie wie ein junges Mädchen aus ihrem Lehnstuhl hoch. »Um Gottes und des Himmels willen! Was hast du aus diesem Mädchen gemacht?« Sie schlug beide Hände vor ihr Gesicht.

Silvana blieb kerzengerade stehen, wie sie es bei den Soldaten gesehen hatte, wenn höhere Offiziere zu begrüßen waren. Marchesa Donata ließ die Hand wieder sinken, die sie dem Mädchen zum Handkuss gereicht hatte. Fassungslos betrachtete sie ihre Nichte, die derbe Männerkleidung und das struppige Haar. Sie wandte sich an ihren Bruder. »Ich möchte mit dir alleine sprechen.«

Der Conte verzog missbilligend sein Gesicht. »Was soll das? Es ist alles geregelt.«

Aber die Marchesa war es anscheinend gewohnt, dass man ihren Wünschen gehorchte. »Geh in deine Kammer, mein

Kind, und bereite dich auf die Abreise vor! Wir werden noch heute aufbrechen.«

Mein Kind, mein Kind! Silvana empfand diese Bezeichnung als lächerlich.

Draußen wartete niemand auf sie, und darum dachte sie gar nicht daran, den Worten der Tante zu folgen, sondern blieb vor der Tür stehen. Es erwies sich als unnötig, die Ohren gegen die hölzerne Türfüllung zu pressen, denn drinnen erhoben sich erregte Stimmen.

»Schämst du dich nicht, dieses Mädchen in so erbarmungswürdigem Zustand aufwachsen zu lassen? Ich hätte nie geglaubt, dass mein Bruder seiner einzigen Tochter gegenüber solcher Hartherzigkeit fähig wäre.«

Der Conte blieb scheinbar gelassen. »Es war die einzige Möglichkeit, Silvana vor den Verführungskünsten der Männer zu schützen. Sie hat offensichtlich das leichte Blut ihrer Mutter geerbt. Irgendwie hat sie es geschafft, mit dem Pisaner Roberto di Ripafratta ein Liebesverhältnis einzugehen.«

Silvana vernahm schnelle Schritte, die näher kamen und sich wieder entfernten. Die Marchesa wanderte wohl erregt in dem Saal hin und her. »Du hast dir ja sehr rasch ein Urteil über deine Tochter gebildet. Das Mädchen macht in keiner Weise einen verderbten Eindruck.«

Jetzt stimmte ihr Vater sein wohl bekanntes Gebrüll an. »Und wie erklärst du es dir, dass die Hand dieses vermaledeiten Pisaners bis tief nach unten in den Hosenbund meiner Tochter gelangt war?«

Einen Atemzug lang herrschte Schweigen. Ein Sessel wurde gerückt. Anscheinend hatte sich die Marchesa wieder hingesetzt und schien nachzudenken. Als sie sprach, klang ihre Stimme sanft. »Ich halte dies alles für ein Missverständnis und bin nicht bereit, dieses armselige Geschöpf den Klarissinnen zu übergeben, bei denen jede Übertretung des Schweigegebotes hart bestraft wird. Stattdessen mache ich dir einen anderen Vorschlag: Ich nehme meine Nichte mit mir nach Lucca und werde die Erziehung übernehmen, und zwar mit Geduld und

Milde. Sollte Silvana wirklich mein Vertrauen täuschen, könnte ich sie immer noch den Nonnen und deren harter Hand überantworten. Aber ich bin sicher, dass sich dieses arme zerrupfte Geschöpf sehr bald zu einem adeligen Fräulein entwickeln wird.«

Der Conte lachte bitter. »Wenn du unbedingt diese unlösbare Aufgabe übernehmen willst, so mag ich dich nicht davon abhalten. In einer Stunde könnt ihr abfahren. Bis dahin werde ich einen Reitertrupp zusammengestellt haben, der euch bis zum Schloss Marlia begleiten wird. Natürlich werde ich meiner Tochter einen ehrenvollen Abschied bereiten. Sie ist schließlich ein Spross aus dem Geschlecht der Monteggiori, wenn auch ein unwürdiger.«

Silvana blieb keine Zeit, die neue Situation zu überdenken. Die Marchesa erschien in ihrer Kammer und gebot ihr, alle männlichen Kleidungsstücke in der Burg Nozzano zu hinterlassen, denn der Schneider der Villa Marlia werde ihr standesgemäße Kleidung anfertigen. »Das wird dir besser stehen als eine Nonnentracht.«

Silvana überwand sich, den Arm ihrer Tante anzunehmen, und ließ sich ungewöhnlich fügsam die Treppe hinunter zum Burghof führen. Dort war die gesamte Besatzung in ihrer Paradeuniform im Viereck angetreten. Die Kutsche in den lucchesischen Farben erwartete sie mit geöffneten Türen, und ein Diener der Marchesa half den Damen beim Einstieg, wobei er sich allerdings nicht einen verächtlichen Blick auf die verwahrloste Begleiterin seiner Herrin versagen konnte. Als Marchesa Donata und ihre Nichte auf den Polstern des geschlossenen Gefährtes Platz genommen hatten, erscholl Trompetenklang, der von den Mauern der Burg als vielfaches Echo zurückgeworfen wurde. Mit gezogenem Säbel stand der Conte vor seiner Truppe und senkte die Spitze zum Zeichen der Ehrerbietung. Diese letzte Zuwendung ihres Vaters reizte Silvana zum Lachen, denn es hatte nie sehr viel gefehlt, um mit der flachen Klinge Bekanntschaft zu machen. Die sechs Pferde, die das leichte Gefährt mühelos zogen, setzten sich auf einen Zuruf des Kutschers in Trab und verließen das Kastell Nozzano. Silvana warf nicht einen einzigen Blick zurück.

Schwierige Eingewöhnung

Verwirrt schloss Silvana die Augen, denn ihre Sinne vermochten nicht, die schnelle Abfolge der Bilder zu erfassen. Da war der Fluss, der mit ungeahnten Windungen immer neue Ufer erschloss, die dicht belaubten Olivenbäume, deren Blätter von dunklem zu hellem Grün wechselten, wenn die Sonne unversehens durch das Geäst brach, die sanften Hügel mit den Rebstöcken und die gelb blühenden Ginsterbüsche, die hügelan zu wandern schienen, um mit dem Blau des Himmels zu wetteifern.

Sie spürte, wie die Marchesa nach ihrer Hand griff. Silvana hatte sich fest vorgenommen, jede Zärtlichkeit zurückzuweisen. Aber die zarte Berührung erweckte in ihr eine schemenhafte Erinnerung an etwas, das weit zurücklag.

Sie saß auf dem Schoß einer Frau, die wohl ihre Mutter gewesen sein musste. Deutlich konnte sie sich noch an ein Gefühl der Geborgenheit erinnern, und jetzt, hier in dieser Kutsche, vermeinte sie sogar die süßen Düfte einzuatmen, die den seidenen Kleidern anhafteten. Plötzlich wusste sie genau, dass sie alle diese Bilder, mit denen die vorbeifliegende Landschaft sie erregte, schon einmal gesehen hatte. Da war ein Buch, das die Mutter in Händen hielt und langsam Seite für Seite umblätterte, auf die Bäume und Sträucher, den Fluss und den Himmel wies und mit leiser Stimme von all den Herrlichkeiten der Natur erzählte. Warum nur sollte sie sich jetzt vor den Schönheiten der toskanischen Landschaft ängstigen?

Sie öffnete die Augen und sah, dass ihre Tante lächelte, als ob sie soeben an dieser Erinnerung teilgenommen hätte.

»Dort hinten links taucht die Fassade von San Michele auf. Du wirst aber nur den heiligen Michael auf der Spitze dieser

Kirche sehen können, weil wir die Stadt umrunden, um Marlia zu erreichen.«

Der Zauber war verflogen. Silvana drückte ihr Rückgrat durch, entzog der Tante ihre Hand und setzte sich starr auf die vorderste Kante des Sitzes. Viel mehr als dieser Heilige hätten sie die Gassen der Stadt interessiert, in denen die Soldaten angeblich allerlei Abenteuer erlebt hatten, von denen sie unter lautem Gelächter zu berichten pflegten. Einmal war sie Zeuge gewesen, wie die älteren einen jungen Kameraden in ihre Mitte genommen hatten, um ihn sich mit derben Griffen und spöttischen Zurufen gegenseitig zuzuwerfen, als sei er ein Ball. Er solle doch zu Giulietta in die Via del Fosso gehen. Die würde es ihm schon zeigen.

Silvana hatte Mitleid mit dem Jungen gehabt, eine Regung, die ihr für gewöhnlich fremd war. Aber sie hatte bemerkt, dass diese grobe Misshandlung den jungen Burschen fast zum Weinen gebracht hätte. Und während die Kutsche sich immer weiter von der Stadt entfernte, beschloss sie, möglichst bald der Aufsicht der Tante zu entkommen, um das Geheimnis der Via del Fosso zu ergründen.

Sie hatte, da Marchesa Donata doch eine Schwester ihres Vaters war, ein ähnlich düsteres Gemäuer erwartet wie das Kastell Nozzano. Was konnte man von dieser Familie denn schon anderes erwarten? Als die Kutsche jedoch in eine breite Kastanienallee einbog und vor einem Gittertor Halt machte, das mit goldenen Spitzen bewehrt war, erkannte sie am Ende der Zufahrt ein weißes, prunkvolles Gebäude. Marmorstatuen schmückten die Fassade, und das Portal stand zum Empfang der Herrin weit geöffnet. Anscheinend gab es keine Soldaten, die jedem Eindringling barsch den Zugang verwehrten. Zwei Diener öffneten bereitwillig das eiserne Tor und verbeugten sich vor den Ankömmlingen. Silvana entdeckte sogleich, dass die Knöpfe der Livree nicht ordnungsgemäß geschlossen waren, und sie dachte an ihren Vater, der diesen unordentlichen Bediensteten mit Sicherheit ein paar deftige Ohrfeigen verabreicht hätte. Aber Marchesa Donata lächelte, was Silvana mit Verachtung zur Kenntnis nahm. Eine gewaltige Disziplinlosigkeit musste in diesem Schloss herrschen.

Das Gefährt umrundete einen kleinen See, dessen Wasser unter herabhängenden Zweigen dunkelgrün schillerte. Ein weißes Tier mit anmutig gebogenem Hals, das Silvana noch niemals gesehen hatte, näherte sich dem Ufer, und beinahe hätte sie ihre Tante gefragt, was dies für ein seltsamer Wasservogel sei. Aber da sie fest entschlossen war, jedes Gespräch abzulehnen, presste sie ihre Lippen fest aufeinander.

Mehrere Bedienstete hatten vor dem Portal Aufstellung genommen, um den Ankömmlingen beim Aussteigen behilflich zu sein und das Reisegepäck in Empfang zu nehmen. Silvana schob brüsk eine helfende Hand beiseite. »Fassen Sie mich nicht an! Ich bin keine alte Frau, die sich nur auf Krücken bewegen kann.«

Zum ersten Mal sah Silvana, dass die Marchesa die Stirn runzelte. Sie winkte eine ältliche Zofe herbei. »Sei der Contessina Monteggiori behilflich, Marietta, und bringe sie in die blaue Kemenate. Du weißt, was zu tun ist.«

Silvana sah deutlich die missbilligenden Blicke der übrigen Dienerschaft, und als sie der Zofe widerwillig folgte und absichtlich langsam die weit geschwungene Treppe emporstieg, glaubte sie hinter ihrem Rücken ein leises Kichern zu hören.

Sie verharrte auf der obersten Treppenstufe und schaute in die Halle hinab. »Cretini!«, rief sie unüberhörbar.

In dem ihr zugewiesenen Zimmer ließ sie sich mit ihren Stiefeln auf der Lagerstatt nieder. Sie hatte dies aus Protest getan, aber die Zofe mit dem Namen Marietta nahm keinerlei Notiz davon, dass der blauseidene Überwurf mit feuchter Erde beschmutzt wurde. Sie schleppte einen Zuber herbei, den sie mit heißem Wasser und einer duftenden Essenz füllte, verließ für kurze Zeit den Raum und kehrte mit einer leuchtend roten

Robe und silbernen Spangenschuhen zurück. »Die Marchesa wünscht, dass Ihr dieses Kleid zur Abendmahlzeit tragt.«

Sie musste sich wohl überwinden, die schmutzige Soldatenkleidung zu berühren. Aber sie hatte gelernt, dass es der Sitte entsprach, den adeligen Herrschaften beim Entkleiden behilflich zu sein. Darum zog sie mit spitzen Fingern an der befleckten Reiterhose und dem derben Hemd.

Aber unversehens tat Silvana das, wozu sie schon lange Lust verspürte. Sie gab Marietta eine schallende Ohrfeige und beobachtete zufrieden, wie sich die Backe der ältlichen Frau sogleich dunkelrot färbte. Ihr Vater hätte dieser Maßregelung und den barschen Worten mit Sicherheit zugestimmt. »Scher dich raus!«

Nur einen Atemzug lang verharrte Marietta erschrocken vor der jungen Contessina. Als Silvana jedoch drohend ihre Hand erhob, stürzte sie laut aufweinend davon.

Langsam näherte sich Silvana dem Zuber, sog den Duft der Essenz ein und entschloss sich, in das Wasser zu steigen. Zu ihrer Verwunderung empfand sie das Bad als durchaus angenehm. Sie streckte sich wohlig aus und dämmerte nach all den Aufregungen dieses Tages ein wenig vor sich hin.

Als die Tür geöffnet wurde, fuhr sie verärgert hoch. Diesmal war es nicht Marietta, sondern ein junges Ding, das sie ohne Furcht mit verächtlichen Blicken musterte.

»Eure Reitermontur braucht Ihr in diesem Hause nicht mehr. In der Villa Marlia achtet man nämlich auf gute Sitten.« Sie ergriff die abgetragenen männlichen Kleidungsstücke und wollte den Raum verlassen.

Mit einem Satz sprang Silvana aus dem Wasser, und sie hätte wohl in dem Gerangel die Oberhand behalten, wenn sie sich nicht plötzlich ihrer Nacktheit geschämt hätte. Die kleine Dienerin ließ jeden Respekt vermissen. Denn sie öffnete das Fenster und warf die Reiterkleidung schwungvoll nach draußen. »Pfui Teufel! Diese Hose stinkt ja gotterbärmlich.« Sie schien sich zu amüsieren, als Silvana sie mit einem Schwall Wasser bedachte, und flüchtete lachend.

Silvana blieb voller Wut zurück und beruhigte sich erst, als sie unter der Bettstatt ihre Stiefel entdeckte. Sicher würde sich eine Gelegenheit bieten, dieser frechen Dirne ein paar schmerzhafte Tritte zu verpassen.

Es blieb ihr nichts anderes übrig, als die seidene Robe und die zierlichen Schuhe anzulegen. Zum ersten Mal seit ihrer Abfahrt aus Nozzano empfand sie ein Gefühl des Heimwehs. Zu dieser Stunde versammelten sich die Soldaten im Schlosshof, um die nächtliche Losung in Empfang zu nehmen, und ein Trompeter blies das Abendsignal, das die Tageswachen von ihren Posten herbeirief.

In der Villa Marlia gab es anscheinend keinen Trompeter, sondern stattdessen ertönte eine hell klingende Glocke, ein Signal, das Silvana als lächerlich empfand und zu ignorieren gedachte.

Nach geraumer Zeit öffnete sich die Tür, und Marchesa Donata trat ein. Silvana bemerkte befriedigt, dass die Tante ihren Ärger nur mit großer Selbstdisziplin unterdrückte. Ihre Stimme zitterte unüberhörbar.

»Hier in der Villa Marlia herrschen andere Sitten als in Nozzano. Es ist nicht üblich, die Dienerschaft zu schlagen. Wenn jemand wegen einer Unbotmäßigkeit bestraft werden muss, obliegt diese Bestrafung allein dem Marchese. Ehe ich dich nun in den Speisesaal geleite, um dich dort dem Marchese und einigen Gästen vorzustellen, möchte ich dich darauf hinweisen, dass bei uns Tischmanieren herrschen. Ich verlange von dir, dass du dich diesen Sitten anpasst. Vielleicht aber gefällt es dir besser bei den Klarissinnen.«

Der Hinweis auf das strenge Kloster genügte, um Silvana gefügig zu machen. Sie ließ sich unverhältnismäßig zahm die Treppe hinabführen.

In der weiträumigen Empfangshalle hatte der Marchese die Adeligen aus Lucca versammelt, und mit Befriedigung nahm Silvana zur Kenntnis, dass einige dieser Herren prunkvolle Uniformen trugen. Als die Marchesa ihm die Tochter ihres Bruders vorstellte, nickte er nur kurz, ohne sich sein Erstaunen über die bubenhafte Erscheinung anmerken zu lassen. »Willkommen auf Schloss Marlia. Ich hoffe, dass uns Ihre Anwesenheit möglichst lange erhalten bleibt.«

Er winkte einen der Offiziere herbei. »Contessina, ich möchte Euch den verdienten Gefolgsmann unseres Feldherrn und Principe der Signoria von Lucca vorstellen. Conte Tiziano wird Euch in die Gesellschaft von Lucca einführen und Euch stets zu Diensten sein.« Damit wandte er sich einem der Gäste zu und überließ Silvana dem jungen Offizier, der ihr den Arm bot. »Contessina, darf ich Euch zu Tisch geleiten?«

Vom ersten Augenblick an empfand Silvana Abneigung gegen den Conte. Für einen bewährten Kriegsmann war er bei weitem zu schön und gepflegt. Er hatte ebenmäßige Gesichtszüge und weder Narben noch andere Zeichen einer Verwundung. Seine braunen Locken trug er sorgfältig gekämmt bis auf die Schultern. Im ganzen Kastell Nozzano gab es keinen Mann solchen Aussehens. Brüsk verweigerte Silvana ihren Arm. »Ich bin es gewohnt, selbstständig zu gehen.«

Conte Tiziano Bernardini ließ keine Verwunderung erkennen. Anscheinend hatte man ihm schon von dem ruppigen Benehmen dieses Mädchens erzählt. Aber er packte ziemlich grob Silvanas Arm und führte sie zum Speisesaal, wo der Hausherr ihnen am oberen Ende der Tafel einen Platz zuwies. Silvana hatte sich jeglichen Protest erspart. Dies war eine Behandlung, die sie kannte. Aber sie dachte an ihre Stiefel und notierte sich im Geheimen das zweite Opfer eines kräftigen Trittes.

An der Tafel entstand bei einer Mahlzeit, die man »Herrenspeise« nannte und die nicht einmal im Entferntesten dem ähnelte, was im Kastell Nozzano gereicht wurde, eine lebhafte Unterhaltung. Sie beobachtete, wie die übrigen Gäste mit zierlichen Bewegungen den Löffel handhabten, und schämte sich nun doch, wie gewöhnlich nach Soldatenart mit allen zehn Fingern zu essen.

Conte Tiziano gab sich Mühe, eine Unterhaltung in Gang zu bringen, sprach vom Fischfang, der Falkenjagd und dem Reiten. Silvana schwieg beharrlich, bis der ungewohnte Genuss des Weines ihr die Zunge lockerte.

»Ich habe angenommen, dass Ihr ein bewährter Kriegsmann seid. Wissen Sie nichts von Schwert, Lanze, Dolch und Rüstung zu erzählen? Bei Euch gelten anscheinend nur höfische Vergnügungen.«

Mit unverhohlener Freude sah Silvana, wie sich die ebenmäßigen Gesichtszüge des jungen Offiziers verzerrten. Seine Stimme klang gepresst, als ob er einige Schimpfwörter unterdrücken müsste. »Es ist sehr schwer, Euch wie eine Dame und nicht wie einen Reiterbuben zu behandeln. Ich hoffe, dass es mir erspart bleibt, Euch weiterhin zu Diensten zu stehen.«

Silvana schwieg und ließ ihre Blicke herumwandern. Im Schein der vielarmigen Kandelaber blitzten Silbergeschirr und venezianische Gläser. Einen solchen Prunk empfand sie als unnötig. Viel besser, so meinte sie, hätte man für diese kostbaren Dinge doch Waffen anschaffen sollen. Denn wenn das Schloss Marlia überfallen werden sollte, könnte sich diese verweichlichte Besatzung wohl kaum verteidigen, und alle diese Kostbarkeiten würden eine Beute des Feindes.

Soeben hatte sie sich entschlossen, eine abfällige Bemerkung über die miserable Wehrhaftigkeit der Villa Marlia zu machen, als der Hausherr die Tafel aufhob. Aber ehe Conte Tiziano Bernardini wieder ihren Arm ergreifen konnte, mischte sie sich unter die Gäste und strebte einer weit geöffneten Flügeltür zu, die in den Park führte.

Drinnen hatte eine Musik eingesetzt, die Silvana noch niemals vernommen hatte. Zur Instrumentierung gehörten weder Kriegstrommeln noch Trompeten. Im Licht einiger Pechfackeln, die den Garten beleuchteten, erkannte sie drinnen schwankende Gestalten. Entweder mussten einige der Gäste schon betrunken sein, oder es wurde getanzt, obwohl sie sich nicht vorstellen konnte, dass diese lucchesischen Edelleute und die Damen in ihren kostbaren Roben so herumhüpfen würden wie die Soldaten von Nozzano. Sie wäre gerne näher herangeschlichen, um den Tanz der Gäste zu beobachten, aber sie fürchtete, dass Conte Tiziano sie entdecken und mit Gewalt in die Halle schleppen könne.

Nachdem sie sich einige Schritte aus dem Umkreis der Fackeln entfernt hatte, umfing sie völlige Finsternis. Nur zögernd tastete sie sich vorwärts und erreichte den See, dessen spiegelnde Oberfläche ein wenig Helligkeit verbreitete. Der merkwürdige weiße Wasservogel hatte seinen Schnabel im Gefieder versteckt und schien zu schlafen. Sie blieb stehen, um dieses Tier zu beobachten.

Mit einer blitzschnellen Bewegung, wie sie die Soldaten ausführten, wenn sie unversehens von einem Feind überrascht wurden, fuhr sie herum. Jemand hatte ihre Schulter berührt. Trotz des diffusen Lichtes erkannte sie sogleich, wen sie vor sich hatte. Nicht Conte Tiziano stand vor ihr, wie sie befürchtet hatte, sondern, weit schlimmer noch, Roberto di Ripafratta.

Sie suchte ihr Heil im Angriff. »Wie könnt Ihr es wagen, lucchesisches Territorium zu betreten! Ich werde sogleich die Wachen rufen, die nicht gerade sanft mit dem pisanischen Feind umgehen werden.«

Roberto lachte leise, aber der spöttische Unterton war nicht zu überhören. »Schloss Marlia ist nicht sonderlich bewacht. Das wirst du als Tochter des Burgherrn Monteggiori längst erkannt haben. Es verwundert mich jedoch, dass du nicht bemerkt hast, wie ein Reiter eurer Kutsche gefolgt ist, um deinen Aufenthaltsort in Erfahrung zu bringen.«

Silvana empfand keine Furcht. Vielmehr ärgerte sie sich, dass sie sich von der Schönheit der toskanischen Landschaft hatte einlullen lassen, statt aufmerksam die Umgebung nach einer Bedrohung abzusuchen. Sie trat einen Schritt zurück. »Schert Euch von dannen! Ich bin nicht gewillt, mich von Euch drangsalieren zu lassen.«

Roberto griff nach ihr und zog sie mit einer ruckartigen Bewegung zu sich heran. »Vorsicht! Da wärest du beinahe in den See gefallen.«

Das stimmte nicht, und Silvana wusste, dass er nur nach einer Möglichkeit gesucht hatte, um sie schmerzhaft zu umklammern. Wieder einmal vermisste sie ihre Stiefel.

Der Pisaner neigte seinen Mund nahe zu ihrem Ohr. »Ich rate dir, dich an unsere Abmachung zu halten. Solltest du dich störrisch zeigen, muss ich dir eine Belehrung erteilen, die dir nicht gefallen wird.«

Silvana glaubte, dass sie vor den Forderungen des Pisaners sicher sei. »Wie kann ich hier alle Zugänge des Kastells Nozzano genau aufzeichnen und die Stärke der Wachen nennen? Die Posten werden an jedem Tag anders verteilt, und abends und morgens wird eine neue Losung ausgegeben, ohne die niemand in die Burg Einlass findet. Diese Parolen bleiben mir hier in Marlia unbekannt.«

»Wer spricht von dem einen einzigen Kastell Nozzano, wenn man wichtige Nachrichten über kriegerische Vorhaben in der gesamten Lucchesia erhalten kann. Denn das ist es, was ich von dir verlange! Belausche die Tischgespräche der hohen Offiziere und berichte mir jede Einzelheit, auch wenn du selbst sie als unbedeutend empfindest! Oder möchtest du, dass die Verkommenheit deiner Mutter in den adeligen Kreisen von Lucca bekannt wird?« Um seinen Worten größeren Nachdruck zu verleihen, bog er ihren Arm nach hinten.

Es war nicht der Schmerz, der Silvana dazu brachte, sich gefügig zu zeigen, sondern die Angst, dass das entwürdigende Leben ihrer Mutter zutage treten werde. »Du musst mir Zeit lassen. Noch kenne ich hier keine einflussreichen Luccheser, die mich an ihrem Gespräch teilnehmen lassen.«

Roberto verstärkte den Druck auf ihre Handgelenke. »In drei Tagen erwarte ich dich hier an diesem Ort zur selben Zeit. Und hüte dich, auch nur eine einzige Silbe von unserem Gespräch verlauten zu lassen!«

Er verschwand so unbemerkt, wie er gekommen war, während Silvana wutentbrannt zurückblieb. Sie rieb ihre geschwollenen Handgelenke und war von Rachegedanken erfüllt. Es verschaffte ihr auch keine Erleichterung, dass sie den

Pisaner mit allen Schimpfwörtern belegte, die sie bei den Soldaten gehört hatte. Denn Roberto di Ripafratta hatte den Park längst verlassen.

Im Schein der Pechfackeln erkannte Silvana ihre Tante, die unruhig auf der Terrasse auf und ab ging. »Wo warst du denn nur, meine Kleine? Wir haben uns um dich gesorgt. Und was ist mit dem schönen Kleid geschehen?«

Silvana sah an sich herunter und entdeckte einen breiten Riss, der bei der groben Behandlung entstanden sein musste. Dieser Stronzo, dieser Bischero! Ich werde es ihm heimzahlen! Aber trotz ihrer Wut gelang es ihr, leise zu sprechen. »Ich wollte dieses merkwürdige Wassertier im Schlaf beobachten und habe auf dem Rückweg zur Villa den Weg verfehlt.«

Marchesa Donata schlug die Hände über dem Kopf zusammen. »Ach, du armes Kind! Hast du noch niemals einen Schwan gesehen? Morgen begleite ich dich gern zu dem hölzernen Stall, wo das Weibchen brütet. Vor allem aber werde ich dir auch den Irrgarten im Südteil des Parks zeigen. Einer der Ahnherrn des Marchese hat dieses Labyrinth aus dichten Hecken anlegen lassen. Aber jetzt geh zu Bett! Du bist ja erschreckend blass.«

Silvana nickte folgsam und begab sich nur zu gern in ihr Zimmer.

Sie erwachte von einem klirrenden Geräusch und hatte zunächst Schwierigkeiten, sich zurechtzufinden. Aber nicht der Lärm von Waffen, wie sie schlaftrunken zunächst angenommen hatte, war der Ursprung des Geräusches, sondern eine Tontasse, die zu Boden gefallen war. Sie öffnete die Augen und sah Marietta vor ihrem Bett stehen. Die ältliche Frau zitterte, umkrampfte ein Tablett mit beiden Händen und versuchte, es im Gleichgewicht zu halten. Warum entließ man nicht die alte Dienerin, die doch zu nichts mehr nütze war? Aber dann erinnerte sich Silvana an das Kastell Nozzano, wo viele altgediente Soldaten noch zu Hilfsarbeiten herangezogen wurden. Sie konnte sich nicht entsinnen, dass einer von ihnen jemals geschlagen worden war, und sie überwand sich, freundlich zu sein. Es konnte ja nicht schaden, in diesem Hause eine Verbündete zu haben.

»Stelle das Tablett nur auf dem Tisch ab, und lasse die Scherben liegen!«

Mit Befriedigung bemerkte sie, dass diese Worte die beabsichtigte Wirkung zeigten.

Marietta verzog ihr Gesicht zu einem Lächeln. »Vielen Dank, Contessina! Ich habe Euch das Frühstück und frische Kleidung gebracht. Wenn Ihr es wünscht, werde ich Euch gerne beim Ankleiden helfen.«

Silvana musste sich zusammennehmen, um nicht böse zu werden. So weit wollen wir es doch nicht kommen lassen! Hatte die alte Frau denn immer noch nicht verstanden, dass ihr diese Hilfestellung zuwider war? Sie hob abwehrend die Hände und schüttelte den Kopf. »Erspare dir diese Mühe, Marietta, und verzeihe mir mein gestriges Benehmen!«

Für Silvana war das eigentlich schon des Guten zu viel, andererseits erachtete sie es nun als ziemlich leicht, einer Untergebenen ein paar freundliche Worte zu sagen.

An der Tür drehte sich die Dienerin noch einmal um. »Die Marchesa erwartet Euch in ihrem Boudoir.«

Silvana aß mit großem Appetit das frische Brot, das anscheinend in der Hausbäckerei hergestellt worden war, und knabberte danach irgendetwas Gewürztes, das sie nicht kannte und darum angebissen liegen ließ.

Weiß der Himmel, wo dieses Zimmer mit dem französischen Namen liegen mochte! Erst nachdem sie mehrere Türen geöffnet hatte, gelangte sie zu einem Raum, der mit ebensolchen Möbeln ausgestattet war, wie Silvana sie in der Kemenate ihrer Mutter gesehen hatte. Marchesa Donata erhob sich aus einem Lehnstuhl und ging ihrer Nichte mit ausgestreckten Armen entgegen.

»Ich hoffe, dass du gut geschlafen hast, denn heute morgen müssen wir einer anstrengenden Beschäftigung nachkommen. Wir werden nach Lucca zum Schneider fahren, der dir einige Kleider anmessen soll.«

Auch das noch! Warum konnte man nicht die Reiterhosen waschen und ihr zurückbringen? Aber dann bedachte sie, wie gut es doch wäre, diese viel besprochene Stadt kennen zu lernen. Vielleicht gäbe es einiges zu entdecken, womit sie ihren Peiniger Roberto di Ripafratta zufrieden stellen könnte.

Die Marchesa hatte wohl die ablehnende Haltung ihrer Nichte bemerkt und erklärte, wie wichtig die Anschaffung neuer Kleidung sei. »Morgen erwarten wir nämlich einen hohen Gast: Castruccio Castracani, der auf Beschluss des Volkes zum Fürsten gewählt wurde, zum Herrn über Lucca und vielleicht bald auch über Pistoia und Pisa.«

Silvana horchte auf. Mit allergrößter Hochachtung hatte ihr Vater über diesen lucchesischen Feldherrn gesprochen, der schon über die Florentiner den Sieg davongetragen hatte, und die Fahrt nach Lucca hätte ihr gefallen, wenn ihr die Kleideranprobe erspart geblieben wäre.

Schon von weitem sah sie, dass in Lucca ein hoher Turm neben dem anderen stand. Das schien auf eine starke Befestigung hinzudeuten. Pech für die Pisaner! Sie konnte ein Gefühl der Schadenfreude nicht unterdrücken und wandte sich an ihre Tante, um sich Sicherheit zu verschaffen.

»Wozu braucht man alle diese Türme? In Nozzano hat man nichts davon gehört, dass dieser Stadt eine Belagerung droht.« Sie gab sich Mühe, dass ihre Begleiterin nicht die Scheinheiligkeit erkennen konnte, mit der diese Frage gestellt war.

Freundlich und ahnungslos wie immer lieferte Marchesa Donata eine Antwort. »Wir nennen diese hohen Gebäude Geschlechtertürme. Jede bedeutende Familie von Lucca lässt sich einen solchen Turm bauen.«

»Ach, so ist das!« Silvana ließ sich in das Polster zurückfallen.

Auf dem Weg zur Innenstadt passierten sie ein Tor, das stark bewacht und anscheinend nachts mit einem eisernen Gitter versperrt war. Zwei imposante Türme bezeugten den Umfang der Stadtmauer. Durch dieses Tor konnte wohl kein Feind eindringen.

Silvana wandte sich ihrer Tante zu und heuchelte Interesse. »Wie nennt man dieses scheinbar uneinnehmbare Stadttor, und gibt es noch andere solche Zugänge zur Stadt?«

Marchesa Donata freute sich über die Anteilnahme des Mädchens und gab gerne Auskunft. »Da gibt es noch viele andere Tore. Als Kind des Conte Monteggiori wird sicher auch San Donato deine Bewunderung finden, denn von dort aus kannst du den südlichen Kanonenposten erkennen, der das Tor gegen Norden schützt.«

»Können wir jetzt zu diesem Tor fahren?«

Die Marchesa schüttelte lachend den Kopf. »Ich verstehe nicht viel vom Kriegshandwerk und kann dir höchstens etwas über die berühmte Raupenzucht und Seidenherstellung erzählen. Denn Lucca liefert die herrlichsten Stoffe in alle benachbarten Länder. Wenn du dich noch ein wenig geduldest, wird sich Conte Tiziano wohl kaum lange bitten lassen, um mit dir nach Lucca zu fahren. Er ist nämlich ein ausgezeichneter Kenner der Festungsanlagen.«

Silvana begnügte sich zunächst mit dieser Auskunft, um keinen Verdacht zu erregen, und ließ die langweilige Prozedur der Kleideranprobe über sich ergehen.

»Ich habe noch eine Überraschung für dich.« Marchesa Donata machte ein geheimnisvolles Gesicht und legte ihren Arm um die Schultern ihrer Nichte.

Silvana entzog sich der liebevollen Gebärde. Was für eine lästige Attacke auf ihre Eigenständigkeit würde das nun wieder sein? Marchesa Donata gab sich den Anschein, als habe sie die brüske Ablehnung nicht bemerkt.

»Morgen, wenn Castruccio Castracani unser Gast sein wird, möchte ich Ehre mit der Tochter des Conte Monteggiori einlegen. Vergiss nicht, dass du einer berühmten Familie entstammst!«

Silvana zuckte mit den Achseln. »Davon habe ich in Nozzano nicht viel bemerkt.« Sie beobachtete zufrieden, wie die Marchesa ihren Zorn hinunterschlucken musste.

»Dann wirst du es ab heute erkennen! Ich erwarte den Tanz- und Zeremonienmeister Charles de Vitelle, der in Paris als Lehrmeister der Hofdamen Berühmtheit erlangte. Er wird dich einige Tanzschritte lehren und in den höfischen Regeln des guten Benehmens unterweisen.«

»Merda!« Silvana stockte und hielt sich die Hand vor den Mund, aber die Marchesa kannte dieses Wort anscheinend nicht.

Unerwartet wurde die Begegnung mit dem Tanzmeister außergewöhnlich lustig. Charles de Vitelle erwies sich als ein spindeldürres Männlein, fast einen Kopf kleiner als Silvana. Er tänzelte von einer Zimmerecke in die andere, vollführte absonderliche Drehungen und Windungen und forderte Silvana auf, es ihm gleichzutun. Silvana lachte laut und warf sich bei jedem Sprung zu Boden.

»Mon Dieu!« Der Tanzmeister fuhr sich durch die Haare, so dass seine Perücke verrutschte. »Wir versuchen es mit einem Reigentanz.«

Er reichte Silvana die Fingerspitzen, die sich fast knochenlos anfühlten, hob den Arm und ging gemessenen Schrittes im Kreise durch den Raum. Dazu summte er mit krächzender Stimme eine Melodie, die Silvana laut mitsang, um diesen Rabengesang, wie sie bei sich die Darbietung nannte, nach Möglichkeit zu übertönen. Der Meister schien zufrieden. Nach einigen Kratzfüßen, die Silvana mit einem Knicks erwidern sollte, verabschiedete sich Charles de Vitelle, und Silvana bat mit ernsthafter Miene darum, er möge doch bald wiederkommen.

In der Villa herrschte Aufregung. Alle Dienstboten waren damit beschäftigt, den Besuch des hohen Gastes gebührend vorzubereiten, und die Marchesa eilte von einem Raum in den anderen, um die Dienerschaft anzuleiten, zu belobigen oder zu tadeln. So nahm niemand davon Notiz, dass Silvana nach Einbruch der Dunkelheit in den Park schlich.

Sie wurde dort schon ungeduldig von dem Pisaner erwartet. »Und? Was hast du erfahren?«

Atemlos berichtete Silvana von dem Besuch in Lucca, von den Toren, den Türmen und dem südlichen Bollwerk. Aber statt ein Lob zu erteilen, ließ der Pisaner seiner Verachtung freien Lauf. »Was soll dieser Unsinn? Längst schon haben meine Späher diese Zugänge erkundet. Auch über die Zahl der Besatzung wissen wir genauestens Bescheid. Ist das alles, was du mir zu sagen hast?«

Silvana wich vor der drohend erhobenen Hand zwei Schritte zurück. »Warte doch erst einmal das Ende meines Berichtes ab! Für morgen wird nämlich in der Villa Marlia der Besuch des Herrn der lucchesischen Signoria, Castruccio Castracani, erwartet. Man spricht davon, dass er bald auch Herrscher über Pistoia und Pisa sein wird.«

Die Stimmung des Pisaners schlug um. »Ah, das ist gut! Mit Sicherheit wird diese Kanaille von seinen nächsten Eroberungszügen berichten. Ich will jede Einzelheit seiner Pläne wissen. Falls es nicht anders geht, werde seine Geliebte! Jeder Mann verrät im Bett seine Geheimnisse.«

Silvana hatte große Lust, ihrem Feind ins Gesicht zu spucken, aber sie beherrschte sich. »Bist du von Sinnen? So ein hoher Herr wird sich niemals mit einem Mädchen einlassen, wie ich es bin.«

Roberto lachte spöttisch. »Wenn die Schönheit ausschlaggebend wäre, bestimmt nicht. Aber du brauchst keine Hochachtung vor diesem Bastard zu haben. Die Schwester des Messers

Antonio, Madonna Dianora, hat den angeblich hohen Herrn als wimmerndes Bündel in einem Weinberg gefunden und in das Haus des Geistlichen gebracht, wo der Findling aufgezogen wurde.«

Silvana glaubte kein Wort dieser Enthüllung. »Und wie konnte er dann zu so einem begabten Feldherrn heranwachsen?«

»Weil sich schon früh herausstellte, dass er nicht den Wunsch seines Pflegevaters erfüllen würde, auch ein Geistlicher zu werden. Er hatte das Glück, dass der angesehene Edelmann Francesco Guinigi den Jungen beobachten konnte, wie er alle seine Altersgenossen an Geschicklichkeit im Laufen, Ringstechen und Fechten übertraf. Guinigi nahm ihn in seinem Haus auf und unterwies ihn nicht nur in allen Fertigkeiten des Kriegshandwerks, sondern auch in den Tugenden und Umgangsformen eines Edelmannes.«

Noch zögerte Silvana, ob sie diesen Worten Glauben schenken sollte. »Davon hat mir mein Vater niemals etwas gesagt.«

Roberto ließ wieder sein abstoßendes Lachen hören. »Dein Vater hat dir von vielem nichts erzählt; zum Beispiel auch nichts von deiner Mutter, deren Schicksal du nicht vergessen solltest. Aber Schluss mit diesem Gerede, das zu nichts führt. Morgen, wenn alle Fackeln erloschen sind, erwarte ich dich hier mit Botschaften, die von Wert sind. Die Lehre, die ich dir anderenfalls erteilen werde, wird dich nicht erfreuen.«

Allmählich wurde sie von der Unruhe angesteckt, die im Hause herrschte. Sie war sogar froh, dass der Schneider rechtzeitig ein Festkleid geliefert hatte. Denn natürlich war es wichtig, dem berühmtesten Luccheser zu gefallen, obwohl sie den Vorschlag des Pisaners als schamlos empfand.

Mit Spannung verfolgte sie die Ankunft der Kutsche. Mehrere Offiziere entstiegen dem Gefährt, und Silvana wusste sogleich, wer von ihnen Castruccio Castracani war. Er überragte die Übrigen um Haupteslänge, aber trotz der außergewöhnlichen Körpergröße zeigten seine Gliedmaßen harmonische Proportionen. Sein Haar, das er über den Ohren geschnitten trug, glänzte rötlich, und im Gegensatz zu seinen Begleitern ging er barhäuptig. Silvana fühlte sich von dieser Gestalt vom ersten Augenblick an angezogen, und sie hätte sich sogar auf diesen Abend gefreut, wenn sie nicht plötzlich unter den Offizieren Conte Tiziano Bernardini entdeckt hätte.

Marietta erschien und teilte Silvana aufgeregt mit, sie solle zur Begrüßung in die Empfangshalle kommen, um dem hohen Herrn vorgestellt zu werden. Als Silvana die Treppe hinabstieg, hob Castruccio den Kopf und sah ihr entgegen.

»Das also ist die Tochter des tapferen Monteggiori. Man sieht es sogleich an der Ähnlichkeit, und ich habe mir sagen lassen, dass dieses Mädchen ebenso furchtlos ist wie ihr Vater.«

Er machte eine Verbeugung, aber Silvana konnte sich nicht entschließen, diese höfliche Begrüßung mit dem eben erst erlernten Knicks zu erwidern.

Im Saal setzte Musik ein, die alle Gäste in eine heitere Stimmung versetzte. Castruccio Castracani reichte der Marchesa seinen Arm und führte sie an der Spitze des langen Zuges der Gäste zu der festlich gedeckten Tafel. Jemand trat von hinten an Silvana heran und fasste nach ihrer Hand. Wer erlaubte sich eine solche Zudringlichkeit? Ärgerlich fuhr sie herum und sah Conte Tiziano ins Gesicht, das ebenfalls höchstes Missvergnügen ausdrückte.

»Mir gefällt es auch nicht, dass ich Euch zu Tisch führen muss. Aber die Marchesa hat dies so angeordnet.«

Silvana wusste, dass jede Gegenwehr nicht nur zwecklos, sondern vor all diesen Gästen auch unangebracht war. Sie fühlte sich einigermaßen versöhnt, als Tiziano Bernardini sie zum Kopfende der Tafel führte, um sich mit ihr neben Castruccio Castracani niederzulassen.

Sobald der Hausherr einige Worte zur Begrüßung des hohen Besuches gesprochen hatte, wandte sich Castruccio seinem Günstling Tiziano Bernardini zu.

Silvana hatte erwartet, dass sich nun das Gespräch über die jüngst erfolgreiche Schlacht gegen die Florentiner oder vielleicht auch über Kriegspläne der nahen Zukunft drehen würde.

Aber Castruccio schien auch noch anderes zu lieben als Kampfgetümmel. »Wann treffen wir uns zur nächsten Beizjagd? Der Falkner von Loppeglia hat mir ein Tier abgerichtet, das zu größten Hoffnungen Anlass gibt. Dieser junge Beizvogel ergreift zielsicher sein Beutetier, und es ist ein Vergnügen, ihm bei seinen spannenden Kämpfen zuzuschauen, die sich hoch oben in der Luft abspielen.«

Tiziano Bernardini schien zu spüren, wie Silvana bei dieser Unterhaltung unruhig auf ihrem Sessel hin und her rutschte. Von der Beizjagd verstand sie nichts, und sie wusste, dass der Conte sie mit seiner Bemerkung kränken wollte.

»Ich nehme an, dass auch einige Damen der lucchesischen Gesellschaft an der nächsten Jagd teilnehmen werden. Unsere Damen sind ja alle sicher zu Pferde und haben ihren Mut schon auf so mancher Falkenjagd bewiesen.«

Castruccio Castracani rückte näher zu Silvana heran und legte seine Hand auf die ihrige. »Ich darf doch sicher sein, dass auch die wagemutige Tochter meines Waffengefährten Conte Monteggiori an der Beizjagd teilnehmen wird?«

Silvana schaute angelegentlich auf ihren Teller und schwieg so lange, bis Tiziano Bernardini genüsslich eine Antwort gab. »Die Contessina versteht sich nicht auf die Kunst des Reitens.«

»Was? Du beliebst zu scherzen.« Castruccio Castracani sah Silvana ernsthaft in die Augen, um dort vergeblich ein Lächeln zu entdecken.

Silvana besann sich jedoch auf ihren Stolz. Ihre Stimme zitterte nur leicht, als sie ihr Unvermögen zugeben musste. »Der Conte spricht die Wahrheit. In Nozzano gab es keine Gelegenheit, das Reiten zu erlernen.« Mit Wut dachte sie an ihren Vater, der ihr nicht einmal dieses Vergnügen gegönnt hatte.

Castruccio Castracani setzte eine strenge Miene auf. »Das allerdings ist ein arges Versäumnis, das du, Tiziano, bereinigen wirst. Ich befehle dir hiermit, der achtbaren Tochter des Conte Monteggiori das Reiten zu lehren, und zwar so gut, dass Contessina Silvana an der nächsten Falkenjagd teilnehmen kann. Außerdem verlange ich von dir, dass du der jungen Dame einen Falken abrichtest, der sie nicht in Gefahr bringt. Ich wünsche, die reizende Contessina auf unserer nächsten Jagd zu sehen.«

Mit Genugtuung beobachtete Silvana, dass Tiziano die Farbe wechselte. Er drückte sein Rückgrat durch und nickte steif. »Wie du willst, Castruccio. Ich hoffe nur, dass sich dieses Mädchen nicht allzu dumm anstellt.«

Die Miene des Stadtherrn drückte Empörung aus. »Wie kannst du so etwas überhaupt nur in Erwägung ziehen! Die Beizjagd erfordert Mut und Tapferkeit. Beides können wir bei einer Monteggiori voraussetzen. Außerdem trägt die Beschäftigung mit dem Falken nicht nur dazu bei, den Verstand zu schärfen, sondern dient auch dazu, den Müßiggang und alle daraus entspringenden Laster zu verhindern. Das weißt du doch wohl am besten.« Er lachte vielsagend.

Zum ersten Mal seit ihrer Ankunft in Marlia fühlte sich Silvana glücklich. Sie vergab eines ihrer seltenen Lächeln und strahlte Castruccio an. »Ich werde mir viel Mühe geben, um möglichst schnell die Reitkunst zu erlernen.«

Die Mahlzeit neigte sich dem Ende zu, und die Musik, die Silvana jetzt als durchaus angenehm empfand, setzte mit Tanzweisen ein. Der hohe Gast erhob sich und eröffnete den Reigen mit der Dame des Hauses. Silvana beobachtete neidvoll, wie anmutig Marchesa Donata sich zu den Klängen bewegte. Castruccio hatte beobachtet, dass Tiziano offensichtlich nicht die Absicht hatte, an dem fröhlichen Reigentanz teilzunehmen. Er winkte seinem Günstling gebieterisch zu, und Tiziano erhob sich widerwillig, indem er Silvana hinter sich herzog.

Niemals hätte sie gedacht, dass der Tanz ihr ein solches Vergnügen bereiten würde, und sie dachte dankbar an den französischen Tanzmeister, der ihr wenigstens die ersten Schritte dieser ungewohnten Kunst beigebracht hatte. Sie freute sich, dass die Regel vorschrieb, einander die Hände zu reichen, so dass Castruccio zu ihrer Linken ihr willkommenen Halt gab. Conte Tiziano machte keinerlei Anstalten, seiner Tänzerin bei ihren Umdrehungen zu helfen. Silvana wurde immer übermütiger, als die Paare ihre Hände kreuzten, um zu einem anderen Gegenüber zu wechseln. Die Gesichter und Gestalten flogen an ihr vorüber: blau gekleidete Pagen, hoch dekorierte Offiziere und Damen in kostbaren Roben. Alle lächelten ihr freundlich zu. Erst als die Musikanten nach einem letzten Wirbel die Instrumente sinken ließen, langte sie wieder bei Tiziano an, dessen mürrischer Gesichtsausdruck sich noch vertieft hatte.

»Ihr seht erhitzt aus, Contessina. Ich werde Euch an die frische Luft bringen.« Er wandte wiederum seinen kräftigen Griff an, um die widerstrebende Silvana auf die Terrasse zu führen. Draußen waren die Pechfackeln fast schon heruntergebrannt, und Silvana dachte mit Schrecken an die Verabredung mit dem Pisaner. Was wollte Tiziano von ihr hier draußen in der Dunkelheit? Sie konnte sich nicht vorstellen, dass er mit ihr Zärtlichkeiten austauschen wollte.

Conte Bernardini packte sie nicht eben sanft bei den Schultern und schob sie gegen die Brüstung, während er selbst sich so nahe vor ihr aufbaute, dass ihr jeder Fluchtweg versperrt war.

Silvana stemmte sich mit beiden Fäusten gegen seine Brust. »Was wollt Ihr?«

Der Conte schüttelte ihre Hände ab. »Mir ist zu Ohren gekommen, dass Ihr ein Verhältnis mit unserem pisanischen Erbfeind Roberto di Ripafratta eingegangen seid. Ich ziehe in Erwägung, Castruccio Castracani Mitteilung zu machen, dass sich in Marlia eine gefährliche Verräterin befindet. Schlecht lohnt Ihr die Güte der Marchesa Donata!«

Silvana ließ die Arme sinken. »Aber das ist eine Verleumdung. Niemals käme es mir in den Sinn, die Stadt Lucca an das verhasste Pisa zu verraten.« Bei dieser Halbwahrheit, die eigentlich schon eine Lüge war, fühlte sie sich schlecht.

Anscheinend schenkte Tiziano Bernardini ihr keinen Glauben. »Mein Gewährsmann aus Nozzano hat mir aber etwas ganz anderes berichtet. Er war nämlich Augenzeuge obszöner Handlungen, die der Pisaner an Euch vorgenommen hat, ohne dass Ihr, die Ihr doch als streitbar geltet, Euch gewehrt hättet.«

Was sollte sie darauf erwidern? Kein Gegenargument würde ihn überzeugen. Aber ehe sie auch nur den Mund zu einer, wenn auch noch so lahmen, Entgegnung öffnen konnte, teilte Tiziano ihr mit, was er zu tun gedachte. »Ich werde Euch genau beobachten, und schlagt Euch aus dem Sinn, dass ich gestatten werde, ohne meine Begleitung zu Pferd die Lucchesia zu durchstreifen, um deren Festungen und Burgen auszukundschaften! Wehe, wenn ich Euch als Verräterin entlarven kann.«

In der offenen Terrassentür zeigte sich die Gestalt von Castruccio Castracani. »Hier bist du also, Tiziano. Ich sehe es gerne, dass du unsere junge Contessina mit deinem Charme bezauberst. Aber jetzt nimm Abschied! In wenigen Minuten wird der Herold zum Ende des Festes und zum Aufbruch der Gäste das Signal ertönen lassen. Es wäre mir lieb, wenn du in meiner Kutsche die Heimfahrt anträtest, denn wir haben noch einige ernsthafte Dinge zu besprechen, die sich mit einem drohenden Aufstand in Pistoia befassen.«

Castruccio ging voran, und Tiziano folgte ihm, nicht ohne zuvor Silvana einen finsteren Blick zugeworfen zu haben.

Gewaltsame Entführung

Silvana, die sich vergewissert hatte, dass Tiziano Bernardini auch wirklich in die Kutsche des Signore Castracani eingestiegen war, blieb am Fenster ihres Schlafgemachs stehen. Mit Besorgnis verfolgte sie das langsame Verglimmen der Fackeln. Zum ersten Mal in ihrem Leben war sie ratlos, wie sie sich verhalten solle.

Auf einem ihrer Lauschposten im Burghof von Nozzano hatte sie eines Abends am Feuer der Wachtsoldaten eine Geschichte gehört, die von den Abenteuern eines griechischen Seefahrers handelte.

Dieser Odysseus wollte mit seinem Segelboot eine Meerenge durchfahren, aber zu beiden Seiten lauerten schreckliche Meeresungeheuer, die in den Felsen hausten. Das eine nannte sich Skylla und hatte sechs lange Hälse und zwölf Füße. Aus jedem vorbeifahrenden Schiff raubte es sich jeweils sechs Männer zum Fraße. Das andere Ungeheuer trug den Namen Charybdis und saugte dreimal täglich die Flut ein und spie sie wieder aus, so dass die Seeleute in höchste Bedrängnis gerieten. Sie konnte sich nicht erinnern, wie es diesem tapferen Odysseus gelungen war, diesen furchtbaren Meeresungeheuern zu entrinnen, ohne an den Felsen zur Rechten oder zur Linken zu zerschellen.

So ähnlich, als ob sie zwischen Skylla und Charybdis wählen müsse, fühlte sich jetzt Silvana. Falls sie sich dazu entscheiden sollte, Verrat an der lucchesischen Sache zu üben, würde Conte Tiziano Bernardini sie früher oder später unweigerlich überführen. Der Ruf, eine Verräterin als Tochter zu haben, müsste auch ihren Vater erreichen. Ganz abgesehen davon, dass man sie in ein Verlies einsperren, wenn nicht gar foltern würde, wäre die Familie Monteggiori für immer geächtet. Diesen Weg zu beschreiten, erachtete Silvana als unmögliches Ansinnen. Falls sie es jedoch vorzöge, jeglichem Treffen mit dem Pisaner fernzubleiben, würde bald das ehrlose Dasein ihrer Mutter in allen adeligen Familien die Runde machen. Diese Schande wäre wohl für das Geschlecht der Monteggiori noch entsetzlicher. Sie überlegte sich, was ihr Vater wohl in dieser ausweglosen Lage getan hätte. Wahrscheinlich wäre er mit dem Degen mannhaft seinem Feind gegenübergetreten, hätte ihn getötet oder wäre selbst zu Boden gegangen. Silvana seufzte. Dieser Ausweg blieb ihr zwar verschlossen, aber eben doch nicht ganz. Sie steckte ihr Messer ein, das sie, im Reisegepäck verborgen, mit nach Marlia gebracht hatte.

Die letzte Fackel war erloschen, und der Park lag in undurchdringlicher Finsternis. Doch nun war ihr der Weg zum Teich vertraut. Sie konnte den Pisaner zunächst nicht entdecken, da er sich gegen einen Baumstamm gelehnt hatte und unter herabhängenden Zweigen verborgen hielt. Silvana blieb stehen. Keinen Schritt würde sie ihm entgegengehen, und sie überhörte geflissentlich sein leises Pfeifen.

»Bist du taub?«

Die Stimme ihres Feindes ließ sie nichts Gutes erhoffen. Aber sie trat die Flucht nach vorne an. »Heute habe ich Castruccio Castracani kennen gelernt und festgestellt, dass Tiziano Bernardini sein Günstling ist. Castruccio hat darauf bestanden, dass Conte Bernardini mir Reitstunden erteilt, damit ich an der Falkenjagd teilnehmen kann.« Silvana hätte sich am liebsten die Zunge abgebissen, denn die Erwähnung dieses Jagdvergnügens war ein grober Fehler.

»Dir ist wohl der Ernst deiner Lage nicht bewusst? Du sollst nicht irgendwelchen höfischen Vergnügungen nachgehen, sondern die geheimen Pläne der lucchesischen Signoria herausfinden. Sicher haben Castracani und sein Vertrauter über kriegerische Vorhaben gesprochen. Was also hast du gehört?«

Silvana spürte, dass der jähzornige Pisaner kurz vor einem Wutausbruch stand. Sie entschloss sich, mit einem Teil der Wahrheit herauszurücken. »Da fiel irgendwann das Wort Pistoia, aber worum es ging, habe ich nicht erfahren können.«

Es gelang ihr nicht, rechzeitig aus der Reichweite des wütenden Pisaners zu gelangen. Er holte aus und versetzte Silvana eine solche Ohrfeige, dass sie benommen zu Boden stürzte.

»Steh auf und komm mit!« Er packte das Mädchen am Arm und zerrte sie hoch. Silvana hatte bei dem Sturz ihre Schuhe verloren. Sie bückte sich danach und kam mit solcher Wucht wieder hoch, dass es ihr gelang, dem Mann ihren Kopf in den Unterleib zu stoßen. Roberto di Ripafratta schrie auf und krümmte sich zusammen. Diesen Augenblick benutzte Silvana, um ohne Schuhe davonzulaufen, so schnell sie es vermochte. Sie achtete nicht auf Zweige, die ihr ins Gesicht peitschten, und sie spürte nicht, wie sich Dornen durch die dünnen Strümpfe in ihre Fußsohlen bohrten, stürmte quer durch das Gebüsch in den Südteil des Parks, wo sie das Labyrinth vermutete.

Ob sich der Pisaner von dem Stoß in den Unterleib erholt hatte, konnte sie nicht ergründen, weil das Knacken des Dickichts und ihr eigenes Keuchen jedes andere Geräusch übertönten. Als sie an einigen Treibhäusern vorbeilief, erwog sie kurz, ob es nicht besser sei, sich dort zu verstecken. Aber dann blieb sie doch bei ihrem ursprünglichen Plan, denn ihr zeigte sich bei einem flüchtigen Blick durch die Glasscheiben, dass sich keine der dort wachsenden Pflanzen als Versteck eignete.

»Dem Himmel sei Dank!« Zwischen zwei mächtigen Kastanienbäumen eröffnete sich ein Durchgang, der wohl nichts anderes als der Eingang zum Irrgarten sein konnte. Ohne weiteres Nachdenken lief sie in den Heckenweg, der sogleich mit einer ersten Windung in eine neue Richtung führte. Erst nach mehreren Umkehrungen wagte sie es, mit angehaltenem Atem stehen zu bleiben. Aber ihre Erleichterung, das schützende

Labyrinth erreicht zu haben, schlug in Entsetzen um. Denn sie entdeckte, dass ihr silbrig glänzendes Seidenkleid zerfetzt war, und mit Sicherheit waren einige Stofffetzen im Dickicht hängen geblieben und dienten jetzt dem Pisaner als Spur, die direkt zu ihr führen musste.

Leise schlich sie weiter. Aber während sie die nächsten Windungen hinter sich brachte, ohne zu wissen, wie sie den Ausgang erreichen könnte, hörte sie jenseits der Hecke deutliche Schritte und keuchenden Atem. Wohin sollte sie sich wenden? Längst hatte sie die Orientierung verloren. Und dann geschah das, was ihr einen leisen Schrei entlockte. Ein breiter Wasserstrahl ergoss sich mit Zischen und Brausen über Kopf und Schultern.

Sie hatte einmal davon gehört, dass zu Scherzen aufgelegte Fürsten solche Wasserfontänen in ihren Irrgärten anlegen ließen, um mit ihren Gästen Schabernack zu treiben. Silvana fand jedoch diesen Spaß in keiner Weise erheiternd. Sie wusste, dass es kein Entkommen mehr gab, aber da sie niemals aufgab, rannte sie zur nächsten Kehre und geradewegs in die Arme des Pisaners. Mit Schrecken bemerkte sie, dass ihr Messer beim Aufprall aus der viel zu kleinen Tasche des Kleides gerutscht war. Wenn Roberto di Ripafratta dieses Mordinstrument finden sollte, müsste er wohl die richtigen Schlüsse ziehen, dass sie nämlich beabsichtigte, ihn zu verletzen, wenn nicht gar zu töten. Was dann mit ihr geschehen würde, wagte sie sich gar nicht auszudenken. Aber der Pisaner war viel zu zornig, um die nähere Umgebung zu beachten.

»Hast du wirklich geglaubt, du könntest mir entkommen?« Seine Stimme klang triumphierend. Wie wütend er war, zeigte sich in den nächsten Augenblicken. Er drehte Silvana beide Arme auf den Rücken, nahm seinen Gürtel und band ihr die Hände zusammen. Silvana stöhnte leise. Niemals hätte sie ihm die Schadenfreude gegönnt, ihre starken Schmerzen zu zeigen.

»Je mehr du dich sträubst, umso stärker werden die Fesseln einschneiden.« Roberto di Ripafratta stieß sie vor sich her, als ob sie ein Beutetier sei.

Schneller als erwartet erreichten sie ein Loch in der Hecke, und verbittert dachte Silvana daran, wie nahe sie dem Ausgang gewesen war. Ohne auf Dornen und Stacheln Rücksicht zu nehmen, drückte der Pisaner das Mädchen durch das Gebüsch ins Freie. Draußen erkannte Silvana die Umrisse einer geschlossenen Kutsche. Das also war der geheime Weg, den Roberto di Ripafratta zu benutzen pflegte, um in den Park von Marlia einzudringen. Silvana glaubte nicht, dass ihr diese Entdeckung noch jemals helfen würde.

Der Pisaner bestieg das Gefährt, zerrte Silvana an dem Lederriemen hinter sich her und warf sie drinnen auf eine harte Bank. Anscheinend gab es einen Kutscher, denn ihr Peiniger setzte sich während der Fahrt in eine Ecke und beobachtete sie. »Das wird ein hübscher Ausflug, mein Täubchen. Ich werde dir einen Anblick gönnen, den du noch nie genossen hast.«

Silvana zog es vor zu schweigen. Sie versuchte, den Weg zu verfolgen, und konnte beobachten, dass sie sich der Stadt näherten. Aber zu dieser nachtschlafenden Zeit würde sich niemand in den Gassen aufhalten, den sie um Hilfe rufen könnte.

Der Wagen bog in eine Straße ein, die von einem Wassergraben begrenzt wurde. »Via del Fosso«, Grabenstraße, das hatte sie doch schon einmal bei den Soldaten gehört. Als sie vor einem Gebäude hielten, das mit roten Lampions erhellt war und auf dem mit riesigen Lettern der Name »Casa Giulietta« aufgemalt war, fiel ihr die Episode mit dem jungen Soldaten ein, der von seinen Kameraden verspottet wurde. Was hatte das alles zu bedeuten?

Der Pisaner zerrte sie grob aus der Kutsche und stieß sie vor sich her zu einer hölzernen Tür, wo er eine Glocke betätigte. Der scheppernde Klang rief eine Person unbestimmbaren Alters herbei. In der dämmerigen Beleuchtung des Hausflurs war zu erkennen, dass es sich um ein stark geschminktes Mädchen handelte, dessen Haar mit Henna gefärbt war. »Signora Giulietta erwartet Euch oben.«

Der Pisaner schob das Mädchen rücksichtslos beiseite und stieg eine steile Holzstiege hinauf. Silvana folgte ohne Widerstreben, denn bei jedem Schritt, den sie zögerte, schnitt der Lederriemen schmerzhaft in ihre Handgelenke. Sie kamen an mehreren Zimmertüren vorbei, hinter denen Silvana leises Kichern, aber auch laute Schmerzensschreie hörte. Am Ende des Ganges befand sich eine größere Tür, die Roberto di Ripafratta ohne anzuklopfen öffnete. In dem geräumigen Zimmer, in dem Schwaden eines süßlichen Parfums hingen, stand in der Mitte ein Lehnstuhl, aus dem sich ächzend und stöhnend eine massige Gestalt erhob. Sie betrachtete Silvana von oben bis unten und kniff ihr ein wenig in die Wangen, wogegen Silvana sich in ihren Fesseln nicht wehren konnte. »Nicht übel, die Kleine. Aber nimm ihr den Lederriemen ab, sonst ruinierst du ihr die zarten Handgelenke. Den Riemen wirst du vielleicht später noch benutzen können.«

Der Pisaner kam sofort dem Wunsch der alten Frau nach, die jetzt Silvana umkreiste und von allen Seiten begutachtete. Roberto wurde ungeduldig. »Diese Besichtigung kannst du dir für später aufbewahren. Heute bleibt das Mädchen noch nicht hier. Du hattest mir eine Vorstellung versprochen.«

»Schade. Die Kleine wäre eine Bereicherung.«

Giulietta zwängte sich wieder zwischen die Armlehnen ihres Sessels und betätigte eine Glocke. Das stark geschminkte Mädchen erschien. Silvana erkannte, dass sie einen verängstigten Eindruck machte und nur zu gern wieder verschwand, nachdem sie einen Befehl erhalten hatte.

»Richte Francesco aus, dass er mir Vera herbeibringt, die vorläufig noch im Keller eingesperrt ist.«

Es dauerte eine ganze Weile, bis Silvana ein Poltern und klatschende Geräusche auf der Treppe hörte. Die Tür flog auf, und ein riesenhafter Mensch, der eine Lederschürze trug und eine Peitsche in der Hand hielt, füllte den gesamten Rahmen aus. Er verteilte mehrere Tritte nach hinten, und erst jetzt sah Silvana, dass ein Bündel Mensch auf allen vieren hereinkroch.

Der Pisaner zeigte nicht den leisesten Funken des Mitleids. »Hebe deinen Kopf, damit man dir ins Gesicht schauen kann!«

Das Mädchen kam diesem Befehl nur mühsam nach. Was Silvana nun zu sehen bekam, hatte sie nicht einmal in Nozzano bei einem verwundeten Soldaten erlebt. Die tränenblinden Augen lagen tief in dem verquollenen Gesicht, das überall Spuren heftiger Schläge aufwies, und der Mund war hinter dicken, blau angelaufenen Lippen verborgen.

Silvana fühlte entsetzliche Übelkeit. Die Wände des Zimmers begannen, sich im Kreise zu drehen, und sie ließ sich neben dem Mädchen auf die harten Bodenfliesen fallen.

Der Pisaner lachte laut. »Recht so, mein Täubchen! Dann kannst du die folgende Darbietung besser beobachten.«

Giulietta winkte den Mann in der Lederschürze herbei. »Reiße ihr das Hemd über dem Rücken auf!«

Francesco kam sofort dem Befehl nach. Silvana stand kurz davor, laut zu schreien. Der Rücken des so furchtbar zugerichteten Mädchens war von oben bis unten mit blutunterlaufenen Striemen und Schwären übersät.

Roberto di Ripafratta kannte keine Gnade. Er beugte sich zu Silvana hinab. »Nun höre genau hin, was das Mädchen zu sagen hat. Warum hat man dich so zugerichtet, Vera?«

Irgendein unverständliches Murmeln kam zwischen den verquollenen Lippen hervor.

»Kannst du nicht lauter sprechen? Na gut, dann will ich es für dich sagen. Dieses Mädchen hier musste eine kleine Abreibung über sich ergehen lassen, weil es sich nicht zureiten lassen wollte. Verstehst du, was ich meine?«

Silvana hatte diesen Ausdruck schon oft bei den Soldaten gehört und an den entsprechenden Gesten erkannt, was damit gemeint war.

Sie nickte und erhob sich. »Ja, ich weiß, was das bedeutet. Ihr alle miteinander hier in diesem Hause seid verfluchte Schweine!«

Der Pisaner erhob seine Hand, aber Giulietta griff ein. »Schluss mit dieser Vorstellung! Francesco, bringe das Mädchen in eines der oberen Zimmer und sorge dafür, dass sie ein menschenwürdiges Aussehen zurückerhält. Ich brauche sie bald. Ausfälle kann ich mir nicht leisten.«

Als Francesco mit der erbarmungswürdigen Gestalt den Raum verlassen hatte, wandte sich Roberto di Ripafratta mit freundlicher Miene an Silvana. »Nach diesem schrecklichen Anblick sollst du auch etwas Schönes sehen. Dürfen wir in das hinterste Zimmer gehen, Giulietta?«

Die fettleibige Frau nickte, blieb aber sitzen. »Du weißt ja Bescheid. Mich brauchst du zu dieser Darbietung nicht mehr. Ich hoffe jedoch, dass ich dich mit dem Mädchen wiedersehen werde.«

Der Pisaner schob Silvana den Flur entlang. Fesseln waren nicht mehr vonnöten. Silvana taumelte mehr, als dass sie ging. Das Mobiliar des Zimmers, das sie nun betraten, bestand nur aus einem breiten Diwan. Roberto di Ripafratta lud Silvana mit ausladender Geste zum Sitzen ein.

»Vor dir siehst du ein Loch in der Bretterwand. Schau hindurch!« Um seinen Worten mehr Nachdruck zu verleihen, drückte er ihren Kopf gegen die Bohlen.

Auf einem Bett entdeckte Silvana zwischen dreckigen zerwühlten Kissen einen Mann und eine Frau. Sie wälzten sich stöhnend und ächzend herum, wobei die Frau spitze kleine Schreie ausstieß und der Mann sich schließlich schwer atmend auf ihr niederließ. Silvana wusste seit langen Jahren, wie dieses Spiel sich weiterentwickeln würde.

Auf ihren Streifzügen durch das Kastell Nozzano hatte sie eines Tages zur Dämmerstunde einen Soldaten entdeckt, der heimlich eine Bauernmagd aus dem Dorf eingeschleust hatte. Gebannt hatte sie diesen »Nahkampf«, wie sie dies zunächst nannte, verfolgt. Als sie am nächsten Tag den Soldaten fragte, was er denn da getrieben habe, hatte der lachend geantwortet, er habe mit der Magd das »Tier mit den zwei Rücken« gespielt. Erst als Silvana damit gedroht hatte, sie werde ihrem Vater Meldung erstatten, hatte der Soldat sich zu näheren Erklärungen überreden lassen.

Silvana befreite sich aus dem Schraubstock, den der Pisaner mit harten Händen um ihren Kopf gelegt hatte.

»Na und?« Sie setzte eine hochmütige Miene auf und sah mit Genugtuung, wie sehr sich Roberto di Ripafratta über ihre Gleichgültigkeit ärgerte. Er hatte sich anscheinend von dieser Darbietung mehr erhofft, Angst und Entsetzen.

»Wenn man zu so etwas gezwungen wird und sich dazu noch mit einem pockennarbigen alten Kerl abgeben muss, ist dies gar nicht mehr so lustig. Es wäre schon möglich, dass dir so etwas zustoßen könnte.«

Auf der Heimfahrt hüllte sich Silvana in Schweigen, während der Pisaner wüste Drohungen und Beschimpfungen ausstieß.

»Sieh dich vor, dass du nicht in der Via del Fosso landest! Ich gebe dir eine letzte Chance. In vier Wochen stellst du dich zur Abendstunde an unserem Treffpunkt ein. Bis dahin musst du das Reiten erlernt und die Möglichkeit herausgefunden haben, ohne Aufsicht in der gesamten Lucchesia umherzustreifen. Suche Befestigungen und Kastelle im Grenzgebiet auf, befreunde dich mit Burgherren und Kastellanen, damit du alles über Stärke und Bewaffnung der Besatzung sowie geheime Zugänge in Erfahrung bringst. Solltest du wieder nicht meinen Forderungen nachkommen, wirst du für immer in dem Etablissement der Via del Fosso verschwinden. Glaube mir, kein Mensch wird dich mehr erkennen, wenn man dich zugeritten hat. Und jeder hier in Lucca wird sagen: Wen wundert es? Die Mutter war ja eine ebensolche Hure!«

Die Kutsche hielt vor dem Loch in der Hecke, und der Pisaner stieß sie hinaus.

Wie eine Schlafwandlerin taumelte Silvana den Weg zurück zur Villa Marlia. Die Terrassentür war wie immer unverschlossen, aber diesmal fand sie nichts Tadelnswertes daran, dass der Eingang unbewacht war. Ungesehen erreichte sie ihr Zimmer. Sie hatte befürchtet, nach diesem schrecklichen Erlebnis lange wach zu bleiben, fiel jedoch in tiefen Schlaf, noch ehe sie die Seidendecke über sich gezogen hatte, die sie für gewöhnlich achtlos auf den Fußboden warf, da sie das bunte Blumenmuster als lächerlich empfand.

Als die Morgendämmerung den ersten Sonnenstrahlen wich, wachte sie auf und glaubte zunächst, die Fahrt zur Via del Fosso sei ein fürchterlicher Albtraum gewesen. Erst nachdem sie ihre zerfetzte Abendrobe vor dem Bett entdeckt hatte, erkannte sie die wahren Zusammenhänge des vorhergehenden Abends. Sie fürchtete sich vor der ausweglosen Situation so sehr, dass sie meinte, ihr Kopf müsse zerspringen.

Als es an der Tür klopfte und Marietta mit dem Frühstückstablett eintrat, war sie froh, nicht mehr allein sein zu müssen.

Die alte Dienerin hatte wohl schon so manche Absonderlichkeiten ihrer Herrschaft mitgemacht. Ohne ein Wort zu verlieren, hob sie die verdorbene Kleidung vom Boden auf. Silvana versuchte, Marietta mit allerlei Fragen aufzuhalten, erhielt als Antwort aber nur ein Kopfschütteln.

Es dauerte jedoch nicht lange, bis die Dienerin aufs Neue erschien. Silvana wollte ihren Augen nicht trauen, denn Marietta breitete über einem Sessel die alte Reiterhose aus, die jetzt frisch gewaschen war. Anscheinend war sie nun auch zu einer Unterhaltung bereit. Zwar senkte sie die Augen und faltete die Hände vor ihrem Körper, aber was sie zu sagen hatte, klang teilnahmsvoll. »Contessina, befindet Ihr Euch in Schwierigkeiten? Da ich nur sehr wenig schlafen kann und wegen meines kranken Herzens Luft brauche, habe ich Euch von meinem Fenster aus weit nach Mitternacht in Eurer zerrissenen Kleidung heimkommen sehen. Ihr dürft mir jeden Kummer anvertrauen. Ich bin Eure Dienerin und zu Treue und Stillschweigen verpflichtet.«

Beinahe hätte Silvana die alte Frau umarmt und von ihren Sorgen berichtet, aber eine solche Vertraulichkeit wäre wohl doch zu weit gegangen. Sie war es gewohnt, mit allen Schwierigkeiten ohne fremde Hilfe fertig zu werden. Doch sie legte wenigstens eine Hand auf die Schulter der Dienerin. »Ich danke dir für deine Worte, aber es gibt nichts, wofür ich Rat und Hilfe benötigen würde.«

Marietta mochte die Distanz spüren, die das Mädchen deutlich zum Ausdruck brachte. Sie hob die Augen, ließ die Hände sinken und nahm eine unterwürfige Haltung ein. »Da der Schneider noch keine damenhafte Reitkleidung angefertigt hat, glaubte ich, dass Ihr vorläufig mit Euren alten Hosen, die ich im Garten gefunden habe, vorlieb nähmet. Conte Tiziano Bernardini lässt soeben ein Pferd satteln und erwartet Euch bei den Ställen.«

Silvana wandte sich ihrem Frühstück zu. »Bestelle dem Conte, dass er warten möge. Ich bin keiner seiner Soldaten, die er herumkommandieren kann.«

Marietta enthielt sich jeder Antwort, aber Silvana glaubte nicht, dass sie die unhöfliche Entgegnung wortwörtlich übermitteln würde.

Das Pferd, das Tiziano am Halfter führte, erwies sich als eine kleine Fuchsstute. Sie schien friedlich zu sein, denn sie scharrte nicht mit den Hufen, wie es die Reitpferde in Nozzano taten, wenn sie ungeduldig den Ausritt erwarteten. Dafür war der Conte umso ungeduldiger. Er wanderte vor den Ställen auf und ab, tätschelte im Vorbeigehen die Flanke des Pferdes und wandte immer wieder seinen Blick zum Eingang der Villa. Als Silvana, die ihren Schritt bewusst verlangsamte, endlich auftauchte, ging er ihr unmutig entgegen. »Die erste Regel, Contessina, die ich Euch lehren muss, ist die Tugend des Reiters, absolut pünktlich zu sein.«

Silvana schaute angelegentlich in den Himmel und enthielt sich jeder Stellungnahme. Sie hatte angenommen, dass sie sogleich zu einem Ausritt aufbrechen würden, aber der Conte führte sie in die Mitte eines Platzes, dozierte langatmige Vorträge über die Behandlung eines Pferdes und hielt schließlich den Steigbügel, ohne Silvana beim Aufsteigen behilflich zu sein. Ihr gelang es jedoch ohne Schwierigkeiten, sich in den Sattel zu schwingen. Wenn ihr Vater auch nicht erlaubt hatte, mit ihm oder einem der Soldaten auszureiten, so hatte sie doch heimlich im Stall geübt, ein Pferd zu besteigen.

»Ihr braucht mir nichts über den Charakter der Pferde zu erzählen. Ich bin in Nozzano mit Pferden aufgewachsen.« Diese Lüge ging ihr glatt von den Lippen. Da sie bemerkte, dass der Conte beleidigt schien, drückte sie ihre Schenkel gegen den Leib ihres Reittieres, wie sie das bei den Soldaten gesehen hatte.

Die kleine Stute machte einen gewaltigen Satz und wäre wohl davongaloppiert, wenn Tiziano Bernardini sie nicht am Zügel zurückgehalten hätte.

»Ich sehe, Contessina, dass Ihr noch viel lernen müsst. Darum werde ich Euch zunächst an der Longe im Kreise herumführen.«

Silvana ersparte sich einen Protest. Sie dachte an die zukünftigen Ausritte ohne ihren lästigen Aufpasser und gab sich Mühe, allen barschen Anweisungen möglichst gut nachzukommen. Dabei blieb es ihr nicht verborgen, dass der Conte sie über die Maßen schikanierte.

»Warum sitzt Ihr so gebeugt zu Pferde? Hebt den Kopf, und behaltet die Zügel locker in den Händen! Es sieht so aus, als ob Ihr Euch an der Mähne festhalten wolltet. Den Trab beherrscht Ihr ja noch in keiner Weise. Aber man kann eben nicht immer nur im Schritt reiten.«

Silvana war durchaus bewusst, dass sie zu Unrecht getadelt wurde. Sie erinnerte sich an die Worte von Castruccio Castracani, für den es keine Zweifel gab, dass eine Tochter seines tapferen Waffengefährten Monteggiori eine gute Reiterin sein müsse.

Der Conte schien die Lust an der Lehrstunde zu verlieren. Er hörte unversehens auf, weitere Befehle zu erteilen, und trat zur Mitte des Platzes. »Ich bin überzeugt, dass diese Art des Unterrichtes zu nichts führt. Ihr habt keinerlei Kontakt zu der kleinen Stute, und wir müssen gänzlich von vorne anfangen. Ich werde Euch erst einmal ohne Sattel reiten lassen, damit Ihr eine Verbindung zu Eurem Reittier findet. Vielleicht versuchen wir es einmal mit einem Hengst, der Eurem wilden Wesen mehr entgegenkommt. Wir sehen uns heute Nachmittag.«

Silvana war empört. Wie so oft in ihrem Leben fühlte sie sich ungerecht behandelt, und leider verlor sie entgegen ihrem Vorsatz, sich gefügig zu zeigen, ihre Beherrschung. »Ihr seid nicht nur ein ganz und gar unfähiger Reitlehrer, sondern dazu noch ein ekelhafter Widerling.« Das waren nicht die zahmsten Schimpfwörter, die ihr zur Verfügung standen. Sie hätte aus dem Repertoire ihres Vaters noch ganz andere gewusst.

Tiziano Bernardini blieb zunächst mit offenem Mund stehen, brach aber dann in schallendes Gelächter aus. Er ging auf Silvana zu. »Weißt du nicht noch etwas Treffenderes? Ich denke, du bist unter Soldaten aufgewachsen.«

Silvana ließ sich nicht lange bitten. »Stronzo!« Zufrieden nahm sie wahr, dass dem Conte das Lachen verging. Offensichtlich hatte er ihr so ein Kraftwort nicht zugetraut. Er schien beleidigt.

Kurz hatte sie daran gedacht, am Nachmittag nicht zu dem Reitunterricht zu erscheinen. Aber diesen Triumph wollte sie dem Conte nicht gönnen.

Als sie auf dem Sandplatz vor den Ställen erschien, hätte sie beinahe ihren Entschluss bereut. Tiziano Bernardini hielt einen großen schwarzen Hengst nur mühsam am Halfter fest. Er war ungesattelt und scharrte unruhig mit den Hufen, so dass der Sand nach allen Seiten spritzte. Der Conte grinste. »Wagt Euch nur heran, Contessina, Maestoso beißt nicht! Er ist nicht wilder, als Ihr es seid.« Er flocht die Finger beider Hände ineinander und bildete auf diese Weise einen Steigbügel. »Steigt auf, Contessina, jetzt reitet Ihr ohne Sattel und Longe.«

Silvana dachte an ihren Vater. Sie war eine Monteggiori und wollte sich dieser Herkunft würdig erweisen. Sollte sie sich von diesem verweichlichten Conte demütigen lassen?

Sie nahm seine Hilfe an, aber sie hatte nicht damit gerechnet, dass er sie mit einem so gewaltigen Schwung auf den Pferderücken werfen würde. Ohne sich an dem fehlenden Sattelknauf festhalten zu können, flog sie auf der anderen Seite hinab und fand sich im Sand wieder. Sie spuckte mehrmals aus, um den Sand, der zwischen den Zähnen knirschte, aus dem Mund zu spülen.

Von der anderen Seite des Pferdes klang eine belustigte Stimme. »Nur keine Müdigkeit vorschützen, kleine unbegabte Schülerin! Oder möchtet Ihr es aufgeben, die Reitkunst zu erlernen?«

Beim zweiten Versuch war Silvana auf der Hut. Sie fasste in die Mähne des Hengstes, und so gelang es ihr, auf dem Rücken des Pferdes sitzen zu bleiben. Der Conte erklärte ihr kurz, welche Hilfen sie mit ihren Schenkeln geben müsse, um den Hengst zum Trab oder zum Galopp zu bringen, und gab Maestoso einen kräftigen Klaps. Als sich das Pferd mit einem Satz in Bewegung setzte, fürchtete Silvana, dass sie den Halt verlieren könnte. Nur mit großer Willenskraft gelang es ihr, sich auf dem ungesattelten Pferderücken zu halten. Aber sie wollte ihrem Reitlehrer nicht erneut einen Triumph gönnen.

Tiziano schrie ihr von der Mitte des Platzes aus seine Befehle zu und verfolgte ungläubig, wie seine Schülerin nach und nach Sicherheit gewann.

Silvana machte eine Erfahrung, die in ihr ein nie gekanntes Glücksgefühl erweckte. Sie glaubte zu spüren, dass sie mit diesem Pferd zu einer Einheit verschmolzen war. Der Hengst folgte willig ihrem Schenkeldruck, und sie wagte es sogar, ihn zu einem Galopp zu bewegen. Bis in alle Ewigkeit hätte sie so weiterreiten mögen.

Aber der Conte beendete jäh diesen Gefühlsausbruch. Er brachte Maestoso zum Stehen.

»Es ist genug! Sehr Ihr nicht, dass dieses Tier schon schweißnass ist? Kommt mit in den Stall! Ich zeige Euch, wie man ein erhitztes Pferd mit einem Strohwisch trockenreibt.«

Diese notwendige Übung nach einem scharfen Ritt hatte Silvana schon seit langem den Soldaten abgesehen. Die gutmütigen unter ihnen hatten dem Mädchen auch erlaubt, ihnen zu helfen. Es war also keine außergewöhnliche Tätigkeit, die Silvana jetzt in der Pferdebox unter den Augen des Conte ausführte. Er lehnte mit verschränkten Armen an der Stalltür und beobachtete ihren Umgang mit dem Pferd, ob es nicht irgendetwas auszusetzen gäbe.

Noch an demselben Nachmittag suchte Silvana den Stall auf. Mit leisen Koseworten näherte sie sich dem Hengst und fühlte sich sehr glücklich, als Maestoso den Kopf wandte und wieherte. In der Nachbarbox schlug eines der Pferde mit den Hufen gegen die Trennwand, aber der Hengst blieb ruhig, so dass Silvana es wagte, sich ihm von der Seite zu nähern. Sie lehnte ihren Kopf gegen seinen Hals und verhielt sich für eine Weile still, bevor sie wieder die Box verließ.

»Machst du beim Erlernen der Reitkunst irgendwelche Fortschritte?«, hatte der Marchese bei der Mittagsmahlzeit gefragt.

Silvana hatte den Kopf geschüttelt. »Tiziano Bernardini ist nicht zufrieden mit mir.«

Der Herr der Villa Marlia schien erstaunt. »Ich kann es kaum fassen, dass eine Monteggiori nicht fähig sein sollte, das Reiten zu erlernen. Zudem ist Tiziano ein ausgezeichneter Lehrer. Er hat schon viele Soldaten ausgebildet und befehligt ein Reiterheer, das beim Kampf gegen die Florentiner siegreich eingegriffen hat. Morgen werde ich dem Unterricht zuschauen.«

Silvana konnte kaum den nächsten Tag erwarten. Erst ein Tag war seit den Drohungen des Pisaners vergangen, aber ihr schien es, als wäre ihr das schreckliche Erlebnis in der Via del

Fosso in einem anderen Leben zugestoßen. Noch 27 lange Tage verblieben, bis sie Ripafratta wieder gegenübertreten musste.

Diesmal war sie vor dem Conte im Stall. Der schwarze Hengst wieherte leise, als sie die Box betrat. Sie lehnte ihren Kopf gegen das warme Fell und flüsterte zärtliche Worte. Maestoso blieb mit gespitzten Ohren stehen, ohne mit den Hufen zu scharren.

Mensch und Pferd erschraken, als Tiziano Bernardini mit dröhnenden Schritten den Stall betrat. »Meine Ermahnung, was die Pünktlichkeit betrifft, hat doch wenigstens gefruchtet. Nun wollen wir einmal sehen, ob Ihr auch beim Reiten meinen Anweisungen gehorchen könnt.« Er nahm einen Sattel vom Haken und legte ihn dem Hengst auf den Rücken.

Silvana bemühte sich, dass ihre Frage nicht allzu scheinheilig klang. »Warum soll ich nicht wieder ohne Sattel reiten? Es hat mir viel Spaß gemacht.«

Mit Befriedigung sah sie, dass sich der Conte ärgerte. »Wir sind doch keine Bauernburschen, die sich keinen Sattel leisten können. Ihr ähnelt allerdings sehr einem Bauernjungen. Warum tragt Ihr kein züchtiges Reitkleid, wie es sich für eine Contessina gehört? Irgendwann werdet Ihr auch lernen müssen, im Damensattel zu sitzen.«

»Der Schneider hat mein Reitkleid noch nicht fertig gestellt.« Dabei dachte sie sich im Geheimen: Was mache ich nur, wenn diese Kleidung geliefert wird? Vielleicht werde ich sie im Wald vergraben und behaupten, ich sei überfallen worden.

Es gelang ihr mit Leichtigkeit, sich in den Sattel zu schwingen. Sie hatte das Gefühl, dass ihr der Hengst bei ihrem Bemühen entgegenkäme. Mit Lust umrundete sie den Platz, fiel abwechselnd in Trab und in Galopp, und Maestoso folgte gehorsam ihren Schenkelhilfen. Ihm schien dieser Ritt ebensolche Freude zu bereiten wie seiner Reiterin.

»Bravo! Bravo!«, ertönte es vom Rande des Reitplatzes. Silvana hatte sogleich die Stimme des Marchese erkannt. Sie versuchte sich noch an einer Volte, die sie den Reitern von Nozzano abgeschaut hatte, und brachte Maestoso vor dem Herrn von Marlia zum Stehen.

Der Marchese half ihr aus dem Sattel und machte vor Silvana eine ehrerbietige Verbeugung. »Noch niemals habe ich unter allen Damen unserer Jagdgesellschaften eine so blendende Reiterin gesehen. Sollte das eine Überraschung werden, Tiziano, oder warum hast du uns die Begabung dieses Mädchens verschwiegen? Ich sehe keinen Grund, warum meine Nichte ihre Übungen weiterhin auf dem Platz absolvieren sollte. Es wird Zeit, dass du mit ihr ins Gelände reitest.«

Der Conte schaute zu Boden. »Ich hielt es noch für verfrüht. Schließlich trage ich die Verantwortung.«

»Die darfst du getrost mir überlassen. Morgen möchte ich von Silvana einen Bericht hören, wie ihr der erste Ausritt gefallen hat. Lasse sie den Hengst Maestoso reiten! Eine vollkommenere Einheit von Mensch und Tier kann es wohl nicht geben.«

Der Marchese entfernte sich kopfschüttelnd, und Silvana konnte sich nicht enthalten, ihrem Reitlehrer einen triumphierenden Blick zuzuwerfen. Die Bedrohung durch den Pisaner wäre sogar in weite Ferne gerückt, wenn nicht die Abschiedsworte des Conte an die bevorstehende Gefahr erinnert hätten. »Denke nicht daran, dass du mir auf deinem schnellen Pferd entkommen könntest, um unsere Befestigungen auszuspionieren!«

Erster Falkenflug

Der Ausritt konnte nicht stattfinden, und Silvana war zunächst sehr enttäuscht. Aber sie fühlte sich schnell getröstet, als sie den Grund für den abgesagten Ausflug erfuhr. Der Marchese persönlich, der ihr seit der Reitstunde nun endlich seine Aufmerksamkeit zuwandte, berichtete von der Ankunft eines Boten, der in der Frühe eine Nachricht von Castruccio Castracani überbracht hatte. »Der Herr unserer lucchesischen Signoria hat Tiziano Bernardini zu sich befohlen. Es geht um wichtige Entscheidungen, die ich dir hier nicht auseinander setzen darf. Aber Castruccio wünscht auch dich zu sehen, um dich seiner Gattin, der Marchesa Pina Streghi di Perotti, und seinem erstgeborenen Sohn Arrigo vorzustellen.«

Silvana hatte nicht gewusst, dass Castruccio Castracani verheiratet war. Ihre Neugier war geweckt, und sie betrachtete diesen Besuch als vollwertigen Ersatz für den ausgefallenen Geländeritt. Aufgeregt wählte Marchesa Donata ein Kleid aus, das sie als passend, Silvana jedoch als albernen Tand empfand.

Der Conte trug eine Paradeuniform und einen langen Degen. Er bewegte sich ausgenommen würdig, aber Silvana dachte bei sich, dass er sich aufführe wie der Hahn, der auf dem Burghof von Nozzano laut krähte, ehe er sich auf einem Huhn niederließ. Ob sie wüsste, was der Hahn für eine lustige Vorstellung gebe, hatte sie einer der Soldaten gefragt. Nur um ihn zu seinen Scherzen zu ermuntern, hatte sie den Kopf geschüttelt.

Dennoch bereitete ihr die Kutschfahrt mit Tiziano Bernardini beträchtliches Vergnügen. Sie hütete sich jedoch, ihn nach den Bollwerken und nach den Kanonenposten zu fragen, als sie die Porta San Pietro passierten, denn er beobachtete jeden ihrer Blicke misstrauisch.

Der Wohnsitz der Antelminelli befand sich neben einem Geschlechterturm, auf dem eine Steineiche wuchs. Dort residiere Francesco Guinigi, ein ebenso berühmter wie reicher Edelmann, erklärte der Conte.

»War es nicht dieser Guinigi, der das Findelkind Castruccio aus dem Hause eines Geistlichen geholt und bei sich aufgenommen hat?« Silvana hätte diese Frage gerne zurückgenommen, denn Tiziano sah sie empört von der Seite an.

»Wer hat Euch denn diese Lügen erzählt? Es sind die Feinde Luccas, die solche Schmähungen verbreiten.«

Silvana war froh, dass sie einer Antwort enthoben wurde, weil das Gefährt vor dem turmähnlichen Gebäude hielt. Der Kutscher sprang vom Bock, öffnete den Schlag und half beim Aussteigen. Silvana unterließ ihre brüske Ablehnung, die sie sich am Ankunftstag in Marlia erlaubt hatte. In diesem unbequemen Kleid hätte sie ohne Hilfe auch nicht die Tritte hinabsteigen können.

Das schmiedeeiserne Portal war schon geöffnet, und ein Diener geleitete die Besucher in ein Audienzzimmer. Sie mussten nicht lange warten. Castruccio Castracani betrat mit gewinnendem Lächeln den Raum und führte an seinem Arm eine Frau, die Silvana nur als mäßig schön einstufte, wenn sie einen Vergleich mit den Gemälden zog, auf denen ihre Mutter abgebildet war. Aber die Stimme der Hausherrin klang nicht nur melodisch, sondern auch warmherzig. »Ich freue mich, eine junge Monteggiori kennen zu lernen. Eure arme Mutter hat uns ja leider viel zu früh verlassen müssen.«

Silvana deutete einen Knicks an und senkte den Kopf, um eine plötzliche Röte zu verbergen. Wenn sie die Wahrheit wüsste, diese edle Dame! Sie würde mich sogleich aus dem Hause weisen.

Castruccio Castracani legte einen Arm um die Schultern des Conte. »Wir beide müssen uns jetzt von den Damen verabschieden. Leider gibt es unerfreuliche Dinge zu besprechen. Pina, führe bitte unsere reizende Contessina Silvana in dein Boudoir, und lasse ihr eine Erfrischung reichen. Sicher gibt es zwischen Euch Damen viel zu erzählen.«

Silvana gab sich Mühe, eine erfreute Miene zur Schau zu stellen. Du lieber Gott, was sollte sie mit dieser Frau und Mutter sprechen?

Dann aber wurde es doch ein so interessantes Gespräch, wie Silvana es nicht erwartet hatte. Denn Marchesa Pina war anscheinend über alle Vorhaben ihres Mannes gut unterrichtet und zeigte sich als überaus redselig. Sie wartete noch, bis ein Diener eine Karaffe mit leichtem Weißwein der Colline Lucchesi sowie die berühmten Buccelati aufgetragen hatte, und schickte dann auch ihren Sohn Arrigo hinaus, nachdem dieser vor dem Gast eine artige Verbeugung ausgeführt hatte.

Silvana konnte sich darauf beschränken, entweder zustimmend zu nicken oder verständnislos den Kopf zu schütteln. Denn die Marchesa sprach in einem nicht abreißenden Redefluss.

Sicher wisse Silvana doch von dem Kampf gegen die Florentiner.

Nicken!

Denn dort habe sich die Feldherrnkunst ihres Gemahls auf hervorragende Weise bewährt. Er habe nämlich die besten seiner Leute auf die Flügel gestellt. Da aber die feindliche Streitmacht so angeordnet war, dass die mittleren Reihen schnell vorrückten und die Flügel zurückblieben, seien die schwächsten der Feinde auf die stärksten Lucchesen gestoßen. »Versteht Ihr, was das bedeutete?«

Kopfschütteln.

Die feindlichen Mittelreihen seien geflüchtet, ohne ihre Stärke gezeigt zu haben, weil ihre Flanke entblößt gewesen sei. »Sicher habt auch Ihr von der vernichtenden Niederlage der Guelfenpartei gehört. Ihr wisst doch, um wem es sich da handelt?«

Kopfschütteln.

Hätte sie lieber nicken sollen? Die Marchesa stutzte. Ihre Gesprächspartnerin schien völlig ahnungslos. Sollte denn nichts von diesen erregenden Ereignissen nach Nozzano gelangt sein?

»Nun, die Guelfen sind papsttreue Anhänger, die Ghibellinen, zu denen wir uns zählen, rechnen sich zu den kaisertreuen Gefolgsleuten. Aber ich will Euch nicht mit den alten Geschichten langweilen. Denn neue Auseinandersetzungen beanspruchen die Aufmerksamkeit meines Gemahls und seines treu ergebenen Günstlings Conte Tiziano Bernardini.«

Silvana, die in ihrem Lehnstuhl kaum noch zugehört hatte, richtete sich auf. Von welchen Auseinandersetzungen wollte ihr die Gattin des Principe wohl berichten?

Der Redefluss der Hausherrin kam wieder in Gang. Sie kehrte jedoch zu ihrem Lieblingsthema zurück, zu den berühmten Taten ihres Gemahls und zu der Hochachtung und Liebe, die das Volk von Lucca ihm entgegenbrächte. »Auch nach Nozzano wird mit Sicherheit die Nachricht von dem unerhörten Vorfall gedrungen sein, dass Uguccione, der sich zum Herrn von Pisa gemacht hatte und Castruccio seine Erfolge neidete, den Arglosen zu einem Gastmahl lud, ihn festnehmen ließ und in den Kerker warf. Da hatte er aber nicht mit den treuen Lucchesern gerechnet. Sie zettelten einen Tumult an, griffen zu den Waffen und forderten die Befreiung ihres verehrten Herrn. Uguccione aber floh mit seinen Anhängern in die Lombardei, wo er verarmt starb.«

Silvana hatte noch niemals von diesem Uguccione gehört. Aber wenn die Geschichte stimmte, verfügte Castruccio Castracani wohl über eine unerschütterliche Macht. Ihr gelang es, den Redefluss zu unterbrechen, um eine Frage zu stellen. »Gab es noch einmal einen ähnlichen Vorfall?«

Pina Streghi di Perotti schnaufte hörbar. »Niemals wieder! Denn der Wahlspruch meines Gemahls lautet seit damals: Ein alter Freund kann jederzeit zu einem neuen Feind werden.«

Silvana wollte es genau wissen. »Das klingt so, als ob er auch einen Freund umbringen lasse, der ihm gefährlich werden könne.«

Die Gemahlin von Castruccio Castracani zierte sich ein wenig und rutschte unruhig auf ihrem Sessel hin und her, ehe sie scheinbar nebenbei Auskunft gab. »Ja, das muss wohl so sein.«

Silvana war entsetzt. So also wurde der Ruhm vermehrt. Es nutzte gar nichts, sich Castruccio Castracani, vielleicht auch seinen Günstling, zum Freund zu machen, wenn sie unversehens zu einer Feindin erklärt würde. Sie nahm sich vor, von jetzt an alle Pläne, die ihr zu Ohren kamen, genau aufzuschreiben, um vielleicht doch davon Gebrauch zu machen, falls der Pisaner sie allzu sehr bedrohte, wenn nicht gar in die Via del Fosso verschleppen würde. Denn warum sollte sie nicht einen lebensrettenden Verrat üben, wenn die hohen Herren auch nicht davor zurückschreckten? Sie wollte noch nach Namen fragen, wer denn einem Meuchelmord zum Opfer gefallen sei, als die Flügeltür geöffnet wurde und ein Diener die Damen in die Halle bat.

Dort empfing sie Castruccio Castracani. Er lächelte gewinnend. »Na, habt ihr euch gut unterhalten?«

Marchesa Pina strahlte ihren Gemahl an, den sie anscheinend bedingungslos verehrte. »Wir haben eine außerordentlich angenehme Stunde verbracht. Die Contessina ist eine wunderbare Gesprächspartnerin, und ich würde mich freuen, wenn sie mir des Öfteren Gesellschaft leisten würde.«

Es fiel Silvana nicht schwer, ein erfreutes Mienenspiel zu zeigen. Wie viel könnte sie noch von der schwatzhaften Dame erfahren? Sicherlich genug, um ihren eigenen Hals zu retten.

Auf der Heimfahrt war sie bester Laune. Sie warf nicht einmal einen Blick auf den Kanonenposten. Marchesa Pina würde sie schon über alles Wissenswerte unterrichten.

Am nächsten Morgen wurde sie durch Marietta geweckt. Die Dienerin schien freudig erregt. »Die Marchesa erwartet Euch in ihrem Boudoir. Es gibt günstige Nachrichten für Euch.«

Silvana konnte sich nicht vorstellen, welche frohe Botschaft sie denn erwarten könnte. Nachdem sie lange vergeblich versucht hatte, Marietta die angeblich erfreuliche Nachricht zu entlocken, teilte ihr diese schließlich hinter vorgehaltener Hand mit, am frühen Morgen sei ein Bote des Principe Castruccio Castracani eingetroffen und habe eine Einladung in die Sommerresidenz der Marchesa Pina überbracht. »Das ist eine große Ehre für Euch, denn nicht jedem wird Zutritt zu dieser Villa gewährt, die unterhalb der Festung Montecarlo in einem wunderschönen Park gelegen ist.«

Silvana horchte auf und senkte ebenfalls die Stimme. »Woher weißt du, dass die Einladung mir gilt?«

Sie übersah gnädig, wie Marietta errötete und irgendetwas Unverständliches über Verbindungen zwischen den Dienstboten beider Häuser murmelte. Silvana verzichtete darauf, sich an der Verlegenheit von Marietta zu weiden, und ließ sich sogar von der Dienerin beim Ankleiden helfen.

Die Marchesa eilte mit ausgebreiteten Armen ihrer Nichte entgegen, als Silvana das Boudoir betrat. »Wir alle sind sehr stolz auf dich. Ich hätte nicht geglaubt, dass du dich so schnell eingewöhnen und einen so ausgezeichneten Eindruck bei der ersten Dame unserer lucchesischen Gesellschaft hinterlassen würdest.«

Silvana waren von der Botschaft, die anscheinend alle hier im Hause in Erregung versetzte, nur zwei Worte haften geblieben: »Festung Montecarlo«. Ihre Danksagung klang ehrlich, denn sie hatte keinen größeren Wunsch, als diese berühmte Festung, die in allen Kämpfen der Republik Lucca gegen die feindlichen Städte eine bedeutsame Rolle gespielt hatte, mit eigenen Augen zu sehen. Allerdings befürchtete sie, dass Tiziano Bernardini ihr mit seiner Gegenwart in die Quere kommen könnte, wenn sie die Marchesa zum Ausplaudern wichtiger Staatsgeheimnisse zu bewegen versuchte.

Diese Befürchtung erwies sich als nichtig. Ihre Tante schüttelte bedauernd den Kopf. »Es tut mir Leid, dass ein geplanter Ausritt mit Conte Bernardini in den nächsten Tagen nicht stattfinden kann. Er ist mit seinen Reitern zum Grenzbereich der Lucchesia aufgebrochen, um dort mit seinen Reitern eine Übung abzuhalten.«

Silvana heuchelte Betrübnis und machte ein halbwegs trauriges Gesicht. »Ich hatte mich zwar auf diesen ersten Ausritt sehr gefreut, aber die Einladung in die Sommerresidenz gilt mir mehr. Ich halte sie für eine große Ehre.«

Am Frühnachmittag fuhr eine Kutsche des Stadtherrn von Lucca vor. Silvana konnte es kaum erwarten, die berühmte *Fortezza Montecarlo* zu erblicken, und sie musste sich sehr zusammennehmen, um nicht jetzt schon bei dem Kutscher erste Erkundigungen einzuziehen. Als nach etwa zweistündiger Fahrt auf einem Hügel Rundtürme und Ringmauern auftauchten, konnte sie ihre Bewunderung für dieses Bollwerk kaum unterdrücken. Sie hatte sich eine größere Ausgabe des Kastells Nozzano vorgestellt, aber diese Festung hier war mit der Burg der Monteggiori nicht zu vergleichen. Silvana war sehr enttäuscht, als der Kutscher das Gefährt in einen Kastanienwald lenkte, dessen hohe Wipfel den Blick auf die Festung verwehrten.

Eine breite Pinienallee führte zu einem anmutigen Schlösschen, für das Silvana keinerlei Interesse hegte. Sie empfand auch nur wenig Begeisterung über das blumengeschmückte Gartenzimmer, in dem sie jetzt von Marchesa Pina herzlich empfangen wurde. »Wie sehr habe ich mich auf Euren Besuch gefreut! Ich habe meinem Gemahl berichtet, welch angenehme Unterhalterin Ihr seid!«

Silvana deutete einen Knicks an und musste ein Lachen unterdrücken. Denn sie wusste nur zu gut, dass sie selbst sich mit Fragen begnügt und allein die Marchesa das Wort geführt hatte.

Die Hausherrin geleitete sie zu einem zierlichen Sessel, in dem sich Silvana unbehaglich fühlte. Nur zaghaft entnahm sie einer silbernen Schüssel die lucchesischen Buccelati. Anscheinend bevorzugte die Marchesa dieses Gebäck, um ihren Patriotismus unter Beweis zu stellen. Silvana konnte diesen Buccelati keinen Geschmack abgewinnen, aber der Wein aus den Colline Lucchesi mundete ihr gut. Sie nippte aber nur an diesem alkoholischen Getränk, denn sie wollte ihren klaren Kopf behalten und nicht allzu viel Zeit verstreichen lassen, um ihre erste gezielte Frage zu stellen. »Ist es nicht sehr beängstigend und bedrückend, unter einer so mächtigen Festung zu wohnen?« Sie merkte sogleich, dass sie mit ihrer Frage ins Schwarze getroffen hatte. Der Redestrom der Marchesa war nicht mehr zu bremsen.

Die Festung sei auf zwei Felsen aufgebaut, von denen der eine drei, der andere zwei Türme trage. Dort in den Türmen seien das Arsenal mit den Kanonenkugeln, das Magazin für die eisernen Geräte untergebracht und die Kasematten mit den Pulverfässern, von denen zwölf mit Pulver gefüllt und vierzehn leer seien. Sie erzählte, wo sich Treppen und Geheimtüren befänden und gelangte schließlich zu einer Beschreibung der Quartiere des Festungshauptmanns, der Offiziere und der Mannschaften.

Silvana gelang es nur mühsam, aufmerksam zu bleiben. Sie dachte daran, nach ihrer Rückkunft in Marlia alles aufzuschreiben, was sie behalten hatte.

In ihrem Gepäck befand sich ein Heft mit ihren ersten Schreibübungen. Denn irgendwann hatte ihr Vater beschlossen, sie durch einen Tenente, einen Oberleutnant, unterrichten zu lassen, der ein Holzbein trug und zu keinem militärischen Dienst mehr tauglich war. Silvana dachte mit Rührung an den Invaliden, denn er war unendlich geduldig und stampfte allenfalls ab und zu mit seinem Holzbein auf, wenn er sehr unzufrieden war. Ihre Gedanken schweiften ab zu ihrer Kindheit in Nozzano.

So hatte sie nicht bemerkt, dass ein Mann mit einem Instrument den Raum betreten hatte. Marchesa Pina hatte aufgehört, über die Festung Montecarlo zu berichten, und wandte sich Silvana zu. »Liebt Ihr Musik? Ich bevorzuge die Komponisten aus Bologna und habe diesen jungen Musikanten bestellt, der es meisterhaft versteht, die Lyra zu spielen.« Sie erwartete keine Antwort und nickte dem Musikanten zu.

Silvana hatte noch niemals die Töne einer Lyra vernommen, und sie begann, obwohl sie bisher nur Hörner und Trommeln als einzig würdige Instrumente gelten gelassen hatte, diese Musik als angenehm und beruhigend zu empfinden. Entspannt lehnte sie sich in ihrem Sessel zurück, den sie nun gar nicht mehr als unbequem empfand, und beobachtete die zarten Finger des Lyraspielers. Ob dieser Minnesänger, der ihre Mutter verführt hatte, ebenso schön gesungen hatte, wie dieser junge Mann zu musizieren verstand?

Mitten in diese Verzauberung durch die Musik ertönten Hundegebell und Hufschläge. Marchesa Pina erhob sich eilfertig und spähte durch das Laub der Pergola. »Mein Gemahl ist gekommen, um Euch zu begrüßen. Er hat eine Überraschung für Euch.«

Die Tür wurde mit Schwung geöffnet, und Castruccio Castracani trat ein. Ein Diener folgte ihm, und Silvana erkannte einen hölzernen Vogelbauer in seiner Hand, den Castruccio ihm jetzt abnahm und vor Silvana hochhielt. »Hier habe ich Euch einen Falken mitgebracht. Er ist gut abgerichtet und wird Euch dazu verhelfen, die edle Beizjagd zu erlernen. Die Tochter meines treuen Waffengefährten, Conte Monteggiori, wird keine Schwierigkeiten haben, die Jagd mit dem Falken auszuüben.«

Silvana betrachtete zweifelnd den goldbraunen Vogel mit den glänzenden Augen und den scharfen Krallen. Wie sollte sie jemals diesen Vogel dazu bringen, ihr zu gehorchen?

Castruccio Castracani war ihre Miene wohl nicht verborgen geblieben. »Ihr müsst Euch nicht fürchten, denn ich habe den besten Falkner der gesamten Gegend für Euch als Lehrer bestellt. Schon morgen wird Rudolfo Ridolfi aus Loppeglia Euch zu Pferde abholen, um Euch in seinem Areal zu unterweisen.

Unter seiner Leitung werdet Ihr bald die beste Falknerin der Lucchesia sein. Den Falken werde ich noch heute zu ihm bringen lassen. Ich hoffe, dass ich Euch eine gelungene Überraschung bereitet habe.«

Silvana brauchte nicht zu lügen, um ihre Freude auszudrücken. Allein der Ritt in dieses Dorf würde ein herrliches Erlebnis werden. Sie verabschiedete sich mit ehrlichen Dankesworten und einem strahlenden Lächeln.

In Marlia berichtete sie begeistert von ihrem Besuch und dem Geschenk und hatte nichts dagegen, von Marchesa Donata in die Arme geschlossen zu werden. »Ich bin sehr glücklich, dass du dich hier so gut eingelebt hast und dass dir der oberste Herr unserer lucchesischen Signoria und vor allem seine Gemahlin so überaus freundlich gesonnen sind.«

Auch der Marchese schien zufrieden zu sein. »Ich wünsche dir mit deinem Falken viel Jagdglück und hoffe, dass du dich ebenso anstellig zeigen wirst wie bei deinem Reitunterricht.«

Silvana zog sich in ihr Zimmer zurück und fühlte sich so glücklich, dass sie mit keinem Gedanken an die Bedrohung dachte, der sie durch den Pisaner ausgesetzt war. Den Gedanken an einen Verrat schob sie weit von sich, und sie verzichtete sogar darauf, alles das aufzuschreiben, was die Gemahlin von Castruccio Castracani vertrauensselig ausgeplaudert hatte.

Ein klein wenig enttäuscht war sie schon, dass sich der berühmte Falkner Rudolfo Ridolfi als ein weißbärtiger alter Mann erwies. Aber als er sie geschickt und mit vorsichtigen Bewegungen in den Sattel hob, fasste sie sogleich Vertrauen zu ihm. Maestoso ließ sich nur schwer zügeln, und Silvana hatte den Eindruck, dass der schwarze Hengst diesen Weg nach Loppeglia schon oft getrabt sei.

Sie ritten ein Stück durch die Ebene an einem Bach entlang, und ihr Führer spornte sein Pferd zu einem leichten Galopp an. Silvana bewunderte den alten Mann, dem der folgende

Anstieg auf einem steinigen Mulipfad keine Schwierigkeiten bereitete. Sie selbst brauchte alle ihre Aufmerksamkeit, um auf der Steigung nicht aus dem Sattel zu rutschen. Daher bemerkte sie nicht, dass sie kurz nach einer Wegbiegung ein Dorf erreicht hatten. Das musste Loppeglia sein, denn Rudolfo Ridolfi zügelte sein Pferd und ließ sich aus dem Sattel gleiten. »Wir sind da.«

Er pfiff auf den Fingern, und sogleich öffnete sich die Stalltür des alten Gehöftes, und ein Junge näherte sich eilfertig, um Silvana aus dem Sattel zu helfen. Der Falkner schnalzte missbilligend mit der Zunge. »Dies ist mein Enkelsohn Stefano, dem es wohl angestanden hätte, Euch in sauberer Kleidung zu begrüßen. Wem Castruccio Castracani einen Falken geschenkt hat, der sollte ehrerbietig empfangen werden.«

Der Junge schaute nur kurz betreten vor sich hin. »Ich dachte, dass wir sogleich in den Stall gehen, damit die Dame ihren Falken bewundern kann. Er ist der schönste Vogel, der mir je begegnet ist.«

Auch Silvana konnte es kaum erwarten, ihren Falken zu sehen. »Ich finde es nicht so wichtig, wie Euer Enkelsohn gekleidet ist. Denn ich möchte gerne schon heute die erste Bekanntschaft mit meinem Falken machen.«

Stefano ergriff ohne Scheu ihre Hand und zog sie hinter sich her zu den Stallungen. Rudolfo Ridolfi betrachtete die vertrauliche Geste mit Missbilligung. »Die Contessina wird für viele Wochen deine Schülerin sein. Denn ich alter Mann eigne mich nicht mehr als Lehrmeister, du dagegen, der als bester Falkner weit und breit gilt, darfst die Ausbildung übernehmen. Vergiss aber nie, dass du eine Dame aus edlem Geblüt vor dir hast.«

Weder Stefano noch Silvana nahmen diese Worte zur Kenntnis. Sie waren schon in den Stallungen, und Silvana betrachtete mit Interesse die Stangen, auf denen die Falken saßen. »Welcher ist meiner?«

Der Junge drehte sich zu ihr um und strahlte sie an. »Rate einmal!«

Silvana wanderte die Reihe entlang und blieb plötzlich mit klopfendem Herzen vor einem der Vögel stehen, den sie zu erkennen glaubte. Seine Schwingen waren von einem glänzenden Braun, und an der Spitze des Gefieders leuchteten helle Tupfer, die kleinen Goldperlen glichen. »Dieser hier muss es sein.« Sie streckte die Hand aus, um dem Vogel über das Gefieder zu streichen.

Aber Stefano zog sie zurück. »Halt! Der Vogel kennt dich noch nicht und würde dich mit seinem harten Schnabel und den spitzen Krallen übel zurichten. Du musst ihn erst näher kennen lernen. So wie mich auch.« Er sah sie fröhlich lachend an, legte einen Arm um ihre Schultern und drückte sie fest an sich.

Silvana fühlte sich überrumpelt. Noch niemals hatte ein junger Mann sie in den Arm genommen. Die Soldaten in Nozzano hätten eine solche Annäherung aus Furcht vor ihrem Capitano nicht gewagt, und der Zugriff des Pisaners war zügellos und brutal gewesen.

Die Worte des Großvaters schienen bei seinem Enkelsohn nicht viel zu fruchten. Er tat, als sei nichts geschehen, als er sie aus seiner Umarmung entließ, und Silvana trat schweigend einen Schritt zurück, weil sie nicht wusste, wie sie sich verhalten sollte.

»Morgen lassen wir zunächst einen sehr zahmen Falken fliegen. Ich glaube schon, dass er nach seinem Beutezug auf deine Hand zurückkehren wird, und ich hoffe, dass du keinen Ekel vor halbtoten Beutetieren empfindest.«

Silvana schüttelte den Kopf. »In Nozzano gab es viele Burgkatzen, die nicht gerade selten allerlei übel zugerichtete Tiere angebracht haben. Aber es dämmert schon. Wird Rudolfo Ridolfi mich nach Marlia zurückbringen?«

Stefano schaute zum Wohnhaus hinüber, in dem kein Lichtschein zu sehen war. »Großvater mag wohl müde sein. Ich werde deine Begleitung übernehmen.«

Besorgt beobachtete Silvana die einfallende Dunkelheit. Konnte sie sich diesem doch etwas wilden jungen Mann anvertrauen? Aber Stefano ließ ihr keine Wahl. Er führte Maestoso in den Hof und sattelte für sich selbst ein Pferd, das schon unruhig mit den Hufen scharrte.

Später, in Marlia, fragte sich Silvana, ob sie sich gewünscht hatte, dass ihr Begleiter so brav geblieben war, wie er sich den langen Weg zurück betragen hatte. Die Umarmung war ihr nicht unangenehm gewesen, und sie hätte gerne gewusst, wie es ein Mädchen anstellen musste, um einem Jungen zu gefallen und dennoch züchtig zu bleiben. Sie konnte weder ihre Tante noch Marietta fragen. Die Soldaten von Nozzano hätten ihr vielleicht einen Rat geben können, aber die kannten sich wohl nur mit den Bauerndirnen aus, die sie ab und zu heimlich in die Burg einschleusten.

Auch heute unterließ sie es, sich in ihrem Heft Notizen zu machen, und den Gedanken an Roberto di Ripafratta schob sie weit von sich. Unversehens musste sie an Tiziano Bernardini denken. Wo mochte er mit seinen Reitern sein? Der Marchese hatte einmal den Namen Castiglione erwähnt, eine Grenzfestung in einer nicht weit entfernten Gegend, die sich Garfagnana nannte. Sie hatte zwar keinerlei Lust, irgendwelche Festungen auszuspionieren, aber es wäre ihr sehr recht, wenn der Conte zurückkäme, um sie auf der Falkenjagd zu bewundern. Sie war sich ganz sicher, dass dies der einzige Grund war, warum sie diesen ewig übel gelaunten Mann vermisste.

Marchesa Donata nahm regen Anteil an den Erlebnissen ihrer Nichte. Sie selbst pflegte als Edeldame von Marlia auch an den Falkenjagden teilzunehmen. »Aber zu großen Künsten habe ich es nie gebracht.«

Silvana fand eine Entschuldigung. »Vielleicht war Euer Falke schlecht abgerichtet.«

Ihre Tante hob abwehrend die Hände. »Das kann nicht der Grund sein, denn man gab mir ein Tier aus der berühmten Falknerei in Loppeglia. Vielleicht aber ist der gute alte Rudolfo Ridolfi schon gar zu alt, um eine Edeldame die Beizjagd zu lehren. Vor Ehrfurcht wagte er kaum, mir die Hand zu führen. Ich hoffe für dich, dass der Enkelsohn dich sorgsam in die Geheimnisse der Falkenjagd einführt.«

Silvana schaute zu Boden. »Er soll der beste Falkner der Lucchesia sein, habe ich gehört.«

»Ja, das stimmt! Ich fürchte aber, dass auch er einer Contessina Monteggiori gegenüber sehr schüchtern sein wird, denn schließlich muss er sich immer bewusst sein, wen er vor sich hat. Natürlich bringt das auch Vorteile mit sich. Ich kann dich mit diesem wohlerzogenen Jungen getrost allein in die Wälder reiten lassen. Er wird dir niemals zu nahe treten, um dein Ehrgefühl nicht zu verletzen.«

Silvana schämte sich, weil es ihr nicht schwer fiel, heuchlerische Worte zu finden. »Ja, das glaube ich auch. Dieser Junge macht einen zurückhaltenden Eindruck.«

Sie musste sich beherrschen, um nicht zu lachen. Heimlich wünschte sie, dass sich die Einführung in die Geheimnisse der Falkenjagd unterhaltsam gestalten würde. Die Soldaten in Nozzano hatten jedenfalls immer sehr gelacht, wenn sie von ihren Ausritten in die Wälder erzählt hatten.

Wieder war es der alte Falkner Rudolfo Ridolfi, der sie am nächsten Morgen zum Ausritt abholte. Er schien Sorgen zu haben, denn sein Gesicht sah noch zerfurchter aus als am vorhergehenden Tag. Silvana wusste nicht, wie sie ihn dazu bringen könnte, von einem Kummer zu erzählen, der ihn vielleicht bedrückte.

Am Einstieg zum Mulipfad, kurz nachdem sie den kleinen Bach Freddana hinter sich gelassen hatten, blieb der Alte jedoch stehen. Er drehte sich zu Silvana um, kratzte sich hinter den Ohren und fuhr sich durch seinen grauen Bart. Anscheinend wusste er nicht, wie er seine Rede beginnen sollte.

Silvana schwieg abwartend, und schließlich begann Rudolfo mit heiserer Stimme seine Rede. »Mein Enkelsohn Stefano ist ohne Zweifel der berühmteste und beste Falkner der Lucchesia. Er ist noch sehr jung, aber doch schon ein Mann. Seine Jugend führt dazu, dass ihm die Berühmtheit zuweilen zu Kopf steigt, so dass er die sozialen Grenzen nicht mehr wahrnimmt und sie überschreitet. Eigentlich gebührt ihm ab und zu eine Tracht Prügel. Aber ich bin schon zu alt für eine solche Bestrafung, und Stefano ist eben doch schon mannbar. Ich bitte aber für ihn um Vergebung, falls er sich Euch gegenüber ungehörig benommen haben sollte.«

Der alte Mann atmete schwer. Diese Rede hatte ihn angestrengt. Silvana war von Mitleid erfüllt und hätte jede Unwahrheit ausgesprochen, um Rudolfo Ridolfi einen Kummer zu ersparen. »Eure Sorgen sind unbegründet, denn Euer Enkelsohn ist mir in keiner Weise zu nahe getreten. Er hat jederzeit den Respekt gewahrt, den er einer Contessina Monteggiori schuldet.«

Sie beobachtete zufrieden, dass sie mit dieser kleinen Notlüge dem alten Mann eine Last vom Herzen genommen hatte. Dennoch hielt er es für angebracht, einen Nachsatz anzufügen. »Mein Enkelsohn ist mit einem Mädchen aus dem Dorf verlobt, dessen Eltern brave, rechtschaffene Leute sind. Ich möchte nicht, dass Stefano unsere Familie ins Gerede bringt.« Er wandte sich um, ohne eine erneute Antwort abzuwarten, und begann den Aufstieg.

Silvana wusste nicht so recht, ob diese letzten Worte an sie selbst gerichtet waren. Wollte der Falkner sie zur Zurückhaltung ermahnen? Oder dachte er gar daran, dass sie zu einer Demütigung des Bauernmädchens fähig war? Sie konnte sich nicht daran erinnern, jemals so fröhlich und unbeschwert gewesen zu sein wie beim Zusammensein mit diesem Jungen. Die Möglichkeit, einmal leichtlebig zu sein, würde sie sich nicht nehmen lassen. Was hatte überhaupt diese Bauerndirne aus dem Dorf bei den Falken zu suchen? Sollte sie doch ihre Arbeit auf dem Acker verrichten! Die Falkenjagd war seit eh und je das Vorrecht der adeligen Gesellschaft.

Als sie sich dem Gehöft näherten, hörte Silvana schon von weitem eine Stimme. Sie erkannte sogleich, dass Stefano ein Lied angestimmt hatte.

»Ich zog mir einen Falken, länger als ein Jahr.

Als ich gezähmt ihn hatte und er lieb mir war …«

Der Junge brach sein Lied ab und eilte Silvana entgegen. An der linken Hand trug er einen ledernen Handschuh, auf dem ein Falke hockte, der mit kurzen Lederfesseln angebunden war, mit der rechten führte er ein Reittier am Halfter. »Bleibt im Sattel, Contessina! Wir werden zu einer Lichtung reiten, wo wir den Falken in die Lüfte entlassen werden. Auch Ihr dürft dann, wenn es Euch beliebt, einen Versuch wagen.«

Der Großvater schien mit der höflichen Anrede zufrieden zu sein. Er lächelte und wünschte den beiden guten Erfolg.

Silvana war entzückt, als beim Aufbruch ein melodisches Klingeln kleiner Schellen zu vernehmen war, wurde aber sogleich von dem jungen Falkner belehrt, dass diese nur dazu dienten, einen verlorenen Vogel wieder aufzuspüren.

Eine Weile ritten beide stumm nebeneinander her. Hatte der Großvater seinen Enkel etwa ernsthaft zurechtgewiesen? Silvana überlegte, wie sie sich verhalten sollte, und schlug dann einen heiteren, unverfänglichen Ton an. »Du kannst sehr hübsch singen.«

Anscheinend hatte Stefano nur darauf gewartet, dass sie die Unterhaltung beginnen würde. »Dieses Falkenlied hat mich der Großvater gelehrt. Magst du es hören?« Er war ohne weiteres zum vertraulichen »Du« zurückgekehrt.

Sie waren inzwischen bei der Lichtung angelangt, und beide sprangen leichtfüßig aus dem Sattel. Der Junge lehnte sich gegen den Stamm eines Kastanienbaumes, und Silvana ließ sich vor ihm nieder. Sie hoffte, dass niemand gerade jetzt auftauchen würde, als Stefano mit weit tragender Stimme zu singen begann, und sie wagte nicht, sich zu rühren. Aber als der Sänger bei der letzten Zeile angelangt war, die mit den Worten endete »Gott sende gnädig zusammen, die nach Liebe sich sehnen«, trat das ein, wovor Silvana sich am meisten gefürchtet hatte.

Vom Waldrand her ertönte ein wütender Schrei. »Was singst du da von der Liebe?«

Die beiden fuhren herum wie ertappte Sünder. Eine dralle Dirne in bäurischer Kleidung näherte sich ihnen wie eine Furie. Ihre aufgelösten brandroten Haare wehten wild um ihren Kopf. Silvana blieb sitzen und verhielt sich still, während Stefano dem aufgebrachten Mädchen entgegentrat und sie hart am Arm packte. »Schäme dich, hier vor der Contessina Monteggiori einen derartigen Aufruhr zu veranstalten! Und rede nicht von etwas, wovon du nichts verstehst! Ich rate dir gut, sofort an deine Feldarbeit zurückzukehren. Sonst werde ich deinem Vater berichten müssen, dass du dich am helllichten Morgen in den Wäldern herumtreibst.«

Aber die Bauerndirn ließ sich in keiner Weise einschüchtern. »Und ich werde deinem Großvater mitteilen, dass du der Contessina Monteggiori Liebeslieder vorsingst.«

Stefano verabreichte ihr eine nicht allzu harte Ohrfeige. »Schweige jetzt, und beleidige nicht diese Edeldame!«

Das Mädchen revanchierte sich für die Ohrfeige, indem sie dem Jungen mit allen zehn Fingern in seine Lockenpracht fuhr. Er schrie laut auf und warf die Dirne auf den Erdboden, so dass sie neben Silvana in das Gras rollte.

Nun hielt es Silvana für angebracht, mit entschiedenen Worten einzugreifen, obwohl sie gute Lust verspürte, einen Tritt auszuteilen. »Du wirst jetzt auf der Stelle zu deiner Arbeit zurückkehren! Falls du dich widerspenstig zeigst, werde ich deinem Grundherrn über deine Unbotmäßigkeit Mitteilung machen müssen, damit er dich empfindlich bestraft.«

Das Bauernmädchen erhob sich, warf Silvana wütende Blicke zu und rannte aufheulend dem Wald zu.

Stefano erwähnte den peinlichen Vorfall mit keinem Wort. »Wir werden jetzt den Falken fliegen lassen. Schau zu, wie ich das mache!« Er löste die Fußfessel des Falken, der während der ganzen Zeit still auf seinem Handschuh gesessen hatte, und gab ihm einen kurzen Befehl. Steil erhob sich der Vogel in die Luft, und Silvana verfolgte aufmerksam seinen Flug.

Der Falke kreiste mehrmals über der Lichtung. Aber dann entdeckte Silvana einige Vögel, die wohl ihren Feind bemerkt hatten und eilig davonzufliegen suchten; allerdings vergeblich, wie sich an dem nun folgenden Kampf erwies. Aufgeregt beobachtete Silvana, wie der Falke versuchte, mit seinen scharfen Krallen eines der Beutetiere zu fassen, um es dann mit Bissen in den Nacken töten zu können. Mehrmals gelang dem Angegriffenen die Flucht, aber seine Flügel schlugen immer schwächer. Noch einmal gaben beide Vögel das Schauspiel eines Luftkampfes, bis schließlich der Falke den Sieg davongetragen hatte.

Silvana schirmte die Augen ab, um die Rückkehr des Falken gegen die nun hoch stehende Sonne erkennen zu können. Schneller, als sie gedacht hatte, ließ sich der Falke auf dem Handschuh seines Meisters nieder. In den Krallen hielt er noch das blutende Beutetier. Silvana hatte zu viele verwundete Soldaten erlebt, um über diesen Anblick entsetzt zu sein. Sie brannte darauf, ihren ersten Versuch zu wagen.

Stefano streifte seinen Lederhandschuh ab und zog ihn dem Mädchen über die linke Hand. »Der Falke kennt den Geruch. Nicht nur das wird seine Heimkehr erleichtern, sondern auch dieses Federspiel hier, auf das ein wenig Lockspeise gebunden ist.« Er ließ eine Attrappe aus Leder mit zwei Vogelflügeln an einer langen Leine durch die Luft schwingen und lockerte die Fußfesseln des Falken, der schon unruhig mit den Flügeln schlug und sich sogleich in die Lüfte erhob.

Aufgeregt verfolgte Silvana seine Flugbahn. »Wird er zurückkommen?«

Stefano schien ein wenig besorgt. »Dieser Falke ist ein Terzel, wie man die zwar gewandten, aber im Verhältnis zu den Weibchen kleineren männlichen Falken nennt. Bei größeren Beutetieren sind sie die Unterlegenen.«

Silvana grinste. »Wie bei den Menschen.«

Aber Stefano stand nicht der Sinn nach Scherzen. Mit zunehmender Besorgnis beobachtete er den Luftkampf, der sich zwischen dem Falken und einem großen Vogel hoch oben am Himmel abspielte. Vergeblich schwang er das Federspiel, um seinen Falken, dessen Kräfte immer mehr zu erlahmen schienen, zur Rückkehr zu bewegen.

Silvana stieß einen Schrei aus. Denn der Falke begann zu taumeln und stürzte unaufhaltsam dem Erdboden entgegen, so dass sein Flug mit den Augen nicht mehr zu verfolgen war.

Stefano blieb nur einen einzigen Augenblick reglos stehen, ehe er dem schwachen Klang des Glöckchens folgte, das aus einem nahe gelegenen Gebüsch ertönte.

Auch Silvana fühlte sich zunächst wie gelähmt. Als es ihr gelungen war, das Dickicht zu überwinden und Stefano einzuholen, war das leise Bimmeln verklungen. Der einst schneeweiße Falke befand sich in einer Lache dunkelroten Blutes. Seine ehemals glänzenden Augen waren gebrochen, und das Gefieder lag reglos und wie verdreht neben dem Vogelleib.

Silvana konnte nur mit Mühe einen lauten Schrei unterdrücken. Da sie aber in Nozzano dazu erzogen worden war, jegliches unbeherrschte Jammern zu unterdrücken, und ihr Vater stets drohend die Hand erhoben hatte, wenn ihr auch nur in den Sinn gekommen war, das Gesicht weinerlich zu verziehen, ließ sie sich stumm neben dem toten Vogel nieder. Doch als sie den finsteren Gesichtsausdruck des Falkners bemerkte, hielt sie ein Schuldbekenntnis für angebracht, wie man es stets von ihr verlangt hatte. »Ich allein trage die Verantwortung für den Tod dieses Falken. Er wollte nicht zu mir zurückkehren und hat dieses schreckliche Ende der Rückkehr auf eine fremde Hand vorgezogen.«

Die Wirkung dieser Worte war jedoch ganz anders, als sie das von Nozzano her gewohnt war, wo einem Schuldanerkenntnis jedes Mal eine Strafe folgte. Stefano, der zunächst fassungslos seine Blicke zwischen dem knienden Mädchen und dem toten Vogel hin- und herwandern ließ, setzte sich, ohne auf spitze Dornen und Steine zu achten, neben Silvana auf den Erdboden und begann, sie zu streicheln. »Beruhige dich! Niemand trägt die Schuld am Tod dieses Vogels. Es kommt schon vor, dass auch ein gut abgerichteter Falke in einem Beutetier seinen Meister findet.«

Er zog Silvana zu sich heran, bettete sie vorsichtig in das hohe Gras und legte ihren Kopf in seinen Schoß. Noch niemals war Silvana so zärtlich berührt worden. Es gelang ihr, sich zu entspannen, was sie sich in ihrem bisherigen Leben nicht erlaubt hatte. Sie schob ihren Argwohn und ihre Wachsamkeit beiseite und wehrte sich nicht, als Stefano sich über sie beugte und zu küssen begann: ihre Augenlider und Schläfen, die Ohrläppchen und Lippen, die sie in einem Anflug von Erschrecken kurz aufeinander presste, ehe Stefano Zugang fand. Sie hatte jegliche Kontrolle und Selbstdisziplin verloren, die man ihr mit Härte beigebracht hatte. Als seine Hände vorsichtig immer tiefer tasteten, wünschte sie sich, dass dieses wunderbare Gefühl niemals vergehen würde.

Aber ein knackendes Geräusch ließ sie hochfahren. Sie öffnete die bis dahin geschlossenen Augen und fühlte alle Wärme aus ihrem erhitzten Körper entweichen. Kaum zwei Schritte von ihnen entfernt stand eine Gestalt, die sie am wenigsten erwartet hätte: Roberto di Ripafratta, der Pisaner. Er hatte sein Gesicht zu einer höhnischen Grimasse verzogen, nickte mehrmals anerkennend mit dem Kopf und machte unmissverständlich eine obszöne Handbewegung, ehe er wieder in dem Dickicht verschwand. Silvana wurde von Panik erfasst. Der Pisaner hatte sie anscheinend nicht nur jetzt, sondern wohl schon seit dem letzten Treffen beobachtet und sich nun bedrohlich in Erinnerung gebracht. Sie konnte ein Zittern nicht unterdrücken.

Stefano hatte die plötzliche Veränderung des Mädchens wohl bemerkt und auf seine Weise gedeutet. »Du brauchst dich nicht zu fürchten. Ich werde dich niemals verletzen und deine Jungfräulichkeit nicht antasten.« Er richtete sich auf und reichte ihr die Hand, um ihr aufzuhelfen. »Es wird Zeit, an die Heimkehr zu denken.«

Silvana wunderte sich über seinen Gleichmut, mit der er ihre Kleider von Gras und Erde säuberte und den Falken, dessen Blut nun geronnen war, in der Satteltasche verstaute. »Ich werde ihn in unserem Garten begraben und meinen Großvater bitten, dass er dich nach Marlia zurückbegleitet.«

Beinahe hätte Silvana eingewandt, dass sie sehr gut allein heimreiten könne, aber dann dachte sie schaudernd daran, dass der Pisaner ihr vielleicht in den Wäldern auflauern würde, und sie nahm das Angebot an, obwohl sie befürchtete, dass der alte Mann kein sicherer Schutz sei.

Ihre Ängste erwiesen sich zwar als unbegründet, aber dennoch atmete sie erleichtert auf, als sie das Tor der Villa Marlia erreicht hatten.

Gefährliches Spiel

Am nächsten Morgen erwachte Silvana, als Marietta das Schlafgemach betrat. Die Dienerin hatte sich keinerlei Mühe gegeben, leise zu sein, und warf mit einem Gesichtsausdruck des Unmuts die saubere Reithose auf einen Stuhl. Irgendwann, zu nächtlicher Zeit, musste sie das beschmutzte Kleidungsstück geholt haben, um es zu reinigen. Silvana tat, als ob sie schliefe. Aber Marietta ließ sich nicht täuschen, sondern trat nahe an das Bett heran.

»Contessina, lange Zeit schon diene ich in diesem Hause und habe viele Gäste betreut. Ich wundere mich nicht mehr darüber, dass adelige Damen von der Falkenjagd mit beschmutzten Röcken zurückkehren. Keine von ihnen hat jemals etwas von einem Sturz berichtet, bei dem sie eine Verletzung davongetragen hätte.«

Silvana richtete sich aus ihren Kissen auf. »Na und? Die Damen werden sich schämen, schlechte Reiterinnen zu sein, und einen Sturz vom Pferd verschweigen.«

»In unseren Kreisen erzählt man sich von ganz anderen Dingen. Piero, der die Aufgabe hat, die Jagdhunde zu betreuen und kleine Vögel aus dem hohen Gras aufzuscheuchen, hat auf seinen Streifzügen Beobachtungen gemacht, die er bereitwillig in Küche und Keller zum Besten gibt.«

Silvana tat empört. »Das finde ich aber ziemlich unverschämt, über die adelige Gesellschaft herzuziehen, um sich lustig zu machen. Man sollte ihn bestrafen!«

»So, meint Ihr das? Bestrafen sollte man eher verheiratete Edeldamen, die sich die Röcke über den Kopf schlagen lassen, um mit den Herren ihrem Vergnügen nachzugehen. Ihr werdet wohl wissen, Contessina, was ich damit meine!«

Silvana fuhr sich verlegen durch die Haare und schwieg. Die Dienerin schien dies als Schuldanerkenntnis zu deuten. »Ihr seid eine Tochter des Herrn von Nozzano und, wie ich hörte, streng erzogen worden. Vergesst nicht diese gute Erziehung, und hütet Euch davor, auf dem Waldboden Spiele zu treiben, die Ihr später bereuen könntet.«

Silvana sprang aus dem Bett und umarmte die alte Dienerin. »Sorge dich nicht! Ich werde meine Mädchenehre zu bewahren wissen.«

Marietta schien noch nicht beruhigt. »Der Falkner wartet auf Euch bei den Ställen, aber nicht Rudolfo Ridolfi, dem sich jede Dame anvertrauen kann, sondern Stefano, dieser durchtriebene kleine Bursche.«

Silvana wurde hellhörig und hielt Marietta fest, als diese den Raum verlassen wollte. »Wieso durchtrieben? Das musst du mir aber näher erklären! Er gilt als bester Falkner der gesamten Lucchesia.«

Marietta zierte sich, und Silvana hatte das Gefühl, dass jene ihre Berichte bereits bereute. Nur widerwillig ließ sie sich zurückhalten und zum Sprechen bringen. »Wie ein Engel sieht er aus, der Enkel von Rudolfo Ridolfi, aber er ist ein kleiner Teufel und macht seinem Großvater das Herz schwer. In Lucca geht das Gerücht, dass er sich seine Dienste auf der Falkenjagd von den Damen mit einem Schäferstündchen bezahlen lässt. Wenn sich eine besonders hochfahrende Jägerin weigert, sich die Röcke hochschlagen zu lassen, soll er sogar Gewalt angewandt haben.«

Silvana trat wütend mit dem Fuß auf. »Das glaube ich einfach nicht. Niemals würde er sich mit Gewalt nehmen, was eine ehrenhafte Dame ihm verweigert.«

Marietta erlaubte sich ein vielsagendes Lächeln. »Gebe Gott, dass Ihr Recht behaltet!«

Silvana hatte sich vorgenommen, Stefano spüren zu lassen, dass er es mit einer Contessina Monteggiori zu tun hatte und sich keine Zudringlichkeiten erlauben konnte. Sie ärgerte sich ein wenig, dass es keine Veranlassung gab, ihre Überlegenheit spürbar werden zu lassen. Denn der junge Falkner machte vor ihr eine tiefe Verbeugung und hielt ihr den Steigbügel. »Mein Großvater fühlt sich unwohl und lässt sich entschuldigen. Es tut mir Leid, dass Ihr mit mir vorlieb nehmen müsst.« Bei diesen höflichen Worten senkte er sein Gesicht tief zu Boden, aber Silvana glaubte trotzdem, ein spöttisches Lächeln zu erkennen. Wortlos ritt sie voran und legte eine schnelle Gangart vor.

Der Großvater erwartete sie vor dem Haus und erkannte sogleich, dass es zwischen den beiden zu keiner vertraulichen Annäherung gekommen war. Er schien zufrieden zu sein und begrüßte die Contessina ehrerbietig, während Stefano ohne nähere Erklärungen im Stall verschwand.

Erst nach einer Weile kehrte er zurück, und Silvana erkannte sogleich, dass er ihren Falken auf dem Handschuh trug. Das Gefieder mit den goldenen Tupfern glänzte in der Sonne, wie sie es bisher bei keinem anderen Falken gesehen hatte.

Sie dachte an den Tod des schneeweißen Falken und fürchtete sich davor, dass dieses Tier ein ebensolch trauriges Schicksal erleiden könnte. »Ist dieser Falke auch ein Terzel?«

Stefano schüttelte den Kopf und bequemte sich dann zu einer Antwort. »Der Falke, den dir Castruccio Castracani geschenkt hat, ist ein auserlesenes weibliches Tier, das nicht nur durch seine Schönheit besticht, sondern außerdem stark und robust ist. Ich selbst habe diesen Falken abgerichtet. Du wirst ihn heute auf deiner Hand herumtragen, damit er sich an dich gewöhnt.«

Sie führten die Pferde am Halfter dem Wald zu, und Stefano behielt den Vogel bis zu der Lichtung auf seinem Handschuh. Anscheinend konnte er sich nur schwer trennen.

Silvana drängte darauf, nun endlich den Falken zu übernehmen. Stefano entnahm seiner Satteltasche einen neuen

Handschuh und war ihr beim Anlegen behilflich. Der Falke flatterte unruhig mit den Flügeln, beruhigte sich aber, als der junge Falkner einige zärtliche Worte flüsterte. »Jetzt folge mir! Wir tun vorläufig nichts anderes, als mit dem Vogel durch den Wald zu streifen. Er ist mit den kurzen Lederriemen am Handschuh angebunden. Er kann also nicht davonfliegen.«

Ohne sich umzuschauen, ging Stefano voran, und Silvana folgte zunächst zaghaft. Aber nach und nach spürte sie eine Verbindung zwischen Mensch und Tier und sprach einige leise Worte, wie sie es bei dem jungen Falkner gehört hatte.

Sie entfernten sich immer weiter vom Hof des Falkners, und Silvana hatte längst die Orientierung verloren, als Stefano unter einem knorrigen Kastanienbaum stehen blieb. »Jetzt kommt die Bewährungsprobe, ob du eine gute Reiterin bist. Da der Falkner sein Tier immer auf der linken Faust trägt, ist es notwendig, von rechts das Pferd zu besteigen, ohne den Falken in Unruhe zu versetzen.«

Silvana sah ihn siegesgewiss an. »Das habe ich in der Reitstunde erlernt.« Sie schwang sich mühelos in den Sattel, während Stefano dieses Manöver mit bitterböser Miene verfolgte. Silvana kam es so vor, als ob er sich einen Misserfolg gewünscht hätte.

»Jetzt kannst du zeigen, ob der Falke sich an dich gewöhnt hat. Schau über das Tal! Dort oben unter den kleinen weißen Wolken tummeln sich einige Beutetiere. Binde nun deinen Falken los und entlasse ihn in den Himmel!«

Silvana zitterte ein wenig, als sie die Lederriemen löste und dem Falken einige aufmunternde Worte mit auf den Weg gab. »Lieber Gott, lass ihn zu mir zurückkehren!«

Sie verfolgte mit ängstlichen Blicken den Flug des Falken und bemerkte, dass Stefano angespannt den Kampf beobachtete. Der Falke trieb sein Spiel mit dem Beutetier, das er umkreiste und immer wieder entkommen ließ. Aber so plötzlich, dass man die Bewegung vom Erdboden aus nicht erkennen konnte, packte er mit seinen Krallen den gar nicht einmal so kleinen Vogel, biss zu und kehrte mit dem so getöteten Tier zu Silvana zurück und ließ sich auf ihrem Handschuh nieder.

Stefano wandte ihr nun endlich sein Gesicht zu. »Ich bin zufrieden. Aber noch steht dir eine wichtige Prüfung bevor. Die Teilnehmer einer Beizjagd sind gezwungen, durch dichtes Gestrüpp auf unebenem Waldboden über herausragende Wurzeln zu reiten, ohne den Falken von ihrer Hand zu verlieren oder gar zu stürzen. Mir nach, Contessina!«

Er preschte voran, ohne sich umzuschauen, ob sie ihm folgen könne. Aber er hatte wohl nicht damit gerechnet, eine so gute Reiterin zu diesem gefährlichen Ritt aufzufordern. Silvana achtete nicht darauf, dass Zweige ihr ins Gesicht peitschten und dicke Wurzeln das Pferd zum Stolpern brachten. Sie hatte nur Augen für ihren Falken, der sein Gefieder eng angelegt hatte.

Unversehens zügelte Stefano sein Pferd, und Silvana konnte in seiner Miene Bewunderung ablesen. Aber schon unterbreitete er ihr eine neue Aufgabe. »Auf der Beizjagd werden die Frauen stets von einem Ritter begleitet. Es kommt vor, dass einer der adeligen Herren sein Pferd dicht neben das seiner angebeteten Dame führt, ihre Taille umschlingt und sie zu sich aufs Ross holt oder, falls ihm das misslingt, sie zu Boden reißt. Es könnte sein, dass jemand dies auch an dir erprobt, und darum erscheint es mir wichtig, dich auch auf einen solchen Übergriff vorzubereiten.«

Silvana stellte sich ahnungslos. Aha, nun kam das, wovor Marietta sie gewarnt hatte. Aber sie würde sich schon zu wehren wissen!

Stefano gab ihr einen Wink. »Reite voran, und achte auf den Falken!«

Silvana setzte ihr Pferd in Trab. Eine schnellere Gangart ließ der Wald nicht zu. So gelang es Stefano, sie sehr schnell einzuholen. Er zügelte sein Pferd und drängte dessen Leib eng neben Maestoso, der mit einem Sprung auszuweichen versuchte. Mehrere dicke Baumstämme verhinderten jedoch ein Ausbrechen. Silvana hatte Mühe, ein Aufbäumen ihres Pferdes zu verhindern, denn mit Sicherheit wäre ihr bei diesem Manöver der Falke entglitten. In diesem Augenblick griff Stefano zu. Sie hatte nicht gedacht, dass dieses schmale Bürschchen eine derart immense Kraft entwickeln könnte. Aber da sie sich kräftig zur Wehr setzte, gelang es ihm nicht, sie vor sich in den Sattel zu heben, und gemeinsam stürzten sie zu Boden.

Silvana blieb für kurze Zeit benommen liegen. Aber sie wurde hellwach, als sie spürte, dass Stefano sich rittlings auf ihr niederließ. »Möchtest du noch dieses Spiel zu Ende führen? Die Ritter lassen es nämlich nicht bei dem Sturz bewenden.«

Silvana wusste nicht, warum sie sich auf dieses so genannte Spiel einließ. »Da es bisher keinen Sieger gibt, könnten wir unseren Kampf fortsetzen, bis feststeht, wer wen hier besiegt hat.«

Nur kurz dachte sie an das, was Marietta ihr über diesen Jungen und die willigen adeligen Damen erzählt hatte. Vielleicht hatten die Edelfrauen den kleinen Falkner für ein halbes Kind gehalten und nicht daran gedacht, dass aus einem Spiel unversehens Ernst werden könnte. »Es ist mir schon zu Ohren gekommen, was du mit den adeligen Damen anstellst, aber ich will diese Mären nicht glauben.«

Stefano lachte laut und drückte ihre Schultern zu Boden. »Du erweist dich als gute Gespielin. Ich eröffne also den ersten Zug und ziehe den Springer nach vorn.« Er warf sich über sie und hielt ihre Hände rechts und links eng an ihrem Körper fest.

Silvana fühlte sich überrumpelt und fragte sich, warum er mit der Erwähnung des Springers eine Figur des Schachspiels ins Feld führte. Wollte er den spielerischen Charakter seines plötzlichen Angriffs betonen, oder beabsichtigte er, sie mit allerlei Wortgeplänkel zum Leichtsinn zu verleiten?

Das königliche Spiel mit dem Namen »Schach« war ihr nicht unbekannt. Sie hatte oft zugeschaut, wenn ihr Vater gegen einen der Offiziere am Schachbrett einen leidenschaftlichen Kampf ausfocht. Conte Monteggiori war ein berühmter Kriegsmann, aber ein miserabler Schachspieler. Weil er regelmäßig verlor, tobte und fluchte er bei jedem falschen Zug, der ihn unaufhaltsam der Niederlage zutrieb. Silvana war es ein Leichtes gewesen, sich bei diesem Lärm unentdeckt in einer Zimmerecke aufzuhalten, und nach und nach hatte sie die Regeln dieses Spiels begriffen.

Sie beschloss, die Herausforderung des jungen Falkners anzunehmen, obwohl es hier im Wald kein Schachbrett gab und die Züge der Spielfiguren nur stellvertretend für das Vorgehen in einem ganz anderen Spiel standen, das zwar nicht mit dem Verstand zu gewinnen war, aber doch eine schnelle Reaktion erforderte. »Ich rücke zunächst mit den Bauern vor. Mir eilt es nicht damit, deine Offiziere zu bedrohen!«

Stefano hielt ein und betrachtete sie begeistert. »Oh, du kennst das königliche Spiel. Dann hüte die Dame! Sie wird durch meinen Läufer bedroht. Der ist nämlich sehr wendig, und das werde ich dich sogleich spüren lassen.« Er ließ sich schwer auf ihr nieder und biss ihr zärtlich in die Ohrläppchen.

Noch hielt Silvana den Augenblick nicht für gekommen, sich ernsthaft zur Wehr zu setzen. Noch schien alles ein Spiel zu sein. »Ich setze meinen Turm ein, der den deinen bedroht!« Sie revanchierte sich für den Biss, indem sie ihn kräftig an den Haaren zog.

»Da hast du aber nicht aufgepasst. Deinen Turm kann ich mit meinem Läufer nehmen.« Er ließ ihr keine Möglichkeit, sich unter ihm zu bewegen, und verschaffte sich mit der Zunge Zugang zu ihrem Mund.

Silvana erkannte, dass die Lage für sie bedrohlich wurde. Seine Miene hatte einen Ausdruck angenommen, den sie an ihm beobachtet hatte, als das Falkenweibchen das blutige Beutetier herbeigebracht hatte. Sie versetzte ihm einen nicht gar zu sanften Backenstreich. »Dann setze auch ich meinen Läufer ein und biete deinem König Schach.«

Stefano schien wütend zu sein, von einer Frau geschlagen zu werden. »Du wagst es, einen König zu bedrohen? Eine solche Dreistigkeit kann nur mit äußerster Härte geahndet werden.« Er packte ihren Hemdkragen, riss das Kleidungsstück von oben bis unten auf und umfasste grob ihre Brüste.

Silvana schrie vor Schmerz laut auf, zog ihre Knie an und stieß sie ihm rücksichtslos in den Unterleib. Sie hatte erkannt, dass aus dem Spiel unerwarteter Ernst geworden war. Ob Marietta doch Recht gehabt hatte mit dem, was sie über die Gewalt des Falkners gesagt hatte? Mit allen ihren Kräften rollte sie sich beiseite und erstarrte. Denn was sie zu sehen bekam, erschreckte sie bei weitem mehr als der unvermutete Angriff auf ihre Ehre.

Fast über ihr stand ein Ritter in kriegerischer Rüstung mit geschlossenem Visier, aber an seiner Helmzier erkannte sie sogleich, dass es sich bei der Furcht erregenden Gestalt um einen Pisaner handeln musste. Als der Mann zu reden begann, gab es für sie keinen Zweifel mehr: Roberto di Ripafratta war ihnen gefolgt. »Das sind ja merkwürdige Übungsstunden, die ihr beide hier im Wald abhaltet! Da gibt es allerdings für die Tochter des Conte Monteggiori noch allerlei zu lernen. Vielleicht könnte ich dabei behilflich sein.«

Silvana war sehr froh, dass Stefano sich von der bedrohlichen Erscheinung nicht einschüchtern ließ, sondern sich breitbeinig vor das Mädchen stellte. »Wagt es nicht, diese Dame anzurühren! Sie steht unter meinem Schutz.«

Der Ritter stieß ein dröhnendes Gelächter aus, das sich unter dem geschlossenen Visier wie ein fernes Donnerrollen anhörte. »Behalte dein Weibchen nur für dich! Ich verzichte auf diese Stute, die immer noch nicht zugeritten zu sein scheint. Mir geht es hier um ein ganz anderes Weibchen.«

Er trat auf den Baum zu, auf dessen unterstem Zweig Stefano den Falken angebunden hatte. Roberto di Ripafratta löste in aller Ruhe die ledernen Riemen und packte mit kundigem Griff den Falken, der heftig mit den Flügeln schlug und krächzende Schreie von sich gab. Mit einem leichten Schlag auf den Kopf brachte der Pisaner das Tier zur Ruhe.

Stefano war mit einem Sprung neben ihm und versuchte vergeblich, ihm den Falken zu entreißen, während Silvana genau wusste, dass dieser Angriff gegen einen Ritter in Rüstung erfolglos bleiben müsste. »Verbrecher! Räuber! Hundsfott!

Dieser Vogel ist ein Geschenk unseres Herrn Castruccio Castracani. Ihr habt kein Recht, Euch an diesem Falken zu vergreifen. Ich werde Euch bis ans Ende der Welt verfolgen, um Euch dieses wertvolle Tier wieder zu entreißen.«

Der Zornesausbruch des Jungen rief nur ein höhnisches Lachen hervor. »Dann mache dich nur sogleich auf den Weg. Damit dir jedoch die Verfolgung nicht gar zu leicht wird, nimm dies als Wegzehrung mit.« Er holte weit mit seinem Arm aus und versetzte Stefano einen Schlag, der den Jungen bewusstlos zu Boden warf. Roberto di Ripafratta verachtete jede Mühe, sich leise zu entfernen. Der Hufschlag seines Pferdes war noch lange aus der Ferne zu hören.

Silvana kniete sich neben Stefano auf den Boden. Er blutete stark aus der Nase und einer Platzwunde am Kopf. Von seinen Augäpfeln war nur das Weiße zu sehen, und sein Atem war kaum zu hören.

Silvana fürchtete, dass der Pisaner den Jungen halb totgeschlagen haben könnte. Sie entfernte sich einige Schritte, ob vielleicht in dieser wasserreichen Gegend das Murmeln einer Quelle vernehmbar wäre. Aber sie wagte nicht, den schwer verletzten Jungen allzu lange allein zu lassen. Darum füllte sie ihr Taschentuch mit feuchter Erde und eilte zurück, um die Erde auf seine Stirn zu pressen. Sie hatte auch schon beobachtet, dass der Medikus einen ohnmächtigen Soldaten beatmet hatte, und versuchte, sich zu erinnern, wie er das erfolgreich getan hatte.

So presste sie ihre Lippen auf die seinen und blies ihren Atem in seinen Mund. Noch niemals hatte sie ein solches Glücksgefühl empfunden, als Stefano deutlich und regelmäßig zu atmen begann.

Wie lange sie neben dem Jungen ausgeharrt hatte, bis er mit ihr zu sprechen begann und sich langsam erhob, wusste sie später nicht zu sagen. Die Mittagsstunde musste schon weit überschritten sein, denn die Sonne fiel schräg durch das Blättergewirr der Bäume.

Silvana war immer noch sehr besorgt. »Kannst du wirklich reiten, oder soll ich dich zu mir aufs Pferd nehmen?«

Anscheinend hatte Stefano seine Kraft zurückgewonnen, denn er schüttelte ihren hilfreich dargebotenen Arm ab. »Da du nicht vor mir im Sattel sitzen wolltest, werde auch ich dein Angebot nicht annehmen. Jetzt wird es Zeit, dass ich meine Schwäche überwinde und mich wieder als Mann beweise.«

Nur sehr langsam gelang ihnen der Aufstieg. Als sie die letzte Anhöhe vor dem Dorf Loppeglia erklommen hatten und sich die Wiese vor dem Haus des Falkners ausbreitete, blieb Silvana jäh stehen. Vor den Stallungen hatte sich eine Gesellschaft versammelt, die an ihrer Kleidung als adelige Herrschaft erkennbar war. Nun erlebte Silvana ihren zweiten Schrecken an diesem unglückseligen Tag, denn in der Mitte dieses Kreises erkannte sie Castruccio Castracani.

Anscheinend waren auch sie entdeckt worden. Einer der Reiter wies zum Waldrand und rief so laut, dass die Ankömmlinge seine Worte vernehmen konnten: »Da sind ja endlich die beiden!«

Alle Gesichter wandten sich ihnen zu, als sie sich den Reitern näherten, die nun plötzlich verstummt waren. Castruccio wartete, bis sie nahe herangekommen waren, und bedeutete ihnen mit einem Wink, dass sie vom Pferd absteigen sollten. Seine Stirn hatte er in Falten gelegt, und seine Stimme klang bedrohlich. »Wo kommt ihr zu dieser Stunde her? Ich traf am Morgen mit meinen Freunden hier ein, um zu beobachten, welche Fortschritte die Contessina in der Kunst der Falkenjagd aufzuweisen hat. Es sieht aber nicht danach aus, dass ihr euch mit dem edlen Waidwerk befasst habt.« Er warf einen zornigen Blick auf die zerrissene Bluse des Mädchens.

Silvana fühlte sich außerhalb des Sattels vor der hohen Gestalt des Principe klein und nichtswürdig. Sie entschloss sich jedoch, mutig Rede und Antwort zu stehen. »Wir sind von einem fremden Ritter überfallen worden. Schaut Euch Euren jungen Falkner an, wie man ihn zugerichtet hat.«

Castruccio wandte sich Stefano zu. »Hast du die Ehre der Contessina gegen diesen Fremden verteidigt, oder hat die wehrhafte Tochter des Conte Monteggiori dich so zugerichtet, als du ihr die Jungfräulichkeit nehmen wolltest?«

Stefano murmelte etwas Unverständliches, während sein Herr sich umsah und den Sattel betrachtete. »Wo ist der Falke?«

Wieder hielt es Silvana für das Beste, den Vorfall zu erklären, denn sie glaubte, dass man einer Tochter des Burgherrn von Nozzano eher den Verlust des wertvollen Vogels verzeihen würde als einem Untergebenen. »Der Ritter trug eine Rüstung und hat uns mit Gewalt den Falken entrissen.«

Sie hatte nicht vorausgesehen, dass Castruccio Castracani so zornig werden könnte. Es schien so, dass er seinen jungen Falkner am liebsten geschlagen hätte, wenn dieser nicht schon in einem so erbarmungswürdigen Zustand gewesen wäre. »Und du hast dir das gefallen lassen? Ein guter Falkner lässt sich eher totschlagen, als seinen Falken herzugeben. Ich habe den Verdacht, dass man dir den kostbaren Vogel heimlich entwendet hat, als du mit ganz anderen Dingen beschäftigt warst. Schon seit einiger Zeit hat man mir Klagen adeliger Jagdteilnehmerinnen zugetragen, dass du gerne Spiele treibst, die für diese edlen Damen ehrenrührig sind. Bisher habe ich vor diesen Gerüchten meine Ohren verschlossen. Da aber die Contessina Monteggiori der Gemahlin eines Freundes und Waffengefährten, der ehrenwerten Marchesa Donata, anvertraut wurde, bleibt mir nichts anderes übrig, als dich unter die Soldaten zu stecken. Im Kampf magst du deinen Übermut austoben.«

Erst jetzt entdeckte Silvana den alten Falkner Rudolfo Ridolfi. Er lehnte an der Eingangstür des Hauses und hielt sich mühsam am hölzernen Knopf fest. Bei den Worten des Principe wurde er so blass, als ob alles Blut aus seinem Körper entwichen wäre. Er sah Silvana starr in die Augen und schüttelte den Kopf.

Silvana sah schuldbewusst zu Boden. War sie nicht etwa sehr gern auf dieses Liebesspiel eingegangen, und hatte sie es nicht sogar freiwillig immer weiter getrieben, weil sie neugierig auf das Ende war? Sie wusste, dass sie jetzt irgendetwas zur Rettung des Jungen unternehmen musste. Sie trat einen Schritt näher an Castruccio heran und fasste nach dem Steigbügel.

Ihr Lehrer, der Tenente, hatte mit ihr eine Geschichte gelesen, die reich bebildert war. Eine Darstellung hatte ihr besonders gut gefallen. Dort hatte ein Reiter die Steigbügel eines prunkvollen Pferdes erfasst und sich tief vor einem stolzen Herrn verneigt, um seine Ergebenheit auszudrücken. Sie wusste nicht mehr, ob dieser Fürst Gnade walten oder den untreuen Vasallen hinrichten ließ. Ein Versuch, den armen Stefano vor einem Soldatenleben zu retten, konnte wohl nicht schaden. »Als Tochter Eures treuen Waffengefährten, Conte Monteggiori, wage ich eine Bitte zu äußern. Schickt diesen Jungen nicht in einen Kampf, in dem er aufgrund seiner Unerfahrenheit dem sicheren Tod entgegengeht. Ich habe schon oft miterlebt, wie mein Vater mit strenger Hand aus einem leichtlebigen Burschen einen Mann und tüchtigen Kämpfer herangezogen hat. Gebt Stefano die Gelegenheit, sich aus einem begabten Falkner zu einem ebenso begabten und treuen Soldaten zu entwickeln, auf den sein Großvater stolz sein kann.«

Castruccio Castracani betrachtete das unter ihm stehende Mädchen mit erstaunter Miene. Noch niemals hatte jemand gewagt, seine Pläne zu durchkreuzen. Aber ebenso hatte er noch niemals den Bitten einer Frau widerstehen können.

Er nickte unwillig. »Also gut! Um des Großvaters willen, und ein wenig auch wegen deiner klug gewählten Worte, werde ich zwar nicht so ohne weiteres Milde walten lassen, dem Heißsporn jedoch eine Möglichkeit verschaffen, die härteste Bestrafung abzuwenden.«

Er wandte sich zu seinen Begleitern um. Denn in seinem Rücken hatte sich ein lautes Murren und Räuspern erhoben. Einige der Herren scharrten sogar mit den Füßen.

Castruccio Castracani wies mit ausgestreckter Hand auf einen Ritter, der sein Gesicht zu einer hässlichen Grimasse verzogen hatte. »Habt Ihr einen Einwand, Conte Mansi?« Sein

Blick wandte sich einem älteren Mann zu. »Und Ihr, Marchese Visconti, wollt Ihr mir etwas sagen? Und Ihr, Edler von Castelnuovo, und Ihr, Marchese von Diecimo, seid Ihr mit meiner Entscheidung nicht einverstanden?«

Der zuletzt Genannte hob sein Gesicht und ballte die Faust. »Ich spreche wohl im Namen der anderen, die von diesem Kerl die größte Kränkung erfahren haben, die es für einen verheirateten Edelmann gibt. Für die erlittene Schmach fordere ich Genugtuung, auch im Namen der Contessina, deren Zustand wohl keiner näheren Erklärung bedarf. Dem Burschen hier gehört eine Tracht Prügel, ehe man ihn zu den Soldaten schickt.«

Silvana konnte beobachten, wie die anderen Herren verhohlen grinsten, und ihr kam der Gedanke, dass es sich bei den genannten Adeligen wohl um gehörnte Ehemänner handeln musste.

Castruccio Castracani lächelte ein wenig. »Zu einer solch harten Bestrafung wird später immer noch Zeit sein, wenn nämlich dieser Schlingel hier nicht in der Lage sein sollte, sich als guter Lehrer zu erweisen, sondern die Stunden zu einem ganz anderen Unterricht benutzt hat. Hole einen Falken, Junge, und bringe einen Handschuh für die Contessina mit! Denn sie wird den Falken fliegen lassen. Und wehe dir, wenn der Vogel nicht mit einem Beutetier auf die Hand der Dame zurückkehrt.«

Silvana blickte entsetzt zu dem Herrn der lucchesischen Signoria auf. Warum schob er ihr die Entscheidung über Wohl und Wehe des jungen Falkners zu? Sie ergriff von neuem den Steigbügel. »Erfüllt mir noch eine Bitte! Ich möchte mir den Falken selbst aussuchen.«

Castruccio schien Vergnügen an dieser Lösung zu finden. Er sah nicht einmal mehr zornig aus. »Nun gut, geht miteinander in den Stall, und kommt mit einem Falken Eurer Wahl wieder. Aber bleibt mir nicht zu lange!«

Außer den soeben aufgerufenen Herren brachen alle in lautes Gelächter aus, und einer von ihnen rief ihnen sogar etwas von den Annehmlichkeiten eines warmen Heuhaufens hinterher.

Stefano war nicht zum Lachen zumute. »Gib deine Hand, damit ich dir einen Lederhandschuh überstreifen kann. Hauche ihn an, so dass er deinen Geruch annimmt, und streiche damit über das Gefieder des Vogels, den ich dir aussuche! Ich werde ein Weibchen aussuchen, das sich als kühn und zugleich aber folgsam erwiesen hat.«

Silvana folgte seinen Anweisungen. »Gib mir noch einen Ratschlag!«

»Wir wählen die Lichtung. In den umliegenden Bäumen halten sich stets die kleineren Vögel auf, und wenn jetzt die Reitergesellschaft mit Gelächter und lauten Reden auftaucht, werden sich alle Vögel erheben. Lasse deinen Falken möglichst schnell fliegen, ehe größere Vögel auftauchen. Ich werde die Fesseln nur locker binden.«

Draußen wurden sie mit Spannung erwartet. Mit dieser Darbietung fühlten sich die Herren für das lange Warten entschädigt. Auch machten die zuvor so erbosten Herren zufriedene Gesichter, denn sie freuten sich wohl schon auf eine Niederlage des jungen Falkners und darauf, dass sie dann ihre Reitpeitsche kräftig schwingen durften.

Stefano ließ ihnen keine Zeit, einen anderen Ort als die Lichtung auszusuchen. Er setzte sich unverzüglich in Bewegung. Silvana war so aufgeregt, dass es ihr beinahe nicht gelungen wäre, mit dem Falken in der linken Hand von rechts aufzusteigen. Als sie aber ein leises Murmeln in ihrem Rücken hörte, erwachte ihr Stolz. Sie warf Stefano einen Blick zu und nickte zuversichtlich.

Die lucchesischen Herren verhielten sich stiller, als Stefano erwartet hatte. Kein Vogel wollte sich erheben, aber er wagte es nicht, mit lautem Geschrei oder Händeklatschen einzugreifen. Dennoch verlor Silvana nicht den Mut. Mit lauter Stimme schrie sie ihr »Invincibile«, die altbekannte Kampfparole von Nozzano, die sie früher aus vielen Soldatenkehlen gehört hatte, und es kam ihr so vor, als ob dieser Ruf als Echo zurückkäme.

Ein Rauschen und Flügelschlagen ertönte, als sich ein riesiger Schwarm kleiner Vögel erhob, die sich in der beginnenden Dämmerung schon zur Nacht niedergelassen hatten. Hastig, aber mit sicherer Hand, löste Silvana die Fesseln, und der Falke stieg in steilem Flug gen Himmel. Vergeblich versuchten die kleinen Vögel, sich zu retten. Das Falkenweibchen packte, noch ehe sich größere Vögel einstellten, zwei der Beutetiere mit den Krallen und biss ihnen in den Nacken. Mit der zweifachen Last kehrte es zum Erdboden zurück und zögerte kurz, wo es sich wohl niederlassen solle, umkreiste bald Stefano, bald das Mädchen. Aber auch jetzt ließ Silvana sich nicht entmutigen. Ihre Lockrufe, die sie Stefano abgelauscht hatte, wiesen dem Falkenweibchen den richtigen Weg, und Silvana beeilte sich, die Fesseln anzulegen, sobald der Vogel auf dem Handschuh saß.

»Bravo! Bravo!«, ertönte es in ihrem Rücken. Alle ohne Ausnahme spendeten ihr Beifall.

Castruccio Castracani ließ sich aus dem Sattel gleiten und verbeugte sich vor der Contessina. »Ihr seid eine ausgezeichnete Falknerin, und es wird mir zur Ehre gereichen, wenn Ihr an der nächsten Jagd teilnehmen werdet.«

Silvana wies auf Stefano, der ein triumphierendes Lächeln nicht unterdrücken konnte. »Der Ruhm gebührt meinem ausgezeichneten Lehrer, und ich erbitte mir jetzt die versprochene Milde.«

Der Herr von Lucca nickte, wenn auch ein wenig widerstrebend. »Nun gut! Ich pflege meine Versprechungen einzuhalten. Stefano mag diese Nacht noch bei seinem Großvater verbringen, der mir dafür haftet, dass der Bursche sich morgen in aller Frühe zum Aufbruch bereithält. Zwei meiner Reiter werden ihn abholen und nach Nozzano bringen. In einem versiegelten Schreiben werde ich Conte Monteggiori über die Vorfälle unterrichten.«

Silvana wurde aufgrund ihres Erfolges allzu mutig. »Ich bitte Euch darum, den kleinen Trupp begleiten zu dürfen, um Euer Schreiben persönlich meinem Vater zu überreichen, den ich schon lange wiederzusehen wünsche.«

Castruccio Castracani bestieg wieder sein Pferd, schüttelte den Kopf und schaute ärgerlich auf Silvana herab. »Übertreibt nicht Eure Wünsche, Contessina! Auch für Euch wird es in Zukunft Einschränkungen geben, denn ich möchte Euch nicht noch einmal in diesem Zustand sehen.« Er blickte auf die zerrissene Bluse, und Silvana versuchte, so gut es ging, ihre Blöße zu bedecken. Die folgenden Worte des Principe raubten ihr alle Hoffnungen auf weitere Ausritte. »Meine Verantwortung verlangt, dass ich die verehrungswürdige Marchesa Donata von Euren Abenteuern in Kenntnis setze. Ich werde aber darauf hinwirken, dass man eine so begabte Falknerin nicht hinter Klostermauern begräbt. Es wäre schade, wenn diese schönen Augen vom vielen Weinen getrübt würden. Stattdessen muss ich jedoch die Marchesa veranlassen, Euch in Marlia unter strenge Aufsicht zu stellen. Als passenden Begleiter werde ich Conte Tiziano Bernardini empfehlen, der heute aus dem Grenzgebiet zurückgekehrt ist und dem ich in jeder Hinsicht vertraue.«

Silvana wagte keine Widerrede mehr. Castruccio Castracani hatte sich nach dieser Entscheidung, die er als endgültig ansah, von ihr abgewandt und winkte einen Offizier seines Gefolges herbei. »Bringt die Contessina nach Marlia zurück, und teilt dem Marchese mit, dass ich mich morgen mit Conte Bernardini einfinden werde.«

Silvana spulte in Gedanken alle ihr geläufigen Schimpfwörter ab, ehe sie Maestoso die Fußfesseln löste, die man ihm angelegt hatte. Äußerlich ruhig, aber innerlich wuterfüllt, schwang sie sich in den Sattel und erwartete den Offizier, der ihr im Schritt voranritt. Vor dem Einstieg zum Abhang wandte sie sich noch einmal um. Stefano stand neben seinem Großvater und stützte den alten Mann, für den dieser Ablauf des Geschehens wohl zu viel gewesen war.

Silvana fühlte sich schuldig und empfand Mitleid. Das hielt sie aber nicht davon ab, mit den Lippen deutlich den Ruf »Invincibile« zu formen. Der Junge musste sie wohl verstanden haben, denn er lächelte, und Silvana nahm sich vor, irgendwann ihren Aufpasser abzuschütteln, um Stefano in Nozzano zu besuchen.

Ihr erzwungener Begleiter, der diese geheime Botschaft wohl beobachtet hatte, bedeutete ihr mit einer Handbewegung, sie solle im Schritt vor ihm herreiten. Ohne Zweifel war dieser junge Tenente ein geübter Reiter, und Silvana ließ den Gedanken fallen, ihm durch einen seitlichen Ausbruch zu entkommen. Aber sie fasste den Entschluss, ihn in ein Gespräch zu verwickeln, um ihn freundlich zu stimmen. Vielleicht könnte man ihn dazu überreden, die ihm befohlene Botschaft nicht an den Marchese auszurichten. »Mit Sicherheit seid Ihr ein ausgezeichneter Falkner und habt schon so manchen Preis errungen.«

Seine Eitelkeit schien geweckt. »Das vermutet Ihr nicht zu Unrecht. Auch heute hatte ich mich auf einen Wettkampf gefreut, aber Eure Darbietung hat mich für das entgangene Vergnügen voll entschädigt.«

Silvana zügelte Maestoso und wartete, bis der Tenente herangekommen war. Ihr war nicht wohl, als sie sich fast demütig ihrem Begleiter zuwandte. »Ich muss noch sehr viel lernen. Vielleicht erlaubt Euer Herr, dass Ihr den Unterricht fortsetzt, weil doch nun Stefano zu den Soldaten muss.«

Sie beobachtete, wie der junge Offizier seinen Rücken durchdrückte und sich im Sattel aufrichtete. »Darüber könnte man reden.«

Wieder, wie so oft, führte Silvana ihren strategischen Plan zu vorschnell aus. »Warum hat Castruccio Castracani überhaupt den Conte Bernardini zu meinem Aufpasser bestellt? Ich bin sicher, dass Ihr hierzu viel besser geeignet seid.«

Noch schien der Tenente ihren Plan nicht zu durchschauen. Er lächelte geschmeichelt. »Es freut mich, dass Ihr mit mir vorlieb nehmen wollt, obwohl ich dem berühmten Tiziano Bernardini in keiner Weise das Wasser reichen kann.«

Silvana ließ die Zügel los und lächelte ihn an. »Aber wieso denn das? Der Conte ist ein eitler Mensch und eigentlich ein Hohlkopf. Ich frage mich, warum gerade er zum Günstling von Castruccio Castracani ausersehen ist. Ihr seid doch wohl für diese Ehrenstelle und auch als Begleiter der Contessina Monteggiori bei weitem besser geeignet. Darum wäre es klug, wenn Ihr nichts von dem verlauten ließet, was Castruccio Euch als Botschaft aufgetragen hat. Tiziano Bernardini soll auch einmal das Nachsehen haben.«

Mit der Herabwürdigung des Conte und der allzu dick aufgetragenen Schmeichelei war sie einen Schritt zu weit gegangen. Der Tenente griff in ihre Zügel und zwang Maestoso, stehen zu bleiben. »Contessina, mit Euren verführerischen Worten könnt Ihr mich nicht dazu bewegen, meinen Herrn zu betrügen. Wortgetreu werde ich seine Botschaft dem Marchese übermitteln. Und Tiziano Bernardini wird sich als geeigneter Aufpasser erweisen. Ich hoffe sehr, dass er Euch ebenso zähmen kann, wie er seine jungen Pferde an die Kandare nimmt.«

Silvana war wütend. Nicht etwa auf den jungen Offizier, der zu Recht seinen Pflichten nachkommen wollte, sondern auf sich selbst, weil sie durch allzu schnelles Vorpreschen die Gelegenheit verspielt hatte, Tiziano Bernardini loszuwerden. Sie nahm die Zügel auf und ritt schweigend voran.

Betörende Musik

Die Wachtposten am Eingangstor zur Villa Marlia salutierten, als der Tenente mit der Contessina vorbeiritt. Silvana hatte sich damit abgefunden, dass sie ihren Begleiter nicht davon abhalten konnte, die ihm aufgetragene Botschaft auszurichten. Sie warf dem jungen Offizier finstere Blicke zu, als er mit festen Schritten die offene Tür zur Empfangshalle durchschritt und beinahe eines der Kammermädchen zu Boden gerissen hätte, das mit hochroten Wangen dem Festsaal entgegeneilte.

Der Tenente packte sie nicht eben sanft bei den Armen. »Melde sie mich unverzüglich dem Marchese!«

Aber die kleine Dienerin ließ sich in keiner Weise einschüchtern, sondern befreite sich unwillig aus seinem Griff. »Unser Herr befindet sich wegen einer wichtigen Besprechung in Lucca.«

Der Offizier packte von neuem zu. »Dann bitte die Marchesa, mir einige Minuten Gehör zu schenken.«

Mit Vergnügen hörte Silvana den unverschämten Tonfall des Kammermädchens. »Auch das ist nicht möglich. Die Marchesa hat die gesamte Dienerschaft zusammengerufen, um wichtige Anweisungen für das morgige Fest zu geben. Vielleicht ist es Euch noch nicht zu Ohren gekommen, dass wir unseren hohen Stadtherrn Castruccio Castracani, Conte Bernardini und alle Edlen der städtischen Signoria erwarten.«

Silvana bemerkte, dass der Tenente sich ärgerte, weil man ihn anscheinend über wichtige Vorkommnisse nicht unterrichtet hatte. Sie konnte ein Grinsen nicht unterdrücken.

Der Offizier entledigte sich umständlich seiner ledernen Stulpenhandschuhe und verabreichte der Dienerin einen Backenstreich, so dass alle fünf Finger auf ihrer Wange dunkelrote Abdrücke hinterließen. »Ich habe dich nicht nach deiner Meinung gefragt. Troll dich, und befolge die Befehle der Marchesa!«

Er machte auf dem Absatz kehrt und verließ das Vestibül, ohne die Contessina eines Blickes zu würdigen.

Silvana reichte dem Kammermädchen ein Tüchlein, damit sich diese die Tränen trocknen konnte, die wie dicke Regentropfen die geschwollene Backe herabliefen. Sie hatte das Gefühl, dass die Züchtigung ihr gegolten hatte.

In ihrem Schlafgemach betätigte sie stürmisch die Glocke, mit der sie Marietta herbeizurufen pflegte. Schneller als sonst erschien die alte Dienerin. Sie sah zerzaust aus, als ob sie sich die Haare gerauft hätte. »Ich habe mir große Sorgen gemacht, Contessina, denn Ihr seid lange ausgeblieben.«

Silvana legte ihr begütigend eine Hand auf die Schulter. »Mein ausgedehnter Aufenthalt in Loppeglia ließ sich nicht vermeiden, denn Castruccio Castracani erschien dort mit einigen adeligen Herren, um mir bei der Falkenjagd zuzuschauen.« Sie verschwieg wohlweislich die peinlichen Umstände.

Marietta klatschte begeistert in die Hände. »Das ist eine seltene Ehre für Euch, Contessina! Auf dem morgigen Fest wird man Euch ehrerbietig begegnen.« Erst jetzt bemerkte sie das zerrissene Hemd. »Aber wie hat Euch nur dieser Falke mit seinen scharfen Krallen zugerichtet!«

Silvana schien es geraten, das Thema zu wechseln. »Das ganze Haus ist scheinbar in Aufruhr geraten. Wem gelten denn diese Feierlichkeiten?«

»Wie, das wisst Ihr nicht? Das Fest findet zu Ehren des Conte Bernardini statt, der mit seinen Reitern von den Grenzen der Lucchesia zurückgekehrt ist. Man munkelt von einer erfolgreichen Erprobung neuer Angriffs- und Belagerungsmaschinen.«

Dies war der Augenblick, in dem Silvana an die Drohungen des Pisaners dachte, und die Gefahr, in der sie sich befand, schnürte ihr fast die Kehle zu.

Marietta erkannte wohl ihren Zustand. »Ihr seid blass und anscheinend sehr müde. Legt Euch nieder und ruht Euch aus!«

Silvana versuchte nachzurechnen, wie viel Zeit ihr noch bis zu dem nächsten Treffen mit Roberto di Ripafratta bliebe. Wäre es nicht am besten, die eigene Haut zu retten und alles zu verraten, was sie bisher in Erfahrung gebracht hatte? Und offensichtlich sollten morgen Abend sensationelle Neuerungen auf dem Gebiet der Kriegskunst bekannt gemacht werden. Sie dachte auch an Tiziano Bernardini; wie er sich spreizen und wichtig machen würde! Das wäre doch eine gute Gelegenheit, ihm seine Unverschämtheiten heimzuzahlen!

Sie ließ sich von Marietta beim Auskleiden helfen und saß grübelnd auf ihrem Bettrand. Marietta deutete diese abweisende Haltung falsch. »Wegen Eurer Garderobe macht Euch keine Sorge! Die Marchesa hat für Euch beim Schneider ein neues Festgewand bestellt. Macht Euch recht hübsch, denn nach dem Festmahl wird getanzt. Man erwartet die besten Musiker aus Bologna.«

Silvana ließ sich zurückfallen und schloss die Augen. Auch das noch! Den Teufel werde ich tun und mich für Tiziano Bernardini hübsch machen!

Als Marietta am nächsten Morgen das Fenster öffnete, um sie zu wecken, hörte sie nicht das Signal des Horns wie ehemals in Nozzano, sondern heitere Melodien.

Marietta schien freudig erregt. »Die Musikanten aus Bologna sind da und proben im Park. Sie haben Schalmeien, Querpfeifen und Dudelsäcke mitgebracht, sogar eine Darabukka, eine arabische Trommel, und vor allem natürlich Tamburine.«

Silvana enthielt sich jeder Stellungnahme, weil die Instrumente ihr fremd waren, aber sie beschloss, im Wandelgang herumzuspazieren, um wie absichtslos auf die Musikanten zu treffen.

Im Hause hatte sich die Aufregung gesteigert. Nur im Vorübergehen erhaschte Silvana einen Blick der Hausherrin, die einer Schar von Bediensteten mit erhöhter Stimme Anweisungen erteilte. Wie in einem Defilee zogen die Diener mit silbernen Kandelabern in den Speisesaal. Anscheinend hatte man die halbe Nacht damit zugebracht, die silbernen Geräte auf Hochglanz zu bringen, wie Silvana das in Nozzano nur bei den Waffen gesehen hatte. Sie schüttelte den Kopf über diesen unnötigen Kraftaufwand.

Im Park waren die Gärtner damit beschäftigt, die Rabatten zu säubern und riesige Blumensträuße in Tonkübeln unterzubringen. Die Musikanten waren nur noch von Ferne zu hören.

»Wo kann ich die Musikanten aus Bologna finden? Ich habe eine Nachricht der Marchesa auszurichten.« Das war gelogen, aber es erschien ihr peinlich, sich grundlos nach dem Verbleib der Musikanten zu erkundigen. Denn gar zu schnell konnten unter den Bediensteten Gerüchte entstehen, die Contessina laufe einem der Musikanten nach. Sie dachte an ihre Mutter und seufzte.

Einer der Gärtner erhob sich aus seiner gebückten Stellung und zog ehrerbietig die Mütze. »Die Künstler befinden sich in dem kleinen Pavillon am Seeufer.«

Silvana nickte zufrieden. So war es ihr möglich, sich wie absichtslos der Gruppe zu nähern. Sie brauchte nur dem Klang der Trommel zu folgen, der schon von weitem zu hören und ihr bekannt war. Als sie näher kam, konnte sie auch das Tönen einer Lyra vernehmen, die sie schon bei der Marchesa Pina Streghi di Perotti bewundert hatte. Sie lehnte sich gegen den Stamm eines wuchtigen Kastanienbaumes, um die Musikanten zu beobachten. Vergeblich versuchte sie herauszufinden, welche Instrumente denn wohl die *Tamburelli* seien, die Marietta so lobend erwähnt hatte.

Aber dann wäre sie beinahe aus ihrem Versteck hervorgetreten. Einer der Musiker griff nach einem runden Instrument, das Silvana schon auf mehreren Engelsdarstellungen gesehen hatte, die im Speisesaal der Villa Marlia hingen. Sie hatte dieses für eine missglückte Darstellung kleiner Trommeln gehalten und sich über die Schellen gewundert, die an diesen merkwürdigen Trommeln angebracht waren. Als jetzt der junge Musikant diesem merkwürdigen Instrument die ersten Töne entlockte, fühlte sie sich wie in eine fremde Welt versetzt und wusste plötzlich, wo sie diesen Klang schon vernommen hatte.

Unterhalb der Burg von Nozzano, nicht weit entfernt von ihrem Fenster, hatte sich einmal ein buntes, fremdländisches Völkchen versammelt. Die Frauen trugen weite, grellfarbige Röcke, die Männer hatten um ihre schwarzen Kraushaarköpfe rote Tücher geschlungen. Und in der Abenddämmerung, als das Wasser des Serchio eine dunkelgrüne Färbung zeigte, hatten sie ein Feuer entzündet, dessen Schein bis auf die Mauern ihres Gemaches gefallen war und bizarre Figuren auf der grauen Fläche entstehen ließ. Unversehens war jene Melodie ertönt, deren Klang sie in eine ihr unbekannte Erregung versetzt hatte. Am liebsten wäre sie blindlings hinausgestürzt und hätte sich diesen Leuten beigesellt, die zunächst ihre Körper rhythmisch zu dem Schellenklang hin und her wiegten, dann aber, als dem Klingeln der Schellen ein schnelles Pochen auf der gespannten Haut beigefügt wurde, in einen wilden Tanz verfielen.

Wie damals in Nozzano geriet sie bei diesem Klang in heftige Erregung, und sie hatte wieder den kaum zu bezähmenden Wunsch, mit diesen Musikanten davonzuziehen, wohin die Wanderung sie auch führen würde.

So weit war sie von jeder Realität entfernt, dass sie nicht einmal zusammenzuckte, als jemand von hinten eine Hand auf ihre Schulter legte. »Gefällt Euch diese Musik?«

Nur ungern trennte sie sich vom Anblick der Musikanten und wandte sich um. »Wie heißt dieses Instrument mit den Schellen? Sein Klang ist wie aus einer anderen Welt. Zu Recht hängt im Speisesaal der Villa Marlia die Darstellung eines Engels, der diese kleine Trommel in den Händen hält.«

Ihr Gegenüber lächelte gewinnend und ergriff ihre beiden Hände. »Wir nennen es *Tamburello*, und eigentlich ist dieses Instrument ein Beutestück aus den Kriegen in Nordafrika. Die arabischen Meister verstehen es, mit den Fingern gleichzeitig die Zimbeln zu bedienen.«

Silvana sah sich den Mann genauer an. Er lächelte noch immer, aber seine Augen hatten sich verengt. Irgendetwas in ihrem Inneren warnte sie, sich auf ein weiteres Gespräch einzulassen. Aber sie musste ihrer Neugier nachgeben. »Gehört Ihr zu den Musikanten, und versteht auch Ihr, das *Tamburello* zu spielen?«

Er nahm aufs Neue ihre Hände, die sie ihm entzogen hatte. »Ich denke doch, dass ich es in dieser Kunst zu einiger Fertigkeit gebracht habe. Denn mir obliegt die Pflege aller Instrumente.« Er betrachtete bewundernd ihre Hände. »Diese schmalen und doch so kräftigen Finger wären wunderbar zum Spielen eines *Tamburello* geeignet.«

Obwohl sich wieder die warnende Stimme erhob, fühlte sich Silvana geschmeichelt. Noch nie hatte jemand ihre Hände bewundert. »Meinen Sie, dass ich einmal dieses Instrument in die Hand nehmen dürfte?«

»Nichts leichter als das. Da ich mit der Wartung beauftragt bin, kann ich Euch leicht den Wunsch erfüllen. Der Marchese hat uns den kleinen Gärtnerraum im Gewächshaus als Instrumentenkammer zur Verfügung gestellt. Begleitet mich dorthin! Ihr könnt Vertrauen zu mir haben.«

Während das *Tamburello* zu einem furiosen Crescendo ansetzte, das die Sinne zu verwirren schien, folgte Silvana dem Fremden.

Die Musik verklang in der Ferne, und für einen Augenblick musste Silvana daran denken, dass sie damals auf ihrer Flucht vor dem Pisaner erwogen hatte, sich im Treibhaus zu verstecken. Aber ihr unbezähmbarer Wunsch, das *Tamburello* einmal in den Händen zu halten, war stärker als jede Vorsicht.

Der Fremde lächelte noch immer freundlich und öffnete die Tür zum Treibhaus. »Sind diese Blumen nicht herrlich? Es ist eine Freude, täglich durch die Blütenreihen zu gehen.« Er ging voran und schob eine Bretterwand beiseite. »Tretet ein, Contessina Monteggiori, und sucht Euch ein Instrument Eurer Wahl aus!«

Silvana stutzte. Woher kannte er ihren Namen?

Sie blinzelte in das Dämmerlicht und blieb stehen. »Wo sind die Instrumente?«

Der Fremde schob die Bretterwand zu. Während er Silvana gegen den Holztisch schob, auf dem in kleinen Tontöpfen die Pflanzen herangezogen wurden, umfasste er ihre Taille. »Nehmt erst einmal auf diesem Tisch Platz! Er ist zwar nicht bequem, aber für unsere Zwecke doch geeignet.« Noch immer lächelnd fegte er mit einer kurzen Handbewegung die Töpfchen zu Boden, die auf dem Steinfußboden in zahllose Stücke zersprangen.

In diesem Augenblick erkannte Silvana, dass sie in eine Falle geraten war. Sie nahm ihre Zuflucht zur Autorität einer Monteggiori. »Schluss mit dem Unsinn! Lasse er mich sofort los!«

Der Fremde machte ein erstauntes Gesicht. »Aber warum denn so barsch? Mein Herr, der Pisaner Roberto di Ripafratta, lässt einen Gruß ausrichten, und er hat mir ausdrücklich anbefohlen, Euch nachdrücklich vorzuführen, was Euch in der Via del Fosso zustoßen wird, wenn Ihr nicht pariert.« Sein Lächeln war verschwunden, und mit groben Griffen streckte er das Mädchen auf dem hölzernen Tisch aus.

Silvana wusste, was nun unweigerlich kommen würde. Das Weinen der Mädchen in dem Haus mit der roten Fackel klang ihr noch deutlich in den Ohren. Sie dachte daran, dass sie unter Soldaten groß geworden war, und war nicht gewillt, sich ohne Gegenwehr zu ergeben. Während der Mann an ihrer Kleidung riss, blieb sie kühl und ersparte sich jedes Geschrei. Anscheinend glaubte der Pisaner, dass sie sich in ihr Schicksal ergeben hätte. Er ließ ihre Hände los, die er rechts und links neben ihrem Körper gegen die Tischplatte gepresst hatte. Als er sie schon fast entkleidet und seinen Gürtel gelöst hatte, entdeckte Silvana in ihrer Reichweite eine kleine Gärtnerhacke. Und in dem Augenblick, als sich der Mann über sie warf, schlug sie mit voller Wucht die zwei Zinken in seinen Hinterkopf. Sie war weniger erleichtert als vielmehr erschrocken, als der Mann vom Tisch rollte und mit dumpfem Knall auf dem Steinboden aufschlug. Seine Augen waren starr auf die Decke gerichtet, und aus einer klaffenden Wunde tropfte Blut.

Silvana hatte schon zu viele verwundete Soldaten gesehen, um wirklich entsetzt zu sein. Sie stieg über den leblos Daliegenden hinweg und verließ den Raum ohne sonderliche Eile. Erst draußen beschleunigte sie ihre Schritte. Im Pavillon probten noch immer die Musikanten, aber Silvana blieb selbst bei den aufreizenden Klängen des *Tamburello* gelassen. So leicht würde sie sich vom Geklingel der Schellen nicht mehr betören lassen.

In ihrem Schlafgemach entledigte sie sich der zerrissenen Kleidung. Es war nicht nötig, dass Marietta sie erneut in diesem aufgelösten Zustand sah. Sie legte sich auf ihr Schlaflager und überlegte nüchtern und ohne jede Panik, was nun zu tun sei.

Ohne Zweifel beobachtete Roberto di Ripafratta jeden ihrer Schritte. Vielleicht war er auch diesmal nicht weit entfernt gewesen, vielleicht um sich an dem Anblick ihrer Entehrung zu weiden. Aber dann wäre er wohl seinem pisanischen Gefolgsmann zu Hilfe gekommen. Zumindest aber müsste er ihn vermissen. Silvana konnte sich vorstellen, wie er reagieren würde, wenn er diesen anderen Pisaner verletzt oder gar tot vorfände. Sie selbst würde von da an ihres Lebens nicht mehr sicher sein. Als einziger Ausweg eröffnete sich ihr der Plan, ihren Vater in Nozzano zu besuchen und ihn um Schutz zu bitten.

Über diesen Gedanken schlief sie ein und erwachte erst, als Marietta mit einer Festrobe aus golddurchwirkter lucchesischer Seide vor ihrem Bett stand. »Sputet Euch mit dem Ankleiden, Contessina! Die ersten Gäste sind schon vorgefahren.«

Silvana ließ sich gerne beim Ankleiden helfen, denn sie wollte nicht einmal die anscheinend unwichtigste Bemerkung der Gespräche verpassen. Am Fuße der letzten Stufe hatten sich einige der Noblen der Stadt Lucca versammelt, und Silvana bemerkte sogleich den Conte Tiziano Bernardini, der von den anderen Herren umringt wurde. Gerne hätte sie sich in Hörweite dieser Gruppe aufgehalten, aber sie glaubte, einige der Edelleute wiederzuerkennen, die den peinlichen Zwischenfall in Loppeglia miterlebt hatten.

Für einen Rückzug war es jedoch zu spät. Der Conte hatte sie wohl schon die Treppe herabsteigen sehen und kam auf sie zu.

Seine Verbeugung war so tief, dass sie nicht seinen Gesichtsausdruck erkennen konnte. Es kam ihr jedoch so vor, als ob in seiner Stimme Ironie zu hören wäre. »Guten Abend, verehrte Contessina! Viel Rühmliches ist von Euch zu hören, und ich würde mich glücklich schätzen, wenn ich Euch zu Tisch geleiten dürfte. Dieser Vorzug ist aber einem meiner Gefolgsleute gestattet.« Er winkte einen jungen Offizier herbei, der sich artig verbeugte und Silvana den Arm reichte.

Silvana entging es aber nicht, dass einige der Herren vielsagend grinsten.

»Lass dir erzählen, Leonello, wie man auf vorzügliche Weise einen Falken abrichtet. Du kannst viel von der Contessina lernen.«

Silvana hätte sich wohl kaum zurückhalten können, eine Antwort zu geben, wie sie unter den Soldaten in Nozzano üblich war, dass manche Männer sich eben besser auf die Hirschjagd verstünden, um gewaltige Hörner zu erwerben. In diesem Augenblick ließen jedoch die Trompeter ein dröhnendes Signal ertönen, das die Ankunft von Castruccio Castracani und seiner Gemahlin ankündigte. Sogleich verstummte das allgemeine Stimmengewirr, und Silvana sah, dass der Hausherr und Marchesa Donata zum Eingangsportal eilten, um den hohen Gast zu begrüßen.

Castruccio Castracani, der die Gastgeber liebenswürdig begrüßt hatte, ergriff sogleich das Wort. »Liebe Freunde! Ein willkommenes Ereignis hat uns heute zu diesem Fest versammelt. Unser verdienstvoller Conte Tiziano Bernardini ist von einer höchst erfolgreichen Feldübung zurückgekehrt. Heute aber ist nicht die Stunde, über Krieg und Waffen zu reden. Stattdessen wollen wir bei einem guten Essen heitere Gespräche führen, fröhlich miteinander feiern und tanzen.«

Er reichte der Hausherrin einen Arm, während der Marchese sich vor Marchesa Pina verbeugte, um sie zu Tisch zu führen. Silvana beobachtete, dass Tiziano Bernardini eine nicht mehr ganz junge Dame zur Tafel begleitete. Sie empfand ein wenig Enttäuschung. »Wer ist das?«

Der junge Offizier machte ein erstauntes Gesicht, während er ihr den Stuhl zurechtschob. »Das wisst Ihr nicht? Diese verehrungswürdige Dame entstammt dem Geschlecht der Antelminelli, das in Lucca höchstes Ansehen genießt.«

Silvana war ein wenig beleidigt. Da kann eine Contessina Monteggiori natürlich nicht mithalten, obwohl sie doch als Nichte der Hausherrin hier in Marlia eine Vorzugsstellung genießt.

Die Unterhaltung mit dem jungen Offizier, der an der Feldübung teilgenommen hatte, erwies sich jedoch als interessant. Die Erprobung einer neuartigen Waffe musste etwas mit der Flussdurchquerung zu tun haben. Und da das pisanische und das lucchesische Gebiet durch den Serchio getrennt wurden, könnte diese Nachricht für Roberto di Ripafratta von Interesse sein. Ihr Tischherr verstummte plötzlich, als Tiziano Bernardini ihm vom Kopf der Tafel einen strengen Blick zuwarf. Er schien verunsichert. »Castruccio Castracani hat ausdrücklich angeordnet, dass am heutigen Abend nicht über Waffen und Krieg gesprochen wird. Wollen wir nicht lieber unsere Erfahrungen über die Falkenjagd austauschen?«

Silvana erwiderte den Blick von Tiziano und hätte ihm beinahe die Zunge hinausgestreckt. Aber sie beherrschte sich, obwohl sie nur zu gern mit dem Mittelfinger eine Bewegung ausgeführt hätte, die sie den Soldaten abgeguckt hatte. »An einer Falkenjagd habe ich noch niemals teilgenommen. Ich besitze nämlich kein passendes Reitkostüm und pflege in Hosen zu reiten.«

»Ah ja?« Leonello konnte sein Erstaunen nicht verbergen.

Aus den Augenwinkeln beobachtete Silvana, dass Conte Bernardini mit seiner Tischnachbarin lebhaft plauderte. Offensichtlich erwies sich Tiziano Bernardini als charmanter Plauderer, denn das ein wenig gezierte Lachen der Dame klang mehrfach zu ihr herüber. Sie widmete sich ausgiebig ihrem Rehbraten und schlang das köstlich zubereitete Fleisch achtlos hinunter.

Der junge Offizier hatte es wohl immer noch nicht aufgegeben, einen Gesprächsstoff zu finden, der bei ihr auf Interesse stoßen könnte. »Wie man mir sagte, seid Ihr die Tochter des berühmten Conte Monteggiori, der sich in vielen Feldzügen hervorgetan hat. Sicherlich wurden auf der Burg Nozzano viele glänzende Siegesfeste gefeiert, die in ihrer Pracht dieses hier noch übertrafen.«

Auch das noch! Warum hatte niemand diesen Dummkopf genauer unterrichtet?

Das Debakel ihrer Ankunft musste sich doch herumgesprochen haben. Sie ließ für einen Augenblick von dem Rehbraten ab und fuchtelte mit dem Messer in der Luft herum. »Mein Vater machte kein Aufhebens von seinen zahlreichen Siegen. Auf Nozzano wurde niemals gefeiert.«

»Ah ja?« Das Erstaunen steigerte sich zur Ratlosigkeit.

Beim Dessert, kandierten Kastanien mit sizilianischen Pomeranzen, startete Leonello einen letzten Versuch. »Eure Frau

Mutter soll eine berühmte Schönheit gewesen sein. Nehmt bitte mein aufrichtiges Beileid über den tragischen Tod Eurer Frau Mutter entgegen!«

Das hatte gerade noch gefehlt. Silvana verspürte ein Zucken in ihren Beinen, das sie beinahe dazu gebracht hätte, aufzuspringen und schreiend davonzulaufen. Ein dröhnender Trommelwirbel, der das Ende der Mahlzeit ankündigte, befreite sie von diesem zwanghaften Gefühl.

Castruccio Castracani betrat mit Marchesa Donata die Tanzfläche und winkte den Hausherrn mit seiner Tischdame herbei, um den Reigentanz zu eröffnen. Silvana beobachtete, dass die anderen Paare sich je nach ihrem gesellschaftlichen Rang dem Reigen anschlossen. Leonello schien keine rechte Lust zu haben, an dem Reigentanz teilzunehmen. Er zeigte ein missmutiges Gesicht und fürchtete wohl, dass sich seine Tischdame beim Tanz ebenso unzugänglich erweisen würde wie bei der misslungenen Unterhaltung.

Nacheinander setzten die verschiedenen Instrumente ein: die Dudelsäcke, die Schalmeien, die *Darabukka* und schließlich auch die von Silvana heiß ersehnten *Tamburelli*. Sie ergriff Leonello an beiden Händen und zog ihn so stürmisch zur Tanzfläche, dass er beinahe gestürzt wäre.

Silvana, die sich doch fest vorgenommen hatte, sich nicht mehr vom Klang des Tamburins hinreißen zu lassen, fühlte sich wie in einen Rausch versetzt. Sie wusste nicht, dass die Musikanten einen *Saltarello* spielten. Aber sie warf den Kopf hin und her, so dass ihr die Locken ins Gesicht fielen, und vollführte wilde Sprünge, wie es der Rhythmus nur gerade zuließ. Als die Damen in der Mitte des Kreises ihre Drehungen ausführten, während sie von den langsam schreitenden Herren umgeben wurden, hätte sie beinahe mit ihren leidenschaftlichen, ausufernden Bewegungen die sittsam tanzenden Damen in völlige Auflösung gebracht. Die Musikanten hatten wohl beobachtet, dass die Tänzer aus dem Takt gekommen waren, und fürchteten einen Tadel ihrer musikalischen Darbietung. Denn mit einem letzten Trompetenstoß brach der *Saltarello* ab.

Silvana blieb erhitzt und außer Atem stehen. Marchesa Pina winkte ihr zu und lächelte. »Nun brauchen wir aber eine kleine Ruhepause. Ich würde gerne ein wenig mit dir plaudern.« Sie ging voran und ließ sich auf einem Diwan nieder. Erst jetzt kam Silvana wieder zur Besinnung. Sie beobachtete, wie die anderen Damen tuschelnd beieinander standen, und folgte gerne der Aufforderung.

Die erste Dame des Stadtstaates neigte sich ihr zu und senkte die Stimme zu einem Flüstern. »Sicher hat man auch dir schon von den neuen Kampfmaschinen und von der Erfindung berichtet, wie sich ein Fluss überqueren lässt, ohne vom Feind bemerkt zu werden.«

Silvana rückte näher. Das hörte sich nach einer wissenswerten Mitteilung an. Sie nickte.

Marchesa Pina hatte keine Stellungnahme erwartet. Sie brannte anscheinend darauf, die unerhörten Neuigkeiten der Contessina Monteggiori zu berichten, die sie natürlich für absolut zuverlässig hielt. »Sicher hat man in Nozzano auch von dem berühmten Forscher Giovanni Fontana erzählt, der ein Buch über automatische Kriegsmaschinen geschrieben hat. Seine lateinischen Texte waren leider verschlüsselt, aber nun ist es unserem Conte Tiziano Bernardini gelungen, den Code zu enträtseln.«

Die Stimme der Marchesa wurde immer lauter, und Silvana beobachtete aus den Augenwinkeln, wie der Conte bei der Nennung seines Namens aufmerksam wurde und sich in Bewegung setzte. Silvana schluckte ihren Ärger hinunter. »Und was hat er diesem Buch entnehmen können?«

Eine Antwort der Marchesa wurde durch Tiziano Bernardini verhindert, der sich vor der Marchesa tief verbeugte. »Ist es gestattet, Euch die reizende Nichte der Hausherrin für eine Weile zu entführen?«

»Aber selbstverständlich, mein Lieber! Contessina Silvana sollte lieber mit jungen Leuten beisammen sein, als mit einer alten Frau die Zeit zu vergeuden.«

Silvana erhob sich nur widerwillig. Verflucht! Musste dieser lästige Mensch denn immer ihre Pläne durchkreuzen?

Ohne Zweifel kannte er die Geschwätzigkeit der Gemahlin des obersten Herrn der Signoria.

Tiziano Bernardini ergriff Silvanas Hand. »Die Damen und Herren sind vom Tanz ermüdet. Aber vielleicht gefällt es Euch ebenso, einem Lied des blinden Organisten Francesco Landini zuzuhören. Auch in Nozzano kannte man doch sicher sein Lied von der Hoffnungslosigkeit, *Nessun ponga speranza*.«

Silvana entzog ihm die Hand, während sie versuchte, eine Kratzspur zu hinterlassen. »Ihr wisst genau, dass in Nozzano weder musiziert noch gesungen wurde.«

Tiziano Bernardini rieb sich die Hand und tat erstaunt. »Warum denn nicht? Das ist schade! So werde ich Euch den Inhalt des Liedes erzählen: Junge Leute werden davor gewarnt, der so vergänglichen äußeren Schönheit zu vertrauen. Wenn Euch schon der Text nicht gefällt, so werden Euch bestimmt die Flöten, Schalmeien und die kleinen Trommeln begeistern. Diese Instrumente sind auch draußen im Park hörbar. Macht mir die Freude, im Schatten der Bäume ein wenig zu lustwandeln!«

Seine Miene war undurchdringlich, während er seinen Arm um ihre Schultern legte und sie nach draußen führte, ohne Widerstand zu dulden.

Unter den Kastanienbäumen herrschte eine angenehme Kühle, und über den Wiesen leuchteten Hunderte von Glühwürmchen wie kleine Sterne. Nur von fern ertönte die weiche Tenorstimme des Sängers.

Silvana war froh, dass zu dieser Melodie kein *Tamburello* erklang. Denn sie wollte einen klaren Kopf behalten, da sie beschlossen hatte, ihre Strategie zu ändern. Sie ergriff die Hand des Conte und lehnte sich so eng an ihn, wie sie das bei den Mädchen gesehen hatte, die von den Soldaten ab und zu in die Burg eingeschmuggelt wurden. »Es ist schön hier!« Sie gab sich Mühe, ihre für gewöhnlich raue Stimme schmeichlerisch klingen zu lassen.

Tiziano Bernardini wusste offensichtlich nicht, was er von dieser plötzlichen Annäherung halten sollte. Er schwieg.

Silvana rückte noch ein wenig näher und neigte ihren Kopf. Es gelang ihr jedoch nicht, ein paar Tränen über ihre Wangen laufen zu lassen. »Ich bin gern hier in Marlia. Der Marchese und die Marchesa sind sehr freundlich zu mir, aber trotzdem plagen mich oft die Sehnsucht nach meinem Vater und das Heimweh nach Nozzano.« Sie seufzte. »Wenn ich doch meinen Geburtsort einmal wiedersehen könnte.«

Dieser traurig vorgebrachte Wunsch fand bei dem Conte Verständnis. Er nahm Silvana, allerdings zögernd, in den Arm. »Ein Besuch ließe sich vielleicht ermöglichen. Ich werde mit Castruccio Castracani sprechen. Wenn er in den nächsten Tagen nicht meiner Dienste bedarf, könnten wir den Serchio entlang zur Burg deines Vaters reiten. Deine Reitkünste genügen, aber zu einem Alleingang kann ich dir keine Erlaubnis geben. Ich werde dich behüten, aber auch beaufsichtigen.«

Silvana spürte, dass dieses Gespräch eine unerwünschte Wendung nahm. Ohne Zweifel misstraute er ihr noch immer, vor allem da der Ritt an pisanischem Gebiet entlangführte. Sie musste etwas unternehmen, um den Conte in Sicherheit zu wiegen. Wie in einer plötzlichen Aufwallung umarmte sie Tiziano und küsste ihn auf die Wange. »Oh, ich danke Euch!«

Sie hatte nicht mit den Folgen ihrer neuen Strategie gerechnet. Tiziano schien dieser Danksagung keinesfalls abgeneigt. Er zog sie nicht gerade zaghaft an sich, begann sie zu küssen und zwang sie, ihre Lippen zu öffnen. Silvana, die nur kurz daran gedacht hatte, sich gegen diese Attacke mit einem Tritt gegen das Schienbein zu wehren, ließ seine immer heftiger werdenden Zärtlichkeiten zu. Das kam ihren Plänen doch durchaus entgegen. Seine Aufmerksamkeit würde nachlassen. Oder gehörte diese unerwartete Zuwendung vielleicht auch zu seiner Strategie? Wollte er sie einlullen, damit sie sich zu Unvorsichtigkeiten hinreißen ließe? Sie beschloss, wachsam zu sein, und ihr kam eine Idee. »Es ist doch wohl ganz und gar unpassend, sich hier zu küssen. Im Gewächshaus wären wir allen Blicken entzogen.«

Sein Einverständnis empfand sie als allzu schnell. War vielleicht die Leiche des ermordeten Pisaners gefunden worden?

Wollte er sie beim Anblick des toten Erbfeindes beobachten, ob sie auch die gebührende Freude empfinden würde? Ihr blieb keine lange Zeit der Überlegung.

Tiziano Bernardi zog sie fast mit Gewalt zum Treibhaus, öffnete die Tür und schob sie vor sich her in das Innere. Silvana sah mit einem Blick, dass die Bretterwand zurückgeschoben war. Der Raum war leer. Jemand hatte die Leiche oder den schwer verletzten Mann weggeschleift und die Spuren des Kampfes beseitigt. Wer konnte das gewesen sein? Niemand hatte wegen eines Toten im Gewächshaus Alarm geschlagen. Sie versuchte, die undurchdringliche Miene des Conte zu enträtseln. War er irgendwie an den Vorgängen beteiligt? Als er sie an sich ziehen wollte, riss sie sich los und stürzte davon.

Erst als sie in ihrem Schlafgemach angelangt war, wurde ihr klar, dass ihr diese Küsse durchaus gefallen hatten. Sie dachte an die Spiele mit dem Falknerbuben, und sie erkannte, dass die Umarmung durch Tiziano kein Spiel, sondern etwas Ernstes, vielleicht sogar Gefährliches war. Aber wieso eigentlich? Auf diese Frage fand sie keine Antwort.

Geheimnisvolle Ruine

Unlustig schlenderte Silvana durch den Park und betrachtete gelangweilt den Schwan, der fast lautlos und sehr langsam von einem Ufer zum anderen zog. Da waren die Reiher, die sie von ihrem Fenster auf der Burg Nozzano beobachtet hatte, doch beinahe noch unterhaltsamer gewesen. Warum erschien nicht der Conte, um sie zu dem versprochenen Ausflug abzuholen? Warum kam kein Bote, der sie aus ihrer Ungewissheit erlöste?

Sie verließ den See und wanderte die staubige Auffahrtsallee entlang, um am Eingangsportal die Straße überblicken zu können, die von Lucca nach Marlia führte. Beinahe hätte sie ärgerlich mit dem Fuß aufgestampft, als weder eine Kutsche noch ein Reiter zu sehen war. Den freundlichen Gruß der Torwächter würdigte sie keiner Antwort. Vielleicht hatten diese Leute vergessen, eine Benachrichtigung auszurichten. So etwas kam wahrscheinlich bei der undisziplinierten Dienerschaft vor, die hier in Marlia beschäftigt war.

Gerade als sie sich zum Gehen wenden wollte, erspähte sie am Horizont eine kleine Staubwolke, die sich rasch vergrößerte. Schneller als ihr lieb war, näherte sich ein Reiter, in dem sie Tiziano Bernardini erkannte. Nun war es ihr peinlich, dass sie am Eingangsportal ungeduldig auf ihn gewartet hatte. Seine spöttische Begrüßung ärgerte sie sehr. »Das lobe ich mir aber, dass Ihr wie ein Stallbursche auf die Ankunft des Herrn wartet. Aber wo ist Euer Pferd? Wir sollten sogleich aufbrechen, wenn wir vor Einbruch der Dunkelheit in Nozzano sein wollen.«

Silvana bemerkte erbost, dass die Torwächter grinsten. Sie wusste nicht, was sie antworten sollte, um sich keine Blöße zu geben. Der Conte reichte ihr eine Hand. »Nehmt vor mir im Sattel Platz, falls Euch meine Nähe nicht zu unangenehm ist. Ich möchte Euren zierlichen Füßchen nicht den beschwerlichen Weg bis zur Villa zumuten.«

Silvana erhob ihre Hand, um mit einem kräftigen Schlag sein Reittier zu einem plötzlichen Sprung zu veranlassen. Aber unvermutet packte Tiziano Bernardini ihr Handgelenk und hob sie mit kräftigem Schwung zu sich auf das Pferd, das ruhig stehen geblieben war.

Der Conte umfasste ihre Taille. »Keine Angst. Ich werde Euch schon festhalten, damit Ihr nicht aus dem Sattel fallt. Mein folgsamer Hengst ist es gewohnt, dass ich ab und zu hübsche Damen vor mir sitzen habe.«

Silvana schwieg. Sie hatte keine Lust, sich schon vor dem geplanten Ausritt auf Provokationen einzulassen. Sie verabschiedeten sich gemeinsam von Marchesa Donata, die den Plan, Silvanas Vater aufzusuchen, mit Wohlwollen billigte. »Wie wird sich mein Bruder freuen, einmal seine Tochter wiederzusehen! Bei Euch, mein lieber Conte, weiß ich meine Nichte in bester Obhut. Sicherlich wird der Burgherr von Nozzano mit großer Spannung den Bericht der erfolgreichen Feldübung erwarten.«

Tiziano verbeugte sich tief. »Euer Vertrauen ehrt mich sehr. Dieser Rapport ist der eigentliche Anlass meines Besuches in Nozzano. Castruccio Castracani hat darauf bestanden, dass gerade Conte Monteggiori von den neuen Methoden der Flussdurchquerung unterrichtet wird.«

Silvana lief rot an und konnte ihre Wut nur schwer beherrschen. Natürlich musste er sich wieder wichtig machen! Dabei war es doch sie gewesen, die den Ritt nach Nozzano vorgeschlagen hatte. Sie ließ sich von Marchesa Donata umarmen, schielte dabei über die Schulter ihrer Tante und verzog ihr Gesicht gegenüber Tiziano zu einer Fratze.

Draußen im Freien legte sich ihr Zorn. Sie hatte den Weg entlang des Serchio in anderer Erinnerung, aber vielleicht hatte sie damals noch nicht die Aufnahmebereitschaft für die Schönheiten der toskanischen Landschaft zugelassen. Noch niemals hatte sie, damals von ihrem Burgfenster aus, dunkelblaue Schwertlilien und leuchtend roten Mohn am Flussufer entdecken können. Und weiße Ochsen, die unterhalb der Rebenhänge und der Oliventerrassen vor den Pflügen der Bauern rotbraune Erdschollen aufwarfen, kannte sie nur von den Landschaftsbildern, die in Marlia an den Wänden hingen. Sie hatte geglaubt, dass weiße Ochsen der Fantasie des Malers entsprungen seien.

Unversehens verließ ihr Begleiter den breiten Kutschenweg und ritt auf ein Ulmenwäldchen zu. Silvana zügelte ihr Pferd. »Warum verlassen wir den Serchio und wählen diesen unbequemen Weg?« Sie hatte beobachtet, dass sich der Pfad zunehmend verengte und in dichtem Gestrüpp verlor.

Der Conte drehte sich zu ihr um. »Warum willst du unbedingt am Fluss bleiben? Gibt es da irgendetwas, das deine Neugier reizt? Wir werden über die Hügel reiten, denn ich will dir eine alte Burg zeigen, die einstmals berühmt war. Jetzt allerdings ist sie verfallen und dient nicht mehr als lucchesischer Vorposten.«

Sein Hinweis auf ihre Vorliebe für den Fluss ließ sie hellhörig werden. Offensichtlich wollte er sie von dort fortlocken. Sie wusste, dass ihre Einwände unberücksichtigt bleiben würden, versuchte aber dennoch zu protestieren. »Diese alten Ruinen interessieren mich in keiner Weise. Ich möchte mich lieber an der Landschaft erfreuen.«

Der Conte lachte laut. »Deine Vorliebe für Blumen und Bäume ist mir neu. Von den Leuten in Loppeglia, genauer gesagt von dem Bauernmädchen, das dem Falknerbuben Stefano versprochen ist, habe ich gehört, dass du den Waldboden vorziehst.«

»Stronzo.« Silvana deutete dieses Schimpfwort nur mit den Lippen an. Ob am Serchio die geheimnisvolle neue Kriegstechnik erprobt wurde, wie Soldaten einen Fluss durchqueren konnten, ohne vom Feind bemerkt zu werden?

Sie wendete ihr Pferd und wollte den Weg zurückreiten. Aber Tiziano Bernardini war sehr schnell bei ihr, griff ihr in die Zügel und zwang sie zur Umkehr, falls sie nicht Maestoso in die Dornen treiben wollte. Sie war nahe daran, sich mit der Reitpeitsche zur Wehr zu setzen. »Seid Ihr von Sinnen, eine Contessina Monteggiori auf diese unverschämte Art und Weise so zu behandeln! Ich bin keiner Eurer Soldaten.«

»Darüber darfst du froh sein! Denn wer mir den Gehorsam versagt, dem blüht eine Behandlung, die ein Mädchen, das unter Soldaten aufgewachsen ist, wohl kennen müsste. Jetzt reite voran, damit ich dich im Auge behalten kann.«

Ihr fehlte der Vorreiter, und sie musste ihre Aufmerksamkeit auf den Weg richten, der immer unzugänglicher wurde. Mehrmals stolperte Maestoso über Baumwurzeln, die sich über den Pfad spannten. Ihr Stolz verbot ihr zu fragen, wie lange das noch so weitergehen solle. Ihr kam es wie eine kleine Ewigkeit vor, bis sich der Pfad öffnete und in einen mit Zypressen bestandenen Weg mündete.

»Vor dir liegt die *Feste della Vipera*, die in früheren Zeiten für die Verteidigung von Lucca große Bedeutung besaß. Du kannst es noch an dem Wehrturm erkennen. Komm mit! Ich zeige dir, was aus der einstigen Herrlichkeit geworden ist.«

Widerwillig ließ sich Silvana aus dem Sattel gleiten. »Warum nennt sich diese Anlage *Vipera*? Gibt es hier etwa Giftschlangen?«

Der Conte grinste. »Ja, aufpassen muss man schon. Wir werden die Pferde draußen anbinden.«

Tiziano Bernardini musste verrückt sein. Sie standen vor einem riesigen Abfallhaufen von Steinen, Ziegeln, Balken und zerbrochenen Fensterrahmen. Aus den leeren Fensterhöhlen des Obergeschosses ragten Zweige verdorrter Olivenbäume. Schwarze Vögel kratzten unter dem Dachgebälk und schossen plötzlich mit mehrstimmigem Krächzen hervor. In den Hohlräumen riesiger Steinblöcke hausten Kaninchen und verwilderte Ziegen. Einzig das Gurren der Tauben erinnerte Silvana an die väterliche Burg, die ihr gegenüber diesem Trümmerhaufen wie ein Paradies erschien.

Silvana wirkte verstört. »Warum sind wir hier?« Wollte dieser Wahnsinnige sie in dieser Einöde umbringen und verscharren? Aber dann dachte sie daran, dass er in Marlia Rede und Antwort stehen müsse, falls er ohne sie zurückkehren würde.

Der Conte schien keine bösen Absichten zu hegen. »Ich wollte dir zeigen, wie schnell jeder Ruhm vergehen kann, wenn man ihn nicht gegen überall lauernde Feinde verteidigt. Darum ist es wichtig, neue Kriegsmaschinen zu erfinden und mit ihnen zu experimentieren, vor allem aber mit wachsamen Augen zu beobachten, ob nicht jemand zum Verrat bereit ist. Auch die Burg von Nozzano könnte eines Tages einen so furchtbaren Anblick bieten wie diese Ruine, falls sich nämlich ein Schuft in nächster Nähe des tapferen Conte Monteggiori befinden sollte, der dem Feind alle Zugänge zur Burg verrät. *Sic transit gloria mundi.*«[1]

Silvana verstand, was er damit sagen wollte. Sie ärgerte sich aber über den Ausspruch in einer Sprache, die sie nicht verstand, und witterte eine Falle. Andererseits konnte sie sich nicht vorstellen, dass Tiziano Bernardini in diesem Zusammenhang christliche Botschaften an sie richten wollte. Denn vor gar nicht langer Zeit hatte sie diesen Satz aus dem Munde des Erzbischofs gehört, als der Vater ihr gestattet hatte, an einer Totenmesse zum Gedenken an ihre angeblich gestorbene Mutter teilzunehmen. Darum wollte sie entgegnen, dass er sich mit dem Ausflug in diesen Trümmerhaufen unnötige Mühe gemacht habe, denn hier seien weder neue Waffen noch irgendwelche Verräter.

Aber ehe sie den Mund zu einer Antwort öffnen konnte, fuhr Tiziano Bernardini sie mit halblauter Stimme an. »Bleib ruhig stehen, und rühr dich nicht von der Stelle! Vor deinen Füßen bewegt sich eine Viper.«

---

[1] So vergeht der Glanz der Welt.

Der ekelhafte Mensch will mir doch nur Angst machen, dachte Silvana. Sie hob einen Fuß, um zum Ausgang des Hofes zurückzugehen, zuckte jedoch gleich darauf heftig zusammen. Neben ihr sauste ein Knüppel zu Boden, und für eine Sekunde fürchtete sie, dass der Conte sie eben doch erschlagen wolle. Aber als sie an sich hinuntersah, ob sie verletzt sei, entdeckte sie eine grün schillernde Schlange, deren Biss, wie sie wusste, tödlich war, deren Kopf aber jetzt zertrümmert war. Sie unterdrückte nur mühsam ein Zittern, um ihre Ängste zu verbergen.

Der Conte sprang auf sie zu und hob sie hoch. »Ich werde Euch nach draußen tragen. Hier unter den Steinen wird es noch mehr Vipern geben. Aber falls Ihr noch einmal meinen Befehlen nicht gehorcht und Euch bewegt, wenn ich Euch aus gutem Grund zurufe, starr stehen zu bleiben, werdet Ihr mich kennen lernen, wie mich ungehorsame Soldaten kennen.«

Silvana hätte gerne gesagt, dass sie sehr gut für sich allein sorgen könne, aber sie beschloss, mit diesem Protest erst herauszurücken, wenn sie Nozzano erreicht hätten.

Da sie nicht die vorgeschriebene Tagesparole nennen konnten, ließ man sie vor dem Burgtor warten. Vergebens hatte Silvana versucht, sich als Tochter des Capitano zu erkennen zu geben. Sie war sich sicher, dass der Wachtposten, der von den Zinnen des Wehrturmes herabschaute, sie sehr wohl erkannt hatte. Wahrscheinlich misstraute man ihr noch immer und fürchtete, dass sie einen Pisaner ins Burginnere einschleusen wollte. War das Burgtor erst einmal geöffnet, wäre es einer Schar der Feinde ein Leichtes, mit Waffengewalt einzudringen.

Der Conte schien ungeduldig zu werden. Als nach geraumer Zeit ein älterer, anscheinend erfahrener Offizier seinen Kopf über die Mauerbrüstung streckte, ließ er sich aus dem Sattel gleiten und winkte gebieterisch. »Mein Name ist Tiziano Bernardini, und ich komme als Abgesandter unseres ehrenwerten lucchesischen Principe Castruccio Castracani. In meiner Begleitung befindet sich die edle Dame Contessina Silvana, Tochter des Burgherrn Conte Monteggiori.«

Diese Vorstellung schien zu wirken. Dem Klirren von Waffen konnte man entnehmen, dass hinter dem Burgtor eine kleine Schar von Wachhabenden Aufstellung nahm. Erst jetzt wurde der Eisenriegel zurückgeschoben.

Deutlich verärgert über diese Begrüßung ritt der Conte in den Innenhof. Silvana folgte und konnte es sich nicht verkneifen, die Soldaten mit einer drohenden Handbewegung zu begrüßen.

Inzwischen musste die Kunde dieses Besuches auch bis zu dem Burgherrn gedrungen sein. Seine Stimme war nicht leiser geworden, denn Silvana hörte sein Poltern und Grollen schon von weitem. »Dummköpfe! Einfaltspinsel! Warum habt ihr einen Botschafter des obersten Herrn der lucchesischen Signoria nicht mit allen Ehren begrüßt, wie es das Reglement gebietet?« Er verabreichte dem Nächststehenden eine Ohrfeige, und Silvana beobachtete kaum erstaunt, dass der Gezüchtigte nicht einmal mit der Wimper zuckte, obwohl die Wachtposten doch nur ihre Pflicht getan hatten. Auf der Burg Nozzano hatte sich wohl nichts verändert. Silvana nahm das mit Zufriedenheit zur Kenntnis.

Conte Monteggiori führte seinen hohen Besuch in die Empfangshalle. Erst dort nahm er wahr, dass Silvana den beiden Männern folgte, zumindest gab er sich den Anschein, als ob er seine Tochter erst jetzt bemerkte. Mit Stirnrunzeln betrachtete er die braunroten Lockenhaare, die jetzt über beide Schultern fielen. Aber wenigstens die alte abgetragene Reithose fand Gnade vor seinen Augen. »Gab es einen Grund, meine Tochter auf diesen Ritt mitzunehmen? Sicherlich ist sie Euch zur Last gefallen!«

Silvana warf Tiziano Bernardini einen bösen Blick zu. Jetzt bot sich dem Conte doch einmal wieder eine Gelegenheit, sie schlecht zu machen und dem Vater zu berichten, was sie für eine erbärmliche Reiterin sei. Aber sie hatte sich getäuscht.

»Ganz im Gegenteil! Eure Tochter ist eine blendende Reiterin, die ihre Künste schon vor den strengen Blicken des Marchese von Marlia abgelegt hat. Auch in der Falkenjagd zeigt Eure Tochter erstaunliche Geschicklichkeit, so dass sie die Bewunderung des Principe Castruccio Castracani und anderer lucchesischer Edler erregt hat.«

Das Lob, was die Falknerei betraf, hätte er sich sparen können. Silvana beobachtete deutlich, wie er ihr einen spöttischen Blick zuwarf.

Aber Monteggiori schien erfreut zu sein. Er legte sogar einen Arm um Silvanas Schultern, die sich Mühe geben musste, nicht zusammenzuzucken. »Deine Erfolge sollen belohnt werden. Ich gestatte dir, ohne Aufsicht deine alte Heimat zu besichtigen, während der Conte mir Bericht erstatten wird. Das Gerücht der äußerst erfolgreichen Feldübung ist sogar schon bis nach Nozzano gelangt.«

Silvana spürte in ihrem Rücken, dass Tiziano Bernardini ihr unruhig nachschaute, als sie dem Wehrgang zustrebte, und sie erwartete, unter irgendeinem Vorwand zurückgerufen zu werden. Er fürchtete wohl, dass sie die geheimen Zugänge zur Burg ausspionieren wollte. Dabei ging es ihr nur darum, irgendwo den Falknerbuben aufzutreiben.

Der Wunsch, sich wiederzusehen, musste auch bei Stefano bestanden haben. Denn sie fand ihn auf der ersten Stufe der Treppe, die von ihrem ehemaligen Schlafgemach nach oben führte. Beide mussten eine gewisse Verlegenheit überwinden.

Stefano fasste sich als Erster. »Wollen wir in dein Zimmer gehen, wo uns niemand belauschen kann?«

Silvana zögerte nur kurz, bevor sie sich mitziehen ließ. Sie trat an das schmale Fenster und schaute hinaus. Wie unbedeutend ihr die Welt von hier oben erschien: ein kleines Stück des Flusses Serchio, zwei Reiher, die sich als Baumstämme getarnt hatten, einige Dornenbüsche ohne Blüten und auf dem gegenüberliegenden Ufer die graue Burg des Geschlechtes Ripafratta mit der ausgewaschenen Fahne in den pisanischen Farben. Sogar der tiefblaue toskanische Himmel kam ihr weniger leuchtend vor als das strahlende Himmelszelt über Marlia. Sie konnte kaum mehr nachvollziehen, dass ihr dieser beschränkte Ausblick jahrelang genügen musste, und mit Dankbarkeit dachte sie an ihre Tante, die sie aus diesem Gefängnis befreit hatte.

Ihre Gedanken schweiften ab. Die Burg von Ripafratta schien sich vor ihren Augen zu vergrößern und wuchs zu einer bedrohlichen Masse an, die den schmalen Ausguck vollständig ausfüllte. Wie gelähmt starrte sie auf dieses Trugbild. Sie konnte sich von diesem schrecklichen Anblick nicht lösen und erwartete jeden Augenblick, dass Roberto sich in riesenhafter Gestalt vor dem feindlichen Burgtor zeigen werde, um seine klobigen Fäuste in die Luft zu recken.

Aber sehr plötzlich kehrte sie in die Wirklichkeit zurück. Nicht etwa der ferne Pisaner erwies sich als eine Bedrohung, sondern der Falknerbube in ihrer Nähe. Sie spürte, wie er in ihrem Rücken am Bund ihrer Reithose nestelte und sie herabzuziehen versuchte. Zornig fuhr sie herum. »Was soll das? Bist du von Sinnen? Schöne Sachen hast du hier in Nozzano gelernt. Man hat dich zu den Soldaten geschickt, damit du zu einem guten Krieger erzogen wirst, und nicht, um Mädchen im Hause ihres Vaters zu entehren.« Sie gab Stefano einen Stoß, dass er rücklings auf das Schlaflager fiel.

Der Junge blieb liegen und betrachtete sie mit beleidigter Miene. »Im Wald von Loppeglia warst du nicht gar so abweisend. Inzwischen habe ich den Umgang mit der Waffe gelernt, und ich würde nicht noch einmal dulden, dass jemand in unser Spiel eingreift.«

Er wollte nach ihr greifen, aber Silvana gab ihm einen gezielten Tritt. »Mir ist nicht nach deinen Spielen zumute.«

Stefano rieb sein Bein und betrachtete sie zornig. »Wer redet denn heute noch von einem solchen Kinderspiel? Ich habe die Zeit unter den Soldaten genutzt, um außer der Beherrschung von Pfeil und Bogen noch eine ganz andere Technik zu erlernen. Die Mädchen in der *Via del Fosso* waren stets sehr zufrieden mit mir, und du wirst es auch sein. Warum stellst du dich so an?«

Seit ihrem Wiedersehen sah Silvana den jungen Falkner zum ersten Mal richtig an. Er war nicht mehr das Kind, das seinen Großvater in Loppeglia verlassen musste, sondern ein Mann wie alle anderen Soldaten hier in Nozzano, und vielleicht auch gar nicht so anders als der Pisaner, vor dessen Gewalttätigkeit sie sich fürchtete.

Sie wies mit ihrer Hand zur Tür. »Scher dich raus, und geh zu deinen Huren in die *Via del Fosso*! Und wage nicht, mich noch einmal anzufassen! Sonst werde ich deine Übergriffe dem Capitano melden.«

Stefano lachte grimmig. »Ach ja, wirst du das? Hier in der Burg weiß jeder, dass du dich gern mit einem Pisaner eingelassen hast. Es gibt genug Zeugen, die beobachtet haben, wie er seine Hand tief in deiner Hose vergraben hatte! Und mir hast du das unschuldige Mädchen vorgespielt.«

Silvana, die ihre Faust erhoben hatte, um ihn zu schlagen, ließ ihre Hand wieder sinken. Ihr wurde schmerzhaft bewusst, dass sie im Ruf stand, eine verachtungswürdige Dirne zu sein, die sich leichtfertig dem Erbfeind hingegeben hatte. Niemand würde ihr Glauben schenken, falls sich dann auch noch herausstellen sollte, dass die angeblich tödlich verunglückte Marchesa Luisa als erbärmliche Hure unter Landfahrern lebte. Sie ließ beide Arme herabhängen und schwieg, während sich Stefano betont lässig zum Ausgang bewegte. An der Tür blieb er noch einmal stehen und wandte sich rückwärts. »Vielleicht bist du auch gar nicht so gut, wie man meinen sollte. Ich muss mal bei dem Pisaner nachfragen.«

Silvana wartete, bis die Schritte auf der hölzernen Treppe verklungen waren. Sie fühlte sich betrogen und wusste doch nicht zu sagen warum. Mehr wütend als traurig ließ sie sich auf ihrer Bettstatt nieder und wäre wohl eingeschlafen, wenn sie nicht plötzlich ein Hornsignal aus ihren Gedanken aufgeschreckt hätte. Sie erinnerte sich noch gut an die Bedeutung dieser Tonfolge. Mit diesem Signal pflegte der Turmwächter befreundete Reiter anzukündigen.

Von ihrem schmalen Ausguck aus erkannte sie vier Reiter mit prächtiger Helmzier in den lucchesischen Farben. Sie schienen es sehr eilig zu haben, denn sie trieben ihre Pferde auf dem schmalen Uferweg zu einem kräftigen Galopp an.

Schneller als bei ihrer eigenen Ankunft wurde das Burgtor geöffnet. Anscheinend waren die Ankömmlinge wohl bekannt. Entgegen ihres früheren Zimmerarrestes, der schon einer Gefangenschaft gleichgekommen war, eilte sie in die Burghalle, um nur ja nichts von den Ereignissen zu verpassen. Aber sie zog es vor, auch jetzt in einer Ecke verborgen zu bleiben.

Der Burgherr war wohl schon mit gebührender Ehrerbietung begrüßt worden, denn der Anführer der Reitergruppe, der an seinem roten Mantel aus lucchesischer Seide erkennbar war, hatte sich Tiziano zugewandt. »Unser Herr, Principe Castruccio Castracani, bittet Euch, unverzüglich nach Lucca zurückzukehren. Bedeutende Ereignisse erfordern Eure alsbaldige Anwesenheit.«

Der Conte war aus seinem Sessel aufgesprungen, und Silvana fürchtete schon, dass er die Halle verlassen würde, ehe sie den Grund seines plötzlichen Aufbruches erfahren konnte. Aber der Burgherr legte Tiziano beruhigend die Hand auf die Schulter und forderte den ranghöchsten Offizier auf, nähere Einzelheiten mitzuteilen. »Von einem bevorstehenden Krieg gegen Pisa oder Florenz habe ich bisher keine Kunde.«

Der Reiter schaute sich um, ob es auch keine geheimen Mithörer gäbe, und Silvana drückte sich noch ein wenig enger in die dunkle Ecke.

»König Ludwig der Bayer ist auf dem Weg nach Rom, um dort von Vertretern des römischen Volkes die Kaiserkrone in Empfang zu nehmen. Wahrscheinlich ist Euch bekannt, dass Papst Johannes XXII. ihm die Anerkennung versagt und sogar mit einem Bannfluch belegt hat. Für unseren Herrn, Castruccio Castracani, ist es als kaisertreuer Ghibelline eine ehrenvolle Pflicht, mit 500 Reitern an dieser Krönung teilzunehmen. Es geht das Gerücht, der Kaiser wolle ihn zu seinem Statthalter in der Toskana und zum Herrn von Pisa machen.«

Silvana wagte kaum zu atmen. Diese Botschaft könnte einiges ändern. Denn wenn Castruccio auch Herr über Pisa sein würde, könnte ihr dann noch Roberto di Ripafratta gefährlich werden? Müsste sich nicht sogar die Möglichkeit ergeben, bei Castruccio Castracani um Schutz nachzusuchen?

Sie zuckte zusammen, als ihr Name fiel. »Man hole meine Tochter, damit sie sich für den Rückritt vorbereite!«

Schon wollte sie sich zurückziehen, um sich irgendwo in der Burg suchen zu lassen, als sie die Stimme des Conte Bernardini vernahm. »Es ist unmöglich, dass wir das Mädchen auf den Ritt nach Lucca mitnehmen. Wir müssen die schärfste Gangart wählen, denn die Vorbereitungen zur Romreise vertragen keinen Aufschub. Man soll unverzüglich mein Pferd satteln.«

Monteggiori gab seine Zustimmung zu erkennen. »Mir ist es sehr recht, wenn ich meine Tochter noch eine Weile bei mir behalten kann.«

Silvana presste ihre Hand auf den Mund. Ah, das waren ja ganz neue Töne. Der Conte hatte anscheinend ihr Loblied gesungen. Sie wunderte sich allerdings, dass er sich besorgt zeigte. Wahrscheinlicher als seine Fürsorge war doch wohl, dass er sie nicht ohne Aufsicht lassen wollte. »Gibt es einen zuverlässigen Mann, der die Contessina in einigen Tagen heimbegleiten kann?«

Die Antwort kam Silvana gelegen. »Beunruhigt Euch nicht! Ich werde ihr Matteo Guinigi zum Geleit geben. Denn ich gönne es dem Jungen, seine Eltern in Lucca einmal wiederzusehen.«

Die Reiter brachen auf. Sie gingen nahe an Silvanas Versteck vorüber, waren aber wohl zu aufgeregt, um sie zu entdecken. Nur Tiziano Bernardini verhielt kurz seinen Schritt und spähte in die dunkle Ecke. Silvana war sich nicht sicher, ob er sie gesehen hatte.

Monteggiori hatte dem Koch Anweisung gegeben, eine vorzügliche Mahlzeit auf den Tisch zu bringen, soweit es die Vorräte in Nozzano zuließen. Silvana aß mit Begeisterung die Fischsuppe, die *Cacciuco*, mit den Fischen, die Angler aus dem Dorf fast täglich fangfrisch zur Burg brachten, und ein riesiges Stück von dem *Cinghiale*, dem Wildschwein, das die Jäger zur Zeit der Jagd dem Burgherrn liefern mussten. Beides hatte sie in Marlia sehr vermisst.

Ihr Vater hatte seinen Günstling Matteo zu Tisch gebeten und eröffnete ihm, dass er die Contessina Silvana in den nächsten Tagen auf allen ihren Ausritten zu begleiten habe. »Du haftest mir für Leib und Leben meiner Tochter.«

Matteo zeigte sich unverändert. Er wirkte immer noch knabenhaft und machte bei den Worten des Capitano einen verängstigten Eindruck.

Silvana beobachtete ihn mit heimlicher Freude. Mit Matteo würde sie leichtes Spiel haben, ihn nach ihrem Willen zu dirigieren. »Unser erster Ausflug wird uns flussabwärts führen.«

Conte Monteggiori betrachtete verwundert seine Tochter. Er hatte noch nie erlebt, dass Silvana mit Bestimmtheit einen Wunsch vortrug. Aber ihm gefiel ihr verändertes Auftreten.

»Nun gut. Ihr müsst ja nicht gleich bis zum Mare Tirreno reiten. Und hütet euch vor Ripafratta!«

Matteo wusste aus Erfahrung, dass es gegen den Befehl des Capitano keine Möglichkeit des Widerspruches gab. Er blieb für den Rest des Abends sehr schweigsam, und Silvana sah an der Art, wie er dem Wildschweinbraten zusprach, dass ihm der Appetit vergangen war.

Folgenschweres Verlangen

Als die ersten Sonnenstrahlen die oberste Balustrade des Wehrturms erreichten, führte ein Stallbursche zwei gesattelte Pferde in den Burghof. Silvana hatte seit längerer Zeit auf diesen Augenblick gewartet, aber zu ihrer Überraschung stand auch Matteo schon bereit, als sie die Treppe hinabkam. Falls er zu diesem Ausritt vielleicht keine übermäßige Lust verspürte, ließ er sich das jedenfalls nicht anmerken. Er lächelte, verbeugte sich und gab den Wachhabenden am Tor einen Wink.

Der schwere Eisenriegel wurde von mehreren Männern zurückgeschoben, und Silvana beobachtete zu ihrem Missvergnügen, dass auch Stefano an dieser Aktion beteiligt war. Es kam ihr nämlich so vor, als ob er absichtlich die Öffnung des Tores behinderte und sich in die entgegengesetzte Richtung stemmte. Darum konnte sie es nicht lassen, ihm eine Fratze zu schneiden, die er mit einer obszönen Bewegung erwiderte.

Matteo schien von diesen Vorgängen nichts bemerkt zu haben. Er ritt voran, und erst jetzt bemerkte Silvana, dass er eine Lanze am Sattelknauf befestigt hatte. Auf dem schmalen Uferweg lenkte sie Maestoso dicht neben die Flanke seines Pferdes. »Warum hast du dich so schwer bewaffnet?«

Matteo kniff die Augen zusammen und ließ seinen Blick über den Fluss schweifen, der jetzt in der aufgehenden Sonne rötlich schimmerte. »Hier in der Nähe von Ripafratta müssen wir ständig mit einem Überfall der Pisaner rechnen.«

»Und wie kann ich mich gegen diesen Feind verteidigen, von dem man weiß, dass er Frauen gegenüber entsetzlich grausam verfährt?« Mit Absicht hatte sie die vage Formulierung »man« gewählt, obwohl sie aus eigener Erfahrung sprach.

Matteo zeigte deutlich, dass er beleidigt war. »Für wen haltet Ihr mich? Für einen Feigling? Ihr könnt Euch darauf verlassen, dass ich Euch bis zum letzten Blutstropfen verteidigen werde.«

Silvana griff überraschend zu seiner Lanze. »Was aber wird aus mir, wenn du schwer verletzt oder gar tot bist? Soll ich mich vergewaltigen, foltern oder gar unter Qualen töten lassen? Es gibt nur einen Ausweg: Du musst mich im Gebrauch der Lanze unterrichten.«

Matteo zügelte sein Pferd so heftig, dass es mit den Vorderfüßen in die Höhe sprang und ihn beinahe abgeworfen hätte. Mit beiden Fäusten umklammerte er die Lanze. »Was ist Euch da in den Sinn gekommen? Noch niemals hat eine Frau den Wurf mit der Lanze erlernt. Schlagt Euch ein solches Ansinnen aus dem Kopf!«

Silvana schwieg. Aber nicht deswegen, weil sie die Sinnlosigkeit ihrer Forderung eingesehen hatte, sondern weil sie auf dem Fluss eine Bewegung entdeckt hatte, die ihr seltsam vorkam. An einer offensichtlich seichten Stelle, die vielleicht eine mit Wasser bedeckte Furt sein konnte, kräuselte sich die Oberfläche, als ob sich dort ein Schwarm von Fischen tummele. Beim Näherkommen bemerkte sie jedoch, dass einige kurze Gegenstände aus dem Wasser herausragten, die sie nicht zu deuten wusste. Sie wollte sich schon an Matteo wenden, was er denn von dieser merkwürdigen Erscheinung halte. Aber der war damit beschäftigt, seine Lanze krampfhaft festzuhalten, und plötzlich kam ihr auch die Idee, es könne sich um die neue Erfindung halten, wie man unbemerkt einen Fluss durchqueren konnte. Trovato, sie hatte den Ort der militärischen Übung gefunden, der sich außerhalb der Sichtweite von Ripafratta befand.

Im Näherkommen erkannte sie, dass winzige Stücke kleiner Rohre aus dem Wasser ragten. Wie aber konnten die Männer unter Wasser atmen? Nahmen sie das Rohrende in den Mund, und wie ließ sich dieses wasserdicht verschließen? Sie musste versuchen, Näheres zu erfahren. Vielleicht durch Stefano?

Aber der würde darauf bestehen, sich seine Auskünfte mit Liebesdiensten bezahlen zu lassen.

Sie ritt im Galopp voran und wählte unversehens einen Seitenweg, um Matteo möglichst schnell von dieser Stelle wegzulocken. Erst an einer grasbewachsenen Lichtung hielt sie an. »Jetzt beginnen wir unsere Übungen mit der Lanze!«

Matteo verzog das Gesicht. »Nie und nimmer!«

Silvana gab sich den Anschein, als ob sie ihr Pferd besteigen wolle. »Nun gut! Dann wirst du damit rechnen müssen, allein nach Nozzano zurückzureiten. Ich fürchte, dass mein Vater dir einige peinliche Fragen stellen wird, wenn ich nicht gemeinsam mit dir heimkehre.« Ihr war bei dieser Erpressung nicht wohl zumute.

Matteo sprang herbei und hinderte sie daran, Maestoso zu besteigen. Sein Gesicht war dunkelrot angelaufen. »Wenn Ihr unbedingt darauf besteht, werden wir einen Versuch wagen. Aber Ihr werdet bald erkennen, dass diese männliche Übung sich außerhalb Eurer Macht befindet.« Er nahm die Lanze in beide Hände, als ob er sie wiegen wolle. »Erprobt nur erst einmal das Gewicht.«

Niemals hätte sich Silvana eine Blöße gestattet. Sie schwang die eiserne Lanze hin und her, als ob es sich um eine Holzlatte handele. »Also, fangen wir an!«

Matteo machte einen letzten Versuch, Silvana von ihrem Verlangen abzubringen. »Warum erfreut Ihr Euch nicht an der wunderschönen Waldwiese? Seht doch nur die leuchtend gelben Zitronenfalter, die hier paarweise umhergaukeln! Wollt Ihr sie wirklich mit Eurem Waffenlärm verjagen?«

»Und wären sie auch silbrig grün oder rot gestreift, könnte ich doch keine Rücksicht darauf nehmen. Denn hier in der Nähe des Feindes muss ich lernen, mich zu verteidigen.«

Matteo schüttelte missbilligend den Kopf. »Bei uns in der Toskana war es noch nie üblich, dass sich Frauen selbst verteidigen mussten. Oder könnt Ihr Euch vorstellen, dass Castracanis Gemahlin eine Waffe in die Hand nimmt?«

Silvana stampfte ärgerlich mit dem Fuß auf. »Schluss mit diesem sinnlosen Gerede! Die erste Lektion ist doch wohl, wie man eine Lanze in der Hand hält, um sie gegen den Feind einzusetzen.«

Matteo schien jetzt wirklich wütend zu sein. Sein Ton war ruppig, als er seine Anweisungen gab. Betont respektlos wechselte er von der bisher höflichen Anrede zum formlosen »Du«, packte ihre Hand und schob sie bis zu dem aufgerauten Griff. »Vor allem hast du viel zu weit hinten gefasst. So kannst du die Spitze nicht in die richtige Höhe bringen. Schau einmal das Band in den lucchesischen Farben, das von der Spitze zum Schaft führt. An der Bewegung dieses Bandes kannst du unschwer erkennen, dass deine Hand zittert. Wenn ein Feind dies bemerkt, bist du schon verloren.«

Es war die Schwere der eisernen Lanze, die es Silvana nicht ermöglichte, die Waffe ruhig zu halten. Sie ärgerte sich, dass Matteo dieses Zittern als Furchtsamkeit auslegte.

Aber Matteo kannte nun keine Gnade mehr. »Du hältst die Spitze viel zu tief. Wie willst du denn da einen Reiter treffen? Wenn du die Lanze nicht waagerecht halten kannst, sind alle deine Bemühungen vergebens. Das Band verfängt sich bei jedem Windstoß und drückt so die Spitze immer weiter nach unten. Ich wusste doch gleich, dass ein Mädchen keine Lanze halten kann.«

Silvana hatte sich noch niemals an undurchführbare Hirngespinste geklammert. An ihrem eigenen Unvermögen hatte sie erkannt, dass Matteo Recht hatte. Sie ließ sich zu Boden gleiten und bedeckte ihr Gesicht mit beiden Händen, um in der Dunkelheit besser nachdenken zu können. All ihre Träume zerflossen in einem Nichts. Sie hatte sich vorgestellt, während der Abwesenheit ihres Aufpassers, des Conte Tiziano Bernardini, alle militärisch wichtigen Kastelle der gesamten Lucchesia aufzusuchen. Dabei hätte sie viele einsame Gegenden durchqueren müssen. Weil sie jedoch fürchtete, Roberto Ripafratta könne sie auch weiterhin beobachten und verfolgen, war ihr der Gebrauch einer Lanze als rettender Ausweg erschienen. In Gedanken hatte sie schon mehrmals einen Stoß ausgeführt, der zum Tod, nein, vielleicht auch nur zur schweren Verwundung des verhassten Feindes führte.

Sie lugte durch zwei Finger, ob Matteo seinen Triumph mit einem spöttischen Grinsen auskostete. Aber, wie so oft, hatte sie sich einmal wieder in einem Menschen getäuscht. Matteo schaute mitleidig auf sie herab. Wahrscheinlich glaubte er, dass sie ihre Tränen vor ihm verstecken wollte. Er reichte ihr die Hand, um ihr vom Boden aufzuhelfen. »Verzeiht mir meine Härte und mein Benehmen, das einem jungen Mann aus dem Geschlecht der Guinigi nicht würdig ist. Ich hätte daran denken müssen, dass Ihr unter Soldaten aufgewachsen seid, die nichts anderes gelernt haben, als sich mit der Waffe zu verteidigen, während doch einem Mädchen andere Möglichkeiten zur Verfügung stehen, um Mitleid zu erregen.«

Silvana war schon wieder bereit, ihn zu necken. »Erzähl mir von diesen Möglichkeiten. In Marlia, wo meine Tante sich Mühe gibt, mich zu einer echten Contessina zu erziehen, hat man mir noch nichts davon gesagt.«

Matteo errötete und ließ die Arme hängen. »Marchesa Donata kann dich besser in diesen Dingen unterrichten als ich. Von meiner Schwester weiß ich nur, dass es für Mütter adeliger Jungfrauen Anweisungen unserer Kirchenväter gibt, wie sie ihre Töchter zu erziehen haben.«

Silvana heuchelte Interesse, trat näher an ihn heran und legte eine Hand auf seinen Arm. »Darf sich ein Mädchen denn von einem Mann küssen lassen? Die Soldaten haben oft aus dem Dorf Nozzano Mädchen mitgebracht, und ich habe beobachtet, was sie miteinander trieben, obwohl ich vieles nicht verstanden habe.« Sie freute sich, als sie die zunehmende Röte in seinem Gesicht beobachten konnte.

Ihre plötzliche Nähe veranlasste Matteo, einen Satz nach hinten zu machen. Er streckte sogar beide Hände abwehrend vor seine Brust. »Es kann Euch nicht schaden, wenn Ihr Euch die Grundregeln zu Eigen macht, die unsere Kirchenlehrer vorgeschrieben haben, nämlich Schamhaftigkeit und Keuschheit, Demut, Schweigsamkeit und Würde der Sitten und Gebärden. In ihrer Kleidung sollen sie alles vermeiden, was dazu dient, Wollust zu entzünden.«

Silvana empfand große Genugtuung, dass sie sich für sein vorheriges Benehmen und die erlittene Schmach rächen konnte. »Was verstehen denn diese Kirchenlehrer unter Wollust? Ein Kuss kann doch wohl nicht schaden.« Sie näherte sich ihm erneut, legte beide Arme um seinen Nacken und hoffte, dass er auf diese Geste nicht eingehen würde.

Matteo schob sie so unsanft von sich, dass sie beinahe hingefallen wäre. »Für dich ist es noch ein weiter Weg, bis du begreifst, was echte Keuschheit bedeutet. Wenn ich für deine Erziehung verantwortlich wäre, dann würde ich dich jede Nacht, bis der Tag anbricht, kniend im Psalter lesen lassen.«

Silvana konnte sich nicht mehr beherrschen. Sie lachte laut. »Gibt es nicht irgendeinen anderen Vorschlag, wie du etwas zu meiner Erziehung beitragen könntest?«

Wenn Matteo sich durch ihr Verhalten verspottet fühlte, ertrug er diese Demütigung gelassen. »Mir ist klar geworden, dass es sinnlos ist, in Euch eine Contessina zu sehen, wie es Euch eigentlich gebührt. Als Ihr eben noch Tränen vergossen habt, weil es Euch nicht gelingen wollte, die Lanze zu halten, da kam mir ein Gedanke, der Euch zufrieden stellen und Eurer Jugend unter Soldaten gerecht wird.«

Silvana, der es längst Leid tat, den jungen unerfahrenen Mann verspottet zu haben, kehrte zu einer ernsten Frage zurück. »Welche Pläne habt Ihr im Sinn?«

»Die ritterlichen Edelknaben und halbwüchsigen Söhne der Adeligen sind nicht stärker und größer als Ihr. Trotzdem erlernen sie den Kampf mit der Lanze, allerdings nicht mit einer schweren, die erwachsenen Männern vorbehalten bleibt, sondern mit einer leichten Hirtenlanze. Wenn Ihr noch Lust dazu verspürt, die Technik des Lanzenstechens zu erlernen, werden wir morgen nach San Giuseppe reiten. In diesem Dorf betreibt ein Waffenschmied sein Handwerk, der als Meister in der Herstellung von Hirtenlanzen Berühmtheit erlangt hat.«

Bei dieser Mitteilung hätte Silvana den jungen Mann am liebsten umarmt. Aber das hätte er ihr vielleicht als Unkeuschheit ausgelegt. Um ihn jedoch zu erfreuen, begnügte sie sich damit, einen Knicks zu machen, wie sie ihn bei dem Tanzlehrer aus Paris gelernt hatte. »Ihr seid sehr liebenswürdig, und ich danke Euch! Aber warum können wir nicht schon heute dorthin reiten?«

Matteo hatte seine Fassung wiedergewonnen. Er lächelte sogar, obwohl Silvana dieses Lächeln irgendwie absonderlich vorkam. »Weil der Weg nach San Giuseppe zu weit ist. Wir kämen erst bei Dunkelheit an. Und die Nacht in dieser einsamen und geheimnisvollen Umgebung mit einem so heißblütigen und auch ein wenig sittenlosen Mädchen zu verbringen, ist mir doch gar zu gefährlich.« Das klang ziemlich ernsthaft.

Vor Sonnenaufgang, als die Morgennebel noch über dem Fluss lagen, bestiegen sie ihre Pferde. Matteo ritt voran, und Silvana hielt sich dicht hinter ihm, obwohl sie nur zu gern in scharfem Galopp an ihm vorbeigestürmt wäre. Denn sie konnte es kaum erwarten, eine Hirtenlanze in Händen zu halten. Matteo schien es nicht eilig zu haben. Er erzählte ihr von dem Schmied in San Giuseppe, der die Kraft für den schweren Hammer aus der Umdrehung eines Wasserrades bezog. »Ihr werdet staunen, wie so eine Lanze auf dem Amboss ihre richtige Form erhält.«

Silvana spürte, wie ihre Ungeduld wuchs. »Kann es etwa sein, dass wir die Lanze heute noch gar nicht mitnehmen können?«

Matteo blieb gleichmütig. »Das ist durchaus möglich. Denn die Lanze muss Eurer Größe und Kraft angemessen sein. Es wäre auch besser, wenn ich Euch als einen Edelknaben vorstellen würde, den man Euch durchaus abnehmen kann. Sollte nämlich der Schmied ein Mädchen in Euch erkennen, würde er es vielleicht ablehnen, eine solche Waffe für Euch herzustellen.«

Silvana war zu allem bereit. »Wie werdet Ihr mich nennen, und wie soll ich Euch anreden?«

Matteo sah stirnrunzelnd vor sich hin. Silvana hatte den Eindruck, dass er sich die Antwort auf diese Frage schon vorher zurechtgelegt hatte. Er brauchte nicht lange zu seiner Antwort, die ihm offensichtlich nicht einmal peinlich war. »Euer Name ist Silvano. Ihr seid ein adeliger Zögling, der meiner Erziehung anvertraut wurde. Darum müsst Ihr ›Herr‹ zu mir sagen und dürft mir keine Widerworte geben.«

Das hatte er sich ja fein ausgedacht. Silvana hielt diese Bedingung für eine Finte, um sie gefügig zu machen. Aber für den Besitz einer Lanze wäre sie auch mit noch merkwürdigeren Forderungen einverstanden gewesen.

Das Tal wurde immer enger. Rechts und links des Weges stiegen bewaldete Berge hoch, und der kleine Fluss, dessen Lauf sie folgten, zeigte sich sehr viel wilder als die Freddana. Sein dunkelgraues Wasser sprang ungestüm über kleine Felsen, deren Spitzen über den Wasserspiegel herausragten. Ab und zu, wenn der Weg nahe am Fluss vorbeiführte, ergoss sich eine kleine Fontäne über die Reiter. Keinem Sonnenstrahl gelang es, über die Spitze der Berge zu lugen.

Silvana gefiel dieser Ausritt nicht. Sie hatte einmal in einem Buch, das sie heimlich aus der Bibliothek ihres Vaters entwendet hatte, von einem griechischen Gott gelesen, einem Schmied, der sich Hephaistos nannte. Dieser sei hässlich und übellaunig gewesen. Aber er habe starke Arme gehabt, und seine Arbeit sei unübertrefflich gewesen, so dass es ihm sogar gelang, mechanische Frauen aus Gold anzufertigen, die ihm in der Schmiede helfen mussten. Aber weil er gar so hässlich gewesen sei, habe seine Frau Aphrodite ihn mit dem strahlenden Kriegsgott Ares betrogen. Dieser Schmied aber hatte ein Netz um das Bett gespannt, in dem sich die beiden Liebenden verfingen. Silvana fand es damals als äußerst ungeschickt von dem betrogenen Ehemann, alle Götter herbeizurufen, um seine Schande zu bezeugen, und sie konnte nur dem Göttervater Zeus zustimmen, der sagte, Hephaistos sei ein Narr, seine Angelegenheiten so ans Licht zu zerren. Die Verachtung des Göttervaters musste erheblich gewesen sein. Denn später hatte Zeus den Schmied sogar vom Olymp geworfen, so dass Hephaistos sich beide Beine brach, fortan hinkte und Krücken benutzen musste.

Wenn auch kein Halbgott, so musste dieser Schmied, den sie jetzt aufsuchen wollten, doch wohl ebenso tüchtig sein wie Hephaistos. Silvana betrachtete die Berge, deren Gipfel ihr ebenso hoch erschienen wie der Götterhimmel Olymp. »Wo sind wir hier?« Es konnte nicht schaden, wenn sie wusste, wo sie sich befanden, falls es sich als notwendig erweisen sollte, das Heil in der Flucht zu suchen.

Sie erhielt keine Antwort. Vielleicht hatte Matteo ihre Frage nicht gehört. Er strebte einer kleinen Brücke zu, die über den Fluss führte, und die Pferde tänzelten vorsichtig im Schritt über die brüchigen Holzplanken.

Am jenseitigen Ufer drehte sich Matteo im Sattel um. »Wir verlassen jetzt das Tal der Pedogna und beginnen mit dem Aufstieg. Von jetzt ab wirst du unaufgefordert keine Fragen mehr stellen und jeden Befehl, den ich dir erteile, mit ›Ja, Herr!‹ beantworten. Noch ist Zeit zur Umkehr. Aber dann wirst du niemals in den Besitz einer Lanze kommen.«

Er wartete nicht ihre Entscheidung ab, sondern begann mit dem schwierigen Aufstieg. Silvana schaute zur Brücke zurück. Es kam ihr so vor, als ob sie mit der Überquerung der Pedogna ihr bisheriges Leben zurückgelassen und ein neues, fremdes Land betreten hätte. Das vor ihr liegende Schicksal erschien ihr ebenso dunkel und bedrohlich wie der undurchdringliche Wald. Der Aufstieg gestaltete sich schwierig und erforderte ihre ganze Aufmerksamkeit. Dennoch schweiften ihre Gedanken ab. Sie wusste nicht, was sie von Matteo halten sollte. Ohne Zweifel war er als Spross aus dem Geschlecht der Guinigi ein Günstling ihres Vaters, dem er zur Erziehung übergeben worden war. Aber konnte denn da von Erziehung gesprochen werden? Matteo genoss alle Vorzüge eines Adeligen, wurde zu allen wichtigen Beratungen hinzugezogen, tafelte mit am Tisch des Herrn und entging jedweder Bestrafung, wenn er einen Befehl missachtete. Er wurde auch nicht als Wachhabender eingeteilt, und als er damals verwundet wurde, weil er ruhmsüchtig gegen alle Anordnungen durch die Furt auf Pisaner Gebiet geritten war, konnte ihr Vater nicht schnell genug den alten Medikus aus dem Bett treiben, während Matteos Kameraden, die ihn doch dringend gewarnt hatten, mit der flachen Klinge des erzürnten Burgherrn Bekanntschaft machten.

Andererseits hatte Dino Monteggiori bisher keine Soldaten unter die Befehlsgewalt des jungen Adeligen gestellt. Mit Sicherheit hätten ihm die bei weitem älteren und erfahreneren Männer nicht gehorcht. Silvana war sich sogar sicher, dass sie ihn wegen seines höfischen Benehmens heimlich verlachten. Jetzt wollte er sich wahrscheinlich bei ihr schadlos halten und ihren Gehorsam auf unsinnige Weise erzwingen.

Sie war so sehr in ihre Gedanken vertieft, dass sie ihrem Pferd zu viel Zügel ließ und die schlüpfrige Steigung missachtete. Maestoso verlor unter seinen Hufen die Haftung mit dem Erdboden und geriet ins Rutschen. Silvana sah es als einzige Möglichkeit an, aus dem Sattel zu springen und das Pferd am straffen Zügel zurückzureißen. Maestoso blieb zitternd stehen, aber Silvana zitterte ebenso.

Der Schreck saß ihr noch in allen Gliedern, als sie wie aus weiter Ferne Matteos Stimme vernahm. »Komm einmal her, Silvano!«

Sie dachte gar nicht daran, dieser rüden Aufforderung zu folgen, sondern schwang sich erneut in den Sattel. Deutlich beobachtete sie, wie Matteo mit seiner Wut kämpfen musste. »Wenn ich dich rufe, antwortest du gefälligst ›Ja, Herr‹ und folgst unverzüglich dem Befehl.«

Silvana lachte hell auf. »Ich bin nicht bereit, deine Komödie mitzuspielen. Suche dir einen Edelknaben, den du schikanieren kannst. Ich jedenfalls bleibe die Contessina Monteggiori.«

Matteo blieb starr im Sattel sitzen. Er sah aus wie ein in Metall gegossenes Reiterdenkmal. Es dauerte eine ganze Weile, bis er sich umwandte, um den Ritt fortzusetzen. »Das wirst du mir büßen!« Diese Worte stieß er so voller Wut hervor, dass Silvana das Lachen verging. Sie richtete ihre Aufmerksamkeit auf den Weg und hütete sich davor, vorläufig an irgendwelche Folgen ihrer Auseinandersetzung zu denken.

Auf dem obersten Bergrücken mussten sie ihren Pferden eine Ruhepause gönnen. Silvana nahm ein Tuch aus der Satteltasche und rieb das feuchte Fell ihres Pferdes. Matteo schaute ihr mit grimmigen Blicken schweigend zu. Sicher hätte er gern einen Grund zum Tadel gefunden.

Silvana sah ihn spöttisch an und verzog das Gesicht zu einem Lachen. »Soll ich Euer Reittier auch trockenreiben, Herr? Oder ist das nicht die Aufgabe eines Edelknaben?« Sie erhielt keine Antwort. Wahrscheinlich hatte sie ihn zutiefst verletzt.

Unterhalb des Gipfels erstreckte sich eine weite Wiese, auf der eine Schafherde weidete. Es war kein Hirte zu sehen, aber ein zottiger Hund umkreiste ohne Unterlass die Tiere und ließ keines dorthin laufen, wo durch einen jähen Absturz Gefahr drohen konnte. Am Horizont erkannte sie eine breite, graue Rauchsäule, und sie hoffte, dass diese ein Zeichen des Schmiedefeuers war, denn dann hätten sie bald ihr Ziel erreicht.

Sie folgte Matteo, der sich wieder in den Sattel geschwungen hatte, und beide ließen ihre Pferde in leichter Gangart die sanft geneigte Wiese abwärts traben, an deren Ende sich ein kleiner Bach durch hohe Gräser seinen Weg gebahnt hatte.

Die Rauchsäule war zu ihrer Freude immer dichter und dunkler geworden. Bald schon erkannte sie eine Hütte, vor der verschiedene Eisenteile aufgetürmt lagen. Ein wenig abseits erhob sich ein hohes Gebäude, von dem Silvana vermutete, dass dies die Schmiede sein müsse. Aber erst als sie nahe vor der geöffneten Tür ihre Pferde zügelten, erblickte Silvana ein loderndes Feuer, dessen Flammen unaufhaltsam bis zu einer Öffnung im Dach des Gebäudes züngelten. Vor dem Amboss stand ein Mann mit rußigem Gesicht, und ein Hammer fiel wie von Zauberhand geführt auf ein glühendes Stück Eisen, das wohl einmal zu einer Lanze geformt werden sollte.

Silvana wagte sich keinen Schritt weiter. Der ungewohnte Anblick war ihr unheimlich, und sie hätte sich nicht gewundert, wenn sie Krücken an der Wand entdeckt hätte oder der Schmied mit einer hässlichen Fratze hinkend auf sie zugekommen wäre.

Schmerzhafte Erfahrung

»Guten Morgen, Meister!« Der Schmied mochte Matteos Gruß trotz des Lärms gehört haben. Denn er drehte sich um und begrüßte die Ankömmlinge mit einem Wink. Aber bevor er ihnen seine rußige Hand reichte, zog er an einem Strick, so dass sich eine Dachklappe über dem Feuer schloss. Sogleich sanken die Flammen in sich zusammen. Den Hammer brachte er auf eine Weise zum Schweigen, die Silvana nicht enträtseln konnte. Es musste wohl mit dem Rad zusammenhängen, von dem Matteo ihr erzählt hatte. Jetzt bereute sie, nicht besser zugehört zu haben.

»Mein Name ist Matteo Guinigi aus dem luccheser Geschlecht, das Euch sicher nicht unbekannt sein dürfte. Und dieser Junge hier ist ein Edelknabe aus Nozzano, der mir zur Erziehung übergeben wurde. Es wird Zeit, dass er im Gebrauch einer Lanze unterwiesen wird.«

Der Schmied, der in keiner Weise hinkte, wie Silvana erleichtert feststellte, betrachtete sie prüfend. »Der Bursche ist noch ein wenig schmächtig. Eine leichte Hirtenlanze dürfte vorläufig genügen.« Er griff hinter sich an die Wand, an der Lanzen aller Größen aufgehängt waren, und legte Matteo die eine oder andere in die ausgestreckten Hände. »Ihr kennt Euren Knaben besser als ich. Welche haltet Ihr für den Anfang als geeignet?«

Matteo wog die Waffen nacheinander und entschied sich dann für eine nicht gar zu kurze Lanze. »Wir werden mit dieser hier eine Probe machen, und Eurer Erfahrung, Meister, überlasse ich dann, ob Ihr eine kürzere, schwerere oder leichtere herstellen wollt.«

Silvana, die geglaubt hatte, mit der jetzt ausgewählten Lanze werde man heimreiten, war enttäuscht. Sie folgte den beiden Männern, die zur Rückseite des Hauses gingen. Hier sah Silvana zum ersten Mal ein Wasserrad und hätte sich gerne erklären lassen, wie es möglich war, dass dieses Rad den schweren Schmiedehammer in Bewegung setzte. Aber die beiden gingen weiter bis zu einem Platz, auf dem allerlei Pfähle verschiedener Größe in den Boden gerammt und Bäume mit eisernen Ringen behangen waren.

»Komm her, Silvano!« Matteos Ton war barsch, und diesmal wagte sie nicht, so weit ab von jeder Hilfe, ihm den Gehorsam zu verweigern.

»Ja, Herr!« Sie trat näher.

Der Schmied hatte beide Pferde auf den Platz geführt, und Matteo schwang sich in den Sattel. »Du schaust jetzt genau zu, wie ich die Lanze halte und meinen Arm schwinge, damit ich von der Stange dort drüben das oberste Stück köpfen kann. Denn das ist unsere Anfangsübung.«

Silvana musste gegen ihren Willen Matteo bewundern. Es sah sehr leicht aus, als er mit geschmeidigen Bewegungen auf die Stange zuritt, dann plötzlich die Geschwindigkeit steigerte und mit aller Kraft die Lanze so führte, dass das oberste Holzstück splitternd abbrach.

Der Schmied klatschte in die Hände. »Bravo, Ihr seid ein wahrhaft kampferprobter Ritter und werdet sicher Euren Knaben dazu bringen, ebenfalls diese Kunst zu erlernen.«

»Silvano, komm her!«

Silvana hatte sich an seinen Befehlston gewöhnt. »Ja, Herr!« Marlia lag weit hinter ihr.

Matteo packte sie bei den Schultern und drehte sie zu sich herum. »Sitz auf! Die Füße streckst du nach vorn, bis du deine Fußspitzen sehen kannst. Bleibe locker in den Beinen, wie du es bei mir gesehen hast. Keinesfalls darfst du die Knie durchdrücken, denn diese starre Haltung nimmt dir die Bewegungsfreiheit! Also, jetzt los!« Er drückte Silvana die Lanze in die Hand, schob ihre Hand bis zu der aufgerauten Griffstelle, verbesserte noch einmal die Haltung der Füße und gab dem Pferd einen leichten Schlag.

Silvana hatte bisher geglaubt, mit Maestoso eng verbunden zu sein. Immer hatte er gespürt, was sie vorhatte, noch ehe sie ihm dazu mit den Schenkeln ein Kommando gab. Aber dies hier war etwas völlig anderes. Sie hielt die ungewohnte Waffe in der Hand und musste das Tier in einer Spur halten, die es ihr ermöglichte, mit einem gezielten Armschwung die Stange am oberen Ende zu treffen. Sie verzichtete auf einen Schenkeldruck und handhabte die Zügel möglichst locker, in der Hoffnung, dass ihr vertrautes Pferd schon verstehen werde, was sie von ihm erwartete. Aber er brach vor dem Hindernis seitlich aus, und sie musste alle Kraft aufwenden, um ihn vor Matteo zum Halten zu bringen.

Er trat nahe an sie heran. »So kann das nicht gehen! Du sitzt auf dem Pferd wie eine alte Frau vor dem Spinnrad. Warum beugst du dich nach vorne, statt eine gerade Haltung zu bewahren, so als trügest du einen Krug auf dem Kopf. Versuche es von neuem, und gib Maestoso mit kräftigem Druck der Schenkel und Fersen zu verstehen, was er zu tun hat.«

»Ja, Herr!«

»Wenn es wieder nicht gelingen sollte, jage vorüber und mache dreimal die Runde! Erst dann kehre zu mir zurück!«

Silvana gab sich Mühe, alle Regeln zu befolgen, die Matteo vorgeschrieben hatte. Aber wenn sie ihre Aufmerksamkeit auf Maestoso richtete, verfehlte sie das Ende der Stange, hielt sie die Stange fest im Blick, brach das Pferd seitlich aus, und wenn sie darauf achtete, aufrecht und doch locker im Sattel zu sitzen, verpasste sie den richtigen Augenblick des Armschwungs.

Nach der dritten Runde blieb sie niedergeschlagen vor Matteo stehen.

»Steig ab, Silvano!«

»Ja, Herr!« Nur zu gern folgte sie diesem Befehl, denn sie hoffte, dass Matteo ihr noch einmal ein Beispiel seiner Kunst vorführen werde.

Niemals hätte sie damit gerechnet, was jetzt geschah. Matteo gab ihr einen kräftigen Schlag mit der Reitpeitsche, und gleich darauf traktierte er auch Maestoso mit Schlägen. Silvana schrie laut auf und fiel ihm in die Arme, was einen weiteren, noch heftigeren Schlag zur Folge hatte.

»Los, schwing dich in den Sattel, und wage nicht eher, vor mir stehen zu bleiben, ehe du nicht das oberste Stück der Stange geköpft hast!«

Silvana beobachtete durch einen Tränenschleier, dass der Schmied, der bisher an einem Zaun gelehnt hatte, sich langsam näherte. Sie schöpfte Hoffnung, dass er ihr zu Hilfe kommen wolle.

Das Gegenteil trat ein. »Ihr seid sehr streng. Aber damit tut Ihr recht. Ich habe hier schon so manches verwöhnte Muttersöhnchen gesehen, das die Kunst des Lanzenstechens niemals erlernen wird. Denn nach jedem Misserfolg wurde so ein verweichlichtes Bürschchen getröstet, und man putzte ihm die Nase ab, wenn es in den Sand gefallen war. Euer Knabe aber wird sehen, dass die Tracht Prügel vonnöten war. Aber er ist schon jetzt ein vorzüglicher Reiter.«

Maestoso stand regungslos still, als Silvana ihn vorsichtig bestieg, um ihm keine Schmerzen zu bereiten. Sie trieb ihn aufs Neue an, achtete auf ihre Haltung, auf die Hilfen, die sie dem Pferd gab, damit es die Spur hielt, und hoffte auf einen Armschwung im passenden Augenblick. Maestoso hatte seine Lektion gelernt. Er brach vor dem Hindernis nicht mehr aus. Dreimal wollte es ihr trotzdem nicht gelingen, die Stange zu treffen. Beim vierten Mal fuhr die Lanze pfeifend über das obere Ende der Stange. Immer wieder jagte sie an Matteo vorbei, der mit finsterem Gesicht ihre vergeblichen Bemühungen beobachtete.

Wenn ich beim nächsten Mal das obere Ende nicht köpfe, werde ich im Galopp die Wiese verlassen und von hier flüchten. Schlagen lasse ich mich nicht noch einmal. Aber wenige Sekunden, nachdem ihr dieser rettende Gedanke eingefallen war, erreichte sie die Stange, richtete sich gerade hoch und schwang die Lanze mit aller Kraft. Sie hörte hinter sich das Splittern des Holzes, wandte sich um und sah das obere Ende der Stange am Boden liegen.

Triumphierend zügelte sie Maestoso vor den beiden Männern. Der Schmied zeigte sich bereit, sie zu loben. »Das war sehr gut!«

Aber Matteo war noch nicht zufrieden. »Das kann Zufall gewesen sein. Ich möchte das noch einmal sehen.«

»Ja, Herr!« Der Erste, der ihre Lanze zu spüren bekam, noch vor dem Pisaner, würde Matteo sein. Vielleicht schon auf dem Heimweg im Wald? Sie war so voller Zorn, dass sie den Armschwung noch kräftiger ausführte als beim ersten Mal. Das Holz brach berstend, und ein weiteres Holzstück flog weit davon.

»Gut so!« Ein Wunder war es, dass Matteo ihr ein Lob zollte. Er wandte sich an den Schmied. »Du hast nun beobachten können, welche Größe für meinen Jungen geeignet ist. Morgen kehren wir zurück und holen uns die Lanze. Wir werden dann noch einige Übungen machen, wie man den Lanzenschaft aus dem Ring ziehen kann.«

Silvana hätte sich am liebsten zu Boden fallen lassen. Sie musste also bis zum nächsten Tag warten, um in den Besitz der Lanze zu gelangen.

Beide Männer schenkten ihr keine Beachtung. Der Schmied äußerte noch einen Vorschlag. »Morgen findet hier ein Knabenturnier statt, bei dem alle von mir gefertigten Hirtenlanzen zum Einsatz kommen. Wenn Ihr mit Eurem Jungen noch kräftig übt, wäre er durchaus in der Lage, einen Preis heimzutragen.«

Matteo nickte zustimmend. »Wir werden sehen, welche Fortschritte Silvano bis dahin erzielt.«

Wenn es ein Morgen mit dir überhaupt noch gibt, du Stronzo, Bischero! Vielleicht werde ich meinen Vater bitten, nach Marlia zurückkehren zu dürfen, ob nun mit oder ohne Lanze.

Schweigend ritten sie den Abhang hinab. Erst im Tal der Pedogna, als sie die Brücke hinter sich gelassen hatten und Silvana von dem wunderbaren Gefühl überwältigt wurde, sie sei nun in ihr altes Leben zurückgekehrt und Matteo könne ihr nichts mehr anhaben, wandte sie sich ohne Furcht ihm zu. »Warum tut Ihr mir das alles an, und warum habt Ihr mich geschlagen?«

Matteo ließ sein Pferd in einen langsamen Schritt fallen. »Weil Ihr ein durch und durch verdorbenes Geschöpf seid, das alle weiblichen Tugenden verlacht. Nie werdet Ihr Euch Keuschheit und Demut aneignen. Ich war Zeuge, als Ihr Euch von einem Pisaner unkeusch berühren ließet. Und ich habe auch beobachtet, dass Ihr den Falknerbuben in Euer Schlafgemach zogt, wo er eine geraume Zeit blieb. Schließlich habt Ihr sogar versucht, mich zu verführen, indem Ihr Eure Arme um meinen Hals geschlungen und Euch unzüchtig an mich gedrängt habt. Ein solches Verhalten gehört streng bestraft.«

Entsetzt hatte Silvana dieser Anklage zugehört. Wie sehr musste Matteo sie verachten! Aber er war mit seiner Rede noch nicht zu Ende. »Da du es ablehnst, wie ein sittsames Mädchen zu sticken und zu weben, und die Lanze einem Webstuhl vorziehst, werde ich dich lehren, was einen Edelknaben erwartet, der von einem strengen Lehrer im Gebrauch der Lanze ausgebildet wird. Vielleicht gefällt dir das besser!«

Silvana musste nicht lange überlegen, um eine Antwort zu finden. »Ich werde dich von der Gegenwart eines so verdorbenen Mädchens befreien und meinen Vater bitten, mich morgen nach Marlia zurückzubegleiten.«

Matteo lachte höhnisch. »Ohne Lanze, die du doch so sehr begehrt hast?«

»Ja, ohne Lanze. Ich werde schon eine andere Möglichkeit finden, mir diese Waffe zu beschaffen. Sollte es dir etwa einfallen, mich durch Lügen gegenüber meinem Vater oder mit Gewalt nach San Giuseppe zu verschleppen, werde ich dort mein wahres Geschlecht offenbaren. Damit wirst du Schande über deine Familie bringen.«

Sie hatte die richtige Vorgehensweise gefunden. Matteo gab sich erstaunlich zahm. »Gibt es keine Möglichkeit, dich zu versöhnen?«

Ah, sie hatte ihn in der Schlinge! »Doch, die gibt es. Versprich mir, dass du niemals wieder Maestoso schlagen wirst!«

»Gilt diese Abmachung nur für das Pferd und nicht für dich?«

Silvana wusste, worauf sie sich da einließ. »Ja, warum soll das arme Tier für mein Versagen leiden?«

Ihr kam es so vor, als wollte Matteo sie impulsiv umarmen. »Du könntest mit dieser Entscheidung manchem Edelknaben ein Vorbild sein. Ich verspreche dir, nicht nur Maestoso, sondern auch dich niemals mehr zu schlagen. Wirst du nun noch einmal morgen auf dem Sandplatz in San Guiseppe den Lanzenwurf üben? Ich möchte nicht, dass du auf deinen Streifzügen das Opfer eines Feindes werden könntest.«

Silvana lächelte ironisch. »Oh, welche Fürsorge! Aber vielleicht kann ein wenig Übung nicht schaden.«

Matteo wirkte einsichtig und bescheiden. »Würdest du mir auch noch die Freude machen, für das Knabenturnier zu üben, und morgen daran teilnehmen? Es wäre die größte Ehre für mich, dem du doch zur Ertüchtigung anvertraut worden bist, wenn du einen Preis erringen könntest.«

Silvana blieb zurückhaltend. »Wir werden sehen, ob meine Fähigkeiten reichen, um vor den anderen zu bestehen.«

Er streckte ihr seine rechte Hand entgegen. »Schließen wir Frieden, Contessina?«

Wie immer kam Silvana zu einem schnellen Entschluss. Sie schlug bedenkenlos ein. »Ja, Herr!«

Sie lachten beide, und erst später dachte Silvana, ob es vielleicht besser gewesen wäre, ihn ein wenig zappeln zu lassen.

Die Morgendämmerung hatte soeben erst die Schwärze der Nacht vertrieben, als Silvana und Matteo nach San Giuseppe aufbrachen. Dino Monteggiori hatte ohne Einwände sein Einverständnis zu diesem Ausflug gegeben. Er schien die gemeinsamen Streifzüge der beiden gern zu sehen. Silvana hatte sogar allmählich den Eindruck gewonnen, dass ihrem Vater eine dauerhafte Verbindung zwischen seinem Günstling und seiner Tochter nur allzu lieb wäre.

Bewahre mich Gott vor einer Ehe mit diesem Scheusal! Silvana war empört gewesen, als Matteo bei der Abendmahlzeit ohne Schamröte berichtet hatte, beim Schmied von San Giuseppe finde morgen ein Knabenturnier statt. Das wäre für Silvana doch sicher ein spannendes Erlebnis, den Wettkämpfen zuzuschauen. Dino Monteggiori hatte emphatisch zugestimmt. Diese Turniere könnten auf eine lange Tradition zurückschauen. Auch er hätte als Kind einmal daran teilgenommen. Aber er wäre noch zu klein und schmächtig gewesen, und darum wäre ihm ein Preis versagt geblieben.

Silvana hätte sich am liebsten das Hemd heruntergerissen, um ihrem Vater die blutunterlaufenen Striemen vorzuführen, die Matteo ihr mit der Reitpeitsche zugefügt hatte. Aber Dino Monteggiori hätte sie womöglich der Lüge bezichtigt.

Matteo war auf diesem morgendlichen Ritt blendender Laune. Er hatte eine leichte Gangart vorgelegt und sang laut, während sie den Fluss entlangtrabten. Sie musste zugeben, dass er eine schöne Stimme hatte, ein wenig feminin vielleicht, so dass der kriegerische Text an Wirkung verlor.

Auf dem Gipfel lagen erste Sonnenstrahlen, die noch keine Wärme verströmten. Silvana fröstelte, aber vielleicht auch aus einem Gefühl des Unbehagens wegen der bevorstehenden Ereignisse. Aus dem Kamin der Hütte stieg eine Rauchsäule in den Himmel, aber in der Schmiede war es noch dunkel und kalt.

Anscheinend hatte der Schmied den Hufschlag der Pferde gehört. Er trat ins Freie und schien sich über die Ankömmlinge zu freuen. »Der Reitplatz ist noch feucht vom Morgennebel. Kommt einstweilen herein! Meine Töchter haben schon die Schafe gemolken, und meine Frau hat soeben frisches Brot aus dem Backofen hinter dem Haus geholt. Ein Glas warme Milch wird dem Jungen gut tun und seine Kräfte stärken.«

Matteo schob Silvana in das dämmerige Innere der Hütte. An dem rohen Holztisch saßen zwei pausbäckige kleine Mädchen und starrten Silvana neugierig und wortlos an. Die Frau des Schmieds murmelte einen fast unhörbaren Willkommensgruß. Der Schmied schob für Matteo einen Stuhl hin, dessen Strohgeflecht einige schadhafte Löcher aufwies. Matteo nahm vorsichtig Platz, und der Schmied bediente ihn aus einer Weinkaraffe. »Auf dem Hang hinter dem Haus bauen wir unseren eigenen Wein an. Die Lage ist gut, und die vorige Ernte war besonders reichhaltig. Probiert, und gebt freimütig Euer Urteil ab!«

Silvana beobachtete, dass Matteo so recht keine Lust hatte, am frühen Morgen schon dem Alkohol zuzusprechen. Aber er wollte wohl den Gastgeber nicht verletzen, trank mit kleinen Schlucken und sparte nicht mit Lob.

Als aber der Schmied nachschenken wollte, hielt er die Hand über das Glas. »Nein, besser nicht. Ich muss für unsere Übungsstunde einen klaren Kopf behalten.«

Der Meinung war Silvana allerdings auch. Da man ihr keinen Stuhl angeboten hatte, schob sie sich neben die Mädchen auf die Bank und nahm dankbar die noch warme Milch und das ofenfrische Brot an. Matteo, der anscheinend fürchtete, man werde ihm noch ein weiteres Glas Wein aufdrängen, erhob sich eilig. »Wir müssen an die Arbeit, Silvano.«

Die Sonne hatte den Sandplatz schon getrocknet, und die Pferde waren inzwischen mit Heu und Wasser versorgt worden. Matteo schwang sich in den Sattel. »Siehst du die Ringe an den Bäumen? Es geht darum, die Lanze im Galopp dort hineinzubefördern und sie auf der Rückrunde wieder herauszuholen und angriffsbereit in der Waagerechten zu halten.«

Silvana verfolgte Matteos Ritt und beobachtete, wie er im Vorbeireiten weit nach hinten gelehnt mit gestrecktem Arm die Lanze wieder aus dem Ring zog. Ihr Eifer war geweckt. Als Matteo nach drei Runden zu ihr zurückkehrte, saß sie schon im Sattel.

Matteo gab ihr noch einige Regeln mit auf den Weg. »Denke daran, dass der Ring reiterhoch vom Ast hängt, während die Stange gestern nur mannshoch war. Während du mit der Länge der Lanze nach dem Ring zielen musst, denke daran, dass du dich auf der Rückrunde mit ungebeugtem Arm weit nach hinten lehnen musst. Sonst hebelt dich nämlich deine eigene Lanze aus dem Sattel.«

Silvana nickte, aber schon nach der ersten Runde spürte sie, dass sie ruhiger werden musste. Zwar gelang es ihr schon beim zweiten Mal, die Lanze in den Ring zu stecken, aber bei dem Versuch, sie wieder herauszuholen, geschah das, was Matteo prophezeit hatte. Sie wurde von ihrer Lanze aus dem Sattel gehebelt. Der Sturz aus dem Sattel schmerzte auf dem Sandboden nur wenig, aber sie fühlte sich gedemütigt.

Inzwischen war auch der Schmied als Zuschauer erschienen. »Solltet Ihr nicht Eurem Jungen einen kleinen Denkzettel verpassen?«

Zu ihrer Beruhigung schüttelte Matteo den Kopf. Er hielt sich an ihre Abmachung. »Nein, das ist nicht nötig. Der Junge ist ein blendender Reiter und eine große Begabung. Setz dich hinter mich, Silvano, damit du ein Gefühl für die richtige Bewegung bekommst.«

Silvana zögerte. Das war anscheinend eine neue Variante seiner Übungsstunde. Sie folgte dieser Aufforderung nur ungern, aber sie hatte es nicht zu bereuen. Während sie ihre Arme um seine Hüften legte, spürte sie seine geschmeidigen Bewegungen, mit denen er seine Lanze warf. Auf der Rückrunde legte er sich so weit nach hinten, dass er mit ihr zu verschmelzen schien. Ihr gefiel das nicht, aber sie glaubte, verstanden zu haben, wie diese Übung erfolgreich ausgeführt werden konnte.

Bei ihrem nächsten Versuch glückten der Wurf und auch das Herausziehen der Lanze. Sie wurde von einem wahren Rausch erfasst, jagte immer von neuem an den Männern vorbei und ritt eine Runde nach der anderen. Niemand hielt sie auf, bis Matteo schließlich seine Hände zu einem Trichter formte und ihr etwas zurief, das wie »Halt an!« klang.

Sie erkannte Bewunderung und Begeisterung in den Mienen der Männer. Der Schmied schlug sich auf die Schenkel. »Welche Begabung ist Euch da zur Erziehung übergeben worden! Aus welchem Geschlecht stammt denn der Junge?«

Matteo warf sich stolzgeschwellt in die Brust. Keine Sekunde war er um eine Antwort verlegen. »Silvano stammt aus dem Geschlecht der Monteggiori. Sein Vater, der Burgherr von Nozzano, ist ein berühmter Kriegsherr.«

Der Schmied zeigte sich gut unterrichtet. »Ich wusste nicht, dass der Conte auch einen Sohn hat, und weiß nur von einer Tochter, die noch niemand zu Gesicht bekommen hat. Welches Glück, dass ihm so ein prachtvoller Erbe geboren wurde, der ihm Freude bereiten wird. Genug Kummer hat er ja schon durch den Tod seiner Frau erlebt.«

Der Schmied nötigte sie, an der Mahlzeit seiner Familie teilzunehmen. Er bestand darauf, dass Silvana das größte Stück des *Coniglio in Umido*, des geschmorten Kaninchens, erhielt und herrschte seine Töchter an, sie sollten gefälligst mit ihren dicken Hintern ans Ende der Bank rücken, um dem Jungen Platz zu machen. Matteo konnte nicht verhindern, dass er ihm wieder ein Glas Wein aufnötigte.

Nach der Mittagsmahlzeit trafen nach und nach die Jungen mit ihren adeligen Erziehern ein. Silvana schaute sich besorgt um, ob unter ihnen ein Bekannter sei. Aber die Väter waren anscheinend daheim geblieben, und Matteo nickte ihr beruhigend zu. Die Jungen musterten einander und schätzten die Stärke ihrer Konkurrenten ein. Einer der Größeren, in einem

Hemd aus blauer lucchesischer Seide, näherte sich Silvana. »Dich habe ich noch nie hier gesehen. Du musst doch schon lange alt genug gewesen sein, um an diesem Turnier teilzunehmen.«

Silvana schaute zu Boden und gab sich den Anschein, als ob sie sich schäme. »Ich war nie gut genug, um mich mit anderen zu messen.«

Der Junge betrachtete geringschätzig ihre abgetragene Reithose, wandte sich ab und gab einen Ton der Missachtung von sich. Matteo näherte sich ihr. »Was wollte der Bursche? Er ist der Sohn des Marchese Monsagrati, der als jähzornig bekannt ist und sich bei einer Niederlage wahrscheinlich weniger an seinem vergötterten Sohn als an dem Erzieher auslassen wird.«

Ehe Silvana eine Antwort geben konnte, ertönte ein Hornsignal, das den Beginn des Turniers anzeigte. Die Jungen wurden der Größe nach aufgestellt, so dass Silvana erst als Viertletzte starten durfte. Wahrscheinlich war Matteo unruhiger als sie selbst. Sie sah, dass er an den Nägeln kaute.

Der Durchgang der Kleinen dauerte nicht allzu lange. Der Schmied hatte für sie eine leichte, zerbrechliche Stange aufgestellt, so dass es den Jüngeren möglich war, den Stab zu köpfen. Silvana bedauerte die kleinen Burschen, die sich oftmals umsonst bemühten, die oberste Spitze zu köpfen. Ihr Mitleid steigerte sich noch erheblich, als sie beobachtete, dass nicht wenige Versager unter ihnen von ihren Erziehern auf die Wiese hinter der Hütte gezogen wurden und dort eine Tracht Prügel empfingen. Niemand nahm von diesem Jammer Notiz. Nur Matteo formte mit den Lippen eine Botschaft. »Siehst du?«

Der Ritt der Mittelklasse war schon bedeutend spannender. Silvana erkannte mit einem nun geschulten Auge, dass einige sich als erstaunliche Könner erwiesen und den nun erhöhten und verstärkten Stab in drei Runden ohne Misserfolg bis zur Hälfte köpften. Die Zuschauer begleiteten diese Darbietung mit lautem Beifall. Sie spürte, wie die Aufregung von ihr Besitz ergriff, als die Stange nun für die großen Jungen vorbereitet wurde. Matteo machte ihr zwar ein beruhigendes Zeichen, aber das half nicht viel, als sie sah, dass diese Burschen eine beachtliche Technik entwickelt hatten. Nur dem Zweiten der Startreihe wollte nichts gelingen. Sein Pferd versagte ihm jedes Mal den Gehorsam, und der Reiter verließ mit gesenktem Kopf den Ort seiner Niederlage. Jeweils fünf Runden waren für die fast erwachsenen Reiter vorgeschrieben. Silvana fürchtete, dass es ihr nicht gelingen würde, jedes Mal die Stange zu treffen. Als der junge Monsagrati den Parcours betrat, erhob sich ein leises Raunen. Man kannte seinen Ehrgeiz und vor allem den jähzornigen Vater. Im vergangenen Jahr war es ihm nur gelungen, den dritten Preis zu erringen, und man erzählte sich, der Marchese hätte den Erzieher mit Hunden aus der Burg gejagt.

Aber diesmal schien alles zu glücken. In jeder Runde schlug seine Lanze ein Stück der Stange ab, bis ein Rest von nur zwei Handbreit vom Erdboden entfernt übrig blieb. Seine Darbietung wurde mit lang anhaltendem Beifall belohnt. Beim Verlassen des Platzes warf er Silvana einen triumphierenden Blick zu.

Der nächste Reiter konnte diese Leistung nicht erreichen und gab der Stange wütend einen Tritt, so dass sich eine erneute Aufrichtung als notwendig erwies. Diese Verzögerung trug nicht gerade zu ihrer Beruhigung bei, und sie schaute zur Wiese hinter der Hütte, ob diese Unverschämtheit zu Recht von dem Erzieher bestraft wurde. Aber anscheinend gehörte dieser Junge zu den vom Schmied erwähnten Muttersöhnchen, denen man alles durchgehen ließ.

Endlich ertönte das Hornsignal, das ihren Start ankündigte. Im Sattel fiel alle Aufregung von ihr ab. Sie verspürte die Einheit mit Maestoso, der, noch ehe sie ihm Schenkel- und Fersenhilfe gab, genau verstand, was er zu tun hatte. Er galoppierte in immer gleichem Takt und befand sich jedes Mal zu der Stange in einem Abstand, der ihr den nötigen Armschwung erlaubte. Viermal hörte sie hinter sich das Holz splittern und erkannte an den geköpften Stücken, die durch die Luft wirbelten, dass ihr fast kein Rest mehr bleiben würde. Sie hörte nicht das begeisterte Toben der Menge, unter der sie Matteo nicht entdecken konnte. Die fünfte Runde brach an, und sie war nahe daran, ein Gebet zum Himmel zu schicken, wenn man sie nur in Nozzano das Beten gelehrt hätte. Aber Maestoso brachte sie so schnell in die erforderliche Nähe zur Stange, dass keine Zeit mehr zur Überlegung blieb. Sie schwang den rechten Arm ohne nachzudenken und hörte in die plötzliche Stille hinein das dumpfe Bersten des Holzes, das sie nur wenige Zentimeter oberhalb des Erdbodens geköpft hatte. Der Beifall dröhnte ihr immer noch in den Ohren, als sie am Ende des Parcours angelangt war. Matteo eilte ihr entgegen und schüttelte ihr immer wieder die Hand, während sie beide von den Zuschauern umringt wurden.

»Das ist ein Spross der Monteggiori, und sein Erzieher stammt aus dem berühmten Geschlecht der dal Poggio.« Diese Mitteilung machte schnell die Runde. Aber Silvana befreite sich aus der Menge, drückte ihren Kopf in das feuchte Fell ihres Pferdes und gab Maestoso einen Kuss. Als sie aufblickte, sah sie in das verzerrte Gesicht des jungen Monsagrati. Sie konnte fast nicht verstehen, was er mit zusammengebissenen Zähnen hervorpresste. »Sieger darfst du dich noch lange nicht nennen. Denn bei dem Ringwurf werde ich dir mit Sicherheit überlegen sein.«

Die Kinder waren vom Ringwurf ausgeschlossen. Diese Übung blieb allein den größeren Jungen vorbehalten, denen es möglich war, den Ring mit einem Wurf der Lanze zu erreichen. Silvana hatte ein gutes Gewissen. Sie hatte an diesem Morgen so lange geübt, bis Matteo ihr eine weitere Runde mit der Bemerkung untersagt hatte, eine solche Verbissenheit sei schädlich, weil sie mit einer lockeren Haltung nicht vereinbar sei.

Erneut begann die Aufstellung, und wieder hatte sie einige Teilnehmer vor sich. Sie erkannte sogleich, dass ihre Konkurrenten diese Übung nur mangelhaft beherrschten. Entweder blieb die Lanze nicht im Ring stecken, oder es gelang ihnen nicht, sie wieder herauszuziehen. Glückte einmal eine Runde, so fiel die Lanze bei dem nächsten Vorbeiritt zu Boden. Einer der Jungen landete sogar im Sand, weil er sich zu weit vorgebeugt hatte. Als der junge Monsagrati aufgerufen wurde, trat gespannte Stille ein. Auch Silvana hielt den Atem an.

Vier Runden brachte der Junge in der prächtigen Reitkleidung fehlerlos zu Ende. Auch bei der fünften Umrundung steckte die Lanze fest im Ring. Dann kamen die letzten Sekunden. Ein Aufstöhnen ging durch die Menge, denn es war dem Reiter nicht gelungen, die Lanze wieder herauszuziehen. Silvana mochte gar nicht hinsehen. Sie konnte dem jungen Monsagrati durchaus nachfühlen, was jetzt in ihm vorging.

Lange Zeit blieb ihr nicht mehr, um ihre Konzentration zu schärfen. Das Signal des Hornes rief sie zum Start. Ehe sie Maestoso in Galopp setzte, flüsterte sie ihm noch einige Koseworte ins Ohr. Während der ersten Runde dachte sie an ihren Ritt mit Matteo, an seine geschmeidigen Bewegungen und wie er sich beim Herausziehen der Lanze nach hinten gelehnt hatte. Sie versuchte, ihn nachzuahmen. Bei der zweiten Runde brauchte sie diese gedankliche Hilfe nicht mehr. Alles ging so leicht und flüssig, wie sie sich das nicht vorgestellt hatte.

Du bist hier das einzige Mädchen! Zeige es diesen hochmütigen adeligen Burschen, vor allem diesem eingebildeten Monsagrati in seinem Seidenhemd. Bei diesen Gedanken, die sie ablenkten, hätte sie um ein Haar den Ring verfehlt. Das Glück blieb ihr hold. Die nur locker im Ring steckende Lanze ließ sich in der nächsten Runde leicht herausziehen.

Als Erster eilte diesmal der Schmied auf sie zu und überreichte ihr unter begeisterten Bravorufen die Siegestrophäe, eine vergoldete Lanze. Silvana schaute auf dieses kostbare Geschenk, winkte Matteo herbei und legte die Trophäe in seine Arme. »Diese Siegesprämie gebührt meinem Lehrer, ohne dessen kundige Unterweisung ich niemals eine solche Fähigkeit errungen hätte.«

Es entging ihr nicht, dass der junge Monsagrati sich an die Stirn klopfte. Er musste sie für sehr einfältig halten. Aber auch

Matteo schüttelte den Kopf. »Du hast dir diesen Preis redlich verdient.«

Ein allgemeiner Aufbruch erfolgte. Nur der Schmied wollte sich noch nicht so recht von Matteo und Silvana trennen. Er forderte den vermeintlichen Jungen auf, mit ihm die Schmiede aufzusuchen. Dort solle er eine Lanze wählen, die ihm besonders gut gefiele. Als Silvana ihre Wahl getroffen hatte und sich dem Ausgang zuwandte, hielt er sie am Hemd zurück. »Ich muss dir etwas gestehen. Dein Erzieher vertraute mir an, dass er dir versprochen habe, dich nie wieder zu schlagen. Aber das gelte nur für ihn. Vor deinem Ritt forderte er von mir, ich solle es übernehmen, dir eine Tracht Prügel zu verabreichen, falls du versagen solltest.«

Silvana blieb mit offenem Mund stehen. »Ja und? Hättet Ihr das getan?«

Der Schmied kratzte sich verlegen am Hinterkopf. »Wahrscheinlich ja. Denn für einen einfachen Mann wie mich ist es höchst gefährlich, der Forderung eines dal Poggio nicht nachzukommen.«

Silvana konnte die Tragweite seiner Worte kaum erfassen. Sie war mit großem Einsatz geritten, und ein winziger Fehler, der Grund einer Niederlage gewesen wäre, hätte zu einer demütigenden Strafe geführt, vielleicht sogar zum Vollzug in aller Öffentlichkeit auf der Wiese hinter der Hütte. Sie konnte sich gut die Schadenfreude des jungen Monsagrati vorstellen.

Kaum hätte sie es für möglich gehalten, dass der Schmied sich schämen könnte. Aber er betrachtete fast bekümmert seine breiten Pranken, die Silvana trotz der überstandenen Gefahr besonders schlagkräftig erschienen. Er wirkte zerknirscht und legte eine Hand auf ihre Schulter. »Hüte dich vor deinem Erzieher! Er ist ein schlechter Mensch, der mit Ausflüchten und bösen Ränken seine Versprechen nicht einlösen will. Du verdienst es nicht, einem solchen Betrüger ausgeliefert zu sein.«

Draußen erwartete sie Matteo. Im Wald ließ er wieder seine einschmeichelnde Stimme ertönen:

»O rosa bella, o dolce anima mia,
non mi lasciar morire in cortesia!«

Silvana schwieg. Ja, sing du nur deine sehnsüchtigen Lieder! Ich kenne dich jetzt besser, elender Schuft!

Sie überlegte, ob es ihr möglich sein würde, Matteo mit der Lanze vom Pferd zu holen und in die Pedogna zu werfen. Aber als sie die Brücke passierten, erkannte sie, dass dieser schmale Fluss viel zu seicht war. Der Sturz würde ihm keinen Schaden zufügen, und nur zu schnell hätte er sie eingeholt. Dennoch sollte er seiner Strafe nicht entgehen. Das gelobte sie sich.

Aber Matteo schien von ihren finsteren Racheplänen nichts zu ahnen. Er verhielt den Schritt seines Pferdes und wandte sich Silvana zu. »Niemals werde ich Euch vergessen, was Ihr heute für mich getan habt. Mein Ruhm als ein blendender Erzieher junger Adeliger wird schnell die Runde machen. Von jetzt ab bin ich für immer Euer ergebener Diener. Zählt auf mich, wenn Ihr in Schwierigkeiten geratet. Ich werde helfend zur Stelle sein.«

Silvana konnte es nicht lassen, bitter zu lachen. Wie lange würde bei diesem Menschen eine solche Zusage ihre Gültigkeit behalten? Sie gab sich da keinen Illusionen hin und war sich sicher, dass er sie notfalls auch dem ärgsten Feind ausliefern würde, wenn es ihm nur Vorteile brächte.

Tödliche Gegenwehr

In Nozzano wurden sie ungeduldig von dem Burgherrn erwartet. Er hatte ihnen etwas zu sagen, was Silvana nur zu gerne hörte. »Gegen Mittag erschien heute ein Bote aus Marlia. Die Pisaner haben erfahren, dass König Ludwig der Bayer unseren Principe Castruccio Castracani für seinen Beistand mit der Herrschaft über die gesamte Toskana belohnen will. Man weiß nicht, wie diese Botschaft so schnell nach Pisa gelangen konnte. Jedenfalls planen die Pisaner, dem König und seinen Truppen den Zugang zur Stadt zu verwehren. Ludwig und Castruccio Castracani haben sich zur Belagerung entschlossen.«

Matteo räusperte sich. »Was bedeutet das für Nozzano?«

Conte Monteggiori hob die Achseln. »Das wird sich später herausstellen und zu gegebener Zeit entschieden werden. Meine Schwester, Marchesa Donata, ist jedoch sehr besorgt und bittet darum, Silvana in Begleitung des Boten nach Marlia zurückzuschicken, solange Wege und Straßen noch nicht von Pisanern besetzt sind.«

Silvana konnte ihre Freude kaum verbergen. »Wäre es nicht besser, schon heute aufzubrechen?«

Aber der Vater winkte ab. »Zur Sicherheit werde ich Euch durch einen Reitertrupp begleiten lassen und dazu die fähigsten Leute auswählen.«

Matteo wagte es, eine Stellungnahme von sich zu geben. »Wozu eine Begleitmannschaft? Ich bin Manns genug, die Contessina zu beschützen.«

»Habt Ihr schon Eure Verwundung vergessen, die Ihr Euch durch Leichtsinn zugezogen habt? Ich wünsche nicht, dass meine Tochter Schaden erleidet.«

Erst jetzt bemerkte Monteggiori die beiden Lanzen, die Silvana trug. »Was ist das? Führst du neuerdings Waffen mit dir?«

Ehe Silvana antworten konnte, hatte Matteo eine Erklärung gefunden. »Die goldene Lanze ist ein Geschenk des Schmiedes für die Tochter des berühmten Kriegsherrn Monteggiori. Sie ist nur ein Schmuckstück zur Erinnerung an das Knabenturnier.«

Der Burgherr fühlte sich offensichtlich geschmeichelt und fragte nicht nach der Herkunft der Hirtenlanze. »Das Turnier soll in diesem Jahr fast dramatisch verlaufen sein.«

Silvana trat unruhig von einem Bein auf das andere. »Es war wirklich sehr spannend, und ich habe mich bei der Darbietung der Jungen niemals gelangweilt.«

Dino Monteggiori ging unaufhaltsam in der Burghalle auf und ab. »Ich habe dem Boten aus Marlia davon erzählt, und der ließ es sich nicht nehmen, auch nach San Giuseppe zu reiten, um bei dem Turnier zuzuschauen.«

Silvana beobachtete, wie Matteo sehr blass wurde. »Und? Hat es ihm gefallen?«

»Ja, sogar sehr, obwohl da offensichtlich eine Personenverwechslung vorlag. Es ging das Gerücht, dass ein junger Bursche, der alle anderen im Gebrauch der Lanze bei weitem übertroffen haben soll, mein Sohn sei. Leider aber wurde mir nie ein männlicher Erbe geboren.«

Silvana drehte sich um. »Ich werde mich jetzt umkleiden, denn der staubige Sand hat mich doch sehr beschmutzt.«

Auch Matteo ließ sich nicht länger festhalten. »Es ist notwendig, dass die Pferde nach dem langen Ritt ordnungsgemäß versorgt werden.«

Silvana wählte eines der seidenen Kleider, die der Schneider von Lucca angefertigt hatte. Sie hielt es für unmöglich, dass der Bote aus Marlia in der vornehm gekleideten Contessina den Reiter des Knabenturniers wiedererkennen könnte.

Als es laut an der Tür klopfte, nahm sie davon keine Notiz. Dieser Mistkerl Stefano gibt wohl niemals auf! Dem werde ich heimleuchten!

Es klopfte stärker. Sie ergriff die Lanze und riss die Tür auf. Draußen stand Matteo und starrte sie erschrocken an. »Darf ich hineinkommen?«

Silvana stellte sich vor den Eingang. »Nein, ich kann dich beim Ankleiden nicht gebrauchen.«

»Es ist aber sehr wichtig.« Matteo versuchte, sich an ihr vorbeizudrücken. Er wirkte so erregt, dass Silvana die Lanze senkte und ihn vorbeiließ.

Er lehnte sich gegen die Mauer und wagte nicht, näher zu treten. Seine Stimme klang gedämpft. »Dieser Bote aus Marlia bedeutet für uns eine große Gefahr. Falls er dich in der Burg treffen sollte, wird er dich mit Sicherheit wiedererkennen und unseren Betrug offenbaren. Welche Schande für unsere Familien!«

Silvana weidete sich an seiner Angst. Sie wollte ihm seine Furcht nicht nehmen, obwohl sie der Meinung war, die Contessina in ihrem Seidenkleid habe keinerlei Ähnlichkeit mit dem Reiterjungen in seinen schmutzigen Hosen. »Dieses Risiko müssen wir eingehen.«

Anscheinend hatte Matteo aber schon einen Plan. »Der Zeuge muss verschwinden und darf niemals mehr gefunden werden.«

Die Ungeheuerlichkeit seiner Worte nahm Silvana fast den Atem. »Du willst ihn umbringen?

Matteo nickte und schaute finster vor sich hin. »Das ist die einzige Möglichkeit, uns vor einer Entdeckung zu schützen.«

Mit einem Sprung war Silvana wieder bei ihrer Lanze, die sie angriffsbereit gegen Matteo richtete. »Wenn diesem Mann aus Marlia auch nur ein einziges Haar gekrümmt wird, sorge ich dafür, dass man dich am höchsten Baum des Burghofes aufknüpft. Wer das Gastrecht verletzt, verdient nichts Besseres. Und jetzt verschwinde von hier, ehe ich zustoße. Du weißt, dass ich mit der Lanze sehr gut umzugehen weiß.«

Sie sah, dass Matteo sich davor fürchtete, sie könne ihre Drohung wahrmachen. Sein Abgang glich einer Flucht.

Der Burgherr hob die Abendtafel ungewöhnlich früh auf. »Ihr seht beide müde aus und müsst morgen zeitig aufstehen. Ich werde aber diese Nacht durch unsere Außenposten Ripafratta beobachten lassen. Sollte ich drüben kriegsmäßige Vorbereitungen erkennen, kann ich euch nur mit einer stark bewaffneten Begleitmannschaft ziehen lassen.«

Silvana schlief sehr unruhig in dieser Nacht. Immer wieder trat sie an das Fenster und warf einen Blick über den Fluss. Aber drüben schien alles ruhig zu bleiben. Trotzdem fand sie keinen erholsamen Schlaf und taumelte schlaftrunken, als ein Hornsignal zum Wecken blies.

Im Burghof hatten sich schon alle versammelt. Die Begleitmannschaft hielt die Pferde am Zügel und wartete nur noch auf den Befehl zum Aufsitzen. Matteo machte Anstalten, sich an die Spitze zu setzen, wurde aber vom Capitano an das Ende der Reitergruppe gewiesen, wo schon Maestoso gesattelt bereitstand.

Dino Monteggiori umarmte seine Tochter, was Silvana vor versammelter Mannschaft peinlich war. »Worauf warten wir noch?«

Der Burgherr wandte seinen Kopf zu den Ställen. Einer der Stallburschen kam im Laufschritt herbeigeeilt. »Das Pferd des Boten aus Marlia leidet an einer bedrohlichen Kolik. Es ist über Nacht erkrankt, und der Mann aus Marlia kann das Tier nicht verlassen. Er wird in einigen Tagen nachkommen, sobald es der Gesundheitszustand des Pferdes erlaubt.«

Dino Monteggiori gab dem Überbringer der schlechten Nachricht eine kräftige Ohrfeige und schrie einen seiner gotteslästerlichen Flüche. »Der Abmarsch duldet keinen Aufschub mehr. Tenente, gib das Signal zum Aufbruch!«

Das Tor wurde geöffnet, und der Zug bewegte sich langsam über die Brücke. Silvana, die neben Matteo vor der Nachhut ritt, wandte sich ihm zu. »Nicht einmal eine wehrlose Kreatur verschonst du mit deinen Schändlichkeiten! Ich hasse und verachte dich.«

Matteo wagte zu lachen. »Diese Kolik wird in drei Tagen behoben sein. Ich habe dem Pferd nur eine kleine Prise Schierlingspulver gegeben. So ein Gaul würde noch eine viel größere Menge vertragen.«

Silvana konnte sich nicht mehr beherrschen. Sie schaute sich kurz um, ob sie nicht beobachtet würde, und spuckte ihm mitten ins Gesicht.

Die Männer der Begleitmannschaft wirkten nervös. Sie schickten drei Reiter als Vorhut voraus und warteten auf ein Zeichen zum Nachrücken. Erst als das dichte Gebüsch den Uferweg freigab, versetzten sie ihre Pferde in einen leichten Trab. Auf der Gegenseite des Serchio war keine Bewegung zu erkennen. Aber noch immer bestand die Gefahr eines Hinterhalts.

Dennoch erlaubte sich Matteo eine verächtliche Handbewegung. »Ich wusste doch gleich, dass wir ohne diesen starken Begleitschutz ausgekommen wären. Wie ich Euch augenfällig demonstriert habe, weiß ich sehr gut mit der Lanze umzugehen. In der höchsten Not könntet sogar Ihr Euch zur Wehr setzen. Aber vielleicht wäre Euch der gewalttätige Liebesdienst eines Pisaners gar nicht so unwillkommen.«

Silvana erkannte seine Absicht, sie zu ärgern. Dennoch konnte sie es nicht lassen, sich ihren Unmut anmerken zu lassen. »Wir könnten es ja auf eine Probe ankommen lassen.«

Matteo lachte geringschätzig. »Man sollte den Mund nicht allzu voll nehmen, solange wir noch so nahe an pisanischem Gebiet vorüberreiten.«

Silvana senkte die Waffe angriffsbereit. »An Pisaner hatte ich weniger gedacht, wenn ein Feind so nahe neben mir freche

Reden führt. Umso mehr, als Ihr heute auf eine schützende Rüstung verzichtet habt, weil Ihr hofft, in Marlia mit Eurem Seidenhemd und dem hermelinbesetzten Mantel den großen Herrn spielen zu können. Das würde allerdings wenig Eindruck machen, wenn diese kostbaren Stücke von einer Lanze durchlöchert wären.«

Mit Befriedigung beobachtete sie, dass sie ihn getroffen hatte. Er ging, wie immer, wenn er sie beleidigen wollte, zum herablassenden »Du« über. »Hast du schon die Schläge vergessen, die Silvano einstecken musste? Vielleicht verspürst du ja auch Lust, das Schießen mit dem Bogen zu erlernen? Da wüsste ich einen ausgezeichneten Lehrer, der es gut versteht, mit frechen Schülern umzuspringen.«

Silvana ließ sich von diesen Reden nicht beeindrucken. Sie brachte die Spitze der Lanze in die Nähe seines kostbaren Mantels. »Warum hat man dich eigentlich nicht aufgefordert, Castruccio Castracani auf dem ehrenvollen Ritt nach Rom zu begleiten? Hat man dich nicht für würdig befunden? Dabei entstammst du doch dem edlen lucchesischen Geschlecht der dal Poggio, das sich schon auf so manchem Kriegszug bewährt hat!«

Matteo wurde abwechselnd rot und blass, aber eine Antwort blieb ihm erspart.

Die Vorhut kam im Galopp zurückgesprengt, und ihr Anführer wies auf eine dichte Staubwolke, die sich über den Uferweg wälzte. »Mindestens zehn Reiter kommen auf uns zu und werden uns bald erreicht haben.«

»Zum Gefecht Aufstellung nehmen! Dal Poggio, Ihr haftet für die Sicherheit der Contessina!« Die Stimme des Hauptmanns klang scharf und befehlsgewohnt, und mit bewundernswerter Schnelligkeit gehorchten die Reiter der Anweisung. Die Lanzenreiter standen dicht gedrängt in einer Reihe. Seitwärts knieten die Armbrustschützen mit aufgelegten Pfeilen. Noch ehe Silvana an Gegenwehr denken konnte, hatte Matteo die Zügel ihres Pferdes ergriffen, zerrte sie mit sich in ein uneinsehbares Gebüsch und riss sie unsanft aus dem Sattel. Dass er ihr Gesicht auf die Erde drückte, war zu ihrem

Schutz mit Sicherheit nicht notwendig. Sie fühlte das nasse Erdreich in Mund, Nase und Ohren und wagte nicht, lauthals zu protestieren, um nicht zu viel Erde schlucken zu müssen. Angstvoll lauschte sie auf die Geräusche eines heftigen Kampfes. Aber statt des erwarteten Klirrens der Waffen drang ein vielstimmiger Jubelruf an ihre Ohren. »Es sind die Unsrigen. Seht nur die Wimpel mit den lucchesischen Farben!«

Matteo beeilte sich, Silvana vom Boden aufzuheben, und klopfte mit dem Schaft der Reitpeitsche die Erdklumpen von ihrer Kleidung. Eilfertig schob er sie in den Kreis der Reiter, die sich freudig begrüßten. Der Hauptmann der lucchesischen Abordnung hatte anscheinend eine adelige Dame in angemessener Kleidung erwartet. »Wo befindet sich die Contessina? Der Marchese und die Marchesa von Marlia sind in großer Sorge und haben uns den strikten Befehl erteilt, das Mädchen unverletzt zurückzubringen.«

Matteo trat wichtigtuerisch in den Vordergrund. »Conte Monteggiori hat seine Tochter ausdrücklich unter meinen besonderen Schutz gestellt. Ich werde die edle Dame höchstpersönlich nach Lucca zurückgeleiten.« Er legte einen Arm um Silvana und schob sie nach vorne.

Silvana biss sich auf die Lippen, um ihre Gedanken nicht laut werden zu lassen: Mistkerl, Heuchler, Bischero!

Der Hauptmann betrachtete verwundert die schmutzige Reithose und das erdverschmierte Gesicht der angeblich adeligen Dame. »Contessina Monteggiori scheint es unter Eurem Schutz nicht besonders wohl ergangen zu sein. Der Herr und die Herrin aus Marlia werden über den Zustand ihrer Nichte entsetzt sein. Ab jetzt übernehmen wir die Verantwortung. Ihr könnt mit der Begleitmannschaft nach Nozzano zurückkehren.«

Silvana, die es vorgezogen hatte, dem Disput der beiden schweigend zuzuhören, trat ostentativ zum Pferd des lucchesischen Hauptmanns. »Ich vertraue mich dankbar Eurem Schutz an, denn ich weiß nur zu gut, dass den Verwandten aus Marlia mein Wohlergehen am Herzen liegt.«

»Man bringe das Pferd der Contessina!« Gegen diesen scharf vorgetragenen Befehl schien es keine Widerrede zu geben.

Dennoch wagte Matteo noch einmal zu protestieren. »Conte Monteggiori wünscht, dass ich meinen Vater besuche, den hochwohlgeborenen Herrn aus dem alteingesessenen Geschlecht der dal Poggio, um ihn über alle wichtigen Vorkommnisse in Nozzano zu unterrichten. Mein Weg führt mich also nach Lucca.«

»Dieses Vorhaben bleibt Euch unbenommen. Ich habe jedoch meine strikten Befehle. Contessina, erweist uns die Gnade, Euch unserer Begleitmannschaft anzuschließen!«

Er hielt ritterlich die Steigbügel und hob Silvana in den Sattel. Sie nickte ihm freundlich zu und murmelte einen Dank. Wie sehr freute sie sich nach all den unerfreulichen Erlebnissen in Nozzano und San Giuseppe, auf Schloss Marlia zurückzukehren, wo man sie stets freundlich behandelt hatte. Sie sehnte sich nach ihrer Zofe Marietta und dachte ernstlich daran, sich ihr anzuvertrauen. Aber sie verbat sich jeden Gedanken an das Wiedersehen mit Tiziano Bernardini, der bei der Belagerung von Pisa höchsten Gefahren ausgesetzt war.

Der Hauptmann hatte einen Tenente abgeordnet, der nun an ihrer Seite ritt und angewiesen war, jeden ihrer Wünsche zu erfüllen und eine eventuelle Ermüdung unverzüglich zu melden. Noch einmal schaute Silvana zurück und beobachtete mit Genugtuung, wie Matteo in einer Staubwolke verschwand.

Als die kleine Reiterschar durch das Eingangstor ritt, das die Wachen von Marlia diensteifrig geöffnet hatten, wurde Silvana von solchen Glücksgefühlen überwältigt, dass sie ihre Tränen kaum zurückhalten konnte. Es kam ihr so vor, dass die Vögel bei weitem lauter zwitscherten als überall anderswo, und der Duft der Rosen lagerte fast betäubend über den Rabatten des Parks. Marchesa Donata hatte es sich nicht nehmen lassen, ihre Nichte noch vor dem Eingangsportal zu begrüßen. Mit einem Freudenschrei warf sich Silvana ihr in die Arme. »Ich bin so glücklich, wieder daheim zu sein.«

Eine so stürmische Zuwendung hatte Marchesa Donata nicht erwartet. Es war das erste Mal, dass Silvana Marlia als ihr Zuhause bezeichnete. Sanft befreite sie sich aus der Umarmung und betrachtete ihre Nichte genauer. »Was hat man mit dir gemacht, mein Kind? Du siehst ja ganz verwildert aus und ähnelst mehr einem schmutzigen kleinen Straßenjungen als einer Contessina. Ich werde dich deinem Vater nicht noch einmal anvertrauen können. Marietta soll dir sogleich ein Bad richten.«

Silvana schwieg. Wie sollte sie ihrer Tante erklären, dass nicht ihr Vater, sondern der als brav und wohlerzogen geltende Matteo dal Poggio der Übeltäter war?

Marietta beeilte sich, warmes Wasser mit duftenden Kräutern in einem Zuber anzurichten, und bestand darauf, ihre junge Herrin zu entkleiden und zu baden. Silvana hatte es vermieden, ihr den Rücken zuzukehren, aber als Marietta ihr mit sanften Bewegungen jetzt Hals und Schultern massierte, war es nicht mehr zu vermeiden, dass sie die Spuren der Schläge entdeckte, die Matteo ihr mit der Reitpeitsche zugefügt hatte. »Um Gottes und Jesu Christi willen! Wer hat Euch das angetan? Doch nicht etwa Conte Monteggiori, der zwar als jähzornig verschrien ist, aber aus welchem Grund sollte er seine Tochter so unbarmherzig züchtigen?«

Silvana schüttelte den Kopf. »Ich möchte nicht darüber sprechen.«

»Ihr werdet Euch wohl oder übel mir anvertrauen müssen. Denn die Wunden beginnen zu eitern, so dass wir, wenn Ihr von mir keine Hilfe annehmen wollt, einen Medikus zuziehen müssen.«

Nur das nicht! Silvana sah keine andere Möglichkeit, als ihre abenteuerlichen Erlebnisse in San Giuseppe zu berichten.

Mit tropfenden Schwämmen hatte sich Marietta auf dem Rand des Zubers niedergelassen. Sie achtete nicht darauf, dass ihre langen Röcke im Wasser hingen und sich auf dem Fußboden ausgedehnte Pfützen bildeten. Lange musste sie nach Worten ringen. »Dieser Teufel, dieser ehrlose Spross seines Geschlechts! Gott möge ihn strafen, und lange Zeit soll er im Fegefeuer brennen!«

Silvana war über diesen Ausbruch gerührt. »Aber, liebe Marietta. Vielleicht trage auch ich ein wenig Schuld an diesen Geschehnissen. Warum wollte ich unbedingt den Gebrauch einer Lanze beherrschen, statt mich geziemend wie ein Edelfräulein zu benehmen?« Sie verschwieg wohlweislich, dass die Gefahr, die ihr von dem Pisaner Roberto di Ripafratta drohte, sie zu dem ungewöhnlichen Wunsch getrieben hatte, sich mit einer Waffe verteidigen zu können.

Marietta war mit dieser Sicht der Dinge nicht einverstanden. »Wie könnt Ihr nur so etwas sagen? Unschuldig seid Ihr, ganz und gar unschuldig.« Sie erhob sich, half Silvana aus dem Zuber und trocknete sie mit vorsichtigen Bewegungen ab. »Wir müssen jetzt sehr schnell handeln, damit von diesen Striemen nichts mehr zu sehen ist, wenn Ihr, vielleicht zum Empfangsfest der Romreisenden, ein Kleid mit Ausschnitt anziehen wollt.«

Ein solches Kleidungsstück hatte Silvana bisher nicht in Erwägung gezogen. Mit Schrecken dachte sie daran, vielleicht dem Conte Bernardini mit hässlichen Narben begegnen zu müssen. »Was sollen wir jetzt tun?«

Marietta wusste augenblicklich Rat. »In der Garfagnana, einer wunderschönen, einsamen Gegend der Lucchesia, wachsen auf saftigen Wiesen heilsame Kräuter. Reitet morgen zum Castello Castiglione! Ich werde Euch ein Billett an Maria Grazia mitgeben, der mir befreundeten Ehefrau des Kastellans. Niemand kennt sich so gut mit Heilkräutern aus wie sie. Zeigt ihr Eure entzündeten Striemen. Sie wird erkennen, dass sie von einer Peitsche stammen. Aber fürchtet Euch nicht! Maria Grazia ist verschwiegen und wird Euch nicht nach näheren Einzelheiten fragen und Euch die richtigen Kräuter mitgeben. Brecht morgen in aller Frühe auf! Mir wird schon ein Grund einfallen, Eure Abwesenheit von Marlia zu erklären.«

Silvana schämte sich nicht, die ältliche Dienerin zu umarmen. »Niemand ist so gut zu mir wie du!« Sie dachte traurig an ihre verschwundene Mutter, von der sie verlassen worden war.

Marietta hatte sich einverstanden erklärt, auf die Begleitung durch einen Stallburschen zu verzichten. Zur Genüge kannte sie die Schwatzhaftigkeit der Bediensteten. »Wenn Ihr schon unter Schmerzen den Gebrauch einer Lanze erlernt habt, solltet Ihr diese Waffe vielleicht mitnehmen. In den Wäldern treibt sich allerlei Gesindel herum.«

Silvana konnte sich zwar nicht vorstellen, dass sich in dieser einsamen Gegend Wegelagerer aufhalten würden, aber man konnte es ja nicht wissen, ob Roberto di Ripafratta mit den anderen Pisanern im Belagerungsring eingeschlossen war.

Marietta hatte ihr den Weg beschrieben, und Silvana ritt diesmal flussaufwärts den Serchio entlang, bis sie zu einer kühn geschwungenen Brücke gelangte, die im Volksmund als »Teufelsbrücke« bezeichnet wurde. »Ihr braucht aber keine Angst zu haben! Noch niemals hat dort der Teufel einem einsamen Wanderer den Hals umgedreht. Denn diese steinerne Brücke ist auf Veranlassung der Markgräfin Mathilde gebaut worden, die mit Sicherheit keine Teufelsbündnerin gewesen ist.«

Silvana war aber doch froh, als sie die dunklen Schluchten, durch die der Serchio sein Bett gegraben hatte, hinter sich lassen konnte.

Sie solle Castelnuovo vermeiden, hatte Marietta geraten, denn die Besitzer der Burg seien nicht mit Lucca, sondern mit Modena und dem Geschlecht Este verbunden. Eingedenk dieser Mahnung wählte Silvana einen schmalen Mulipfad, der bergaufwärts führte.

Auf der Höhe des Bergkammes angekommen, stieß Silvana einen Schrei des Entzückens aus. Bunt blühende Wiesen dehnten sich in sanften Wellen bis zum Horizont aus, und obwohl die trutzigen Mauern der Festung Castiglione zum Greifen nahe vor ihr lagen, warf sie sich in das duftende Gras und ließ Maestoso am langen Zügel grasen. Sie horchte auf das Zirpen der Grillen und beobachtete schillernde kleine Insekten, die an den Grashalmen emporkletterten, um in den Blütenkelchen nach Nektar zu suchen, den verwöhnte Bienen vielleicht verschmäht hatten.

Für eine Weile musste sie eingeschlafen sein, und sie fuhr erschrocken hoch, als von der Burg eine laute Glocke die Mittagsstunde einläutete. Langsam führte sie Maestoso bis zu dem steinernen Eingangsportal und betätigte einen ledernen Klingelzug. Es dauerte nicht lange, bis eine Männerstimme von dem oberen Wandelgang laut nach ihrem Begehr fragte.

»Ich bringe eine Nachricht von Marietta, meiner Zofe aus Marlia. Sie bittet Maria Grazia um einen Freundschaftsdienst.«

Der Wächter musste wohl an der Stimme gehört haben, dass ein Mädchen Einlass begehrte. Er ließ von einigen Männern das Tor öffnen und geleitete Silvana in die Mitte des Burghofes. Der Kastellan ließ nicht lange auf sich warten. Misstrauisch beäugte er den Gast und bewegte zweifelnd den Kopf hin und her, als Silvana sich als Nichte des Marchese und der Marchesa von Marlia zu erkennen gab. Eine Contessina hatte er sich wohl anders vorgestellt.

Silvana reichte ihm ihr Billett, das er stirnrunzelnd las und mit ins Innere der Burg nahm. Gleich darauf vernahm Silvana eine helle, scheltende Stimme. »Warum führst du den hohen Gast nicht ins Haus?«

Die Frau stutzte nur kurz, als sie die Contessina Monteggiori im Aufzug eines Reiterbuben sah. Aber sie drängte ihren neugierigen Mann resolut zur Seite und zog Silvana mit sich eine schmale hölzerne Treppe herauf in ein winziges Frauengemach.

»Ihr braucht Kräuter? Um welche Krankheit handelt es sich? Doch nicht etwa um eine ungewollte Schwangerschaft?«

Silvana zögerte nun nicht mehr, ihren Oberkörper zu entblößen. Maria Grazia hatte wohl nicht zum ersten Mal eiternde Wunden gesehen, die von Peitschenhieben zeugten. Sie murmelte ein paar unverständliche Worte vor sich hin und verschwand in einem Nebenraum, aus dem sie mit zwei Büscheln Kräutern zurückkehrte, einige getrocknet, einige frisch. »Die trockenen Kräuter soll Marietta einige Stunden in Olivenöl legen und dann mit einem Verband befestigen. Die frischen Kräuter müssen über Nacht auf der nackten Haut des Rückens wirken. In drei Tagen sollten die Striemen ohne Vernarbung verheilt und nicht mehr sichtbar sein. Der Himmel behüte dich davor, dass du noch einmal einem solch brutalen Menschen in die Hände fällst, der dir derartige Verletzungen zugefügt hat!«

Im Hof entdeckte sie, dass am Sattelknauf des Pferdes eine Lanze befestigt war. »Du scheinst ein sehr wagemutiges und kriegerisches Mädchen zu sein, das sich gegen Übergriffe mit der Waffe zu verteidigen weiß. Wenn du möchtest, zeige ich dir unsere Burg, die schon so manchen Ansturm der Feinde überstanden hat.«

Silvana zuckte zusammen. Sie dachte an die Drohungen des Pisaners Roberto di Ripafratta, der ihr unter wüsten Beschimpfungen aufgetragen hatte, die Festungen der Lucchesia auszuspionieren. Niemals jedoch würde sie diese Frau den Plünderungen und Brandschatzungen der Pisaner oder Florentiner, vielleicht sogar einer Schändung ausliefern. Am liebsten wäre sie wortlos geflüchtet.

Aber die Kastellanin ging eifrig voraus und störte sich nicht an den Blicken ihres Mannes, der misstrauisch hinterherschaute. Maria Grazia führte ihren Gast bis auf die oberste Empore des Wehrturms. »Von hier aus kann man ungehindert in alle Himmelsrichtungen blicken. Nach Modena, von wo die Truppen der Herrscher des Hauses Este anrücken, nach Südosten, von wo die Florentiner uns schon einige Male vergebens bedroht haben, und nach Süden, von wo die Pisaner gefährlich werden können. Sollte aber wirklich höchste Gefahr drohen, können wir uns durch einen Geheimgang in Sicherheit bringen, dessen Eingang am Fuße des Wehrturms liegt.«

Silvana war nicht in der Stimmung, die Begeisterung der Kastellanin zu teilen. Sie ließ ihre Blicke über die sanften Hügel und saftigen Weiden schweifen und wünschte sich, dass diese liebliche Gegend von Kriegsgeschrei und Feuersbrünsten, von plündernden und mordenden Horden verschont bleiben möge. »Ich muss mich verabschieden. Der Ritt nach Lucca ist weit.«

Maria Grazia umarmte sie. »Du bist uns jederzeit willkommen. Wende dich vertrauensvoll an mich, wenn du Hilfe brauchst!«

Maestoso bewältigte den steilen Hang abwärts ohne Schwierigkeiten. Aber Silvana war doch froh, als sie das Flussbett des Serchio erreicht hatte. Marietta hatte ihr geraten, sie solle auch die Festung Barga meiden, um deren Besitz Lucca, Pisa und Florenz schon so manchen Kampf ausgefochten hatten, weil von dort aus das Serchiotal weithin zu beobachten war.

Als sich Silvana an diese Bemerkung erinnerte, kam ihr der Gedanke, sie könne sich vielleicht doch einmal in Barga umschauen, ob sie nicht Roberto di Ripafratta mit einer erfundenen Geschichte zufrieden stellen könnte. Sie verließ den Uferweg und ritt quer durch den Wald der Stadt zu, an deren höchster Stelle sich ein Dom erhob.

Aufmerksam achtete sie darauf, den Campanile im Auge zu behalten, um den Weg nicht zu verfehlen. Dass sie dabei ihre nächste Umgebung vernachlässigte, wurde ihr zum Verhängnis. Zu spät erkannte sie, dass zwischen zwei Bäumen ein Seil gespannt war, das sie schmerzhaft aus dem Sattel riss. Ein johlendes Gelächter begleitete ihren Sturz. Als sie sich erhoben hatte, sah sie sich zwei zerlumpten Gestalten gegenüber, von denen die eine mit gierigen Fingern nach ihr griff, die andere unter zotigen Flüchen die Satteltasche durchsuchte. »Hier ist nichts zu finden außer Pflanzenbüscheln. Anscheinend haben wir eine Kräuterhexe eingefangen. Wenn schon nichts anderes zu holen ist, wollen wir uns wenigstens mit diesem Fang vergnügen.« Einer der Männer band Maestoso so fest an einen Baum, dass dem gepeinigten Tier der Schaum aus dem Maul troff.

Der andere presste Silvana gegen den Stamm und begann, ihr die Kleider vom Leibe zu reißen. Für einen Augenblick hielt er inne. »Schau dir mal diesen Rücken an! Man hat ihr die Peitsche gegeben. Wahrscheinlich ist sie eine Hure, die ihren Zureitern entflohen ist.«

Silvana hielt sich still. Sie wusste, dass gegenüber zwei Männern vorläufig an eine Gegenwehr nicht zu denken war. Aber sie behielt ihre Lanze fest im Blick, die, unter einer Decke verborgen, am Sattelknauf befestigt und von den beiden bisher noch nicht entdeckt worden war. Sie wartete auf einen geeigneten Augenblick, um die Waffe blitzschnell herauszuziehen und zu beweisen, was sie bei Matteo gelernt hatte.

Die beiden überboten sich in groben und gemeinen Reden. Der eine hatte ihr die Reithosen heruntergezogen, während sich der andere auf den Boden gehockt hatte. »Lass mir auch etwas übrig, und treibe es nicht zu heftig! Gib's ihr von hinten, wie es die Straßenköter tun. Eine Hure muss das doch gewohnt sein.«

Ihr Peiniger lachte dröhnend. Er riss ungeduldig an einem Seil, das seine zerfetzten Hosen zusammenhielt. Aber anscheinend wollte sich der Knoten nicht so leicht lösen lassen.

Diesen winzigen Aufschub benutzte Silvana, um die Lanze zu ergreifen. Sie dachte, während sie sich blitzschnell umwandte, mit Dankbarkeit an Matteo, der keine Gnade gekannt hatte, bis sie das Lanzenstechen tadelfrei beherrscht hatte. Mit einem nahezu perfekten Armschwung fuhr die Spitze der Lanze in den Hals des Mannes, als ob er ein Übungsring auf dem Knabenturnier wäre. Das Blut quoll hervor, und der Verwundete sackte lautlos zusammen. Der andere hockte immer noch mit blödem Gesichtsausdruck im Gras. Ohne Zögern führte Silvana die Lanze von oben zwischen seine Beine. Der schreckliche Aufschrei nach diesem Stoß brachte sie zum Zittern. Sie wusste nicht, ob sie ihre Peiniger getötet hatte oder ob sie in der einsamen Waldgegend verbluten würden. Mit bebenden Fingern band sie Maestoso los, schwang sich in den Sattel und preschte davon.

In Marlia nahm sie sich viel Zeit, das nasse Fell ihres Pferdes trockenzureiben und von der Lanze das Blut abzuwischen. Nach einiger Überlegung versteckte sie die Waffe in der Box unter einem großen Strohhaufen.

Marietta zeigte keine Verwunderung, als sie ihre junge Herrin einmal wieder in diesem aufgelösten Zustand sah. Sie brummelte etwas, das wie »langsam schon daran gewöhnt« klang. Silvana reichte ihr die Kräuter, berichtete begeistert von der wunderschönen Garfagnana, der liebenswürdigen Kastellanin und erklärte genau, wie die Heilkräuter anzuwenden seien. Die ältliche Dienerin schien wütend zu sein. Sie legte den Verband ohne Rücksicht auf schmerzende Wundmale an. Ab und zu stöhnte Silvana deutlich. »Bist du mir böse, Marietta?«

Anscheinend hatte Marietta auf diese Frage gewartet. »Es steht mir nicht zu, einer Herrin gram zu sein. Aber ich halte es doch für angebracht, mir anzuvertrauen, was Euch heute schon wieder zugestoßen ist. Trachtet Euch jemand nach dem Leben?«

Silvana zögerte und schlug die Hände vor das Gesicht. Zwischen den Fingern beobachtete sie den Gesichtsausdruck ihrer Zofe. »Heute kann ich dir noch nicht die volle Wahrheit erzählen. Was mir droht, ist noch viel schlimmer, als das Leben zu verlieren. Es geht nicht nur um mich, sondern um die Ehre des Geschlechtes Monteggiori. Wenn ich versage, werden mein Vater und auch das Andenken an meine Mutter der Schande überantwortet sein.«

Marietta legte energisch die Kräuter beiseite. »Das verstehe, wer kann. Ihr sollt aber wissen, dass ich Euch immer unverbrüchlich zur Seite stehen werde.«

Silvana begnügte sich mit einem Nicken, aber damit zeigte sich Marietta nicht zufrieden. »Da Ihr Euch in Gefahr befindet, solltet Ihr außer der Handhabung einer Lanze vielleicht doch noch den Gebrauch von Pfeil und Bogen erlernen. In den Wäldern treiben sich viele entlassene Söldner herum; ein wahres Lumpengesindel, das auf der Suche nach neuen Kriegsherren ist. Ihnen geht es nicht etwa um den Einsatz für ein Vaterland, sondern nur um Beutegut, wozu nach altem Brauch auch die Frauen gehören.«

»Verstehe ich das recht? Ich soll mich wieder diesem prügelnden Lehrmeister Matteo ausliefern, um den Umgang mit Pfeil und Bogen zu erlernen?«

Die alte Dienerin legte ihr begütigend eine Hand auf die Schulter. »Ihr spracht vom Verlust Eurer Ehre. Von Matteo habt Ihr in dieser Hinsicht nichts zu befürchten. Ich habe mich nämlich ein wenig in den Kreisen der Dienerschaft umgehört. Der Vater von Matteo, Stefano dal Poggio, gehört zu den Männern, die Castruccio Castracani zum Stadtherrn gemacht haben. Als Gegenleistung hat dal Poggio darum gebeten, der als streng geltende Conte Monteggiori solle seinen Sohn zu einem echten Mann erziehen.«

Silvana fand diesen Wunsch durchaus verständlich. Wer sonst sollte geeigneter sein als ihr Vater, jungen Männern das rauc Kriegshandwerk zu lehren, notfalls auch mit der flachen Seite des Degens?

Marietta erlaubte sich jedoch ein Lächeln, das fast verächtlich wirkte, und drehte das Ende ihrer Schürze zu einem festen Zipfel zusammen. »Nun ja, er wurde noch nie mit einem Mädchen gesehen. Man munkelt, er bevorzuge kleine Jungen statt hübscher Damen.«

»Na und?« Silvana erinnerte sich an griechische und römische Geschichten, die ihr Lehrer mit ihr gelesen hatte. Die Dichter behandelten in ihnen keinesfalls vorwurfsvoll die Liebe zu schönen Knaben. Andererseits konnte sie verstehen, warum Conte Monteggiori Matteo keine jungen Rekruten anvertraut hatte. Wahrscheinlich wären Disziplinlosigkeiten die Folge gewesen. Sie konnte sich aber durchaus erklären, warum Matteo so wütend reagiert hatte, als sie sich ihm scherzhaft genähert hatte.

Marietta hatte mit Spannung den Gesichtsausdruck ihrer jungen Herrin beobachtet. »Ihr werdet niemals befürchten müssen, dass Matteo auf gemeinsamen Ausritten Eurer Ehre zu nahe treten wird.«

Silvana war empört. »Dagegen hätte ich mich schon zur Wehr setzen können. Aber gegen die ruppige Behandlung, als er mich zu einem Jungen gemacht hatte, war ich machtlos. Soll er sich doch einen richtigen Knaben suchen, den er mit seinen Erziehungsmaßnahmen beglücken kann.«

Marietta zog sich zurück. »Überlegt es Euch! Wenn Ihr tatsächlich in so großer Gefahr seid, wie Ihr behauptet, könnt Ihr Euch keine Empfindlichkeiten leisten.«

Unsinniger Heiratsantrag

Der Marchese hatte einige Adelige aus Lucca zur Abendmahlzeit geladen, unter ihnen Paolo Guinigi, den Castruccio als Statthalter in Lucca zurückgelassen hatte. Jeder wusste, dass Paolo als engster Vertrauter des Principe über alle wichtigen Vorgänge stets gut unterrichtet war. Denn Francesco Guinigi hatte auf dem Sterbebett Castruccio zum Vormund seines dreizehnjährigen Sohnes und Verwalter seiner Güter bestimmt: Er möge den Jungen in Treue erziehen und sich so für alles, was Francesco Guinigi ihm selbst an Fürsorge erwiesen habe, dankbar erweisen.

Jeder an der Tafel kannte das Gerücht, Guinigi habe den Waisenjungen Castruccio, den die Schwester eines Geistlichen im Weinberg gefunden haben sollte, zu sich ins Haus genommen, um ihn das Reiten, den Gebrauch der Waffen, die Tugenden und das Benehmen eines Adeligen zu lehren, damit dieser nicht gegen sein Naturell zum Geistlichen erzogen würde.

Auch diesmal hatte Paolo vor allen anderen durch einen Boten die neuesten Nachrichten empfangen. Pisa hatte der Belagerung nicht standgehalten. Nicht etwa die Pisaner habe man vorläufig zu fürchten, die aus Angst vor der papsttreuen Guelfenpartei Castruccio Castracani als Herrn akzeptierten, sondern wohl eher die Florentiner, die schon immer den Guelfen nahe standen. Am Tisch erhoben sich lautstarke Gespräche, die Paolo mit einer ungeduldigen Handbewegung zum Schweigen brachte. »Der Mailänder Fürst Visconti, der nicht nur von den papsttreuen Guelfen aus Piacenza angegriffen, sondern auch von den Florentinern bedroht wird, hat Verbindung zu Castruccio Castracani aufgenommen. Ein Gerücht besagt, dass sogar König Robert aus Neapel die Absicht geäußert hat, Truppen gegen Mailand zu schicken.«

Der Gastgeber runzelte die Stirn. »Und was bedeutet das?« Er hätte sich jedoch die Antwort selbst geben können.

»Falls Visconti in Bedrängnis geraten sollte, wird er wohl unseren Principe ersuchen, die Florentiner anzugreifen, damit sie gezwungen wären, ihre Truppen aus der Lombardei zurückzurufen.«

Nun war der Tumult nicht mehr aufzuhalten. »Wie werden sich die Pisaner verhalten? Werden sie nicht die Gelegenheit benutzen, Lucca zu überfallen, wenn unsere Streitmacht gegen die Florentiner gebunden ist?« Einige an der Tafel wollten ungestüm aufbrechen, um Vorbereitungen für einen Krieg zu treffen. Aber Paolo Guinigi versicherte, davon sei keine Rede. Ganz im Gegenteil wäre Pisa bereit, sich an einem Feldzug gegen die Florentiner zu beteiligen. Man könne beruhigt abwarten, bis Castruccio mit seinen Reitern aus Rom zurückgekehrt sei und Visconti tatsächlich einen Hilferuf gesandt hätte. Stattdessen solle man sich auf einen festlichen Empfang König Ludwigs vorbereiten, der vor seinem Weitermarsch nach Rom einen kurzen Aufenthalt in Lucca vorgesehen hätte.

Die Tafelrunde applaudierte begeistert. Jeder betrachtete es als eine Ehre, dem künftigen Kaiser zu huldigen, obwohl ihn der Bannfluch des Papstes getroffen hatte. Niemand in dieser Runde hatte etwas dagegen, dass sich Ludwig der Bayer von Vertretern der römischen Republik zum Kaiser krönen ließ. Denn der Papst residierte weit entfernt im französischen Avignon.

Silvana war allen Gesprächen mit größter Aufmerksamkeit gefolgt. Was mochte es für sie bedeuten, wenn dem Pisaner jetzt ungehindert der Zutritt zur Lucchesia gestattet war, wenn womöglich Roberto di Ripafratta als Kommandant der pisanischen Truppen Seite an Seite mit den Lucchesern gegen Florenz kämpfen würde? Wenn er womöglich auf dem Huldigungsfest in Lucca auftauchen würde? Hätte er dann vielleicht das Interesse an einem Verrat verloren, oder wäre das Gegenteil der Fall, falls nämlich der Streit zwischen Pisa und Lucca erneut aufflammen würde? Sie musste in Ruhe darüber nachdenken, welche Vorsichtsmaßnahmen zu treffen waren.

Am nächsten Tag meldete sich ein Besuch an, mit dem Silvana in keiner Weise gerechnet hatte. Matteo dal Poggio, der sich wohlerzogen und höflich zu geben verstand, war bei Marchesa Donata ein gern gesehener Gast. Als Silvana das Boudoir betrat, berichtete Matteo soeben davon, dass Conte Monteggiori ausdrücklich angeordnet hatte, er solle dessen Tochter nach Lucca zurückbegleiten. Der Conte habe ihm zudem gestattet, bei dieser Gelegenheit seine betagten Eltern zu besuchen, um deren Gesundheit er fürchten müsse. Unglückseligerweise sei ja das Pferd des Boten aus Marlia an einer Kolik erkrankt.

Silvana schluckte heftig, um nicht die Situation nach ihrer eigenen Anschauung zu schildern.

Marchesa Donata legte ihre gepflegte Hand auf den Arm des Gastes. »Mein lieber Junge! Wir müssen für Eure Gefälligkeit sehr dankbar sein.«

Silvana konnte kein Zusammenzucken bei dieser zarten Berührung erkennen. Sein brüskes Verhalten musste an ihr selbst gelegen haben, und sie zweifelte an dem, was sich die Dienerschaft hinter vorgehaltener Hand zutuschelte. Sie hatte geglaubt, dass sich Matteo nur zu gern ihrer Gesellschaft entledigt hatte, und wollte ihren Ohren kaum trauen, was er jetzt mit einschmeichelnder Stimme vorbrachte. »Man befürchtet, dass sich in den Wäldern allerlei Gesindel herumtreibt. Contessina Silvana liebt es, die Lucchesia auf allerlei Ausritten zu erkunden. Wenn es Euch recht ist, verehrte Marchesa, werde ich Eure Nichte gerne in den nächsten Tagen begleiten.«

Silvana presste ihre Lippen fest zusammen, um nicht unflätige Soldatenflüche von sich zu geben, die sie in Nozzano täglich gehört hatte.

Marchesa Donata aber schien begeistert. »Wie liebenswürdig Ihr Euch wieder zeigt! Denn ohne Begleitung werde ich meine Nichte unter keinen Umständen ausreiten lassen.«

Matteo erhob sich und beugte sich zu einem Handkuss nieder. »Wenn es Euch beliebt, werde ich morgen zur Verfügung stehen.«

Silvana schlug die Augen nieder, um ihre Wut nicht erkennen zu lassen. Mich fragt hier wohl niemand!

Als Matteo sich verabschiedet hatte, ließ die Marchesa ihrer Begeisterung freien Lauf. »Ein gut erzogener junger Mann, dieser Matteo, immer galant und liebenswürdig! Ich werde ihn zum festlichen Empfang des Königs Ludwig einladen, damit er von der vorderen Reihe aus den Zeremonien folgen kann.« Sie merkte nicht, dass Silvana zu diesen Lobeshymnen schwieg und die Augen geschlossen hielt, um ihre Gedanken zu ordnen.

Vielleicht werde ich eine Erkrankung vortäuschen, oder ich werde ihm auf meinem schnellen Maestoso davongaloppieren. Ich könnte ihm auch die blutbefleckte Lanze vorführen und vom Kampf mit den Wegelagerern erzählen. Vielleicht entsetzt er sich dann so vor meinem brutalen Vorgehen, dass er mich niemals mehr wiedersehen will. Aber dann beschloss sie, die weiteren Ereignisse dem Zufall zu überlassen. Eigentlich hatte Marietta gar nicht so Unrecht mit ihrem Rat, die Technik des Bogenschießens zu erlernen. Wenn sie nämlich nicht so nahe an den Pisaner heranreiten müsste, wie es der Gebrauch der Lanze erforderte, sondern von einem Hinterhalt aus den Pfeil vom Bogen schnellen lassen könnte, wäre das für sie bedeutend weniger gefährlich.

In aller Frühe ließ sich Matteo durch einen Bediensteten bei Silvana melden. Er bitte um Entschuldigung für diese fast ungehörige Stunde, aber er wolle mit der Contessina zur Küste nach Pietrasanta reiten, und die Marchesa habe hierzu ihre Erlaubnis gegeben. Silvana wusste mit Sicherheit, dass von einem Ritt ans Meer keine Rede gewesen war. Was hatte er da wieder für einen Plan ausgeheckt? Vorsichtshalber versteckte sie ihre Lanze unter der Satteldecke.

Matteo begrüßte sie in strahlender Laune und schien ihr unwirsches Wesen nicht zu bemerken. Ob sie schon jemals am *Mare Liguria* gewesen sei und vom Strand aus die Apuanischen Alpen bewundert habe?

Silvana versuchte, ihren Ärger zu verbergen. Mit dieser unnötigen Frage wollte er doch nur wieder ihre Unwissenheit und ihre erbärmliche Jugendzeit in Nozzano zum Ausdruck bringen! Sie konnte sich nicht vorstellen, dass er ihr mit dem Anblick irgendeiner Wasserwüste eine Freude machen wollte, und hatte nicht vor, in Begeisterungsrufe auszubrechen.

Aber als dann nach einem langen Ritt durch die Ebene die ungeahnte Weite des Meeres auftauchte, musste sie sich beherrschen, um nicht laut zu jubeln. Vor ihr breitete sich eine silberblaue Fläche aus, und kein Baum, kein Strauch hemmten sie daran, ihren Blick bis zum Horizont schweifen zu lassen. Ob dort hinten die Welt zu Ende war? Ein schwarzer Strich schien Wasser und Himmel zu trennen, und die Sonne musste wohl über Nacht im Meer gelegen haben, denn sie erhob sich soeben blutrot über der Wasserfläche. Weit draußen blähten sich Segel eines Bootes.

Sie spürte, dass Matteo sie von der Seite beobachtete. Er wartete wohl auf eine Reaktion, die bei diesem Anblick kaum ausbleiben konnte. »Es ist wunderschön!«

Matteo ritt dem Küstenstreifen zu. »Komm mit! Die Pferde lieben es, durch die kleinen Wellen zu traben.«

Silvana folgte nur zögernd. Die weite Wasserfläche flößte ihr Furcht ein, und Maestoso tänzelte unruhig, während sie ihn im Schritt durch den Sand zum Wasser führte. Aber als sie bemerkte, dass die weißen Schaumkronen, die unaufhaltsam dem Ufer zu rollten, den Pferden nur bis zu den Fesseln reichten, versetzte sie Maestoso in einen schnellen Trab. Der Gischt bespritzte ihr Gesicht, und der Seewind fuhr ihr durch die Haare. Da konnte sie einen Freudenschrei nicht mehr unterdrücken.

Matteo wies zum Horizont. »Siehst du dort draußen das große Schiff, das sich der Küste nähert? Deutlich lassen sich die zahlreichen Ruder erkennen, die von Sklaven bedient werden. Man nennt so ein Schiff Galeere, und nach siegreichen Kriegszeiten werden die Gefangenen für einen Gulden pro Mann auf die Galeeren verkauft. Diese Männer haben lange keine Frau mehr gehabt und würden sich mit Freuden bedienen, wobei dem Kapitän natürlich das Erstbesteigungsrecht zustünde.«

Silvana riss ihr Pferd ungestüm am Zügel und dachte an Flucht. Das also war sein Plan. Er wollte sie verkaufen. Entsetzt schaute sie Matteo in die Augen. Aber er war schneller als sie, sprang aus dem Sattel und ergriff Maestoso beim Halfter.

»Was ist, Contessina, warum hast du nicht schnell genug die Lanze hervorgeholt, um dich zu wehren? Habe ich dir nichts beigebracht? Sollte die Tochter des furchtlosen Conte Monteggiori etwa von Ängsten heimgesucht werden?« Er lachte spöttisch und klopfte auf die Satteldecke, unter der die Lanze verborgen war.

Silvana erkannte jedoch an seinem Augenausdruck, dass keinerlei Gefahr bestand. Sie schämte sich.

»Hast du Lust zu einem Bad?« Diese Frage war natürlich nicht ernst gemeint. Wenn es stimmte, was sich die Dienerschaft zutuschelte, würde Matteo wohl kaum gemeinsam mit einem Mädchen ins Wasser gehen. Dennoch wollte sie ihn nicht unnötig herausfordern. »Ich kann nicht schwimmen.«

Zu ihrem Erstaunen unterließ er jegliche entwürdigende Bemerkung. »Wir wollen weiterreiten. Unser Ziel ist die Stadt Pietrasanta, die von einem lucchesischen *Podestà* gegründet wurde, dem meine Vorfahren in Freundschaft verbunden waren. Der heutige *Podestà* wird sich über meinen Besuch freuen, und ich möchte dich ihm gerne vorstellen.«

Silvana wusste aus Erfahrung, dass Matteo niemals etwas tat, was ihm keinen Nutzen brachte. Was sollte dieser Besuch in Pietrasanta? »Ich glaubte, du wolltest mich im Schießen mit Pfeil und Bogen unterweisen.«

»Heute nicht!« Ohne weitere Erklärungen schwang sich Matteo in den Sattel und ritt gemächlich die Küste entlang. Widerwillig folgte sie ihm, nachdem sie allerdings mit einem Blick zum Meer festgestellt hatte, dass sich die Galeere am Horizont entfernte.

Das Geschlecht der Pietrasanta musste zu immensem Reichtum gelangt sein. Denn das Schloss, das in einer weiten Parkanlage hinter blühenden Oleanderbüschen verborgen lag, ruhte auf einem schneeweißen Marmorfundament. Die breite Eingangspforte wurde von zwei grün gemaserten Marmorsäulen flankiert, auf denen musizierende Engel saßen.

Matteo hatte seine Stimme ehrfurchtsvoll gesenkt. »Der Reichtum stammt aus dem Abbau von Silbererz.«

Silvana hätte gerne einige Fragen gestellt, aber in dem bogenförmigen Eingang erschien ein älterer Herr, der seine Arme zur Begrüßung ausbreitete. »Welche Freude, dass du, wie verabredet, zum Hause deines Onkels gefunden hast! Als vor kurzem das Heer von Ludwig dem Bayern durch Pietrasanta zog, habe ich vergeblich nach dir Ausschau gehalten. Aber ich dachte mir gleich, dass Conte Monteggiori dich für wichtige Aufgaben in Nozzano brauchen würde, falls die Pisaner einen Angriff wagen sollten. Diese Gefahr ist ja nun zum Glück nach der erfolgreichen Belagerung gebannt. Als getreuer Ghibelline soll sich Castruccio schon in Pontremoli mit Ludwig vereinigt haben. Auch ich habe natürlich alles für das Wohlergehen unserer Reiter getan.«

Matteo hatte diesen Wortschwall stumm über sich ergehen lassen. Silvana konnte genau beobachten, dass er gern von etwas ganz anderem geredet hätte.

Aber Guiscardo Pietrasanta ließ sich in seinem Bericht nicht aufhalten. »Man hört ja schreckliche Dinge über den Auftritt der Soldaten, die sich auf Kriegszügen befinden: Dörfer werden niedergebrannt, Bauern gefoltert, Frauen geschändet, und nicht einmal Kinder werden geschont. Aber die Disziplin unter den Reitern von Castruccio ist vorbildlich. Ich hatte ihnen erlaubt, ihre Zelte im Park zu errichten, und musste es nicht bereuen.«

Jetzt endlich bemerkte Guiscardo, dass sein Neffe an diesem Bericht keinen Anteil nahm. »Aber sicher kennst du dies alles viel besser als ich. Wie ich natürlich weiß, gibt es zwischen uns allerlei zu bereden. Ich freue mich, dass du dir ein so hübsches Mädchen erwählt hast.« Er küsste Silvana auf beide Wangen.

Silvana fühlte sich überrumpelt. Welche Rolle hatte Matteo ihr bei diesem Besuch zugedacht? Sie nahm sich vor, rechtzeitig irgendwelche Missverständnisse aufzuklären. Ein Diener brachte kühle Getränke und kandierte Früchte auf die schattige Terrasse, und während sie in die Zweige einer breit gefächerten Platane schaute, entwickelte Matteo einen Plan, den er offensichtlich schon vorher mit dem Podestà erörtert hatte. Er fasste nach Silvanas Hand und hielt sie fest. Man wolle nun sehr bald heiraten, denn Conte Monteggiori habe schon seine Genehmigung erteilt.

Silvana war so erschrocken, dass sie ihm ihre Hand überließ. Matteo musste wahnsinnig sein! Was war ihm denn da nur wieder in den Sinn gekommen? Wie aus weiter Ferne hörte sie die Stimme von Guiscardo Pietrasanta. »Ich stehe zu meinem Wort. Sobald deine Gattin, die durchaus einen stämmigen und gesunden Eindruck macht, einen männlichen Erben geboren hat, werde ich mit deinem Vater die Eheverträge aufsetzen. Leider ist es mir versagt geblieben, Kinder zu zeugen. Deinen Sohn werde ich darum zum Erben meines gesamten Besitzes einsetzen und dich zum Vormund und Verwalter aller Güter bestimmen. Bist du damit einverstanden?«

Matteo nickte und wagte nicht, Silvana anzuschauen. Jetzt wäre der passende Augenblick gewesen, die Hirngespinste von Matteo aufzudecken. Aber ehe Silvana ein Wort hervorbringen konnte, machte der Hausherr den Vorschlag, man wolle gemeinsam den Dom St. Martino von Pietrasanta aufsuchen, um ein Gebet für die baldige Geburt eines Stammhalters zu verrichten. Er lächelte verschmitzt. »Sicher möchtet ihr das Baptisterium und das bemerkenswerte Taufbecken anschauen.«

Silvana wusste nicht, wie sie sich in einer Kirche zu benehmen hatte. Die einzige kirchliche Handlung, an der sie teilgenommen hatte, war die Messe zum Gedenken an ihre angeblich verstorbene Mutter in der Kapelle von Nozzano gewesen. Und daran hatte sie nur eine schwache Erinnerung.

Giuscardo und Matteo beugten ihre Knie vor dem Altar, ließen sich auf einer Betbank nieder und vergruben ihr Gesicht in den gefalteten Händen. Keiner von beiden winkte ihr, ihnen zu folgen. Silvana blieb ratlos stehen. Aber dann entdeckte sie im Dämmerlicht des Kirchenschiffes zwei Nonnen, die in der ersten Reihe vor einem Marienbild knieten. Im gleichmäßigen Rhythmus ihres Gebetes schwankten ihre weißen Hauben hin und her, und Silvana musste unwillkürlich an die Schwäne von Marlia denken, die sich beim Liebesspiel umeinander drehten. Aber dann verbat sie sich solche blasphemischen Gedanken, und sie setzte sich zwei Reihen hinter die Nonnen. Welche Gebete mochten sie sprechen? Silvana kannte keines, das die katholische Kirche vorschrieb. Ihr kam jedoch der Gedanke, dass es nicht schaden könne, den allmächtigen Herrgott inbrünstig anzuflehen, er möge sie bitte von diesem scheinheiligen Erbschleicher Matteo befreien. Das Gemurmel der Nonnen schläferte sie ein, und beinahe hätte sie den Aufbruch der beiden Männer verpasst.

Vor dem Portal küsste Guiscardo Pietrasanta sie noch einmal auf beide Wangen. »Es gefällt mir, dass du dich so inbrünstig in dein Gebet versenkt hast. Der Herrgott möge dir deine Wünsche erfüllen!«

Matteo wählte den Weg über die Berge. Als sie an der Festung Camaiore vorbeiritten, war die Sonne hinter den bewaldeten Gipfeln verschwunden. Der Wehrturm ragte in die dunkelblaue Dämmerung des Abendhimmels, und die zinnenbewehrten Mauern wirkten trotz der verschlungenen Efeuberankung fast schwarz.

Matteo wies auf das wuchtige Portal. »Mir wäre es lieber gewesen, mein Vater hätte mich zur Erziehung dem Burgherrn von Camaiore übergeben. Man hat noch nie von einer solchen Brutalität gehört, die man deinem Vater nachsagt.«

Mit diesem Urteil über ihren Vater mochte er Recht haben. Trotzdem fühlte sich Silvana gekränkt. »Hat er dich vielleicht jemals geschlagen, und war er nicht äußerst besorgt, als du durch eigene Schuld verwundet warst?«

Matteo erlaubte sich eine wegwerfende Handbewegung. »Diese Vorzugsstellung räumt er mir doch nur aus Ehrerbietung gegenüber meinem Vater ein, der Castruccio Castracani zur Würde eines Principe verholfen hat.«

Silvana nahm zu dieser Bemerkung keine Stellung. Jetzt gab es Wichtigeres zu klären. Marlia war nicht mehr fern, und es lag nun an ihr, ihm seine Hirngespinste auszutreiben. »Was sollte denn dieser Besuch in Pietrasanta? Du weißt doch hoffentlich recht gut, dass ich niemals deine Frau werde.«

Seine Antwort bestärkte sie in der festen Überzeugung, dass Matteo verrückt sein müsse. Er wandte sich ihr mit erstaunter Miene zu. »Warum denn nicht? Du bist das einzige Mädchen, das mir jemals gefallen hat. Ich habe dich sehr bewundert, wie du mit der Lanze umgehen kannst und den ersten Preis im Knabenturnier gewonnen hast. Dass du mir einen Sohn schenkst, könnte ich mir schon vorstellen.«

Silvana zügelte ihr Pferd und blieb stehen. »Und was ist mit dem Tugendkatalog der Kirchenväter, den du deklamiert hast? Ich erfülle nicht eine einzige dieser Moralvorstellungen.«

Matteo schüttelte den Kopf. »Aber das macht doch nichts. Mit der Zeit wirst du dich schon an mich gewöhnen, und ich werde dich lehren, wie sich eine adelige Dame benehmen muss. Stell dir vor, wie reich wir sein werden! Du bist als alleiniges Kind des Conte Monteggiori erbberechtigt, ich bin der Erbe aller Besitztümer des Geschlechtes dal Poggio, und dazu kommen die unermessbaren Reichtümer von Giuscardo Pietrasanta. Wo wir auftreten, wird sich jeder vor uns tief verbeugen.«

Silvana, die Maestoso wieder in Trab versetzt hatte, sah schon die Fackeln leuchten, die das eiserne Eingangstor von Marlia in ein silbriges Licht tauchten. Sie wandte sich Matteo zu. »Du bist vollständig irre. Niemals werde ich mit dir eine Ehe eingehen. Lieber stürze ich mich von der Teufelsbrücke in den Serchio. Oder noch besser wäre es, wenn der Teufel dich holen und dir sämtliche Glieder zerreißen würde.«

Die Wachen öffneten eilfertig das Tor, und ein Offizier näherte sich Silvana und verbeugte sich. »Der Marchese ist in großer Sorge, Contessina, und bittet Euch und Euren Begleiter sogleich in die Bibliothek!«

Die beiden übergaben ihre Pferde einem Stallknecht und ließen den Marchese nicht länger warten. Der wachhabende Offizier hatte von »großer Sorge« gesprochen. Diese Ausdrucksweise war weit untertrieben. Denn der Herr von Marlia wirkte in höchstem Maße zornig. Mit großen Schritten kam er den beiden entgegen und wandte sich mit kaum beherrschter Wut an Matteo. »In unserer Familie ist es nicht üblich, eine junge Dame erst weit nach Einbruch der Dunkelheit nach Hause zurückzubringen. Ich verlange eine Erklärung.«

Silvana glaubte, nicht richtig gehört zu haben, was Matteo als Entschuldigung vorbrachte. Er habe der Contessina das Meer zeigen wollen, das sie doch noch nie gesehen hätte. Leider habe sich Silvana trotz seiner Ermahnungen nicht von dem ungewohnten Anblick trennen mögen. Außerdem sei der Rückritt sehr beschwerlich gewesen, weil die Contessina keine sehr gute Reiterin sei.

Ehe Silvana diese Darstellung berichtigen konnte, reagierte der Marchese heftig. Er schlug Matteo mit der flachen Hand ins Gesicht, so dass die Nase zu bluten begann. »Diese Behauptung ist eine Unverschämtheit. Ich selbst habe mich überzeugen können, dass meine Nichte eine ausgezeichnete Reiterin ist. Was hast du vorzubringen, Silvana? Ist dir dieser junge Mann unterwegs in den Wäldern zu nahe getreten?«

Silvana bedauerte außerordentlich, dass sie diese Frage verneinen musste. Aber irgendwie wollte sie Matteo doch anschwärzen. »Das nicht, aber er wollte unbedingt seinen Onkel Guiscardo Pietrasanta besuchen und hat sich sehr lange dort aufgehalten, um Erbschaftsangelegenheiten zu besprechen.«

Der Marchese holte aus, um Matteo eine weitere Ohrfeige zu verpassen, hielt aber inne, als Matteo sich wegduckte. »Ich habe keine Lust, mich länger mit dir auseinander zu setzen, und werde mit deinem Vater besprechen, um welche Erbschaftsfragen es sich handelt. Im Übrigen wird es Zeit für dich, mein Haus zu verlassen. Vor drei Stunden traf mein Reiter aus Nozzano ein. Sein Pferd hat die Kolik nicht völlig überstanden, und noch ist nicht sicher, ob wir das Tier erschießen müssen. Zudem lässt Conte Monteggiori durch diesen Boten ausrichten, dass du unverzüglich nach Nozzano zurückkehren sollst. Der Conte hatte dich gebeten, seine Tochter nach Marlia zu begleiten. Von einem längeren Aufenthalt war aber keine Rede, und erst recht nicht von einem Ausflug nach Pietrasanta.«

Matteo stotterte etwas von »anvertraut, Gefahr durch Pisaner, Einladung zum Empfangsfest von König Ludwig«.

Der Marchese näherte sich ihm noch einmal mit drohender Gebärde. »Wage es nicht, von einer Einladung zu sprechen. Morgen in aller Frühe brichst du zur Burg Nozzano auf, und ich hoffe, dass der Conte Monteggiori sich eine Strafe ausgedacht hat, die dir ein für allemal die Lust an irgendwelchen Extravaganzen austreibt.«

Silvana beobachtete, dass Matteo ein wenig zitterte. Schweißperlen standen ihm auf der Stirn. Er verbeugte sich knapp und verließ den Raum.

»Und du, meine abenteuerlustige Nichte, begibst dich sogleich zu Bett, damit du morgen ausgeschlafen bist, wenn der König in Lucca einzieht und von allen Edlen der Lucchesia empfangen wird.«

Silvana ließ sich das nicht zweimal sagen. Sie wickelte sich in ihre Decken und schloss die Augen, sosehr Marietta auch in sie drang, ihre junge Herrin möge doch von ihren Erlebnissen mit Matteo erzählen. Silvana dachte darüber nach, wie ihr Gebet erhört worden war. Matteo war fürs Erste einmal aus ihrer Nähe entfernt worden. Sie überlegte, ob nicht jetzt ein Dankgebet angebracht sei. Vielleicht könnte man sogar erwägen, ob man den so gütigen Gott anflehen könne, auch Roberto di Ripafratta unschädlich zu machen. Gottes Arm schien doch sehr viel weitreichender und kräftiger zu sein als jeglicher Armschwung, der mit einer Lanze geführt wurde. Andererseits war es wohl doch angebracht, sich auch auf eine Waffe zu verlassen. Denn warum zogen die Kriegsheere mit Schwertern und Säbeln, mit Messern und Lanzen gegeneinander zu Felde, wenn es doch genügt hätte, den allmächtigen Herrn im Himmel um seinen Beistand zu bitten? Sie musste diese Frage unbedingt klären. Aber wen sollte sie da um eine glaubwürdige Auskunft bitten?

Wilder Liebeskampf

»Sie sind da!« Mit diesem freudigen Ruf stürzte Marietta am nächsten Morgen in Silvanas Schlafgemach. »Die Marchesa lässt eine Kutsche vorfahren und bittet Euch, in höchster Eile zum Eingangsportal zu kommen. Castruccio Castracani empfängt in Lucca auf der Piazza San Michele alle Adeligen der Stadt. Auch das lucchesische Volk ist zugelassen. Ich werde Euch recht hübsch kleiden, Contessina, denn Ihr wollt doch sicher dem Principe gefallen!«

Silvana ließ sich willig beim Ankleiden helfen. Sie schaute nicht einmal hin, welches Kleidungsstück ihre Dienerin für den Empfang als passend erachtete. Marietta schob hier eine Schleife, dort ein seidenes Band zurecht, bis Silvana ungeduldig die emsigen Hände beiseite schob. Endlich schien Marietta zufrieden, denn sie betrachtete lächelnd ihre junge Herrin, die in dem blauen Seidenkleid mit dem perlenbestickten Mieder so edel aussah, wie es einer Contessina gebührte. Auf den tiefen Ausschnitt hatte der Schneider in Lucca bestanden, denn die Contessina sei ja noch sehr jung, die Brüste nicht zu schwer, und die zarten Knospen des Busens böten doch einen erfreulichen Anblick.

Offensichtlich hatte Marietta die richtige Wahl getroffen, denn Marchesa Donata nickte zufrieden, als Silvana neben ihr auf den Polstern der Kutsche Platz nahm.

Auf dem einstigen römischen Forum, im Schnittpunkt der antiken Lagerstraßen, hatten die siegreichen Ritter Aufstellung genommen. Sie alle trugen glänzende Helme und blitzende Hellebarden. Castruccio Castracani war in seiner goldenen Rüstung als leuchtender Mittelpunkt zu erkennen, während sein Günstling Tiziano Bernardini nur einen Schritt hinter ihm in einer silbernen Rüstung prunkte. Fast alle Edelleute aus der Lucchesia waren in festlicher Kleidung herbeigeströmt und versuchten, in die vorderen Reihen zu gelangen. Das einfache Volk musste von Wachleuten hinter hölzernen Barrieren zurückgehalten werden. Vor der imposanten fünfgeschossigen Westfassade hatte man eine prächtige Empore gebaut, die mit grüner Seide bespannt war. Ein breiter Sessel mit einer golddurchwirkten Brokatdecke war dem König zugedacht. Der Erzbischof hatte sich ausbedungen, von einer Marmorkanzel aus eine Messe zu lesen und einige Worte an Ludwig den Bayern zu richten, obwohl dieser doch exkommuniziert war. Dazu mochte er wohl seine Gründe haben.

Als dic Kutsche der Marchesa Donata vorfuhr, eilten einige Soldaten herbei, öffneten den Wagenschlag und bildeten eine Gasse durch die Menge, so dass die Marchesa und ihre Nichte auf den Stühlen Platz nehmen konnten, die man für die Ehrengäste bereitgestellt hatte. Silvana musste nicht lange suchen, um Tiziano Bernardini zu entdecken. Sie glaubte ein Lächeln zu erkennen, als ihre Augen sich trafen. Bildete sie sich das nur ein, oder hatte er mit ausgestreckter Hand zum Giebel gewiesen, der von einer überlebensgroßen Statue des Erzengels Michael gekrönt war, die von zwei Engeln flankiert war? Aber was hatte er damit sagen wollen?

Ludwig ließ die Menge lange warten. Als er endlich erschien, ließ sich in den hinteren Reihen ein enttäuschtes Gemurmel hören. Man hatte wohl einen kostbar gekleideten König im Hermelinmantel mit einer goldenen Krone auf dem Haupt erwartet. Stattdessen trug Ludwig eine Rüstung, die es mit dem Glanz der von Castruccio kaum aufnehmen konnte. Er ließ sich in dem Sessel nieder und richtete seine Blicke zum Himmel.

Silvana gefiel das Auftreten des Königs als Kriegsherr. Schließlich hatte er soeben erst die ihr verhassten Pisaner besiegt. Allein darum schon fühlte sie sich diesem König verbunden. Ob er ein Gebet sprach? Nach ihren jüngsten Erfahrungen konnte sie sich das durchaus vorstellen.

Als jedoch der Erzbischof, gefolgt von purpurrot gekleideten Prälaten, das Forum betrat, knieten alle nieder. Silvana hatte schon damit gerechnet, dass der Erzbischof wieder in der Sprache betete, die sie leider nie erlernt hatte. *»Gloria Patri et Filio et Spiritui Sancto. Sicut eras in principio, et nunc, et semper et in saecula saeculorum.«*

Sie beugte sich zu ihrer Tante. »Was bedeutet das?«

Aber Marchesa Donata legte einen Finger auf ihre Lippen.

Der Bischof sprach endlose Gebete, von denen sie nichts verstand. Einmal deutete er auch zu dem Erzengel Michael und den beiden Engeln und rief etwas mit donnernder Stimme. Die Pferde tänzelten unruhig, und in den hinteren Reihen wurden in der Schwüle dieses Tages einige Frauen ohnmächtig. Auch Marchesa Donata tupfte sich mehrmals mit einem Tüchlein die Stirn.

Silvana, die gar nicht versuchte, den Worten des Bischofs zu folgen, ließ ihre Blicke umherwandern. Und beinahe hätte sie einen lauten Schrei ausgestoßen. Denn unter den Pisanern, die Castruccio Castracani nach dem Spruch des siegreichen Königs als Herrn anerkannt hatten, sah sie an der Spitze der Reitergruppe Roberto di Ripafratta.

Auch er hatte sie anscheinend entdeckt. Denn er verzog sein Gesicht zu einer Grimasse und nickte ihr grinsend zu. Der Erzbischof hatte seine Arme gen Himmel gereckt, als ob er mit Gottvater persönlich Verbindung aufnehmen wolle. »Domine, disperde superbos!« Das Volk in den hinteren Reihen scharrte mit den Füßen und ließ ein verärgertes Grunzen hören.

Diesmal übersetzte Marchesa Donata den lateinischen Satz. Auch sie schien unzufrieden. »Mit diesem ›Herr, vernichte die Hochmütigen‹ will der Erzbischof darauf hinweisen, dass Papst Johannes XXII. die Exkommunikation, die er gegen Ludwig den Bayern aussprach, auch auf Castruccio Castracani auszudehnen gedenkt. Damit sind wir nicht einverstanden.«

Silvana begann sich zu langweilen. Ihre Gedanken schweiften ab. Wie sollte sie sich Roberto di Ripafratta gegenüber benehmen, falls er morgen Abend zum Fest erscheinen sollte? Mit finsterem Gesicht starrte sie ihn an, bis sie plötzlich bemerkte, dass Tiziano Bernardini sie nachdenklich beobachtete. Er schien ihr immer noch zu misstrauen und ließ seine Blicke zwischen ihr und dem Pisaner hin- und herwandern.

Die Zeremonie nahm ein plötzliches Ende. Denn König Ludwig ließ sich deutlich sein Missfallen gegenüber den letzten Worten des Erzbischofs anmerken. Er erhob sich abrupt und verließ mit Castruccio Castracani und dessen Gefolgsleuten das Forum. Unter dem einfachen Volk waren deutliche Vivat-Rufe hörbar, ehe es sich in die angrenzenden Gassen zurückzog. Der Erzbischof nahm von diesem offensichtlichen Affront keine Notiz. Er sprach ein kurzes Gebet und segnete die noch anwesenden Gläubigen, bevor er von der Marmorkanzel herabstieg und mit Prälaten, Klerikern und Messdienern im Inneren der Kirche Sankt Michael verschwand.

Silvana sah sich um. Die Abgeordneten aus Pisa ließen deutlich erkennen, dass sie sich der papsttreuen Guelfenpartei zugehörig fühlten. Sie hatten kniend den Segen des Erzbischofs empfangen und anscheinend darauf gewartet, dass auch Castruccio Castracani öffentlich exkommuniziert würde. Das hätte ihnen in nicht zu ferner Zukunft eine Handhabe geboten, gegen die lucchesischen Erbfeinde vorzugehen. Auch Marchesa Donata hatte sich nicht dem Segen entzogen. Aber Silvana hatte den Verdacht, dass sie diese Haltung nur eingenommen hatte, weil ihre Kutsche noch nicht vorgefahren war.

Auf der Heimfahrt gab Marchesa Donata jedoch mit ungewohnt heftigen Worten ihrer Empörung Ausdruck. »Es gehört sich nicht, einen hohen geistlichen Herrn wie den Erzbischof durch einen so plötzlichen Aufbruch zu beleidigen.«

Silvana konnte dagegen die Haltung des Königs durchaus verstehen. »Warum sollte sich König Ludwig weiterhin diese Worte anhören, die offensichtlich nicht nur ihm, sondern auch seinem treuen Waffengefährten galten, unserem Stadtherrn Castruccio Castracani? Mein Vater hätte eine solche Anspielung mit dem Schwert beantwortet.«

Marchesa Donata schüttelte unmissverständlich den Kopf. »Das verstehst du noch nicht. Die Beziehung zwischen Krone und Kirche ist eine äußerst diffizile Angelegenheit und bedarf sorgsamer Pflege und nicht gewaltsamer Auseinandersetzung.«

Silvana war anderer Meinung, sparte sich aber ihre Widerworte. »Wird zu Ehren des Königs denn nun kein Fest stattfinden?«

Marchesa Donata nahm ihre Nichte in den Arm. »Darauf hast du dich sicher schon gefreut. Sei unbesorgt! Im Festsaal unseres Principe wird eine prunkvolle Festlichkeit stattfinden, zu der alle Edlen geladen sind. Ich habe gehört, dass bei dieser Gelegenheit Castruccio eine bedeutende Ehrung zuteil werden soll.«

Bis zum heutigen Tag hatte Silvana geglaubt, dass kein Fest eine größere Pracht entfalten könne als die Festlichkeiten im der Villa Marlia. Aber als sie am Abend den Saal im Hause des Principe betrat, musste sie die Augen schließen. Hundertfach leuchteten in silbernen Kandelabern kunstvoll gedrehte Kerzen, deren Widerschein durch hohe Wandspiegel auf die festlich gedeckte Tafel fiel und dort das kostbare Silber zum Blitzen und Blinken brachte. Die bunten Prunkgewänder der adeligen Damen sorgten zwischen all diesem Silber für bunte Farbtupfer.

Ein Diener, auch er kostbar gekleidet, führte sie zu ihrem Platz, der für sie zwischen anderen jungen Edelleuten vorgesehen war, während Marchesa Donata zu einem Ehrenplatz in der Nähe des Königs geleitet wurde.

Silvana wagte kaum zu essen. Sie fühlte sich beobachtet und entdeckte schließlich in einem der Spiegel, dass Tiziano Bernardini sie anstarrte. Ihr Tischnachbar, ein Junge von höchstens zwölf Jahren, plauderte ohne Unterlass: dass er beim nächsten Kampf dabei sein wolle, am liebsten auch bei einem Zug nach Rom. Aber auch er verstummte, als der König sich erhob und sich mit laut tönender Stimme an die Festgesellschaft wandte. »Ihr, meine Edlen von Lucca, dürft Euch glücklich schätzen, einen solchen Principe zu Eurem Herrn zu haben. Ich aber schätze mich glücklich, den tapferen und klugen Kämpfer Castruccio Castracani einen Freund nennen zu dürfen. Als Zeichen meiner Zuneigung und Dankbarkeit erhebe ich Castruccio nicht nur zum erblichen Herzog der Stadt Lucca, sondern auch der Städte Pistoia und Volterra. Zudem übertrage ich ihm den Oberbefehl über einige Festungen rund um Pisa.«

Silvana sah sich um, ob irgendwo Roberto di Ripafratta zu sehen war, um ihm einen triumphierenden Blick zuzuwerfen. Offensichtlich waren jedoch Pisaner nicht geladen.

Der König war aber nicht am Ende seiner Laudatio angelangt. »Ich ernenne Castruccio zum Fahnenträger des Heiligen Römischen Reiches und verleihe ihm ein neues Wappen mit einem Streitross auf goldenem Feld und einem Querstreifen mit den silbergrauen Rauten des bayrischen Wappens.«

Unter dem Jubel der versammelten Edelleute entrollte Ludwig eine Fahne mit dem neuen Wappen. Während Castruccio Castracani sich bedankte, bewunderte Silvana die Gewandtheit seiner Bewegungen, mit denen er Tiziano Bernardini an seine Seite zog. Silvana vermutete, dass er auf die Verdienste seines Günstlings hinwies, denn der König reichte dem Conte huldvoll die Hand, lächelte und sprach einige Worte, die Silvana bei den lauten Beifallskundgebungen nicht verstehen konnte.

Damit war das Fest beendet.

Als Silvana auf der Heimfahrt neben ihrer Tante in der Kutsche saß, zeigte sie sich etwas enttäuscht. »Schade, dass es auf diesem Fest weder Musik noch Tanz gab. Vielleicht hätte der König sogar mit mir den Schreittanz, die Pavane, getanzt.«

Die Marchesa ließ ihr helles Lachen hören und nahm ihre Nichte in den Arm. »Ich werde dich für diese verpasste Gelegenheit entschädigen, indem ich dir einen Ausritt mit Conte Bernardini genehmige, der erst in drei Tagen im Gefolge seines Herrn nach Rom aufbrechen wird.«

Nach einigem Nachdenken ließ Silvana ein Gefühl der Vorfreude zu.

Der Marchese hatte einigen Hauptleuten gestattet, im Park der Villa Marlia geschmückte Zelte aufzustellen. Das war für Silvana ein kleiner Trost für den ausgefallenen Tanz. Bei Einbruch der Dämmerung flackerten kleine Lagerfeuer, um die sich die bevorzugten Hauptleute geschart hatten. Die Männer lachten leise, ließen den Becher mit dem roten Wein der *Colline Lucchesi* kreisen, tauschten ihre Erfahrungen über die Belagerung von Pisa aus und sprachen über den bevorstehenden Ritt nach Rom. Die züngelnden Flammen beleuchteten die bald ernsten, bald heiteren Gesichter der Männer und tauchten sie mal in das Rot des Feuers, mal in den Schatten der Nacht.

Silvana lehnte am Fenster, betrachtete das farbige Spiel und horchte auf die lachenden Reden. Aber lange hielt sie es an ihrem Beobachtungsposten nicht aus. Wenn es ihr schon in der Burg Nozzano gelungen war, sich unbemerkt dem Lagerfeuer der Soldaten zu nähern, warum nicht hier?

Sie schlich die Treppen hinab, durchquerte die Vorhalle, betrat den Park und gelangte in einem weiten Bogen in die Nähe des Zeltplatzes. Erst unter dem breiten Fächer einer Schirmpinie glaubte sie vor einer Entdeckung sicher zu sein. Sie hielt den Atem an und lauschte.

Die Männer hatten einen leisen Gesang angestimmt. Sie kannte dieses Lied von den Soldaten aus Nozzano. Es handelte von Kampf und Sieg, vom Tod und dem Verlust eines Kameraden. Manchen jungen Soldaten hatte sie bei diesem Lied weinen sehen, und auch sie war den Tränen oft nahe gewesen. So wurde sie, ohne sich dagegen wehren zu können, von einem Gefühl der Wehmut übermannt und begann leise mitzusummen.

Das hätte sie besser nicht tun sollen. Eine Hand legte sich auf ihre Schulter. Sie erschrak zutiefst und dachte an einen Überfall des Pisaners. Aber als sie sich umwandte, erkannte sie im Schein des Feuers Tiziano Bernardini. Seine Stimme klang ernst. »Es wird Zeit, zu Bett zu gehen, Contessina. Denn für morgen früh haben wir eine Verabredung. Wir treffen uns bei Sonnenaufgang bei den Ställen zu einem Ritt in die Garfagnana.«

Wenn Roberto di Ripafratta ihr aufgelauert hätte, wäre Silvana nicht erschrockener gewesen. Warum hatte der Conte ausgerechnet die Garfagnana als Ziel gewählt, womöglich die Festung Castiglione? Ihr wurde heiß und kalt bei dem Gedanken, dass Tiziano Bernardini von einer Besichtigung der Festung erfahren könnte. Natürlich würde er sie der Spionage verdächtigen, noch dazu, da der Kastellan schon deutlich sein Misstrauen gezeigt hatte. Unbedingt musste sie verhindern, dass sie Castiglione erreichen würden. Sie fand keine Worte, verließ mit einem leichten Nicken den Zeltplatz und stolperte in ihrer Erregung über eine Baumwurzel.

Der Conte reichte ihr eine Hand und zog sie mit einem Schwung hoch, so dass sie an seiner Brust landete. Sie schämte sich, als er lachte und sie mit den Worten entließ: »Ihr seid sehr stürmisch, Contessina. Ich werde mich doch nicht vor einem gemeinsamen Ausritt fürchten müssen?«

Silvana blieb stehen und dachte über eine passende Antwort nach. Warum nur wurde sie von keinem Mann ernst genommen? Die Soldaten in Nozzano hatten sie fast gemieden, weil sie sich vor dem Zorn des Capitano gefürchtet hatten. Stefano, der Falknerbube, hatte mit ihr gespielt und war dann zudringlich und unverschämt geworden. Roberto di Ripafratta verachtete sie als Tochter einer Hure und sah in ihr kein begehrenswertes Mädchen, sondern eher ein nützliches Freiwild. Und Tiziano Bernardini begegnete ihr nur mit ironischer Herablassung. Auch die Küsse, an die sie sich leider gern erinnerte, gehörten wohl zu einem Plan, den sie nicht durchschaute.

Der Conte war stehen geblieben und wartete anscheinend auf eine Antwort. »Leider kann ich Euch nicht zur Feuerstelle mitnehmen. Eine solche Verwegenheit würde den Spott meiner Kameraden hervorrufen. Denn hier ist nicht Nozzano, wo es üblich war, dass ein Mädchen unter Soldaten aufwuchs.«

Diese Bemerkung riss Silvana endlich aus ihren Gedanken. Wie konnte er es wagen, ihre Herkunft und Nozzano mit verächtlichen Worten zu bedenken? Sie lehnte sich gegen einen Baumstamm und verschränkte die Arme. »Vielleicht solltet Ihr Euch doch vor einem gemeinsamen Ausritt fürchten, denn ich weiß mich sehr gut zu verteidigen.«

Tiziano Bernardini trat so nahe an sie heran, dass sie seine Männlichkeit spürte. Er ließ ihr keine Möglichkeit, sich von dem Baumstamm zu lösen. »Ja, vielleicht mit Schimpfworten, die Ihr von den Soldaten erlernt habt.«

Seit Silvana in Marlia war und nur noch zum Reiten Stiefel trug, hatte sie niemals mehr Tritte ausgeteilt. Sie bedauerte, dass sie nicht die silbernen Sandalen abgelegt hatte, die sie zum Empfang auf dem Forum getragen hatte. Aber vielleicht tat auch die schnabelartige Spitze ihren Dienst.

Sie trat so fest zu, wie es in der Umklammerung möglich war. »Freut Euch auf unseren Ausritt. Denn es gibt noch andere Waffen als zierliche Damenschuhe!«

Anscheinend hatte sie ihn gut getroffen, denn Tiziano Bernardini wich mit einem leisen Schrei zurück, und Silvana benutzte sein Erschrecken zu einer eiligen Flucht.

Obwohl sie sich durchaus der Gefahr bewusst war, hatte sie sich auf diesen Ausritt gefreut. Der Conte erwartete sie jedoch mit einem missmutigen Gesicht. »So ein Ausritt ist für Euch wohl keine besondere Freude. Man hat mir berichtet, dass Matteo dal Poggio allerlei Ausflüge mit Euch unternommen hat, und er soll Euch ja das *Mare Tirreno* gezeigt haben. Da kann ich natürlich nicht mithalten.«

Silvana seufzte tief. »Ach, diese Ausritte haben mich nicht gerade sonderlich erfreut.«

Tiziano Bernardini runzelte die Stirn und sah sie überrascht an. »Etwa nicht? Wahrscheinlich seid Ihr besonders anspruchsvoll und habt Euch schnell von einem bescheidenen Soldatenmädchen zu einer verwöhnten Dame entwickelt.«

Obwohl sich Silvana Mühe gab, ihre Lanze unter einem Stück Sackleinwand zu verstecken, hatte er diese entdeckt. »Was soll das denn? Fürchtet Ihr Euch gar, überfallen zu werden?«

Silvana betrat die goldene Brücke, die er ihr gebaut hatte. »Diese Waffe führe ich nur bei mir, weil ich eben immer noch keine sittsame Dame bin.«

Jetzt endlich hellte sich sein Gesicht auf. Er lachte sogar. »Dann folgt mir, Contessina. Wir nehmen den Weg durch das Tal der Lima. Sie ist friedlicher als der Serchio, und ihre Ufer sind nicht gar so Furcht erregend wie die Schluchten des Serchio.«

Silvana folgte ihm beruhigt. Diese Wegbeschreibung hörte sich annehmbar an. Vielleicht hatte er sogar den Plan aufgegeben, mit ihr Castiglione aufzusuchen. Die *Turrite* Lima floss beinahe träge dahin, und sie staunte über die tiefe Bläue, die diesen Fluss deutlich von dem ungestümen Serchio unterschied. Ein leichter Windhauch kräuselte die Wasseroberfläche, und obwohl die Sonne fast im Zenit stand, war die Hitze kaum spürbar.

Silvana klopfte Maestoso das kühle Fell. »Können wir nicht ein wenig Rast machen?«

Tiziano drehte sich zu ihr um. »Ist mein Soldatenmädchen etwa schon müde? Ich möchte gern noch bis Coreglia Antelminelli reiten, das einen wichtigen Knotenpunkt des lucchesischen Verteidigungssystem darstellt. In der Nähe der Burg laufen unterirdische Galerien, die jederzeit einen Ausfall ermöglichen.«

Seine Miene war undurchdringlich, und Silvana starrte ihn unschlüssig an. War er arglos? Hatte er sein Misstrauen endgültig begraben? Oder wollte er sie prüfen? Sie begnügte sich mit einem Nicken.

Oberhalb der Festung ließen sie sich aus dem Sattel gleiten, und nun zeigte sich, dass Tiziano daran gedacht hatte, Brot und Wein einzupacken. »Langt ungeniert zu, Contessina, und ruht ein wenig im Gras, denn wir haben noch einen anstrengenden Ritt über Barga bis nach Castiglione vor uns.«

Also doch! Silvana schmeckten weder Brot noch Wein. Sie grübelte, wie sie den Besuch der Festung Castiglione abwenden könnte. Kurz dachte sie daran, Maestoso absichtlich über Geröll und Felsen zu führen, damit er vielleicht zu lahmen begänne. Aber dann schämte sie sich dieses Gedankens und überlegte, ob sie über Leibschmerzen klagen sollte. Aber auch diesen Ausweg empfand sie als beschämend.

Der Conte wirkte unbefangen. Er wies nach Norden. »Von hier aus lassen sich alle Straßen einsehen, die zum Apennin führen. Aber drüben über dem *Passo delle Radici* türmen sich dunkle Wolken auf, die mir gar nicht gefallen wollen. Wir müssen aufbrechen.«

Silvana erwog, ob sie nicht wieder ein Stoßgebet zum Himmel schicken und um einen Gewitterregen bitten solle. Vielleicht wären sie dann gezwungen, eine Schutzhütte aufzusuchen. Zufrieden beobachtete sie, wie die Wolkenwand näher rückte.

Anscheinend hatte sich Tiziano Bernardini zu einem Abkürzungsweg entschlossen. Denn zu ihrem Schrecken tauchte nach der Überquerung eines trockenen Bachbettes, schneller als sie vermutet hatte, die Kuppel des Domes von Barga auf.

Jetzt erkannte sie auch den Reitweg, den der Conte einschlug. Sie griff zu ihrer Lanze. Vielleicht befanden sich immer noch Wegelagerer und entlassene Söldner in der Nähe. Der Conte bemerkte nichts von ihrer Furcht. Aber unversehens scheute sein Pferd und stieg wiehernd senkrecht hoch, so dass sich sein Reiter eben noch im Sattel halten konnte. Silvana ritt zögernd heran und wagte kaum, einen Blick auf den Weg zu werfen. Was sie zu sehen bekam, verursachte ihr einen kaum beherrschbaren Brechreiz.

Vor ihnen lagen zusammengekrümmt zwei fast völlig zerstörte Leichen. Waldtiere hatte ihre Gesichter bis zur Unkenntlichkeit zerbissen, und Ameisen krabbelten über offene Leichenteile und geronnenes Blut, das sich bei dem einen Toten am Hals, bei dem anderen zwischen den Beinen gebildet hatte.

Silvana wusste sogleich, wer da vor ihr lag, und obwohl sie von den beiden gepeinigt worden war, konnte sie keine Genugtuung empfinden. Sie rutschte aus dem Sattel, trat in das umliegende Gebüsch und erbrach sich.

Tiziano Bernardini zeigte nur wenig Mitleid mit ihrem Zustand. »Da hat einer ganze Arbeit geleistet. So sieht das Ergebnis aus, wenn ein meisterlicher Lanzenwerfer Gebrauch von seiner Waffe macht. Wollt Ihr immer noch Eure Lanze mit Euch führen und womöglich zum Einsatz bringen?«

Was sollte sie nur antworten? Sie machte eine Kopfbewegung, die sowohl ja als auch nein bedeuten konnte.

Noch ehe sie den Wald verlassen hatten, vermochte sich Silvana einmal wieder von der Wirksamkeit eines Bittgebets überzeugen. Ein leises Tröpfeln auf das Blätterdach wurde hörbar, das in ein sanftes Rieseln überging, als sie den Saum des Waldes erreichten. Die grauen Wolken hatten eine schwärzliche Färbung angenommen, und in der Ferne ertönte ein leises Grollen.

Tiziano Bernardini sah besorgt zum Himmel. »Mit diesen toskanischen Gewittern ist nicht zu spaßen. In weniger als fünf Minuten wird sich ein gewaltiger Sturm erheben, Sturzbäche werden vom Himmel herabströmen, grelle Blitze und gewaltige Donnerschläge werden unsere Pferde so sehr erschrecken, dass wir sie nicht mehr halten können. Wir müssen sofort einen Unterschlupf finden. Denn Barga können wir so schnell nicht mehr erreichen.« Er wies auf eine kleine Schutzhütte, die unter dem Überhang eines Felsens nur noch schemenhaft hinter der jetzt dichten Regenwand erkennbar war. »Mir nach, Contessina! Haltet Euch dicht hinter mir, und führt Euer Reittier am kurzen Zügel!«

Ein grellroter Blitz erhellte die Hügel der Garfagnana, so dass der Dom von Barga wie in ein Flammenmeer gehüllt war. Der folgende Donnerschlag erschien Silvana so fürchterlich, dass sie glaubte, der nun nahe vor ihnen liegende Felsen müsse zerbersten. Unwillkürlich duckte sie sich und hätte beinahe Maestoso vom Zügel gelassen. Er stieg in die Höhe, und am Rollen seiner Augen erkannte sie seine Furcht. Im Getöse der Donnerschläge, die jetzt unaufhörlich aufeinander folgten, waren beruhigende Worte sinnlos.

Die hölzerne Türe der Schutzhütte schlug hin und her. Nur mit Mühe konnte Tiziano Bernardini sie einen Spalt breit aufhalten, um Silvana und die Pferde ins Innere einzulassen. Er selbst folgte als Letzter, verriegelte die Tür von innen und seufzte erleichtert. »Das war knapp. Richtet Euch ein, so gut es geht, Contessina!«

Silvana sah sich um. Es dauerte eine Weile, bis sich ihre Augen an das Dämmerlicht gewöhnt hatten, das in der fest verschlossenen Hütte nur ab und zu von den jetzt schwefelgelben Blitzen erhellt wurde. In einer Ecke erkannte sie einen Strohhaufen, und an den getrockneten Kötteln auf dem gestampften Lehmboden erkannte sie, dass hier Schafe gehaust haben mussten. »Wo soll ich mich denn hier niederlassen?«

Der Conte griff nach einem Reisigbündel. »Vielleicht habt Ihr die Gnade, Contessina, auch ein wenig den Boden zu kehren.« Er drückte ihr ebenfalls ein Reisigbündel in die Hand.

Die Pferde hatten inzwischen begonnen, an den Strohhalmen zu knabbern, und Tiziano ließ sie gewähren, während er versuchte, den Boden zu säubern. »Die Tiere haben es gut. Sie haben wenigstens etwas zu fressen, während wir uns mit den Resten des Proviants begnügen müssen.«

Ein gewaltiger Donnerschlag ließ Silvana zusammenzucken. Ihr kam es so vor, als ob sich das Dach gehoben hätte. »Wie lange dauert denn so ein Gewitter in den Bergen?«

Tiziano Bernardini ließ nicht in seiner Tätigkeit nach. »Mit Sicherheit mehrere Stunden. Es bewegt sich im Kreise, versucht immer wieder, das offene Meer zu erreichen, und wird daran durch die Berge der Apuanischen Alpen gehindert. Wir müssen uns für die Nacht einrichten.«

Seine Stimme klang freundlich, wurde aber durch das Poltern eines Donnerschlages zu einer Drohung verzerrt. Silvana warf ihr Reisigbündel von sich. »Niemals bleibe ich eine ganze Nacht in diesem Dreckstall. Ich werde versuchen, Barga zu erreichen.« Sie griff nach dem Zügel ihres Pferdes, und Maestoso ließ sich nur widerwillig von dem Strohhaufen wegzerren. Es gelang ihr sogar, den eisernen Riegel der Tür zu öffnen.

Mit einem Sprung war der Conte neben ihr. »Das kann ich Euch niemals gestatten. Ihr begebt Euch in höchste Gefahr, und Ihr wäret nicht die Erste, die hier oben in den Bergen vom Blitz getroffen würde.«

Silvana versuchte, sich an ihm vorbeizudrängen, und dachte daran, sich den Weg mit der Lanze freizukämpfen. Aber sie hatte nicht mit der Stärke des Conte gerechnet. Er hob sie mühelos hoch und setzte sie mitten in den Strohhaufen. »Hier bleibt Ihr jetzt sitzen, verehrte Contessina.« Er griff in seine Satteltasche und holte einen Kanten Brot und ein Stück Käse heraus. »Wenn Ihr Euch auch nicht an der Säuberungsarbeit beteiligt, so dürft Ihr doch essen. Ich möchte nicht, dass mir der Marchese Vorwürfe macht, ich hätte seine Nichte verhungern lassen.«

Silvana gab ihre Fluchtpläne auf. Sie rückte beiseite. »Und ich werde mir nicht nachsagen lassen, ich hätte mich geweigert, mit einem Weggefährten das letzte Brot zu teilen.«

Der Conte ließ sich neben ihr nieder. »Ihr zittert ja. Fürchtet Ihr Euch so sehr vor dem Gewitter?«

»Überhaupt nicht. Aber Ihr werdet gleich spüren, dass dieses Stroh feucht ist.«

Tiziano Bernardini sah prüfend zur Decke. »Anscheinend ist das Dach hier über uns undicht. Wir werden den Strohhaufen in eine andere Ecke der Hütte transportieren.«

Diesmal packte Silvana mit an. Sie schleppte unermüdlich ein Bündel nach dem anderen und ließ sich erst atemlos nieder, als das Vorhaben gelungen war. Tiziano zog seine Jacke aus und legte sie ihr um die Schultern. »Versucht ein wenig zu schlafen!«

Silvana hüllte sich dankbar in das Kleidungsstück, das noch durch seine darin verbliebene Körperwärme die Feuchtigkeit einigermaßen abhielt. »Wie kann man bei einem solchen Getöse schlafen?«

Sie wich erschrocken zurück, als sich Tiziano dicht neben ihr im Stroh niederließ und ihren Kopf in seine Hände nahm. »Seid doch nicht so ängstlich! Ich will doch nur Eure Ohren zuhalten, damit das Donnern nicht gar so Furcht erregend tönt. Und damit Ihr nicht die schwefelgelben Blitze ertragen müsst, werde ich auch noch Eure Augen bedecken.« Er zog sie an sich, legte einen Arm um ihre Hüften und griff nach seiner Jacke, die nun in der engen Umarmung für sie beide als Schutz gegen die Feuchtigkeit reichte.

Silvana fühlte sich warm und geborgen. Aber dann sprang sie plötzlich auf. Ohne sich gegen diese schrecklichen Erinnerungsbilder wehren zu können, durchlebte sie noch einmal die Ereignisse in der *Via del Fosso*. Sie sah das so furchtbar zugerichtete Mädchen, das sich gegen die erzwungenen Liebesdienste gewehrt hatte. Sie musste noch einmal unter dem Druck des Pisaners durch das Astloch spähen, um auf zerwühlter Lagerstatt den Mann zu sehen, der unter sich die Frau zum Schreien und Stöhnen brachte. Mit einem Satz war sie bei ihrer Lanze. »Wenn du dich mir auch nur um Haaresbreite näherst, werde ich dich töten. Und damit du weißt, wie ernst ich es meine, verrate ich dir jetzt, dass ich diese beiden Männer im Wald bei Barga getötet habe. Begib dich in die hinterste Ecke und bleibe dort!«

Tiziano Bernardini hatte sich erhoben. Ein erneuter Donnerschlag verschluckte seine Worte. Vielleicht hatte er aber auch gar nichts gesagt. Er bewegte sich vorsichtig an der Bretterwand entlang zu der entfernten Ecke. In der Stille zwischen zwei Donnerschlägen hörte sie dumpf seine Stimme. »Lasst Eure Waffe sinken! Niemals würde es mir einfallen, Euch Gewalt anzutun, wie es vielleicht diese Strauchdiebe versucht haben. Ihr dürft Euch beruhigt wieder niederlassen und einschlafen. Aber gebt mir wenigstens ein Bündel von dem Stroh!«

Silvana hielt die Waffe erhoben und beobachtete angespannt, wie sich der Conte etwas Stroh nahm und in die hinterste Ecke brachte. Noch ehe Silvana sich wieder hingelegt hatte, war Tiziano im Dämmerlicht verschwunden.

Warum nur war sie so grob gegen ihn vorgegangen, und wie konnte sie ihn nur mit den verkommenen Söldnern oder mit den Männern aus der *Via del Fosso* vergleichen? Sie war sich sicher, dass er ihr nicht Gewalt antun wollte, und bereute, wie sie ihn behandelt hatte. Am nächsten Morgen würde sie sich entschuldigen. Das nahm sie sich fest vor.

Obwohl sie entschlossen war, wachsam zu bleiben, war sie doch gegen ihren Willen eingeschlummert. Sie schrak hoch, als sie das Poltern von Geröll und deutliche Geräusche an der äußeren Bretterwand hörte. Wie sehr bereute sie, den Eisenriegel beiseite geschoben zu haben. Die Tür wurde mit einem Stoß geöffnet und ebenso kräftig wieder zugeschlagen. Im grellen Licht eines Blitzes erkannte sie eine vierschrötige Gestalt. Aber auch der Eindringling musste sie auf dem Strohlager entdeckt haben. Er machte drei Schritte nach vorn und warf sich über sie. Ein fauliger Geruch entströmte seinem Mund, und seine regennasse Kleidung, die er anscheinend seit Wochen nicht mehr gewechselt hatte, verbreitete einen Gestank nach Urin und Kot. »Welch wundersame Überraschung! Ich hatte zwar gehofft, mich vor dem Gewitter in Sicherheit bringen zu können, aber nicht erwartet, hier eine Frau zu finden, die mich erwärmen kann.«

Silvana verspürte einen Brechreiz, während der Mann sie an den Füßen vom Strohballen riss und grob auf den Lehmboden unter sich warf. Als sie zu schreien begann, schlug er sie mehrmals heftig ins Gesicht. »Hier hört dich kein Mensch. Also rate ich dir, schön fügsam zu sein. Wir haben eine lange Nacht vor uns, in der wir unseren Spaß miteinander haben werden.«

Die Lanze war für Silvana nicht mehr erreichbar, und trotz aller Gegenwehr konnte sie nicht verhindern, dass er ihr Hemd zerriss und ihr, obwohl sie sich nach Kräften wehrte, die Reithose nach einigen weiteren Schlägen auszog.

Wo blieb nur Tiziano? Warum half er ihr nicht? Er musste doch ihre Schreie gehört haben. War er über ihre rüde Behandlung etwa so beleidigt, dass er sie ihrem Schicksal überließ?

Ihre verzweifelten Fragen fanden eine schnelle Antwort. Im grellen Licht des nächsten Blitzes sah sie Tiziano über ihrem Peiniger stehen, der in seiner Gier nichts von der drohenden Gefahr bemerkte. Die funkelnde Schneide eines Degens fuhr hernieder und blieb mit der Spitze im Rücken des Mannes stecken. Er gab keinen Laut von sich, als er von ihr herabrollte und mit weit geöffnetem Mund unbeweglich auf dem Lehmboden liegen blieb. Aus den Mundwinkeln rannen Speichel und Blut.

Tiziano Bernardini sprach kein Wort. Er packte den leblosen Mann an beiden Armen, öffnete den Eingang, zog ihn nach draußen, schloss geräuschvoll die Tür und schob den Riegel vor. Ohne zu dem Vorfall Stellung zu nehmen, wandte er sich wieder der entfernten Ecke zu.

Silvana bedeckte ihre Blöße so gut es ging und näherte sich dem Strohbündel, auf dem der Conte sie wortlos erwartete. »Darf ich bei dir liegen? Mir ist elend zumute, und ich fürchte mich.«

Tiziano schwieg noch immer, aber er rückte beiseite, drehte ihr jedoch den Rücken zu. Er legte sogar seinen Degen zwischen ihre Körper, um keinen Kontakt zuzulassen. Silvana hatte davon gehört, dass man ein Schwert zwischen Mann und Frau legen müsse, um deutlich zu machen, dass es zu keiner Annäherung kommen dürfe. Sie zitterte vor Kälte und Übelkeit und suchte nach seiner Hand, die er ihr überließ. So sehr sehnte sich nach Wärme und Geborgenheit, dass sie sich ihm zuwandte und still liegen blieb, als er sie zu streicheln begann. Seine Hand glitt über ihre Augenbrauen, die Ohren, die Lippen, die Brüste und tastete sich weiter nach unten.

Tiziano Bernardini hielt inne. »Warum lässt du dir das gefallen, Soldatenmädchen? Zwischen uns befindet sich die scharfe Klinge meines Degens. Ergreif ihn und wehre dich!«

Silvana wusste nicht, wie sie sich verhalten sollte. Warum wollte er es auf einen Kampf ankommen lassen, bei dem sie unweigerlich den Kürzeren ziehen würde?

Tiziano rückte näher. »Ah, du willst nicht kämpfen, jedenfalls nicht mit der Waffe in der Hand. Du weißt noch nicht, dass es zwischen Mann und Frau auch noch einen anderen Kampf gibt, der den Körper erhitzt und die Sinne in Wallung bringt. Du kannst zwar mit der Lanze umgehen, aber von dem Liebeskampf verstehst du gar nichts.« Er wandte ihr wieder den Rücken zu.

Silvana setzte sich aufrecht hin. Sie fühlte sich zu Unrecht herablassend behandelt. »Niemand hat mich jemals eine solche Kampftechnik gelehrt. Ist sie erlernbar?«

Tiziano drehte sich um und lachte. »Da gibt es nichts zu lernen, sondern nur zu fühlen, wie Lust und Begierde von den Kämpfern Besitz ergreift. Willst du diese Art des Kampfes kennen lernen?« Er wartete keine Zustimmung ab, sondern umfasste mit den Lippen ihre Brustwarzen, während er sie wie mit einer Schraubzwinge umklammerte, so dass es für sie keine Möglichkeit gab, seinem schmerzhaften Zugriff zu entkommen. Sie schrie laut auf, aber statt sich zu wehren, wie sie es vielleicht bei dem Angriff eines Feindes getan hätte, vergrub sie ihren Kopf an seiner Brust.

Tiziano ließ sie seine Verachtung spüren. »Nennst du das etwa Kampf? Da hätten wir getrost den Degen zwischen uns liegen lassen können. Da du dich wie ein kleines Mädchen benimmst, dass eine wohlverdiente Strafe erwartet, muss ich wohl etwas deutlicher werden.« Er griff zum Degen und schlug mit der flachen Klinge mehrmals kräftig auf ihr noch immer entblößtes Gesäß.

Diese Behandlung brachte Silvana in völlige Rage. Denn wie sie in Nozzano schon mehrmals erlebt hatte, gab es für einen Soldaten nichts Schimpflicheres als eine solche Bestrafung, die ihr Vater bei Rekruten anwenden ließ, die sich der Feigheit schuldig gemacht hatten. Die Schläge mit der flachen Klinge auf das entblößte Gesäß galten als schlimmste Demütigung. Soldaten, die diese Strafe erlitten hatten, konnten niemals Offizier werden und sich eigentlich nur noch als Söldner verdingen. Der Conte, selbst Befehlshaber junger Reiter, hätte das wissen müssen.

In maßlosem Zorn über die erlittene Schmach geriet sie gänzlich außer sich. Sie griff in seine Haare und riss ihm ein Büschel seiner schwarzen Locken aus, biss ihm in die Ohrläppchen, so dass sie den Geschmack des Blutes auf der Zunge spürte, krallte sich in seine Brust, wobei sie ihm Biss- und Kratzwunden zufügte und schlug ihm schließlich mehrmals ins Gesicht.

Sie hätte sogar zum Degen gegriffen, um Tiziano zu verwunden, wenn er nicht die Waffe mit weit ausholender Bewegung gegen die Bretterwand geschleudert hätte, wo die Spitze des Degens zitternd stecken blieb.

Sie wehrte sich nach Kräften, als Tiziano, der bis dahin stillgehalten hatte, sie hochhob und rittlings auf seinen Unterleib setzte. Er drückte sie jedoch so eng an sich, dass ihr keine Möglichkeit blieb, nach rechts oder links auszuweichen, als er in sie drang. Noch einmal bäumte sie sich auf, ehe sie einen starken Schmerz verspürte, der ihr die Tränen in die Augen trieb. Sie wusste, was ihr geschehen war, denn oft genug hatten die Soldaten sich damit gebrüstet, ein noch unschuldiges Mädchen entjungfert zu haben. In seiner Umklammerung blieb ihr nichts anderes übrig, als sich zu ergeben, und Tiziano kostete seinen Sieg aus, indem er seine Bewegungen sehr langsam ausführte und sie zwang, sich seinem Rhythmus anzugleichen. Als er endlich innehielt und mit ihr zur Seite rollte, erlaubte er ihr nicht, von ihm abzurücken, sondern blieb in ihr, bis er erneut seine Begierde wachsen spürte.

Diesmal begrub er sie unter sich, und Silvana erwartete erneut den starken Schmerz. Aber zu ihrer Verwunderung blieb er aus, und als Tiziano sie wiederum zu seinem Rhythmus zwingen wollte, brauchte er keine Gewalt anzuwenden. Silvana wurde, ohne sich dessen bewusst zu sein, von einer Lust ergriffen, die sie bisher nicht gekannt hatte. Sie glaubte, um sie herum sei alles in ein leuchtendes Rot getaucht, und sie verspürte ein Rauschen, als ob das Blut in rasender Bewegung durch ihren Körper flösse. Sie zog Tiziano mit dem Kopf zu sich heran und verzögerte ihre Bewegungen, damit dieser Rausch kein Ende nehmen solle. Es gefiel ihr, dass er gewaltsam mit seiner Zunge ihre Lippen öffnete und sie unaufhaltsam küsste, bis sie seinen Ansturm erwiderte.

Mehrmals in dieser Nacht ergaben sie sich dem Liebeskampf, bis ihre Lust gestillt war, und erst in der Morgendämmerung schliefen sie erschöpft ein.

Das Gewitter hatte sich verzogen, und die Morgensonne verschaffte sich durch die rissigen Bretterwände Einlass, als Tiziano sie mit einem sanften Kuss weckte. »Du hast einen guten Kampf gekämpft, Soldatenmädchen. Aber nun mache dich zum Abmarsch bereit, damit man uns in Marlia nicht vermisst.«

Silvana trat nur zögernd vor die Tür. Sie fürchtete, dass sie über die Leiche des Eindringlings stolpern könne. Aber draußen war niemand zu sehen. Nur eine Blutspur zog sich bis zu dem nahen Wald. »Wo ist der verwundete Mann? Anscheinend hast du ihn nicht getötet, und nun wird er irgendwo lauern, um sich an uns zu rächen.«

Tiziano Bernardini zuckte die Achseln. »Wohl kaum! Er wird sich hüten, sich noch einmal mit uns anzulegen.«

Er ritt voran und verlangsamte erst die Gangart, als sie sich auf abschüssigem Weg im Wald befanden. Silvana erkannte in seinem Nacken die Spuren ihrer Küsse. Sie riss im Vorbeireiten einen belaubten Ast ab und begann, ihn an den dunkelroten Stellen zu kitzeln. Tiziano tat, als ob er nichts bemerke, und drehte sich erst um, als sie heftiger zuschlug. »Gelüstet dich nach einem Kampf?« Er sprang vom Pferd, kam auf sie zu, holte sie aus dem Sattel und stellte sie vor sich hin. »Es gibt, wie in einem richtigen Krieg, auch im Liebeskampf einige Regeln. Man unterscheidet nämlich Zeiten des Kämpfens und Zeiten des Friedens. Zwischen uns herrscht jetzt Friede, bis ich mit dem Marchese gesprochen habe, der für dich die Verantwortung trägt.«

Silvana konnte seine Haltung nicht verstehen. War er ihrer schon überdrüssig? War sie für ihn ein Spielzeug gewesen, das er nach nur einer einzigen Nacht wegwarf? Unwillkürlich dachte sie an ihre Mutter, die mit einem Minnesänger davongelaufen war und als Dirne bei Gauklern Unterschlupf suchen musste. Sie ließ die Arme sinken, die sie schon erhoben hatte, um ihn zu umarmen.

Tiziano bemerkte ihre Enttäuschung und fuhr ihr zärtlich durch die Haare. »Glaubst du etwa, dass ich mit dir im Stroh liege und dich der Jungfernschaft beraube, wie es Bauern, Schäfer und herumstrolchende Söldner tun? Du bist doch keine Kriegsbeute. Es ist schon schlimm genug, dass ich dich zu einem Liebeskampf gezwungen habe. Deine, aber auch meine Ehre gebietet, dass ich dich zu meiner Frau mache. Ich werde nicht nur mit dem Marchese, sondern auch mit deinem Vater sprechen, die Situation erklären und um deine Hand bitten.«

Silvana wandte sich ab. »Bis jetzt habe ich geglaubt, dass du mich liebst und begehrst. An irgendeinen Ehrenkodex oder gar an eine Ehe habe ich nicht gedacht, als ich mich dir hingegeben habe. Wohin eine Ehe führen kann, nämlich zum Überdruss, habe ich am Beispiel meiner Mutter gesehen. Hättest du doch den Degen zwischen uns liegen lassen!«

Erschreckt hielt sie inne. Sie hätte sich am liebsten geohrfeigt, dass ihr diese Worte entschlüpft waren. Welche Rückschlüsse würde Tiziano ziehen? Wie mochte er reagieren?«

Seine Reaktion erfuhr sie schnell. Er gab ihr die Ohrfeige, die sie sich selbst zugedacht hatte. »Schämst du dich gar nicht, das Andenken deiner Mutter zu verunglimpfen? Wir alle wissen, dass sie einem schrecklichen Unfall zum Opfer gefallen ist, wenn nicht gar einem pisanischen Meuchelmord. Solche Verdächtigungen möchte ich nie wieder hören.«

Silvana war nahe daran, von den Enthüllungen des Pisaners zu berichten. Aber zu groß war ihr Groll, abgewiesen worden zu sein.

Tiziano hatte sich beruhigt. »Vergiss nicht, dass du eine Contessina bist. Aber wenn du dafür kein Verständnis hast, gebe ich dir noch etwas anderes zu bedenken. Unser nächtlicher Besucher könnte sich hier herumtreiben und die Gelegenheit zu einem Überfall benutzen, wenn wir in unserer Aufmerksamkeit nachlassen und uns hier im Moos vergnügen.«

Silvana hielt all sein Gerede für Ausflüchte. Er hatte genug von ihr. Da war sie sich ganz sicher. Nur widerwillig ließ sie sich in den Sattel heben und benutzte die Gelegenheit, ihm einen Tritt zu verpassen.

Tiziano hielt sich mit einem Aufschrei die Schulter. »Ich hätte gute Lust, dich wieder vom Pferd zu holen und dir eine Lektion zu erteilen, die mit einem Liebeskampf nichts zu tun hat.«

Als Antwort erhielt er nur ein höhnisches Lachen. Silvana trieb Maestoso an und behielt bis Marlia die Führung.

Vergebliche Tugendlehre

Als die beiden Reiter das Tor passierten, näherte sich einer der Wachhabenden dem Pferd des Conte. »Castruccio Castracani bittet darum, Euch unverzüglich auf den Abmarsch nach Rom vorzubereiten. Der Principe erwartet Euch und Eure Reiter bei Morgengrauen am Tor San Gervasio.«

Tiziano Bernardini drehte sich zu Silvana um und betrachtete sie eindringlich. »Ich werde dich noch bis zu den Stallungen begleiten. Mir scheint, dass zwischen uns noch einiges geklärt werden muss.«

Silvana bemühte sich, möglichst uninteressiert zu wirken, und ließ sich nur unwillig beim Absatteln helfen. Als Tiziano dann jedoch seinen Arm um sie legte und sie an sich ziehen wollte, entzog sie sich dieser Berührung.

Tiziano ließ sich nicht entmutigen. »Wir werden uns lange Zeit nicht sehen. Ich möchte mit einem Kuss unsere Zusammengehörigkeit besiegeln und dich noch einmal zärtlich berühren.«

Silvana hatte schon den Fuß zu einem Tritt erhoben, ließ ihn aber wieder sinken und wies auf die Pferdebox, die mit frischem Stroh aufgefüllt war. »Anscheinend brauchst du Stroh für einen Liebeskampf, damit deine Lust geweckt wird. Im Wald hast du mich abgewiesen. Ich bin aber keine Bauernmagd, die es hinter den Pferden treibt.« Sie konnte beobachten, dass ihre Worte den Conte getroffen hatten, denn die Zornesröte stieg ihm ins Gesicht. Einen Augenblick fürchtete sie, dass er sie schlagen wolle, aber er verhielt sich anders, als sie erwartet hatte.

Er senkte den Kopf und trat einen Schritt zurück. »Du machst es einem schwer, dich zu lieben. Warum musst du alle

Gefühle zerstören, die ich für dich hege? Ich hatte gehofft, auf dem Ritt nach Rom in Liebe und Sehnsucht an dich denken zu dürfen. Aber du willst es offensichtlich anders.« Er gab ihr einen flüchtigen Kuss auf die Wange und verließ den Stall.

Silvana blieb verstört zurück. Es gelang ihr nicht, die Erregung und die Begierde zurückzurufen, die sie in seinen Armen verspürt hatte. Beinahe kam es ihr so vor, als ob sie das nächtliche Erlebnis in der Hütte geträumt hätte. Um sich in die Realität zurückzuholen, schlug sie mit der Faust gegen die Bande, so dass Maestoso einen kräftigen Satz machte und mit den Hufen gegen die Bretterwand schlug. »Verzeih mir, dass ich dich erschreckt habe.« Sie schmiegte ihr Gesicht gegen das warme Fell und streichelte das Pferd, während sie genau wusste, dass nicht Maestoso, sondern ein anderer mit dieser zärtlichen Geste gemeint war.

Niemand, nicht einmal Marietta, bemerkte ihren aufgelösten Zustand. Silvana ließ sich ein Bad anrichten und legte eines ihrer besten Kleider an, in dem ihre Brust vorteilhaft zur Geltung kam. Was sie gehofft hatte, trat ein. Der Marchese hatte Tiziano gebeten, bei der Abendmahlzeit sein Gast zu sein, bevor sich dieser zum Abmarsch nach Rom rüstete.

Das Gespräch drehte sich um die Ereignisse auf dem Forum. Der Hausherr äußerte die Meinung, dass der Papst keine Berechtigung gehabt habe, gegen König Ludwig den Bann zu verhängen. Denn Ludwig habe schließlich durch eine Wahl gegen Friedrich den Schönen rechtmäßig den Königstitel erworben und Friedrich in der Schlacht von Mühldorf besiegt. Wie komme überhaupt Papst Johannes XXII. dazu, König Ludwig die Anerkennung zu verweigern und ihn mit dem Bann zu belegen? Man spreche sogar davon, dass Ludwig sich mit Friedrich dem Schönen ausgesöhnt habe und ihn zum Mitkönig machen wolle.

Marchesa Donata nickte beifällig. »Das spricht allerdings für eine edle Gesinnung. Seid Ihr da anderer Meinung, Conte?« Es war ihr anscheinend aufgefallen, dass Tiziano Bernardini mit keinem Wort an der Unterhaltung teilgenommen hatte. Er wirkte geistesabwesend. Sie folgte seinen Blicken und entdeckte, dass der Conte unverwandt ihre Nichte betrachtete, und es kam ihr so vor, als ob auch Silvana den Augenkontakt suchte.

Silvana hatte jedoch bemerkt, dass sie von der Marchesa stirnrunzelnd betrachtet wurde. War ihr vielleicht der Verdacht gekommen, dass es in der vergangenen Nacht zwischen den beiden zu einer unerwünschten Annäherung gekommen war? Sie zog den allzu freizügigen Ausschnitt nach oben und senkte die Augen.

Diese Geste schien auch Tiziano Bernardini in die Wirklichkeit zurückzuholen. »Ich bin völlig Eurer Meinung, und wir lucchesischen Ritter werden unverbrüchlich zu König Ludwig stehen und seine Krönung zum Kaiser anerkennen, wenn sie auch ohne Mitwirkung des Papstes stattfinden wird.«

Der Marchese reichte ihm die Hand. »Diese Entscheidung erfreut uns. Wir hatten nichts anderes erwartet. Auch wir auf Schloss Marlia fühlen uns dem künftigen deutschen Kaiser verpflichtet. Wie Ihr sicher wisst, haben unsere Vorfahren schon vor dem Jahre 1000 den deutschen Kaisern Otto I. und Otto III. Gastfreundschaft gewährt.«

Tiziano Bernardini nickte und erhob sich. »Ich bitte um Vergebung, wenn ich Euch jetzt verlassen muss. Die Vorbereitungen zu dem Ritt nach Rom bedürfen größter Sorgfalt. Auch muss ich die mir untergebenen Reiter noch inspizieren, um mir bei Castruccio Castracani keinen Tadel einzuhandeln.« Er neigte sich vor der Marchesa zum Handkuss und verbeugte sich vor dem Marchese. Mit einem flüchtigen Kopfnicken vor Silvana verließ er den Raum, während die Marchesa nachdenklich hinter ihm herschaute.

Am nächsten Morgen ließ Marchesa Donata durch Marietta ausrichten, ihre Nichte möge unverzüglich ins Boudoir kommen. Die Marchesa hatte in einem Sessel Platz genommen, der auf einer erhöhten Stufe stand und daher beinahe wie ein Thron wirkte. Sie wies auf einen einfachen Stuhl mit harter, niedriger Lehne. »Setz dich, mein Kind!«

Silvana versuchte vergebens, eine lockere Haltung einzunehmen, und drückte nach diesem erfolglosen Bemühen ihren Rücken gegen die Lehne, um ein gerades Rückgrat zu bewahren. Sie kam sich wie eine Angeklagte vor, als die Marchesa mit erhobenem Zeigefinger ihre Rede begann.

»Wir haben dir bisher viele Freiheiten gelassen und bei deiner Erziehung Rücksicht auf dein bisheriges Leben genommen, das du unter Soldaten verbracht hast. Du bist, so sagte mir mein Gemahl, eine blendende Reiterin, wenn auch leider im Amazonensattel. Auch berichtet man sich in der Gesellschaft, dass du eine ausgezeichnete Falknerin bist. Was aber bisher versäumt wurde, und da bekenne ich mich schuldig, das ist nicht nur deine religiöse Erziehung, sondern auch die Unterweisung in der Tugendlehre.«

Silvana seufzte tief und versteifte ihr Rückgrat. Davon hatte sie doch während ihrer Auseinandersetzung mit Matteo genug gehört. Sie verzog ihr Gesicht und schaute zur Zimmerdecke.

Die Marchesa nahm von dieser Demonstration der Unlust keine Notiz. »In Lucca führen die Nonnen eine ausgezeichnete Schule, die nach den strengen Regeln des heiligen Hieronymus geführt wird. Die Erziehung der Mädchen beruht auf den Anweisungen der Kirchenväter, deren erstes Gebot lautet, dass Mädchen einer strengen Bewachung unterworfen sein sollen, um ihre Jungfräulichkeit nicht zu gefährden.«

Marchesa Donata schwieg und beobachtete Silvana, die nicht verhindern konnte, dass eine tiefe Röte ihr Gesicht überzog. »Ich habe erwogen, dich zur Erziehung für eine Weile im Kloster unterzubringen.«

Für einen Augenblick dachte Silvana daran, sich vor ihrer Tante zu Boden zu werfen und sie inständig zu bitten, von diesem Plan Abstand zu nehmen. Aber sie konnte sich nicht zu dieser Demutsgebärde entschließen.

Die Marchesa wartete eine Weile ab, wie Silvana diese Nachricht aufnehmen würde. Aber als Silvana schwieg und weder weinte noch bettelte, ließ sie den erhobenen Zeigefinger sinken und fuhr weniger streng in ihrer Rede fort. »Da du mir ans Herz gewachsen bist, möchte ich auf diese harte Maßnahme verzichten. Denn einige adelige Schülerinnen, die ihre Erziehung in der Klosterschule erhalten haben, berichteten ihren Eltern, dass die Nonnen sich nicht scheuten, bei Unbotmäßigkeit oder mangelndem Lerneifer die Rute zu schwingen. Eine Erziehung dieser Art ist aber nicht in meinem Sinne. Schläge haben noch nie etwas Gutes bewirkt.«

Silvana lockerte ihre Haltung. Da hättest du aber mal Matteo erleben müssen! Der ist da ganz anderer Meinung.

Aufmerksam hörte sie zu, was ihre Tante geplant hatte. Schon morgen werde ein Geistlicher, den der Bischof empfohlen habe, in Marlia vorsprechen, um die Unterweisung zu beginnen. Er werde auf der Grundlage der patristischen Schriften über die Gebote der Keuschheit, Schamhaftigkeit, Demut und Würde sprechen, aber auf besondere Bitte der Marchesa seinen Zögling auch in der lateinischen Sprache unterrichten, damit sie in Zukunft den Predigten folgen könne.

Damit war Silvana durchaus einverstanden. Sollte er doch die langweiligen Lehren der Kirchenväter zum Besten geben. Das Erlernen der fremden Sprache würde sie vollauf entschädigen. Aus ihrer Miene verschwand die Widerspenstigkeit, und Marchesa Donata verabschiedete sie beinahe gerührt.

Die Marchesa hatte den Gartenpavillon zur Schulstube erklärt und in Aussicht gestellt, dass sie sich von Zeit zu Zeit über die Fortschritte ihrer Nichte berichten lassen wolle.

Der Bischof hatte den Geistlichen der Kirche San Frediano anscheinend sorgsam ausgewählt. Silvana meinte, noch niemals einen so unansehnlichen, dürren und schmalbrüstigen Mann gesehen zu haben. Seine blasse Haut war von dicken roten Pusteln übersät, und seine wässerigen Augen lagen unter fleischigen Augenlidern fast verborgen, während seine Finger wie Spinnenbeine wirkten. Silvana musste sich bemühen, ihren Ekel nicht sichtbar werden zu lassen. Aber sie war erstaunt, als er zu sprechen begann. Sie hatte hohe, krächzende Töne erwartet, aber der Geistliche stellte ihr mit klingender, melodischer Stimme eine Frage. »Welches Gebet kennst du, meine Tochter?«

Die Antwort erschreckte ihn geradezu. »Keines!«

»Dann scheint es mir geboten, dass du zunächst den Psalter auswendig lernst. Ich könnte dir von vielen adeligen Herren berichten, die ihre Töchter mit der Maßgabe in ein Kloster gaben, dort zu bleiben, bis sie den Psalter vollständig erlernt hatten.«

Silvana konnte ein Lachen nicht verbeißen. »Mädchen, die nichts anderes im Sinn haben, als in ihrem Psalter zu lesen, wurden von den Soldaten in Nozzano verachtet. Darum scheint mir das ein rechter Unsinn zu sein. Viel wichtiger ist doch wohl, zunächst die lateinische Sprache zu erlernen, damit ich den Gebeten und Predigten in der Kirche folgen kann.«

Der Geistliche erstarrte und ließ dann seine Lider vollständig über die Augen fallen. Seine bisher melodische Stimme verfiel ins Falsett. »Die Tugendlehre für Mädchen fordert in allen Punkten Gehorsam, zunächst gegenüber den Eltern und dem geistlichen Lehrer, zu dem mich der Bischof bestimmt hat, später auch gegenüber ihrem Gemahl, dessen Fehler und Schwächen sie geduldig ertragen sollen. Unser erster Unterrichtsstoff wird daher Gehorsam und Demut sein.«

Silvana stellte sich ahnungslos. »Muss ich auch gegenüber einem Mann gehorsam sein, der gegen meinen Willen Liebe von mir fordert oder mich gar vergewaltigt?«

Der Geistliche durchschaute nicht den Sarkasmus ihrer Frage und sah ratlos vor sich hin. »Diese Frage muss ich zunächst bei den Lehren der Kirchenväter klären.«

Silvana setzte eine scheinheilige Miene auf. »Auf der Burg Nozzano hat ein Rekrut ein jungfräuliches Mädchen, das er angeblich später ehelichen wollte, noch vor der Hochzeit vergewaltigt. Da hat mein Vater ihn in den Hundestall gesperrt, und dort musste er vier Wochen lang mit den Spür- und Jagdhunden aus einem Trog essen. So wurde das Mädchen gerächt.«

Der Geistliche schlug die Hände über dem Kopf zusammen. Aber das ist ja schrecklich.« Offensichtlich versuchte er, dem Gespräch eine andere Wendung zu geben. »Wir werden uns jetzt einem anderen Thema widmen. Ich werde dir die Wörter erklären.«

Silvana folgte der Unterweisung mit großem Eifer, und Pater Ignazio gab seiner Zufriedenheit deutlichen Ausdruck. Aber Silvana begannen die immer wiederkehrenden frommen Wörter zu langweilen. Bald kannte sie jede Redewendung der lateinischen Gebete. Da sie glaubte, mit dem arglosen Pater leichtes Spiel zu haben, schlug sie ihm vor, den Lernstoff zu wechseln. In der Bibliothek ihres Onkels hatte sie ein berühmtes Falknerbuch entdeckt, von dem sie schon gehört hatte. »*De arte venandi cum avibus*«[2] hieß der Titel, und Friedrich II., der römische Kaiser aus dem Geschlecht der Staufer, hatte es geschrieben.

Sie wartete, bis ihre Tante in den Treibhäusern verschwunden war, um sich vom Gärtner frische Blumen schneiden zu lassen, und schlich in die Bibliothek. Mit einem Griff hatte sie den Band aus dem Gestell geholt, keine Sekunde zu früh, denn ein Diener des Marchese betrat lautlos den Raum. Sie lächelte ihm zu, während sie das Buch unter ihren Röcken verbarg. Der Bedienstete lächelte zurück, und Silvana hoffte, dass er ihrem Onkel keine Mitteilung von ihrem unbefugten Eindringen machen würde.

---

[2] Über die Kunst mit Vögeln zu jagen

Am nächsten Morgen brachte sie das Buch zu ihrer täglichen Unterrichtsstunde mit. Aber Pater Ignazio war ebenfalls mit einem Buch ausgerüstet. »Heute werden wir uns mit der Tugendlehre der Kirchenlehrer befassen. Der Text ist in lateinischer Sprache abgefasst und wird uns viel Gelegenheit bieten, den Formenreichtum der römischen Sprache zu bewundern. Wir beginnen mit dem Kapitel über die Demut.«

Silvana war wütend, dass der Geistliche ihr zuvorgekommen war. Aber sie war entschlossen, ihn zu überlisten. »Schaut nur diese wunderbaren Bilder an, Pater Ignazio! Sehr nur, wie die so herrlich gefiederten Vögel in den blauen Himmel steigen, zur Ehre und zum Ruhm Gottes.«

Pater Ignazio wandte seine Augen vom Tugendkatalog des heiligen Hieronymus zu den prächtigen Illustrationen. Als er wieder zu seinem Buch griff, ließ Silvana keine Zeit verstreichen. »Was bedeutet dieser merkwürdige Titel? Er ist doch lateinisch wie auch das ganze Buch. Beherrschte denn dieser Friedrich die lateinische Sprache?«

Der Geistliche fuhr mit dem Finger über die Überschrift. »Aber natürlich! Friedrich II. war ein hochgebildeter Mensch.«

»Und sicher doch auch ein tugendhafter Ritter! Denn die Falkenjagd erfordert viele Tugenden, die auch einer Dame gut anstehen. Schließlich erlaubt man ihr doch, an den Beizjagden teilzunehmen.« Silvana freute sich, dass ihr diese Wendung eingefallen war.

Pater Ignazio begann umständlich, die grammatikalische Form der Überschrift »*De arte venandi*« zu erklären, und verlor sich dann in einem weiteren Kapitel, das Silvana die erwünschten Fremdwörter aus den Gebieten der ritterlichen Jagd enträtselte. Beide waren so eifrig mit der Entschlüsselung des Textes beschäftigt, dass sie nicht die Anwesenheit der Marchesa bemerkten, die sich von den Fortschritten ihrer Nichte überzeugen wollte.

Silvana hatte ihre Tante noch niemals so zornig gesehen. Die Marchesa hatte sofort an den Jagdbildern erkannt, mit welchem lateinischen Text sich Lehrer und Schülerin beschäftigten. Mit raschen Schritten trat sie heran und schlug das Buch so kräftig zu, dass der Geistliche gerade noch seine lange Nase in Sicherheit bringen konnte. »Welch ungeheuren Vertrauensbruch muss ich hier erleben, Pater Ignazio! Ihr wart beauftragt, über die Tugenden zu dozieren, die von einem züchtigen Mädchen verlangt werden: Gehorsam, Demut, Keuschheit und Würde. Auch gehörte es zu Euren Obliegenheiten, meiner Nichte das Erlernen des Psalters abzuverlangen. Stattdessen beschäftigt Ihr Euch mit der Falkenjagd, die meiner Nichte für eine Weile verboten ist. Ich werde mit dem Bischof sprechen müssen.«

Pater Ignazio wurde noch blasser, als er schon für gewöhnlich war, und seine Pusteln färbten sich blutrot. Silvana empfand großes Mitleid mit dem gescholtenen Pater und war erstaunt, dass er eine Widerrede wagte. »Ich versuche gerade, eine wichtige Aussage des großen Kirchenlehrers Augustinus zu erklären, der nämlich den Teufel *totius mundi pessimum venatoren* nennt. Und das deutet doch darauf hin, dass man die Jagd als Laster anzusehen hat.«

Marchesa Donata gab nur ungern zu, dass sie diese lateinische Sentenz nicht verstanden hatte. »Was soll das heißen?«

Pater Ignazio konnte einen leisen Triumph nicht verbergen. »Es bedeutet, dass der Teufel der schlimmste Jäger der ganzen Welt ist. Jäger haben eben keinen guten Ruf.«

Silvana beobachtete überrascht, dass die Marchesa keine Niederlage einstecken konnte. Sie wurde noch wütender.

»Kommt mir hier nicht mit dummen Ausflüchten! Ich werde bei dem Bischof darauf dringen, dass er Euch die strengsten Bußübungen auferlegt. Meine Nichte wird sich währenddessen mit dem Erlernen des Stickens und Nähens beschäftigen müssen.«

Ihre drohenden Ankündigungen hatten Erfolg. Der Geistliche ließ auf dem Gartenweg zweimal das Buch des heiligen Hieronymus zu Boden fallen.

Immer noch zornig wandte sich Marchesa Donata ihrer Nichte zu. »Und du, Silvana, begibst dich sofort in dein Zimmer und liest im Psalter. Ich werde beim Bischof darauf einwirken, dass Pater Ignazio mit strengen Bußübungen bestraft wird und dir danach täglich einige Strophen zum Auswendiglernen diktiert. Zuvor bringst du jedoch das Falkenbuch in die Bibliothek zurück und stellst es dorthin, wo du es hergenommen hast.« Sie rauschte davon, und am Wehen ihrer Röcke konnte man ihre Empörung erkennen.

Silvana war sehr erschrocken. Was bedeutete die Bemerkung, sie müsse nun die weiblichen Handfertigkeiten des Stickens und Nähens erlernen? Wollte die Marchesa sie zu den Nonnen schicken, die den Mädchen die Künste der Handarbeiten mit der Rute beizubringen versuchten? Wenn das zuträfe, würde sie sich nach Nozzano retten oder vielleicht bei der freundlichen Kastellanin von Castiglione mit irgendeiner erfundenen Geschichte um Aufnahme bitten.

Sie hatte sich vorgenommen, das Falkenbuch ohne Umstände schnell wieder in dem hölzernen Gestell abzulegen. Aber sie musste eine Weile suchen, aus welcher Reihe sie den Band entnommen hatte. Unversehens blieben ihre Blicke an einem Buch hängen, das auf dem Einband den Titel »*Castelli e Borghi della Toscana*«[3] trug. Eigentlich hatte sie dieses vielversprechende Buch, das sicherlich eine genaue Lagebezeichnung aller Festungen der Lucchesia brachte, nur kurz durchblättern wollen. Zu ihrem Ärger war der Einband war verriegelt und ließ sich nicht öffnen, obwohl sie heftig an der Schließe rüttelte. Ihre Neugier war geweckt. Sie musste unbedingt den Inhalt dieses Buches erfahren, denn aus dem allerdings mageren Bestand ihres Vaters wusste sie, dass Bücher mit diesen abschließbaren Einbänden immer geheime Dokumente in sich bargen. Aufgeregt und zugleich ängstlich vor einer Entdeckung riss sie alle Schubladen auf, in denen der Marchese seine Schlüssel aufbewahrte. Sie entschloss sich, mehrere kleine Schlüssel mitzunehmen, die vielleicht passen konnten. Wenn sie den passenden gefunden hätte, könnte sie die übrigen in der Nacht zurückbringen, ehe der Diebstahl entdeckt würde. Diesen Plan erachtete sie als annehmbar.

---

[3] „Kastelle und Burgen der Toskana"

In ihrem Zimmer fand sie Marietta vor, so dass sie sich nicht sogleich mit dem Buch befassen konnte, das sie unter ihrer Bluse verborgen hatte. Marietta saß am Tisch und hatte vor sich ein linnenes Laken ausgebreitet. Silvana schwante eine böse Überraschung. »Was bedeutet denn diese Ausstellung?«

Marietta schaute hoch, und Silvana erkannte an den funkelnden Augen, dass sie schlechter Stimmung war. »Das fragt Ihr noch? Die Herrin hat mir von dem unerhörten Vertrauensbruch erzählt. Hat sie das verdient, da sie Euch das Kloster erspart hat? Warum seid Ihr nicht bereit, Euch die Lehren des Psalters und die Tugendlehre anzueignen? Das kann doch nicht so schrecklich sein.«

Silvana nahm ihre Dienerin in den Arm. »Ach, Marietta! Nun habe ich dir schon wieder Kummer gemacht.«

»Wenn es nur Kummer wäre! Meine freien Stunden sind schon karg genug bemessen. Nun aber hat mir die Marchesa befohlen, Euch im Sticken und Nähen zu unterrichten.«

Silvana empfand Mitleid. »Das finde ich aber sehr unfreundlich von meiner Tante, dich mit so einer unangenehmen Aufgabe zu belasten. Denn du kannst dir sicher vorstellen, dass ich in dieser Handfertigkeit völlig unbegabt bin.«

Marietta neigte ihren Kopf über das Laken. »Die Marchesa hat angeordnet, dass du jeden Tag ein Monogramm in die Wäsche sticken musst.«

Silvana ließ sich dazu hinreißen, mit dem Fuß aufzustampfen. »Was soll ich denn noch alles? Psalterstrophen auswendig lernen, die Tugendlehre studieren und lateinische Gebete übersetzen! Und dazu jetzt noch Monogramme sticken.«

Marietta schien Verständnis, wenn nicht sogar Mitleid zu haben. »Das ist für meine kleine Contessina wirklich zu viel!«

Man muss das Eisen schmieden, solange es heiß ist, fuhr es Silvana durch den Kopf. Das war ein Lieblingsausspruch ihres

Vaters gewesen, wenn er es auch in Bezug auf die Vernichtung eines schon geschwächten Feindes gemeint hatte.

Sie nahm die Dienerin erneut in den Arm. »Meine liebe gute Marietta! Was musst du alles wegen meiner Eskapaden durchmachen! Aber du kennst mich jetzt schon lange und wirst sicher verstehen, dass ich bei all diesen Belastungen täglich ein bisschen Luft schöpfen und mich zu Pferde bewegen muss. Ich bitte dich inständig: Sticke für mich diese Monogramme, und weise sie jeden Abend der Marchesa vor, wenn sie danach fragt!«

Silvana machte einen Satz nach rückwärts, als Marietta aufsprang und die Laken zu Boden fallen ließ. Ihre Stimme zitterte vor Empörung. »Nie und nimmer werde ich meine gute Herrin betrügen und belügen. Was habt Ihr Euch nur bei diesem Vorschlag gedacht?«

Mit einem solchen Ausbruch hatte Silvana nicht gerechnet. Aber sie entschloss sich, alles auf eine Karte zu setzen. »Und ich werde niemals zulassen, dass man dir eine solche Tortur antut, dich erfolglos mit mir abzumühen. Lieber lasse ich mich zu den Nonnen schicken. Jedoch beim ersten Schlag mit der Rute, der mir bei meiner mangelnden Begabung sicher ist, werde ich aus dem Kloster fliehen, und du wirst mich nie wiedersehen.«

Sie schämte sich, auf diese gemeine Weise die alte Dienerin unter Druck zu setzen.

Marietta begann zu weinen. »Warum tut Ihr mir das an? Ihr wisst genau, wie sehr Ihr mir ans Herz gewachsen seid. Für Euer Wohlergehen würde ich alles tun.«

»Auch das Vertrauen der Marchesa täuschen und zu einer kleinen Notlüge greifen?« Silvana war sich darüber klar, dass es sich hier nicht um eine kleine Notlüge, sondern um handfesten Betrug handelte.

Marietta schluchzte so sehr, dass sie die Antwort kaum verstehen konnte. »Auch das!«

Endlich hatte Marietta den Raum verlassen. Silvana zog das Buch unter ihrem Rock hervor und sah sogleich, dass nur ein einziger winziger Schlüssel zu der Schließe passen konnte. Im inneren Fach des kästchenartigen Buches lagen nur wenige Dokumente. Hatte es überhaupt einen Sinn, dass sie sich der Gefahr ausgesetzt hatte, diesen Band zu entwenden? Ärgerlich überflog sie die Seiten, die davon handelten, was zur Einrichtung der einzelnen Räume gehörte. Und ob nun dem Capitano fünf Räume und eine eigene Küche, ein hölzerner Tisch und einige Stühle zustanden, die Burgkapelle dagegen nur mit einem Holzkreuz, vier Kerzenleuchtern und einer Lampe aus Bronze ausgestattet war, dafür hätte es nicht dieses Verschlusses bedurft. Sie wollte das Buch schon zuschlagen, als sie auf mehrere Blätter stieß, die mit einem Band zusammengehalten waren. Nun hatte sie endlich gefunden, wonach sie gesucht hatte. Obenauf lag eine Liste mit allen Festungen der Lucchesia und deren jeweilige Ausstattung. Soviel sich auf den ersten Blick erkennen ließ, gab es eine genaue Aufschlüsselung, was in Waffenarsenalen, Magazinen und Kasematten zu finden war. Ein Absatz handelte vom Mauerwerk und bot eine Zeichnung, wo Ein- und Ausgänge zu finden waren.

Es galt, keine Zeit zu verlieren. Das Buch und die Schlüssel mussten möglichst bald an Ort und Stelle gebracht werden. Denn der Marchese, der zu einer Besprechung der Signoria nach Lucca geladen war, konnte bald zurückkehren. Falls er den Verlust der Schlüssel entdecken sollte, wäre eine peinliche Untersuchung der gesamten Dienerschaft die Folge. Wahrscheinlich würde er seinen persönlichen Diener auspeitschen und aus dem Hause jagen. Das aber wollte sie unter keinen Umständen verschulden.

Sie versteckte die Blätter, die sie für ihre Zwecke als wichtig erachtete, zuunterst in der Kleidertruhe, schob das Buch unter ihr Mieder und steckte die Schlüssel in die Rocktasche. Einen Atemzug lang verharrte sie am Fuß der Treppe in der Vorhalle. Aus dem Boudoir der Marchesa hörte sie Stimmen. Leise schlich sie an der Tür vorbei und hatte schon den Eingang zur Bibliothek einen Spaltbreit geöffnet, als im Korridor, der zur Küche führte, eine umfangreiche Gestalt auftauchte.

Es war der Koch, der wohl mit der Herrin den Speiseplan für den nächsten Tag besprechen wollte.

Er verbeugte sich tief vor Silvana. »Es wäre eine große Ehre für mich, Contessina, wenn ich Euch eine Frage stellen dürfte.«

Silvana konnte ihre Ungeduld kaum verbergen, aber was blieb ihr anderes übrig, als seiner Bitte nachzukommen? Darum nickte sie möglichst huldvoll, obwohl sie spürte, dass das Buch in ihrem Mieder zu rutschen begann.

Der Koch faltete die Hände über seinem Bauch. »Stets bin ich auf der Suche nach neuen Gerichten, damit bei der Herrschaft durch eintönige Kost keine Unzufriedenheit aufkommt.«

»Und was?« Silvana wurde bei der umständlichen Einleitung noch ungeduldiger.

Der Koch verbeugte sich wieder. »Ich habe mir gedacht, dass man in Nozzano besonders feine Mahlzeiten auf den Tisch bringt. Sicher bringen die Bauern aus dem Dorf täglich frisches Geflügel, oder die Jäger liefern erlesenes Wildbret.«

»Da irrst du dich sehr! In Nozzano wurde sehr einfach gegessen. Leider kann ich dir da nicht helfen.« Es konnte nicht mehr lange dauern, bis das Buch auf den Boden fallen würde.

Der Koch gab sich mit dieser Antwort nicht zufrieden. »Aber Nozzano ist doch von Wald umgeben. Da wachsen doch sicher Pilze und ganz besondere Gewürze.«

Silvana war nahe daran, »Scher dich zum Teufel« zu rufen, als sich die Tür zum Boudoir öffnete und die Marchesa heraustrat. »Wo treibst du dich so lange herum, Francesco? Hatte ich dir nicht befohlen, ohne Umweg zu mir zu kommen?«

Silvana, die ihrer Tante immer noch zürnte, versuchte, den Koch zu schützen. »Wir haben uns über die Zubereitung von Rebhühnern unterhalten, und Francesco wollte wissen, ob wir in Nozzano dazu frischen Majoran aus den Bergen verwenden.«

Der Koch starrte sie mit offenem Mund an. Wahrscheinlich bewunderte er die Contessina, wie sie so schnell eine Ausrede erfinden konnte.

Marchesa Donata war über diese Auskunft zufrieden. Sie wirkte besänftigt. »Es ist sehr freundlich von dir, Silvana, dem

Koch Auskunft zu geben, und ich freue mich, dass du dich für die Zubereitung der Speisen interessierst. Aber nun komm, Francesco!«

Silvana blieb aufatmend zurück. Eine kleine Lüge war doch allemal noch der sicherste Weg, einem Tadel oder einer Strafe zu entgehen. Diesmal wusste sie, wo sie das Buch hergenommen hatte, und legte es schnell am richtigen Platz ab. Sie wunderte sich, dass sie wegen des Diebstahls der geheimen Dokumente von keinerlei Gewissensbissen geplagt wurde.

Im oberen Gang hörte sie Marietta rumoren. So wagte sie nicht, die Dokumente einer genaueren Prüfung zu unterziehen. Die vergangenen Ereignisse hatten sie ermüdet. Sie wollte sich eigentlich nur ein wenig ausruhen, sich mit verschränkten Armen, die ihr als Kopfkissen dienten, auf das Bett legen und nachdenken. Aber ehe sie auch nur einen Gedanken fassen konnte, war sie eingeschlafen.

Marietta hatte sie nicht im Stich gelassen. Denn bei der Abendmahlzeit ließ sich die Marchesa lobend darüber aus, wie schnell ihre Nichte die Kunst des Stickens erlernt hätte. »An dir wäre beinahe ein Talent verloren gegangen. Hättest du nicht Lust, dich an einem größeren Stück zu versuchen? Vielleicht an einem Gobelin für unsere Eingangshalle?«

Silvana wehrte erschrocken ab. »Aber dazu reichen meine Anfangsversuche noch lange nicht. Marietta musste doch noch öfter eingreifen, wenn mir ein Stich misslungen war.« Auf diese Weise hatte sie sich mit einer Teilwahrheit beholfen, aber sie bereute nicht, die Marchesa belogen zu haben. Denn sie konnte ihrer Tante nicht verzeihen, dass sie ihr nicht nur den Unterricht in der Tugendlehre, sondern außerdem noch diese Handarbeit aufgeladen hatte.

Zu ihrer Überraschung fand sie bei dem Marchese einen unerwarteten Helfer. »Meine liebe Donata, meinst du nicht, dass unsere Nichte mit diesen Aufgaben allzu sehr belastet wird.

Deine Absicht in Ehren, Silvana zu einem tugendhaften Mädchen zu erziehen, aber ich glaube kaum, dass dein Bruder mit dieser Erziehung einverstanden sein wird.«

Silvana schaute angelegentlich auf ihren Teller und scharrte die Reste des Rehbratens möglichst geräuschlos zusammen. Sie hörte deutlich, wie die Marchesa durchatmete und dann die Luft anhielt. Nicht einmal ihr war es gestattet, dem Hausherrn Widerworte zu geben. Mit einem kurzen Seitenblick konnte Silvana beobachten, dass die Marchesa beleidigt war, weil man ihre Erziehung nicht würdigte. So herrschte am Tisch für eine Weile Schweigen.

Der Marchese überging den stillen Protest seiner Gattin. »Unsere Nichte sieht blass und angestrengt aus. Sie soll nicht nur im Psalter lesen, sondern sich täglich einige Stunden an der frischen Luft bewegen. Unser Stallmeister, der durchaus vertrauenswürdig ist, möge sie auf ihren Ritten begleiten.«

Damit war das Gespräch beendet.

In ihrem Zimmer machte sie sich sogleich daran, einen Plan zu entwerfen. Sie holte das Dokument hervor, zog zwischen Lucca und den einzelnen Festungen Verbindungslinien und entschloss sich, die nächstliegenden Burgen zuerst zu besuchen. Montecarlo und Castiglione versah sie mit kleinen Kreuzen, weil sie sich von diesen beiden Festungen schon Aufzeichnungen gemacht hatte. Aber als sie Castiglione ankreuzte, hielt sie plötzlich inne. Warum tat sie dies alles? Wollte sie denn wirklich die wichtigsten Verteidigungsbollwerke an die Pisaner verraten? Die Marchesa hatte ihr in Marlia eine Heimat gegeben. Pina Streghi di Perotti, die Gattin von Castruccio Castracani, hatte ihr Gastfreundschaft angeboten, und die Kastellanin von Castiglione hatte ihre Wunden mit Heilkräutern versorgt und ihr ohne Bedenken vertraut. Jetzt war sogar der Marchese um sie besorgt und verschaffte ihr gegen den Willen seiner Gemahlin die ersehnten Ausritte. War es nicht sogar für ihren Vater, den Burgherrn von Nozzano, die bessere Lösung, die demütigende Wahrheit zu erfahren, als verraten zu werden, noch dazu von der eigenen Tochter? Wenn sie sich genau erforschte, so war es auch die Angst vor dem schrecklichen Schicksal in der *Via del Fosso*, die sie zu einem Verrat bereitmachte. »Wehr dich!«, hatte Tiziano Bernardini ihr zugerufen und hatte sie der entehrenden Strafe unterworfen, die nur an Feiglingen vollstreckt wurde.

Nach all diesen Überlegungen tröstete sie sich damit, dass sie zwar die Festungen erforschen wolle, aber ob sie ihre Entdeckungen an den Pisaner weitergeben würde, das könne sie später immer noch entscheiden.

Grobe Misshandlung

Silvana wachte in der Morgendämmerung auf und entschloss sich, sogleich aufzubrechen, ehe sie irgendjemand aufhalten konnte. Bei den Pferden sah sie sich nach dem Stallmeister um. Vielleicht konnte ihr eine männliche Begleitung von Nutzen sein.

Der Stallmeister pflegte in einer leer stehenden Box am Ende des Ganges zu schlafen. Als sie sich seinem üblichen Schlafplatz näherte, hörte sie leises Gekicher einer Frauenstimme. Sie schlich sich in die Nachbarbox und lugte über die Bretterwand. Der Stallmeister lag über einem Mädchen, das unter ihm abwechselnd lachte oder spitze Schreie von sich gab, während er ihr die Röcke hochgeschlagen hatte. Die beiden waren so sehr mit ihrem Spiel beschäftigt, dass sie nicht einmal merkten, als Silvana Maestoso sattelte und ihn aus dem Stall führte.

Sie hatte nicht vor, allzu weit zu reiten, damit nach Möglichkeit niemand ihre Abwesenheit bemerkte. In ihrem Plan war südlich von Lucca eine Festung erwähnt, die sich *Pontetetto* nannte. Sie vermied den Ritt durch die Stadt und nahm einen Umweg in Kauf.

Dennoch hatte sie das Dorf Pontetetto bald erreicht. Beschützt von dichten Kastanienwäldern lag die Festung auf einem Hügel. Ihr schien, dass diese Burg nicht lange irgendwelchen Angreifern standhalten könne. Schon dachte sie daran umzukehren. Aber dann entdeckte sie hinter den Bergkronen einen Wehrturm, dessen Zinnen im Morgenlicht glänzten. Die Zugbrücke war hochgezogen, aber die Fallgatter waren herabgelassen.

Man hatte sie bereits nahen sehen. Hinter den Zinnen lugte ein Wächter hervor. »Wer seid Ihr, und was ist Euer Begehr?«

Silvana stieg aus dem Sattel und lüftete ihre Kappe. »Ich bin die Contessina Monteggiori, die Tochter des ehrenwerten Burgherrn von Nozzano.«

Schneller als sie erwartet hatte, wurde das Fallgitter gehoben und der innere Querriegel des Tores beiseite geschoben. Ein Soldat, der mit einer Armbrust bewaffnet war, überzeugte sich, dass sie von keinen Fremdlingen begleitet wurde, ehe er sie einließ. »Ihr seid uns willkommen, Contessina, denn der Ruhm Eures Vaters ist uns allen bekannt.«

Er ging voran und führte Silvana in einen Saal, wo ihr der Burgherr entgegentrat. »Es ist mir eine Freude, die Tochter meines ehemaligen Kampfgefährten begrüßen zu dürfen. Im Feldzug gegen die Florentiner haben wir Seite an Seite gekämpft. Was führt Euch hierher? Habt Ihr Grüße von Eurem Vater zu bestellen?«

Silvana überging diese Frage. Von ihrem Aufenthalt in Marlia zu erzählen, hielt sie für zu gefährlich. Vielleicht gab es Verbindungen, von denen sie nichts wusste. Sie schaute sich um. »Nozzano ist bei weitem stärker befestigt. Lässt sich denn diese Burg überhaupt gegen Feinde verteidigen?«

Der Burgherr lachte laut. »Da höre ich wahrlich die Tochter des kampferprobten Conte von Nozzano. Kommt mit! Ich zeige Euch, dass wir eine sehr lange Belagerung aushalten können.«

Höflich reichte er Silvana seinen Arm und stieg mit ihr die Treppen hinauf. »Wir befinden uns jetzt im Bergfried. Hier lagern Waffen, Brennholz und Lebensmittel, die für viele Wochen ausreichen. Seht Euch unsere Waffen an: die Schwerter und Streitäxte, die Langbögen und Stachelkugeln, die auch den stärksten Panzer durchschlagen.« Er geriet in Eifer. »Ich glaube nicht, dass Ihr in Nozzano schon diese neuen Pfeilspitzen habt, den Breitkopf mit seinen Widerhaken und den Bodkin, der jede Rüstung durchbohrt. Und schaut hier diese Fußfallen, die wir Krähenfüße nennen und die schwere Verletzungen beibringen.«

Silvana hatte fast vergessen, warum sie hergekommen war. Sie nickte begeistert, als der Burgherr ihr vorschlug, die Waffenschmiede in den Kellergewölben aufzusuchen. In Nozzano hatte es so etwas nicht gegeben. Der Schmied war soeben dabei, auf dem glühenden Amboss Beschläge für die Streitrösser herzustellen, und Silvana bewunderte seine Geschicklichkeit, mit der er einen Metallstab in das Feuer der Esse hielt, um es mit dem Hammer zu formen.

Es musste wohl die Hitze des Feuers sein, die in ihr den Wunsch erweckte, die Festung Pontetetto zu verlassen. Als der Burgherr vorschlug, er wolle ihr noch die Schießscharten zeigen, durch die sich kein Feind hindurchzwängen könne, lehnte Silvana mit einigen gemurmelten Dankesworten das Anerbieten ab. Sie müsse sich jetzt wieder auf den Weg machen. Der Herr von Pontetetto bedauerte dies außerordentlich. Sie möge doch bald wiederkommen!

Soeben wurde der schwere Innenriegel beiseite geschoben, als ein Soldat sich dem Burgherrn näherte. Er meldete mit lauter Stimme, dass man von der obersten Balustrade aus eine verdächtige Person beobachtet habe, die in dem nahen Kastanienwald herumschleiche.

Der Kastellan von Pontetetto gab Silvana ein Zeichen, sie möge mit dem Aufbruch warten. »Bevor nicht geklärt ist, ob es sich bei dem verdächtigen Subjekt um einen Spion handelt, kann ich Euch nicht allein durch die Wälder reiten lassen. Eine bewaffnete Eskorte wird Euch bis nach Nozzano begleiten.«

Silvana fand eine schnelle Antwort. »Die Dunkelheit könnte schnell hereinbrechen, so dass es mir sicherer erscheint, die Nacht in Lucca zu verbringen. Die Schwester meines Vaters, Marchesa Donata, wird mich gerne in Marlia aufnehmen.«

»Das ist ein vernünftiger Gedanke. Gott möge Euch schützen, meine liebe Contessina!«

Der Burgherr hatte fünf Reitern befohlen, der Contessina sicheres Geleit zu geben und dabei nach verdächtigen Personen Ausschau zu halten. Auch Silvana schaute aufmerksam nach allen Seiten, da sie es durchaus für möglich hielt, dass der Pisaner sie heimlich verfolgte, um sie irgendwo abzufangen. Denn die Frist, die er ihr gesetzt hatte, neigte sich dem Ende zu.

Sie war beschämt über die Fürsorge des Burgherrn. Er argwöhnte, es könne sich ein Spion in seinen Wäldern herumtreiben, und hatte doch schon eine Verräterin in seiner Burg herumgeführt.

Anscheinend hatte niemand ihre Abwesenheit bemerkt. Der Stallmeister hatte sich wohlweislich davor gehütet, seinem Herrn mitzuteilen, dass die Contessina ihr Pferd selbst gesattelt hatte, um ohne ihn auszureiten. Eine Bestrafung wäre ihm sicher gewesen. Mit gesenktem Kopf nahm er Maestoso entgegen und machte sich eifrig daran, das Fell trockenzureiben.

Silvana fuhr ihm leicht mit der Spitze der Reitpeitsche über den Rücken. »Nun? Mag die kleine Dienerin dir nicht helfen? Heute morgen schien sie doch bereit, deinen Wünschen nachzukommen.« Der Stallmeister zuckte zusammen, bückte sich, um die Hufe auszukratzen, und sah sie von unten her böse an. Sie hatte ihn bloßgestellt, und Silvana bereute diese vorschnelle Bemerkung, mit der sie sich vielleicht einen Feind gemacht hatte.

Die Abendmahlzeit verlief schweigsam, weil die Marchesa ihrem Gemahl offensichtlich immer noch zürnte. Als der Marchese sogar Silvana wegen ihrer frischen Hautfarbe lobte, ließ sie ihren Löffel klirrend auf den Teller fallen. Das war wohl das äußerste Zeichen ihres Protestes. Sie warf Silvana, die ein Grinsen nicht unterdrücken konnte, einen strengen Blick zu. Aber erst als der Marchese die Tafel aufgehoben und den Raum verlassen hatte, erhob sie laut ihre Stimme. »Morgen kannst du noch in den Wäldern umherstreifen, aber für den nächsten Tag hat der Erzbischof einen Geistlichen angekündigt, der hoffentlich befähigter ist, einem adeligen Mädchen die Tugendlehre zu vermitteln.«

Silvana schwieg, um keine Diskussion heraufzubeschwören. Möglichst schnell wollte sie sich ihren Dokumenten widmen, um einen Plan für den nächsten Tag zu entwerfen. Aber in ihrem Zimmer saß Marietta mit bekümmerter Miene. »Verzeiht mir, Contessina, aber meine müden Augen versagten den Dienst. Das Monogramm ist ruiniert, denn ich habe heute mehrere Stiche übereinander gestickt, und das ausgerechnet bei der Krone. Es wäre mir sehr hart, wenn die Marchesa Euch deswegen schelten würde.«

Silvana nahm die alte Dienerin in den Arm. »Mache dir deswegen keine Sorge! In zwei Tagen wird ein neuer Geistlicher erscheinen, um mich in der Tugendlehre zu unterweisen. Bis dahin werde ich einige Psalmen gelesen haben und diesen Pater mit meinen Kenntnissen überraschen. Meine Tante wird sehr gerührt sein und die Handarbeit nicht mehr sehen wollen.«

Marietta schien nicht getröstet. Sie seufzte tief und murmelte: »Gebe es Gott!«

Silvana verschwendete keinen Gedanken mehr an Sticken und Psalter. Auf der Karte, die sich bei den Geheimdokumenten befand, hatte sie zwei dicht beieinander liegende Festungen entdeckt: *San Gennaro* und *Collodi*. Und da sie die Erlaubnis zum Ausritt hatte und befürchtete, so bald nicht wieder aus dem Unterricht entlassen zu werden, entschloss sie sich, diese beiden Kastelle aufzusuchen.

Auch diesmal brach sie wieder in der Morgendämmerung auf. Der Stallmeister lag zusammengerollt in der hintersten Box und schnarchte laut mit offen stehendem Mund. Sie zog in Erwägung, dass er sich nur schlafend stellte, um sie nicht auf ihrem Ausritt begleiten zu müssen. So gab sie sich keine Mühe, beim Satteln und Aufbruch besonders leise zu sein.

Der Ritt führte sie nach Osten, und hinter den Hügeln ging langsam die Sonne auf. Die ersten Strahlen tauchten die Wipfel der Kastanienbäume in ein rötliches Licht, das langsam die Stämme entlangwanderte und schließlich auf den Waldboden gelbrote Kringel malte. Silvana versetzte Maestoso in einen leichten Trab und begann zu singen. Leider kannte sie nur Soldatenlieder, aber der kriegerische Refrain gefiel ihr so gut, dass sie ihn mehrmals wiederholte. Sie fühlte sich sehr glücklich.

Irgendwo zwischen Lucca und San Genaro legte sie auf einer Lichtung eine Pause ein und ließ Maestoso am langen Zügel grasen. Um sie herum sangen die Vögel ihre ersten Morgenlieder, und aus einer Baumhöhle kamen wilde Bienen hervor und begannen, zwischen den Blumen der Waldwiese nach Nektar zu suchen.

Sie musste eingeschlafen sein. Denn ein leises Wiehern riss sie plötzlich aus ihrem Schlummer. Maestoso hatte aufgehört zu grasen, den Kopf erhoben, und seine Ohren waren aufgestellt. Im Gebüsch war ein leises Knacken zu hören. Silvana sprang auf und schaute sich nach allen Seiten um. Niemand war zu sehen. Ihr fiel ein, dass sich auch bei Pontetetto eine verdächtige Person herumgetrieben hatte. Wurde sie schon seit einigen Tagen, wenn nicht sogar schon immer beobachtet? Nun bedauerte sie doch, ihre Lanze nicht mitgenommen zu haben. Aber sie wollte ihre Festungsbesuche nicht bewaffnet unternehmen, weil sie fürchtete, nicht eingelassen zu werden. Denn ein Mädchen mit einer Lanze war doch recht ungewöhnlich. Vielleicht würde man ihr dann auch nicht glauben, dass sie die Tochter des Conte Monteggiori wäre, und hielte sie für einen Spion, der sie ja eigentlich auch war.

Im Schritt bewegte sie sich vorwärts und sicherte zunächst die nächsten Meter, ehe sie weiterritt. Einige Male glaubte sie, hinter den umfangreichen Stämmen der Kastanienbäume eine Gestalt zu erkennen. Aber sobald sie näher kam, stellte sich das als Irrtum heraus. Zu ihrer Beruhigung sagte sie sich, dass ein Wechselspiel der Sonnenstrahlen, die zwischen Licht und Schatten ihre Umgebung in helle oder dunkle Bilder verwandelten, ihr diese Wahrnehmung vorgegaukelt hatten.

Sie war aber doch froh, als sich der Wald lichtete und auf einem kleinen Erdhügel die Burg von San Gennaro zu erkennen war. Die letzten Meter nahm sie im Galopp, und da der Hügel unbewachsen war, hätte sie jeden Verfolger sehen können. Ebenso kahl und wenig einladend zeigte sich die Burg. Die Zugbrücke war hochgezogen, und um die Zinnen lag ein breites hölzernes Schanzwerk, das die Verteidiger wohl vor Geschossen schützen sollte. Rund um die Burg waren Felsbrocken und Büsche entfernt worden, so dass jeder Ankömmling ungeschützt vor den Mauern stand. Rüstbalken ragten aus Löchern im Mauerwerk, wodurch das martialische Aussehen des Wehrturms noch verstärkt wurde.

Niemand beantwortete Silvanas Rufe, obwohl sie sich sicher war, auf einem der Türme einen Wachtposten beobachtet zu haben. Ringsum herrschte eine Stille, die beängstigend wirkte.

Silvana ließ sich unschlüssig aus dem Sattel gleiten. Aus Sicherheitsgründen hatte sie das Geheimdokument in Marlia gelassen. Aber sie glaubte, sich zu erinnern, dass sich die Festung Collodi nicht gar zu weit entfernt in westlicher Richtung befinden müsse. Von diesem kahlen Hügel aus ließ sich der Stand der Sonne gut ergründen. So wählte sie den Weg nach Westen und versuchte, nach Möglichkeit den dichten Wald zu meiden. Einmal glaubte sie, das Geräusch eines galoppierenden Pferdes hinter sich zu hören. Aber da musste sie sich getäuscht haben. Kein Reiter war zu sehen. Trotzdem spornte sie Maestoso zu einer schnelleren Gangart an.

Die Sonne hatte ihren höchsten Stand erreicht, als sie in der flirrenden Hitze schemenhaft die Umrisse einer gewaltigen Festung ausmachen konnte. Ein Reitweg zog sich in einem weiten Bogen zwischen dicht belaubten Baumriesen hindurch bis zum Fuße eines Berges, auf dem sich viertürmig, von starken Mauern umgürtet, die Burg Collodi erhob. Silvana blieb stehen, verließ den Sattel und schaute bewundernd zu diesem Bauwerk empor.

Zum ersten Mal an diesem Morgen hatte sie in ihrer Aufmerksamkeit nachgelassen. Der fürchterliche Schlag in ihren

Nacken traf sie so unvermittelt, dass sie zu Boden stürzte, ohne den Angreifer wahrgenommen zu haben. Es dauerte eine Weile, bis sie die Besinnung wiedererlangt hatte. Auch ohne klar sehen zu können, wusste sie, wer vor ihr stand: Roberto di Ripafratta. Viel schlimmer noch aber war, wer sich in seiner Begleitung befand: der Pisaner, dem sie im Gewächshaus von Marlia die Zinken einer Gartenhacke in den Rücken gestoßen hatte. Er musste es sein, der sie zu Boden geschlagen hatte.

Schon wieder hatte er die Faust erhoben, aber zu ihrer Erleichterung fiel ihm Roberto die Ripafratta in den Arm. »Deine Rache muss warten. Denn zunächst habe ich an die Hure aus Nozzano einige Fragen zu stellen.« Er spuckte vor Silvana aus. »Hör mir gut zu, und gib mir Antwort, wenn ich es verlange!«

Silvana blieb auf dem Erdboden sitzen und schwieg.

Die Augen des Begleiters blitzten zwischen halb geschlossenen Lidern so böse, dass Silvana ihn als besonders brutal einstufte. »Wollen wir diese Hure nicht erst mit ein paar Schlägen gefügig machen?«

Roberto die Ripafratta schüttelte den Kopf und wandte sich erneut an Silvana. »Hast du geglaubt, du könntest mir entgehen? Jetzt stehst du mir Rede und Antwort! Du warst in Montecarlo bei Pina Streghi di Perotti. Und wie ich die alte Klatschbase kenne, hat sie dich über alle Einzelheiten der Festung Montecarlo unterrichtet. Du warst auch in Castiglione, und dort hat die Kastellanin, diese Hexe, dich herumgeführt. Schließlich bist du noch in Pontetetto empfangen worden. Nur in San Gennaro hat man die Pforten vor dir verschlossen. Aber das ist unerheblich, wenn man in Collodi eingelassen wird.«

Silvana war so entsetzt, dass sie die Schmerzen im Nacken nicht mehr verspürte. Offensichtlich war sie immer während der ganzen zurückliegenden Zeit beobachtet worden. Und sie hatte sich ahnungslos in Sicherheit gewiegt.

Roberto di Ripafratta verzog sein Gesicht zu einer Grimasse. »Auf das Forum von Lucca ist die feine Contessina in einer Kutsche angereist und hat einen der Ehrenplätze, nicht weit entfernt von König Ludwig, eingenommen. Sehr würdig und vornehm hast du dich in deinem Seidenkleid aufgeführt. Anderen konntest du vielleicht mit diesem Auftritt etwas vormachen. Ich aber weiß, dass du dich in der kleinen Hütte in Barga zur Hure machen ließest. Warum hast du die beiden Söldner umgebracht, obwohl du doch später durchaus Gefallen daran gefunden hast, auf jede Art genommen zu werden?«

Wenn sie auch wusste, dass Angst ihr nicht helfen, sondern höchstens schaden würde, begann sie, sich zu fürchten. Robertos Begleiter sah aus, als ob er jeden Augenblick über sie herfallen wolle. Aber Roberto di Ripafratta schob ihn abermals zurück. »Habe Geduld! Ich beginne jetzt mit dem Verhör. Anscheinend hat die Dame vergessen, dass die Frist abgelaufen ist. Als Erstes will ich daher etwas über die Festung Montecarlo hören, die schon die Florentiner vergeblich belagert haben. Berichte lückenlos über die Mauern und die Türme, Besatzung, Kanonen und Waffen, Magazine, Vorräte und vor allem Geheimgänge! Also, wird's bald?«

Silvana schwieg beharrlich. Wo war nur ihr Vorsatz geblieben, in höchster Gefahr zur Verräterin zu werden? Aber noch hielt sie es für unmöglich, dass man sie umbringen wolle. Solange sie ihr Wissen für sich behielt, konnte sie sich einigermaßen sicher fühlen.

Roberto di Ripafratta trat zurück und ließ seinen Begleiter vortreten. »Schlag sie!«

Silvana empfing einen so fürchterlichen Schlag, dass sie für einige Sekunden die Besinnung verlor. Aus ihrer Nase schoss Blut, und sie konnte einen Schrei nicht unterdrücken.

Roberto di Ripafratta blieb vollkommen ruhig. »Ah, du möchtest nichts über Montecarlo berichten. Dann versuchen wir es mit Castiglione!«

Der Vorgang wiederholte sich. Silvana schwieg, und der pisanische Begleiter schlug sie so hart, dass die Bäume des Waldes vor ihren Blicken zu schwanken begannen und sie die beiden Männer nur noch schemenhaft wahrnehmen konnte.

»Du möchtest also jetzt nichts über Castiglione erzählen. Dann versuchen wir es doch mit Pontetetto!«

Sie hörte die Stimme nur wie aus weiter Ferne. Selbst wenn sie es gewollt hätte, wäre es ihr nicht möglich gewesen, auch nur ein einziges Wort hervorzubringen. Ihre Lippen waren dick geschwollen, und Blut füllte ihren Mund. Sie konnte nicht einmal mehr Furcht empfinden. Sie sah noch das verzerrte Gesicht des Mannes über sich, der für die Niederlage im Gewächshaus Rache nehmen wollte und nun unbarmherzig mit einem Knüppel auf sie einschlug. Dann entführte eine Ohnmacht sie dem schrecklichen Geschehen.

Sie wachte in einem Raum auf, den sie niemals zuvor gesehen hatte. Einen Atemzug lang fürchtete sie, man habe sie in die *Via del Fosso* verschleppt. Aber man hatte sie auf ein sauberes Laken gebettet und in eine warme Decke gehüllt. Neben dem Bett stand ein Wasserkrug auf dem Boden, und sie hätte gern einen Schluck getrunken, aber als sie sich hinabbeugte, fuhr ihr ein stechender Schmerz durch die Brust, so dass sie ihr Vorhaben aufgab. Aufseufzend schloss sie die Augen.

Als sie nach mehreren Stunden erneut aufwachte, fühlte sie sich ein wenig wohler. Wieder versuchte sie, den Wasserkrug zu greifen, aber eine schmale Hand kam ihr zuvor, ergriff das Trinkgefäß und hielt es ihr an die Lippen. Silvana trank so gierig, dass sie erst nach mehreren Schlucken aufschaute, wer ihr diese Wohltat erwiesen hatte. Es war ein Mädchen, kaum älter als sie selbst.

Silvana versuchte, sich aufzusetzen. Aber der stechende Schmerz zwang sie, sich wieder niederzulegen. Mühsam presste sie einige Worte durch die verwundeten Lippen. »Wo bin ich, und wie komme ich hierher?«

Das Mädchen beugte sich herab, um sie besser hören zu können. »Du befindest dich in der Burg Collodi. Mein Name ist Francesca Garzoni. Ich bin die Tochter des Burgherrn. Zwei

Männer haben dich in diesem bedauernswerten Zustand hierher gebracht.«

Silvana bekämpfte einen Schwindelanfall. »Wo haben mich diese beiden denn gefunden?«

»Im Wald unterhalb der Burg. Du musst diesen Rettern sehr dankbar sein, denn ohne die Pflege durch unseren Medikus hier auf der Burg hättest du deine schrecklichen Verletzungen wohl kaum überlebt.«

Silvana ahnte, wer diese so genannten Retter gewesen sein könnten. Aber sie wollte Gewissheit haben. »Halten sich meine Retter denn noch hier in der Burg auf? Schließlich möchte ich mich bei ihnen bedanken.«

Francesca schüttelte bedauernd den Kopf. »Leider nein! Sie bestanden anfangs darauf, dich mitzunehmen. Aber unser Medikus hat dieses Ansinnen zurückgewiesen. Ein Warten darauf, dass du wiederhergestellt sein würdest, war den beiden nicht möglich. Aber mein Vater hat den Samariterdienst der beiden reichlich belohnt.«

Silvana setzte sich nun doch auf. »Was meinst du damit?«

Die Antwort bereitete ihr Schrecken, und ihre schlimmsten Befürchtungen bewahrheiteten sich. »Der eine war Baumeister und sprach den Wunsch aus, die Burg Collodi besichtigen zu dürfen. Der andere war ein Waffenschmied und bat darum, unsere Ausrüstungen sehen zu dürfen. Mein Vater hat deinen Rettern diese Wünsche gerne erfüllt.«

Silvana schluckte gerade noch einen ihrer schlimmsten Flüche hinunter. Für sie gab es keinen Zweifel mehr. Sie waren es, Roberto di Ripafratta und sein Begleiter. Es hätte gar nicht des Abschiedsgrußes bedurft, den Francesca ihr jetzt übermittelte. »Auf ein frohes Wiedersehen in der *Via del Fosso* lassen sie dir ausrichten.«

Francesca konnte ihre Neugier nicht länger bezähmen. »Du hast viel Glück gehabt, dass diese Männer dich gefunden haben. Sie konnten auch nicht sagen, wer du bist. Mein Vater möchte das wissen, damit er deine Familie verständigen kann.«

Silvana zog ernsthaft in Erwägung, ihre Herkunft zu verschweigen. Wie sollte sie erklären, warum es sie zu der Festung getrieben hatte? Auch der Bericht über die beiden Retter könnte unliebsame Nachforschungen heraufbeschwören. Um Zeit zu gewinnen, schloss sie erst einmal die Augen und stellte sich schlafend.

Dieser Ausweg half ihr nicht viel. Zwar hatte Francesca den Raum verlassen. Aber kurz darauf hörte sie schwere Männerschritte herannahen. Vor ihrem Bett stand ein breitschulteriger Mann, den sie an seinem bestimmten Ton sogleich als den Burgherrn erkannte. »Meine Tochter teilte mir mit, dass Ihr aufgewacht seid und Euch leidlich wohl befindet. Wie ist Euer Name, und wo sei Ihr zu Hause?«

Silvana wusste aus Erfahrung, dass gegen einen Festungskommandanten kein Widerspruch möglich war. Mit leiser Stimme berichtete sie, dass sie die Tochter des Conte Monteggiori aus Nozzano sei, jetzt aber ihrer Tante, Marchesa Donata, in Marlia zur Erziehung anvertraut worden sei.

Das bisher grimmige Gesicht des Burgherrn hellte sich auf. »Es ist mir eine große Freude, die Tochter meines Waffengefährten Dino Monteggiori beherbergen zu dürfen. Wir haben so manchen Kampf gegen die Florentiner gemeinsam ausgefochten. Bei Montecarlo wäre es mir beinahe böse ergangen, als meine Reiterei in einen Hinterhalt geraten war. Aber Dino Monteggiori hat uns herausgehauen und damit mein Leben gerettet. Seid mir willkommen, Contessina, und bleibt unter meinem Dach, bis Ihr völlig wiederhergestellt seid!« Er reichte ihr seine breiten Pranken, die Silvana ihm mit einem leisen Schmerzensschrei überließ.

Kaum dass der Burgherr sie verlassen hatte, stürmte schon Francesca herein. Anscheinend hatte sie wenig Unterhaltung auf der Burg und war nun froh, dem unverhofften Besuch als Gesellschafterin die Zeit zu vertreiben.

Silvana gefiel es gar nicht, was sie zu hören bekam: dass nämlich der Vater einen Boten nach Marlia schicken werde, um dort zu berichten, dass Silvana nach einem Überfall in Collodi aufgenommen worden sei. Denn der Marchese und die Marchesa seien sicher schon in großer Sorge.

Eigentlich wäre sie gerne ein wenig in Collodi bei der munteren Francesca geblieben. Darum stöhnte sie heftig, als der Medikus an ihrem Bett erschien und sie untersuchte. Er runzelte besorgt die Stirn. »Mindestens zwei Rippen sind gebrochen, ein Kniegelenk ist angeschwollen und am ganzen Körper sind nicht nur blaue Flecken, sondern auch offene Wunden. Zunächst seid Ihr nicht transportfähig, auch nicht in einer Kutsche. Bis Ihr zu Pferde nach Marlia zurückkehren könnt, wird es noch eine Weile dauern.«

Silvana sah den Medikus erschrocken an und hätte am liebsten geweint. »Wo ist denn mein Pferd? Die Räuber werden es doch nicht erschlagen oder mitgenommen haben?«

Der Medikus schüttelte missbilligend den Kopf. »Ihr solltet lieber an Euch selbst denken! Denn während man Euch beinahe erschlagen hätte, hat sich das Pferd losgerissen und ist durch die Wälder galoppiert, bis unsere Stallknechte es eingefangen haben. Es wird hier im Stall mindestens so gut gepflegt wie Ihr.«

Silvana seufzte erleichtert auf und schloss die Augen. Sie fühlte sich sehr erschöpft und schlief sogleich ein.

Anscheinend hatte man Francesca gesagt, die Contessina brauche Ruhe. Denn sie erschien erst am nächsten Morgen und trug ein kleines Buch mit ledernem Einband in der Hand. »Der Medikus hat mir gesagt, dass du vorläufig noch nicht die Burgkapelle aufsuchen kannst. Aber sicher möchtest du doch dem Herrgott für deine wundersame Errettung danken. Darum habe ich dir den Psalter mitgebracht, in dem du das passende Gebet finden kannst.«

Silvana musste sich sehr beherrschen, um nicht ärgerlich zu werden. Warum ließ man sie nicht mit den frommen Psalmen in Ruhe? Aber sie wollte Francesca, die sie mit rührender Fürsorge umgab, nicht enttäuschen und nahm das Büchlein mit Dankesworten entgegen.

Francesca war erfreut, dass sie anscheinend das Richtige getroffen hatte. »Der Rettore sagt, dass nicht nur der Leib nach Speisung verlangt, sondern auch die Seele.«

»Welcher Rettore?«

Francesca sah sie erstaunt an. »Na, unser Geistlicher hier auf der Burg. Gab es bei Euch in Nozzano keine Kapelle und keinen Rettore? Wo seid Ihr denn zur Beichte gegangen?«

Silvana brummelte etwas Unverständliches vor sich hin und schlug das Buch auf, um Interesse zu heucheln. Sicher würde der Burggeistliche bald an ihrem Lager erscheinen, um ihr die Beichte abzunehmen. Was sollte sie ihm nur sagen? Vielleicht ließ sich im Psalter etwas finden.

Wahllos schlug sie eine Seite auf, und ihr Blick blieb an einem Psalm hängen, der mit »Gebet um Errettung vor boshaften Feinden« überschrieben war. Sie hatte nicht geahnt, dass der Psalter so eine spannende Lektüre war. Irgendwie hatte sie sich dieses fromme Buch ganz anders vorgestellt. Mit wachsender Begeisterung las sie die Verse:

»Ergreife Schild und Waffen, und mache dich auf,
    mir zu helfen!
Zücke den Spieß und schütze mich wider meine Verfolger!
Sprich zu meiner Seele: Ich bin deine Hilfe!«

Das klang vielversprechend, und fast begierig las sie weiter: »Es müssen zu Schanden werden, die mir übel wollen. Ihr Weg müsse finster und schlüpfrig werden, und der Engel des Herrn verfolge sie.«

Warum hatte ihr niemand gesagt, dass diese Psalmen so spannend waren und sich durchaus als Gebete eigneten, die doch schon mehrmals erhört worden waren?

Francesca bemerkte, dass sich Silvana immer mehr in die Psalmen vertiefte. »Ich bin sehr glücklich, dass ich dir mit diesem Büchlein Freude bereiten konnte, und werde dem Rettore sagen, dass du jetzt gerne beichten möchtest.«

Silvana ließ vor Schreck das Buch zu Boden fallen. »Das ist viel zu früh! Noch habe ich denjenigen nicht verziehen, die mich so schrecklich geschlagen haben. Bevor ich nicht bereut habe, kann mir Euer Rettore keine Absolution erteilen.«

Sie fühlte sich elend, weil sie das arglose Mädchen mit solch scheinheiligen Ausreden abspeiste. Aber Francesca hatte durchaus Verständnis und verabschiedete sich, indem sie Silvana auf beide Wangen küsste.

Der Rettore ließ sich jedoch nicht abweisen. Noch an demselben Abend erschien er am Bett der Verletzten. Silvana mochte noch so sehr einen tiefen Schlaf vortäuschen, der Geistliche zog sich eine Sitzgelegenheit heran und begann, leise murmelnd Gebete zu sprechen. Er entdeckte den Psalter, unterbrach seine Fürbitten und nickte zustimmend. »Schlafe weiter! Du bist in guter Hut!«

Silvana schämte sich ihres Betruges und schlug die Augen auf. Was sie sah, gefiel ihr außerordentlich. Der Geistliche der Burg Collodi trug keine Amtstracht, sondern ein Gewand wie alle Soldaten der Besatzung. Seine Haut war gebräunt und deutete darauf hin, dass er sich nicht immer in der Kapelle aufhielt. Er hatte helle, durchdringende Augen, und Silvana hatte das Gefühl, dass er auch ihre geheimsten Gedanken durchschauen könne.

Der Rettore lächelte und legte eine Hand auf ihren Arm. »Du siehst aus, als ob dich eine schwere Last bedrücken würde. Ich will dich nicht zwingen, eine Beichte abzulegen. Aber wenn du den Wunsch hast, dich mir anzuvertrauen, darfst du mich jederzeit rufen lassen.«

Silvana hätte gern gehabt, dass er seine Hand noch ein wenig länger auf ihrem Arm liegen gelassen hätte. Aber schon nahte der nächste Besucher. Von draußen waren kräftige Männerschritte zu hören, die sie schon kannte. Der Burgherr von Collodi erschien. Er füllte den gesamten Türrahmen aus, so dass sich der Geistliche nur mühsam an ihm vorbeidrücken konnte. »Soeben ist ein Bote aus Marlia eingetroffen. Der Marchese und die Marchesa sind dankbar, dass Ihr aus der Gewalt von Wegelagerern errettet wurdet und hier Aufnahme gefunden habt. In zwei Tagen wird der Marchese in einer Kutsche mit bewaffneten Reitern hier eintreffen, um Euch zu besuchen und wenn möglich mitzunehmen. Meine Tochter wird sehr traurig sein.«

Ich auch. Silvana sprach diese Worte nicht aus, aber sie konnte solche Gedanken nicht unterdrücken. Dann dachte sie jedoch an Marietta und freute sich auf ein Wiedersehen.

Unvollkommene Beichte

Silvana blieb keine Zeit mehr, sich dem Burggeistlichen anzuvertrauen. Sie hatte sich entschlossen, mit einer Halbwahrheit herauszurücken. Fremde, wahrscheinlich Pisaner, hätten sie zum Verrat zwingen wollen und verlangt, sie solle die Festungsanlagen der Burg Collodi ausspionieren, weil sie doch als Tochter des geachteten Burgherrn von Nozzano überall eingelassen würde. Als sie sich aber geweigert habe, hätte man sie beinahe totgeschlagen. Denn sie habe sich wohl als nutzlos erwiesen.

Eine solche Geschichte erschien ihr durchaus plausibel. Sie schämte sich nur ein wenig, den freundlichen Rettore zu belügen. Dabei war es ja eigentlich keine direkte Lüge, sondern eben nur nicht die volle Wahrheit.

Aber schneller, als sie erwartet hatte, erschien eine stattliche Reitergruppe aus Marlia, angeführt von dem Marchese. Vor der Nachhut, die den Zug sicherte, konnte sie von ihrer Kammer aus eine vierspännige Kutsche erkennen. Der Lenker dieses Gefährtes war wie alle anderen schwer bewaffnet. Anscheinend nahm man den Überfall sehr ernst.

Silvana hatte nicht damit gerechnet, dass der Marchese, kaum dass er ihr Zimmer betreten hatte, sie sogleich einem Verhör unterziehen würde. Diese Unterredung gestaltete sich recht einseitig.

»Hast du die Gesichter der Männer sehen können, die dich überfallen haben?«

»Nein, den ersten Schlag empfing ich im Nacken.« Zur Bekräftigung erhob sich Silvana, schob ihr Hemd beiseite und zeigte auf eine tiefrote Wunde.

»Was haben sie von dir verlangt? Geld, Schmuck, dein Pferd? Oder wollten sie dich sogar entehren?«

»Nichts von alledem. Ich bin zu Boden gestürzt, und sie haben mit Knüppeln auf mich eingeschlagen, bis ich ohnmächtig wurde.«

Der Marchese runzelte die Stirn. Offensichtlich konnte er sich auf diese Schilderung keinen Reim machen. »Weißt du, wer dich in die Burg Collodi gebracht hat und wo dich deine Retter gefunden haben?«

»Nein, ich bin erst viel später aus meiner Bewusstlosigkeit erwacht.«

An dieser Stelle mischte sich der Burgherr von Collodi ein, der bis dahin schweigend zugehört hatte. »Vielleicht kann ich dir über die Identität der Männer einige Auskunft geben.«

Aber dem Marchese schien dieses Anerbieten nicht zu genügen. »Lieber Freund! In diesen unsicheren Zeiten muss man mit Lug und Trug rechnen. Ob diese Männer wirklich diejenigen waren, als die sie sich ausgegeben haben, oder ob sie nicht gar die Täter waren, scheint mir nicht erwiesen zu sein.«

Der Burgherr wurde nachdenklich und zeigte dann sogar sein Erschrecken. »Ich wollte mich für ihre Samariterdienste erkenntlich zeigen und habe die beiden durch die Festungsanlagen geführt.«

Der Marchese beruhigte ihn. »Man sollte nicht gleich das Schlimmste annehmen. Dennoch werde ich in Lucca Nachforschungen betreiben. Und nun, meine Nichte, bereite dich auf deine Heimfahrt nach Marlia vor, wo man dich schon sehnsüchtig erwartet.«

Der Abschied von Collodi fiel Silvana schwer. Sie bedankte sich bei ihrem Gastgeber mit einem Knicks, umarmte Francesca und reichte dem Rettore beide Hände. Es war wie ein Versprechen, bald wiederzukommen und ihm ihre Sorgen anzuvertrauen.

Schon wollte sich der Zug in Bewegung setzen, als Francesca schüchtern, mit einem ängstlichen Seitenblick auf den Vater, um Aufschub bat. »Meine Frau Mutter möchte sich von unserem Gast gerne verabschieden.«

Bisher hatte Silvana angenommen, dass die Gemahlin des Burgherrn vielleicht verstorben war, und sie hatte aus Feingefühl Francesca nicht nach ihrer Mutter gefragt. Denn konnte es nicht sein, dass auch Francescas Mutter heimlich ihren Mann verlassen hatte?

Am Fuße der Wendeltreppe, die zu der oberen Galerie führte, erschien eine sehr schlanke Gestalt. Sie trug eine dunkle Haube, die ihre Haare vollständig bedeckte, ein schwarzes Gewand, das den Eindruck machte, als sei sie früher einmal viel fülliger gewesen, und ihr Gesicht war so schmal, dass es beinahe ausgemergelt wirkte.

Silvana zuckte ungewollt zurück, als diese armselige Gestalt ihr eine Hand reichte. Die Finger waren eiskalt und knöchern wie von einer Toten. Ihre wässerigen Augen lagen tief in den Höhlen, und weit herabhängende Tränensäcke zeugten von vielem Weinen.

Erschrocken sah sie zu Francesca, die neben ihrem Vater stand. Aber das Mädchen schaute starr zu Boden, und im Blick des Burgherrn glaubte sie einen abgrundtiefen Hass zu erkennen. Welches Geheimnis verbarg sich hinter dieser Frau, die jetzt so leise flüsterte, dass Silvana kaum ihre Worte verstehen konnte? Sie glaubte etwas Ähnliches zu hören wie: »Gott schütze Euch und möge Euch vor allen Feinden bewahren!«

Was sollte sie darauf entgegnen? Es fiel ihr nichts Passendes ein, aber anscheinend erwartete auch niemand eine Antwort. Die gespenstische Erscheinung wandte sich um und schwankte mit unsicheren Schritten der Wendeltreppe zu.

Francesca schien mit den Tränen zu kämpfen, während ihr Vater mit starrem Gesichtsausdruck diesen peinlichen Auftritt verfolgt hatte. Beinahe grob schob er Silvana in die Kutsche, und der Marchese folgte ihr so eilig, als ob er möglichst schnell die Burg Collodi verlassen wolle. Es wirkte wie eine Flucht.

Die Stimmung im Inneren der Kutsche erschien Silvana bedrohlich. Sie wagte nicht, ihren Onkel anzusprechen. Erst an der Stadtgrenze von Lucca wandte sich der Marchese an seine Nichte. Er fasste nach ihrer Hand und hielt sie fest, so als ob er fürchtete, Silvana könnte sich seiner Frage entziehen. »Ich mache mir Gedanken darüber, warum du allein ohne den Schutz des Stallmeisters nach Collodi geritten bist. Gab es hierzu irgendeinen Grund?«

Wie sollte sie nur erklären, dass sie diese großartige Festung ausspionieren wollte? Ja, ausspionieren war das richtige Wort. Und was den Stallmeister betraf, so wollte sie ihn nicht verraten, denn sie fürchtete, dass sie sich ihn mit der wahrheitsgemäßen Schilderung vollends zum Feind machen würde. Darum verlegte sie sich wieder einmal auf Halbwahrheiten. »Ich hatte von den Soldaten in Nozzano so viele Wunderdinge über die Burg Collodi gehört, dass ich sie wenigstens einmal von außen gesehen haben wollte. Daher stieg ich am Waldrand aus dem Sattel, und während ich diese herrliche Festung bewunderte, schlug man mich nieder.«

Der Marchese nahm diese Erklärung einigermaßen befriedigt zur Kenntnis. Aber er beugte sich vor und sah Silvana in die Augen. Sie erwiderte seinen Blick und hoffte, dass er keine Unsicherheit entdecken könne. Aber über das, was der Marchese ihr jetzt mitteilte, war sie entsetzt. »Der Stallmeister hat seine Pflichten grob vernachlässigt. Ich habe ihn auspeitschen lassen und hätte ihn davongejagt, wenn er mir nicht schon so lange Jahre treu gedient hätte.«

Silvana hatte das Gefühl, dass sie sich immer mehr in einem Netz von Lügen und Gefahren verstrickte. Sie sehnte sich danach, einen Menschen zu finden, dem sie alle ihre Nöte anvertrauen konnte. Ihre gebrochenen Rippen schmerzten, und ihr wurde bewusst, dass sie Geduld haben musste, bevor sie nach Collodi reiten konnte, um vielleicht den Rettore aufzusuchen. Er war der Einzige, der sie vielleicht verstehen würde. Sie war bereit, jede Buße anzunehmen, die er ihr auferlegen würde. Francescas Mutter fiel ihr ein. Hatte auch sie sich schuldig gemacht, wenn nicht gar ein Verbrechen begangen, das sie jetzt sühnen musste? Sie hätte gern den Marchese um Auskunft gebeten. Aber er hatte sich in eine Ecke der Kutsche zurückgezogen und schwieg beharrlich.

In Marlia umarmte die Marchesa ihre Nichte unter Tränen. »Mein armes Kind! Was hast du durchmachen müssen! Es tut mir Leid, dass ich dir in letzter Zeit so viele Pflichten aufgebürdet habe, die du nur mit Mühe und Anstrengung bewältigen konntest. Jetzt musst du erst einmal wieder zu Kräften kommen. Marietta erwartet dich sehnsüchtig.«

Silvana versuchte, dankbar zu erscheinen. Das hörte sich an, als ob sie von nun an mit Tugendlehre und Handarbeiten verschont bliebe. Aber sie konnte es nicht lassen, ihrer Tante einen kleinen Stich zu versetzen. »Francesca, die Tochter des Burgherrn von Collodi, hat mich liebevoll gepflegt, nicht nur meinen Körper, sondern auch meine Seele. Denn sie hat mir einen kostbaren, in goldenen Farben bebilderten Psalter an mein Krankenlager gebracht, und ich habe bei den Gesängen Davids zahlreiche Stellen gefunden, die mir Trost gespendet haben.«

Marchesa Donata ließ ihre Arme sinken, und Silvana bemerkte mit Befriedigung, dass ihre Tante kurz vor einem Tränenausbruch stand. »Du hast im Psalter gelesen? Damit hast du mir eine große Freude gemacht. Zur rechten Zeit hat dir der Herrgott dieses schlimme Ereignis geschickt, um dich auf den Pfad der Tugend zu geleiten.«

Silvana fand zwar, dass das Geleit auf diesen Pfad ein wenig allzu schmerzhaft gewesen war, aber sie sah es als vorweggenommene Strafe für ihre Scheinheiligkeit und Lügengespinste an.

Marietta hatte schon ein Bad gerichtet, und Silvana streckte sich wohlig in der dampfenden Kräuteressenz aus. Ohne zu fragen, hatte Marietta ein Büschel der heilsamen Kräuter beigemischt, die Silvana aus Castiglione mitgebracht hatte. Mit keinem Wort erwähnte sie die kaum verheilten Wunden, aber Silvana erkannte deutlich das Entsetzen der alten Dienerin. Sie half Silvana vorsichtig aus der Wanne und deckte sie behutsam mit einem Laken zu, auf dem Silvana das gestickte Wappen entdeckte. Noch ehe sie eingeschlafen war, griff sie nach Mariettas Hand. »Deine alten müden Augen werden jetzt zur Ruhe kommen. Die Marchesa verzichtet auf weitere Proben meiner Handarbeitskünste.« Sie konnte noch spüren, wie Marietta ihr über das Haar streichelte, ehe sie in einen traumlosen Schlaf hinüberglitt.

Als das leise Klirren einer Tasse sie aufweckte, stand die Sonne schon fast im Zenit. Silvana spürte Hunger und Durst und wollte sich aufsetzen, um nach der Tasse und einem Stück Brot zu greifen. Aber mit einem Schmerzenslaut sank sie zurück in die Kissen. »Marietta, hilf mir! Ich kann mich nicht mehr aufrichten.«

Aber die alte Dienerin wusste recht gut, dass ihre Kraft nicht reichen würde, um Silvana zum Sitzen zu verhelfen. Mit wehenden Röcken eilte sie zur Tür und die Treppe hinab. »Hier ist ein Medikus vonnöten, und zwar so schnell wie möglich.«

In der Vorhalle entstand Lärm, und gleich darauf hörte Silvana, wie eine Kutsche über den Kies zur Ausfahrt rollte.

Blass und verstört erschien Marchesa Donata an ihrem Bett. »Wir haben nach dem besten Arzt geschickt, den Lucca aufzubieten hat. Maestro Davino Nigarelli hat seine Ausbildung in Bologna und London erhalten und ist heute Medikus der Familie Guinigi. Mit Sicherheit wird er dir helfen können.«

Silvana, welche die unerhörte Aufregung bisher übertrieben fand, wurde von plötzlichen Ängsten erfasst. Was wäre, wenn sie gelähmt bleiben würde, niemals mehr ein Pferd besteigen, nicht tanzen und an keiner Falkenjagd teilnehmen könnte? Als Krüppel müsste sie tagaus, tagein in dieser Kammer verbringen!

Es dauerte nicht lange, bis die Kutsche zurückkehrte. Marchesa Donata verließ das Krankenlager, um den berühmten Mediziner zu begrüßen, der sich nicht lange aufhalten ließ. Er begnügte sich mit einem leichten Kopfnicken gegenüber Silvana und hob wortlos die Decke von ihrem Körper, mit der Marietta sie fürsorglich zugedeckt hatte.

Marchesa Donata konnte ein lautes Schluchzen nicht zurückhalten, als sie den geschundenen Körper des Mädchens sah. Marietta, der dieser Anblick nicht neu war, schlug die Hände vor das Gesicht.

Der Medikus wandte sich zu den beiden Frauen um. »Darf ich Euch bitten, verehrte Marchesa, den Raum zu verlassen und draußen zu warten? Nehmt bitte auch Eure Dienerin mit. Denn für meine Untersuchung brauche ich äußerste Konzentration.«

Silvana war froh, dass es keine Zuschauer gab. Aber es war ihr doch peinlich, dass der Medikus sie aufforderte, sich auf den Bauch zu legen, damit er die Wirbelsäule untersuchen könne. Sie konnte sich nicht dagegen wehren, dass seine tastenden Hände, die den Rücken bis zum Steißbein entlangstrichen, sie erregten. Sie verbarg ihr glühendes Gesicht im Kissen und fürchtete, er könne ihre Erregung bemerken, als sie sich auf sein Geheiß wieder umdrehte.

Maestro Davino blieb völlig gelassen, während er nun die blau angelaufenen Wunden untersuchte und mit zwei Fingern eine eitrige Flüssigkeit herauspresste. Schließlich, nachdem er auch die Rippen abgetastet hatte, richtete er sich auf. »Verehrte Contessina! Ich weiß nicht, wie Ihr in diese schreckliche Lage geraten seid. Jemand hat Euch jedenfalls kräftig verprügelt. Ich hoffe nur, dass Ihr zu Unrecht geschlagen worden seid, obwohl Schmerzen dieser Art leichter zu ertragen sind, wenn man sich bewusst macht, warum sie einem zugefügt worden sind.«

Silvana schaute ihn entgeistert an. Denn sie selbst hatte ja schon darüber nachgedacht, ob es zwischen ihrem geplanten Verrat und der schrecklichen Tortur einen Zusammenhang geben könne.

Der Medikus zog aus seiner ledernen Tasche ein Fläschchen mit dunkelgrüner Flüssigkeit hervor. »Lasst Euch von Eurer Dienerin mit sanften Bewegungen die Wunden einreiben! Leider muss ich Euch nun eine feste Bandage um die Rippen und die Wirbelsäule anlegen. Wenn Ihr wieder voll beweglich werden wollt, ist für eine Woche absolutes Stillliegen erforderlich. In einigen Tagen werde ich Euch wieder einen Besuch abstatten und den Verband lösen. Wenn Ihr meiner Verordnung folgt, müsste dann eine Besserung festzustellen sein.«

Der Medikus verabschiedete sich mit einem Kopfnicken, und Silvana hörte ihn draußen mit der Marchesa und Marietta sprechen.

Drei Tage folgten, in denen Silvana zwischen Wut, Verzweiflung und Hoffnung hin und her gerissen wurde. Mehrmals war sie nahe daran aufzustehen, um wenigstens einmal aus dem Fenster in den Park zu schauen. Aber Marietta bewachte streng alle ihre Bewegungen.

Der vierte Tag bescherte ihr jedoch eine unerwartete Überraschung. Die Tür wurde zaghaft geöffnet, und auf Zehenspitzen trat Francesca ein. Silvana wäre vor Freude beinahe aus dem Bett gesprungen, um Francesca in die Arme zu schließen. Aber Francesca wehrte mit erschrockenem Gesicht ab, beugte sich hinab und küsste ihre Freundin sanft auf beide Wangen.

Silvana erwiderte die zärtliche Begrüßung. »Bist du mit einer Kutsche aus Collodi gekommen, oder hat dein Vater dir sogar erlaubt, mit einer starken Bewachung hierher zu reiten?«

Francesca schüttelte den Kopf. »Keines von beiden! Ich beherrsche die Kunst des Reitens auch nur sehr mangelhaft. Du wirst aber sicher wissen, dass adelige Mädchen ihre Ausbildung in einem Kloster erhalten. Mein Vater meinte, ich wäre nun alt genug, um für ein Jahr bei den Nonnen in allem unterwiesen zu werden, was zu dieser Ausbildung gehört.«

Nun konnte Silvana sich nicht mehr zurückhalten. Sie unterdrückte gerade noch einen kräftigen Fluch. »Du lieber Himmel! Wie kann man einem lieben Mädchen wie dir so etwas antun!«

Francesca schüttelte den Kopf. »Es ist nicht gar so schlimm dort, wie manche ehemaligen Schülerinnen berichten. Die Nonnen wissen viel über das Leben Jesu Christi und verstehen es, sein Wirken und sein Leiden spannend zu erzählen. Und die Regeln, die der heilige Hieronymus und andere Kirchenväter für uns Mädchen aufgestellt haben, leuchten mir durchaus ein. Wer sich Mühe gibt, nach diesen Regeln zu leben, und sich gehorsam zeigt, kann sich im Kloster durchaus wohl fühlen.«

Silvana zeigte deutlich ihre Missbilligung. »Dein heiliger Hieronymus rät dazu, Mädchen unter strenger Aufsicht im Hause zu halten, während die Jungen sich in Ritterspielen austoben dürfen. Arme Francesca! Man wird dich noch zu einer langweiligen Betschwester erziehen!«

Sie hatte Francesca verletzt. Silvana erkannte das deutlich an den sonst so lieblichen Gesichtszügen, die sich zu einem fast hässlichen Ausdruck verzerrt hatten. »Und wo bist du mit deiner freien Erziehung gelandet? Halb totgeschlagen hat man dich, und nun musst du mit dieser festen Bandage im Bett liegen. Die Ruten der Nonnen im Handarbeitsunterricht haben noch keiner richtig wehgetan.«

Damit hatte sie nicht Unrecht. Aber auch Silvana geriet jetzt in Zorn. »Warum schickt dein Vater dich ins Kloster? Du hast doch eine Mutter, die dich in allen Tugenden eines adeligen Mädchens unterweisen könnte.«

Kaum hatte sie diese Worte ausgesprochen, so bereute sie die unbedachte Äußerung schon bitter. Francesca schien kurz vor einem Tränenausbruch zu stehen. Sie wurde leichenblass, erhob sich von der Bettkante und wandte sich wortlos zur

Tür. Silvana konnte sich nicht entschließen, um Verzeihung zu bitten. Aber sie erhob ihre Stimme, damit Francesca, die schon die Treppe erreicht hatte, sie noch hören konnte. »Bitte richte dem Rettore von mir einen Gruß aus, er möge mich bald aufsuchen. Denn ich möchte vor ihm die Beichte ablegen!« Sie erhielt keine Antwort.

Zwei weitere Tage vergingen, in denen sich Silvana unsäglich langweilte. Schließlich kam sie auf den Gedanken, ihre Tante um ein Buch zu bitten. Sie hatte damit gerechnet, dass Marchesa Donata eine erbauliche Lektüre auswählen würde. Aber sie brachte lächelnd ein Buch über die ritterliche Jagd. »Da du für deinen selbstständigen Ausritt schon genug gestraft worden bist, möchte ich dich nicht länger mit unerwünschter Lektüre quälen. Es ist wohl zu spät, aus dir noch ein braves Ritterfräulein zu machen. Daran trägst nicht du die Schuld, sondern dein Vater, der dich wie einen seiner Rekruten aufgezogen hat. Im Übrigen befolge genau die Anweisungen des Medikus! Denn wenn unsere Romreisenden zurückgekehrt sind, wird zu Ehren unserer Reiter auch eine Falkenjagd stattfinden, und daran möchtest du doch sicher teilnehmen.«

Silvana küsste ihrer Tante dankbar die Hände und konnte es kaum erwarten, bis diese den Raum verlassen hatte. Sie merkte bald, dass die Marchesa dieses Buch mit Bedacht ausgewählt hatte. Denn vor allem war von den Tugenden die Rede, die einen Falkner oder auch eine Falknerin auszeichnen mussten: Mut, Gewandtheit, Geschicklichkeit und Ausdauer. Über jede dieser Tugenden hatte sich der Verfasser des Buches wie mit einem erhobenen Zeigefinger ausgelassen. Er betonte auch, dass die Beizjagd nur den Adeligen vorbehalten blieb, den Bauern allenfalls die Jagd auf das unedle Niederwild gestattet war. Danach folgte eine lange Epistel über das notwendige Standesbewusstsein und die Feststellung, dass der Adelige, der zwar einen Rehbraten durchaus zu schätzen wisse, vor allem aus Prestigegründen jage, während es dem einfachen Volk doch nur um das Fleisch für die heimische Küche gehe.

Gelangweilt legte Silvana das Buch beiseite. Da waren Davids Gesänge im Psalter doch noch sehr viel spannender gewesen. Wenn doch nur der Geistliche aus Collodi gekommen wäre! Ihr Verlangen, sich ihm anzuvertrauen, wurde immer stärker.

Statt des ersehnten Rettore erschien aber am nächsten Tag Maestro Davido Nigarelli. Marietta drückte sich in eine dunkle Ecke und wagte kaum zu atmen. Aber der Medikus entdeckte sie dennoch und wies sie mit einer herrischen Handbewegung nach draußen.

Ohne Silvana nach ihrem Befinden zu fragen, wickelte er die Bandage ab und forderte sie auf, sich auf den Bauch zu legen, damit er die Wirbelsäule abtasten könne. Diesmal dauerte die Untersuchung noch länger wie beim ersten Mal, und Silvana fürchtete während seiner streichenden Bewegungen, dass sie ihre Erregung nicht mehr lange beherrschen könne. Schließlich gab er ihr einen kleinen Klaps auf ihre Rundungen und erlaubte ihr, sich umzudrehen. Die Untersuchung der Rippen verlief anscheinend zufrieden stellend. »Ich werde heute nur noch eine leichte Bandage anlegen und kann Euch erlauben, ein wenig im Park spazieren zu gehen. Aber lasst Euch nicht einfallen, ein Pferd zu besteigen! Ich habe mir sagen lassen, dass Ihr eine blendende Reiterin seid! Und Eure Falknerkünste sind in Lucca stadtbekannt.«

Täuschte sie sich, oder wollte er sie wissen lassen, dass ihr Abenteuer mit dem Falknerbuben überall bekannt geworden war?

Seine Miene war undurchdringlich, und er verabschiedete sich mit der knappen Mitteilung, er werde in wenigen Tagen wieder vorbeikommen.

Als Marietta den Raum betrat, hatte Silvana schon damit begonnen, sich für einen Spaziergang anzukleiden. Wie Silvana schon geahnt hatte, war Marietta in der Nähe der Tür geblieben, um zu lauschen. »Ich bin sehr glücklich, dass Ihr aufstehen dürft. Überanstrengt Euch nicht, sondern rastet ein wenig auf der Bank am Schwanenteich!«

Silvana aber hatte ganz etwas anderes im Sinn. Draußen schaute sie sich nach allen Seiten um, ob jemand sie beobachtete, und betrat dann den Stall. Maestoso, den man bei der Heimfahrt hinter der Kutsche mitgeführt hatte, stand in seiner Box und zupfte am Heu in der Raufe. Als er Silvanas Schritt hörte, ließ er vom Heu ab und wandte seinen Kopf nach hinten. Silvana glaubte, sie hätte noch nie so einen wunderschönen Laut gehört, als er jetzt leise wieherte. Sie trat zu ihm, streichelte seine Nüstern, klopfte zärtlich seine Flanken und presste ihr Gesicht gegen sein Fell. Seit langer Zeit war sie wieder glücklich.

Aber Glück lässt sich nicht festhalten. Auf einmal befiel sie die Sorge, jemand könne die Lanze gefunden haben. Sie kroch in den äußersten Winkel der Box, schob das Stroh beiseite und tastete mit beiden Händen bis zum Boden. Nichts! Immer unruhiger deckte sie Schicht um Schicht des Strohs beiseite, bis fast überall der Boden hervorschaute. Nichts! Die Lanze war verschwunden.

»Sucht Ihr etwas, Contessina?« Die Frage klang nicht mitfühlend, sondern höhnisch. Sie fuhr herum und erblickte zu ihrem Schrecken den Stallmeister. Er hatte die Augen zusammengekniffen, aber dennoch konnte sie seinen bösartigen Blick erkennen.

»Nein, ich suche gar nichts, sondern habe nur das Stroh gleichmäßiger verteilt. Ich kenne Maestoso besser als jeder Knecht und weiß, was ihm gut tut und was nicht.«

Der Stallmeister versperrte ihr den Ausgang der Box. »Ein Mädchen, das unter Soldaten groß geworden ist, mag wohl etwas von Pferden und auch von Waffen verstehen. Euer Vater hat jedoch versäumt, Euch auch in Menschenkenntnis zu unterweisen.«

Nach dieser frechen Bemerkung war sich Silvana sicher, dass der Stallmeister die Lanze gefunden und gestohlen hatte.

Sie überlegte, ob sie ihm ihren Verdacht auf den Kopf zusagen sollte, entschied sich aber dafür, sich auf keinen Wortwechsel einzulassen, der für sie nur mit einer Niederlage enden konnte. Sie trat nahe vor ihn hin. »Spare dir deine unverschämten Reden, und gehe jetzt schleunigst beiseite! Sonst muss ich dem Marchese berichten, dass du mich belästigt hast!«

Für einen Augenblick glaubte sie, er wolle nach ihr greifen, um sie nicht vorbeizulassen. Aber unversehens trat er in die Stallgasse und entfernte sich. Obwohl er sich nicht mehr umschaute, empfand Silvana ein Gefühl der Bedrohung.

Nach dieser Begegnung und der vergeblichen Suche fühlte sie sich so müde, dass sie ohne Umwege ihr Schlafgemach aufsuchte, um sich hinzulegen. Erst als jemand kräftig gegen die Tür klopfte, wachte sie aus unruhigem Schlummer auf, war aber sogleich hellwach, als sie den Besucher erkannte: Vor ihr stand der Rettore aus Collodi. Also hatte Francesca, trotz der Missstimmung, die zwischen ihnen entstanden war, ihren Gruß und die Bitte ausgerichtet. »Pater Notker! Wie freundlich von Euch, den weiten Weg nach Marlia auf Euch zu nehmen. Ich habe mich sehr nach einem Wiedersehen gesehnt.«

Der Rettore reichte ihr die Hand. »Da wäre ich fürwahr ein schlechter Geistlicher, wenn ich nicht den Weg zu jemandem finden würde, der die Beichte ablegen möchte.«

Silvana wusste nicht so recht, ob sie das überhaupt noch wollte. Wo sollte sie mit ihrer Geschichte anfangen? Eigentlich bereute sie auch nichts von dem, was sie bisher getan hatte. Das aber war doch wohl die Grundvoraussetzung für eine Absolution.

Pater Notker bemerkte ihr Zögern. »Ich schlage vor, dass wir nach draußen gehen. Unter freiem Himmel lässt sich manches besser sagen.«

Silvana stimmte zu, und tatsächlich fühlte sie sich schon bei weitem besser, als sie mit dem Geistlichen zwischen den Blumenrabatten umherwanderte. Nur als er sich den Treibhäusern nähern wollte, hielt sie ihn auf. Zu schrecklich war die Erinnerung an das, was sich dort ereignet hatte. Auch das Labyrinth erschien ihr unpassend. Denn sie hatte ja gerade nicht vor, sich zu verstecken, sondern sie wollte sich von allen Beschwernissen durch Offenheit befreien.

Sie ging zum Schwanensee voraus, setzte sich dort auf die Bank unter den breitstämmigen Kastanienbaum und gab Pater Notker ein Zeichen, er möge sich neben sie setzen. Während sie ihre zitternden Hände ineinander verkrampfte, begann sie mit leiser Stimme zu erzählen: von ihrer Jugendzeit in Nozzano unter den Soldaten, von der ersten Begegnung mit Roberto di Ripafratta, der ihr eine furchtbare Entdeckung mitteilte und für sein Stillschweigen mit dem Verrat entlohnt werden wollte. Von da an brach ihr Bericht wie ein Strom hervor, der nicht enden wollte. Sie ließ nichts aus, weder den erzwungenen Besuch im Bordell, auch nicht, dass sie in ihrer Not angefangen hatte, die Festungen auszuspionieren und dass sie zwei Menschen getötet hatte. Sie berichtete von ihren Abenteuern mit dem Falknerbuben und den seltsamen Ausflügen mit Matteo. Aber dann hielt sie plötzlich inne. Es fiel ihr schwer, von der Nacht in der Hütte zu sprechen. Sollte sie wirklich gestehen, dass sie sich einem Mann hingegeben hatte und sogar unbezähmbare Freude an der Vereinigung gefunden hatte?

Sie hob ihren Blick, den sie bis dahin mit gesenktem Kopf auf den Erdboden gerichtet hatte, und beobachtete die beiden Schwäne auf dem Teich, als ob von dort Hilfe kommen könnte. Ihre Gedanken schweiften ab. Sie musste an die beiden Nonnen im Dom zu Pietrasanta denken, deren Hauben im Takt ihrer Gebete hin und her geschwankt waren und sie damals an das Liebesspiel der Schwäne erinnert hatten.

Der Rettore fasste ihr Kinn mit der rechten Hand und hob ihr Gesicht, um ihr in die Augen zu schauen. »Ihr scheint Euch noch nicht vollständig geöffnet zu haben. Zwar habt Ihr von Schande, Erpressung, Gewalt und Bluttaten berichtet. Aber ich vermisse die Liebe, die all dies erst erträglich macht.«

Silvana scheute sich nicht, seinen Blick zu erwidern. »Ihr habt mich durchschaut. Auch diese Facette gibt es in meinem Leben. Conte Tiziano Bernardini hatte mit mir einen Ausritt in die Garfagnana gemacht. Ein schlimmes Gewitter zwang uns, eine Schutzhütte aufzusuchen, wo wir die Nacht verbringen mussten. Der Conte schlug mir einen Liebeskampf vor, und ich habe den Fehdehandschuh aufgenommen. Lust an dieser Art des Kämpfens hatte mein Blut in Wallung gebracht, und ich habe mich ihm hingegeben. Die größte Sünde aber ist wohl nicht, dass ich mich entehren ließ, sondern dass ich Freude an der Vereinigung empfand und nicht satt wurde, immer wieder das Eindringen des Mannes zu spüren.«

Pater Notker sprach zunächst kein Wort. Er wirkte mehr betrübt als vorwurfsvoll. Als er endlich zu reden begann, klang seine Stimme mitleidig. »Wie habt Ihr das nur mit einer solchen Last auf dem Herzen ausgehalten? Ich bin sehr froh, dass Ihr Euch mir anvertraut habt. Nun geht es vor allem darum, Euch zu helfen. Mit zahlreichen Gebeten, einem Ave-Maria oder Vaterunser ist es da nicht getan. Was soll ich nur mit einem Heidenkind machen, wie Ihr es seid? Ich werde Euch eine Geschichte erzählen, die Euch erklären wird, warum ich eine Buße wählen muss, die Euch vielleicht nicht gefallen wird.«

Silvana hatte mit der Auferlegung einer harten Buße gerechnet, bevor ihr der Rettore, wenn überhaupt, die Absolution erteilen würde. Woran aber hatte Pater Notker gedacht?

»Im deutschen Rheinland lebte ein Zisterzienser, der in seinem Kloster mit der Ausbildung von Novizen befasst war und darum in einem erbaulichen Exempelbuch drastische und unterhaltsame Geschichten für die jungen Mönche verfasste. Die dritte Sektion dieses ›*Dialogus Miraculorum*‹[4] ist der Beichte gewidmet. Seine Geschichten betonen zwar die befreiende Wirksamkeit der Beichte, heben jedoch die Reue nicht besonders hervor.«

---

[4] Wundergeschichten in Dialogform

Silvana beugte sich vor. Was der Rettore über diesen Zisterzienser erzählte, machte sie neugierig und gefiel ihr sehr, weil die Reue offensichtlich keine Rolle spielte.

Pater Notker hatte durchaus die erhöhte Aufmerksamkeit seiner Zuhörerin bemerkt. »Also, die Geschichte geht so: Einem Ritter wurde hinterbracht, seine Frau breche mit einem Priester die Ehe. Da in einem nahen Dorf ein Besessener lebte, der die ungebeichteten Sünden von allen, die ihm nahe kamen, laut herausschrie, lockte der Ritter den Priester in dieses Dorf. Der Priester aber schöpfte Verdacht, dass der Ritter ihn überführen und dann aus gekränkter Ehre töten wolle. Er griff zu einer List, täuschte ein natürliches Bedürfnis vor, um sich entfernen zu können, ging in einen Stall und beichtete einem Knecht. Denn er konnte dort natürlich keinen Priester auftreiben. Der Besessene vermochte daraufhin nichts über das ehebrecherische Treiben des Priesters zu sagen.«

Silvana lehnte sich zurück. »Das ist aber eine höchst merkwürdige Geschichte. Was hat sie mit mir zu tun?«

»Wenn Ihr ein wenig nachdenken würdet, könntet Ihr selbst darauf kommen. Caesarius von Heisterbach will seinen Novizen klar machen, dass auch ein Laie die Beichte entgegennehmen kann und dass mit dieser aufrichtigen, lückenlosen Beichte die Sünden aus dem Gedächtnis des Teufels getilgt sind.«

Silvana schüttelte ratlos den Kopf. »Ich verstehe immer noch nicht, denn ich habe doch vor Euch, dem Priester, die Beichte abgelegt.«

»Ihr habt es Euch zu leicht gemacht. Denn Euer geplanter Verrat und alles andere, was damit zusammenhängt, ist bei mir als Beichtgeheimnis gut aufgehoben und wird darum nicht an die Öffentlichkeit dringen. Ohne Buße kann ich Euch jedoch keine Absolution erteilen. Um weiteren Schaden zu verhindern, wird Eure Buße sein, dass Ihr dem Conte Bernardini alles das beichtet, was Ihr mir anvertraut habt. Die Strafe, die Euch dann vielleicht erwartet, müsst Ihr willig auf Euch nehmen.«

Silvana sprang kerzengerade von der Bank auf. »Niemals werde ich das tun. Der Conte wird mich in Ketten legen lassen.«

Pater Notker nahm ihre Hand und zog sie auf ihren Sitz zurück. »Gar so schlimm wird es doch wohl nicht werden. Denn ich kenne Tiziano Bernardini zwar als einen Heißsporn, aber auch als Ehrenmann. Ihr seid keine Dienstmagd, mit der man sich im Stroh vergnügt, sondern eine Contessina. Da Tiziano Euch entjungfert hat, wird er Euch auch ehelichen.«

Silvana entzog dem Geistlichen ihre Hand und ballte die Fäuste. »Ich will aber nicht eine Ehe schließen, die auf dem Anstand eines Ehrenmannes beruht. Ohne Liebe zu fühlen und zu empfangen, gebe ich nicht mein Jawort.«

Pater Notker schien ärgerlich zu werden. »Lassen wir das zunächst beiseite! Hier geht es vordergründig um Eure Beichte und den Wunsch nach Absolution. Ich erzähle Euch noch eine Geschichte des Novizenmeisters Caesarius: Ein Schiff geriet in einen Sturm und wurde nur deshalb aus Seenot gerettet, weil ein sündiger Passagier vor einem Laien die Beichte ablegte. Rettet Euch aus dem Sturm, Contessina, in den das Leben Euch geworfen hat, und lenkt Euer Lebensschiff in einen sicheren Hafen.«

Der Rettore erhob sich und reichte ihr die Hand. »Ihr seid mir stets in Collodi willkommen. Kommt zu mir, wenn Ihr den schweren Gang hinter Euch gebracht hat. Es wird mir zur Freude gereichen, Euch und dem Conte meinen Segen zum Ehebund zu erteilen.«

Silvana blieb in einem Wechselbad der Gefühle zurück. Sie empfand Wut und zugleich Furcht. Warum wollte der Rettore, dem sie sich anvertraut hatte, sie der Gefahr aussetzen, nicht nur die Zuneigung des Conte zu verlieren, sondern sie auch noch dessen gerechten Zorn spüren zu lassen? Sie erwog eine Flucht nach Nozzano. Aber dort befand sich jenseits des Serchio Roberto di Ripafratta. Und wenn sie sich schon in die Gefahr begab, halb totgeschlagen zu werden, dann wollte sie diese Tortur lieber durch Tiziano als durch den pisanischen Feind erleiden.

Verhängnisvoller Diebstahl

Als Silvana in die Villa zurückkehrte, fand sie die Marchesa in heller Aufregung vor, während der Marchese nach Lucca aufgebrochen war, wo in der Signoria eine wichtige Beratung stattfinden sollte. Marchesa Donata wusste nur so viel, dass Visconti tatsächlich von den Guelfen aus Piacenza angegriffen worden war. »Wir werden noch warten müssen, bis wir Castruccio und seine Begleitmannschaft mit allem Pomp begrüßen können. Denn die Luccheser werden wohl dem Mailänder Visconti zu Hilfe eilen müssen.«

Silvana entnahm diesen Worten, dass ihr noch ein Aufschub gegönnt war, bevor sie Tiziano Bernardini wiedersehen würde. Sie hielt sich in der Vorhalle auf, um die Rückkehr des Marchese nicht zu verpassen. Aber auch die Marchesa fand keine Ruhe und sah immer wieder zum Eingangsportal, ob der Hausherr nicht endlich einträfe.

Es dämmerte schon, als draußen das Geräusch eines galoppierenden Pferdes ertönte, das vor dem Eingang scharf gezügelt wurde. Das Portal wurde schwungvoll aufgerissen. Der Marchese stürmte herein und bedeutete den beiden Frauen mit einer ungeduldigen Handbewegung, sie sollten ihm eilig in die Bibliothek folgen.

Er ließ ihnen keine Zeit, in einem Sessel Platz zu nehmen, sondern begann seinen Bericht, während er vor ihnen hin und her wanderte. »Castruccio hat an allen fünf Stadttoren eine bewaffnete Streitmacht versammelt und jedem der fünf Abschnitte erfahrene Hauptleute beigeordnet. Auf diese Weise ist er in der Lage, mit 20.000 Mann dem Fürsten Visconti beizustehen.«

Die Marchesa schlug die Hände über dem Kopf zusammen. »Ist es denn wirklich notwendig, so viele Truppen zu schicken?«

Der Marchese schien sich über diese unqualifizierte Bemerkung zu ärgern. »Das überlasse nur der Entscheidung unseres Principe. Zu deiner Unterrichtung füge ich meinem Bericht jedoch hinzu, dass nicht nur die papsttreuen Guelfen, sondern auch die Florentiner angreifen und König Robert aus Neapel Truppen zur Unterstützung geschickt hat.«

Marchesa Donata sank erschrocken in einen Sessel. Sie wagte nicht, noch eine weitere Frage zu stellen. Der Marchese fixierte scharf seine Nichte. »Ich habe dich zu diesem Bericht zugelassen, damit dir klar ist, dass du in diesen unruhigen Kriegszeiten unter keinen Umständen Schloss Marlia verlassen darfst. Hast du das verstanden?«

Silvana ließ ein lautes und deutliches »Ja« vernehmen. Sie hatte in keiner Weise vor, sich in Lucca sehen zu lassen und dort vielleicht auf Tiziano Bernardini zu treffen. Fast befriedigt über den Gang der Ereignisse verließ sie den Raum.

In ihrem Zimmer erwartete sie eine traurige Nachricht. Eine der jungen Dienerinnen war soeben dabei, den Zuber mit heißem Wasser zu füllen. »Marietta ist erkrankt, und man hat mir befohlen, Euer Gemach in Ordnung zu halten und Euren Wünschen nachzukommen.«

War Marietta etwa schwer erkrankt? Silvana war sehr geängstigt, und der Gedanke, dass die ältliche Dienerin von einer schlimmen Krankheit befallen sein könnte, machte ihr große Sorge. Erst jetzt wurde ihr klar, wie sehr ihr Marietta nahe stand, die ihr schon seit geraumer Zeit eine Mutter ersetzte. Schroff wandte sie sich an das junge Mädchen. »Du kannst den Zuber wieder leeren! Heute werde ich kein Bad nehmen. Das hättest du dir doch denken können. Und nun scher dich raus, und erscheine nur wieder, wenn ich dich rufen lasse!«

Sie nahm zwei Stufen auf einmal, um möglichst schnell das obere Stockwerk zu erreichen, wo die Dienerschaft untergebracht war. Auf ihr Rufen erhielt sie eine leise Antwort. »Hier bin ich.«

Als Silvana die Tür geöffnet hatte und in einem hölzernen Kastenlager Marietta erblickte, war sie erschrocken. Das Gesicht der alten Dienerin sah eingefallen und blass aus. Dennoch lächelte sie, als Silvana nach ihrer Hand griff. »Was ist geschehen?«

Marietta überließ ihr die Hand und lächelte, allerdings kläglich. »Es sieht schlimmer aus, als es in Wirklichkeit ist. Ich habe anscheinend etwas Unbekömmliches gegessen oder getrunken. Seit heute Mittag plagen mich arge Magenschmerzen, und ich habe brechen müssen. Aber unsere gute Herrin hat nach einem Arzt geschickt, der mir ein wirksames Pulver verschrieben hat. Morgen werde ich schon wieder aufstehen können.«

Silvana schüttelte vehement den Kopf. »Schlag dir das aus dem Sinn! Du bleibst liegen, bis du vollständig genesen bist.«

Marietta schaute sie an, als ob sie um Verzeihung bitte. »Diese Unpässlichkeit habe ich selbst verschuldet. Der Stallmeister feierte Geburtstag und bestand darauf, auf sein Wohl ein Glas Wein zu trinken. Den ungewohnten Alkohol habe ich wohl nicht vertragen. Der Gute hat sich selbst Vorwürfe gemacht und darauf bestanden, dass ich mich sogleich niederlege. Seiner Verlobten, die auch hier im Hause Dienst tut, hat er befohlen, einstweilen meine Arbeit zu übernehmen, und das liebe Ding war sofort einverstanden.«

In Silvana keimte ein fürchterlicher Verdacht. »Hat er denn allen anderen auch von diesem Wein angeboten?«

»Nein, dem Armen ist ein Missgeschick zugestoßen. Als er mir als der Ältesten im Kreise der Dienerschaft eingeschenkt hat, ist ihm die Flasche aus der Hand geglitten und auf dem Steinboden zerbrochen. Er musste eine neue Flasche entkorken, was mir sehr Leid getan hat. Denn als Stallmeister verdient er nicht allzu viel. Seiner Verlobten, die doch ganz und gar unschuldig war, hat er barsch befohlen, sie solle den Boden bis auf den letzten Flecken säubern.«

Silvana konnte ihre Erregung nur mühsam verbergen. Sie ahnte, dass man Marietta eine kleine Dosis Gift in den Wein geschüttet hatte, um sie für eine Weile aus dem Verkehr zu ziehen. Aber warum wohl? Erst jetzt kam es ihr so vor, als ob sie die Stimme der jungen Dienerin schon einmal gehört hätte. War sie es, mit der sich der Stallmeister in der Pferdebox vergnügt hatte? Damals hatte sie unter ihm lustvolle Laute von sich gegeben. Ging es etwa darum, diesem Mädchen Zutritt zu ihrem Zimmer zu verschaffen, ohne Aufsehen zu erregen? Ihr Goldschmuck, den die Marchesa ihr geschenkt hatte, lag wohl verwahrt in einer Schatulle.

Sie erhob sich abrupt. »Du siehst müde aus, Marietta. Ruhe dich aus! Ich werde später noch einmal nach dir sehen.«

Sie stürmte so eilig die Treppe hinab, dass sie beinahe gestürzt wäre. Unten riss sie die Türe zu ihrem Schlafgemach auf. Das Mädchen hatte sich entfernt, aber es kam ihr so vor, als habe sich jemand am Schrank zu schaffen gemacht.

Der Schmuck war unberührt. Ihre hastige Zählung ergab, dass alle Ketten und Broschen vorhanden waren. Vielleicht war ihr Verdacht unbegründet. Aber dann bemerkte sie, dass ihre Kleidungsstücke in Unordnung geraten waren, und plötzlich erfasste sie eine grauenvolle Ahnung. Mit einem Stoßseufzer, der Himmel möge ihr beistehen, fasste sie in die Tasche eines seidenen Rockes. Sie hob ein Tüchlein beiseite, das sie dort eingesteckt hatte, und tastete nach unten, ob dort Papier zu fühlen sei. Leer! Unter dem kleinen Tuch befand sich nichts. Dreimal wiederholte sie diese Prozedur, weil sie einfach nicht glauben wollte, was ihr da Schreckliches zugestoßen war. Aber die Liste mit den Angaben über die lucchesischen Festungen, die sie in der Bibliothek gestohlen hatte, blieb verschwunden. Verzweifelt ließ sie sich auf der Bettkante nieder, als ihr bewusst wurde, dass sie das Dokument auch noch mit handschriftlichen Notizen ihrer eigenen Beobachtungen versehen hatte.

Ein Gewitter mit Donner und Blitzen hätte sie nicht schwerer treffen können. Es dauerte lange Zeit, bis sie sich beruhigt hatte und wieder klar denken konnte. In der ersten Aufregung hatte sie daran gedacht, die Verlobte des Stallmeisters aufzusuchen und mit kräftigen Ohrfeigen zum Reden zu bringen. Danach hatte sie erwogen, das Mädchen bei dem Marchese des Diebstahls zu bezichtigen. Aber diesen Gedanken hatte sie als völlig unsinnig abgetan. Denn sie hätte erklären müssen, was ihr denn gestohlen worden sei. Darum auch war es ungünstig, den Stallmeister aufzusuchen, um ihn zur Herausgabe des Dokuments zu zwingen. Denn mit welchem Druckmittel?

Ihr Vater hatte seinen Soldaten immer gepredigt, besser als ein unüberlegter Angriff sei ruhiges Nachdenken. Da konnte sie allerdings sämtliche Argumente hin und her wenden. Es gab keine Lösung, und es blieb ihr nur übrig, tatenlos abzuwarten, was dieses Pärchen als nächsten Schachzug plante. Vielleicht eine Erpressung? Das wäre noch das geringste Übel.

Es fiel ihr schwer, sich noch einmal auf der Bettkante bei Marietta niederzulassen, um tröstende Worte zu sprechen. Vielmehr hätte sie selbst des Trostes bedurft. Ihre Dienerin war schon wieder guten Mutes. Das Pulver des Doktors hätte schnell gewirkt, und schon morgen wolle sie wieder ihre liebe kleine Herrin selbst versorgen, umso mehr, als jetzt die Verlobte des Stallmeisters auch erkrankt sei und nur ein wenig in der Küche helfen könne.

Silvana enthielt sich jeder Stellungnahme. Dass die Diebin sich jetzt nicht mehr in ihrem Zimmer sehen lassen würde, hätte man voraussehen können. Wahrscheinlich würde sie sich sorgsam vor ihr versteckt halten.

Sie verabschiedete sich von Marietta und wandelte im Garten umher, in der Hoffnung, dass sie an der frischen Luft eher ihre Gedanken ordnen könnte. Falls der Stallmeister mit dem Dokument sogleich den Marchese aufgesucht hatte, um seine Nichte als Verräterin zu brandmarken, wäre das für sie eine Katastrophe. Man würde sie mit Schimpf und Schande aus dem Haus jagen und zu ihrem Vater zurückschicken. Und was der jähzornige Kommandant der Burg Nozzano mit ihr machen würde, wagte sie sich gar nicht auszumalen. Sicher würde er so eine erbärmliche Diebin und Verräterin mit der flachen Klinge vor der versammelten Burgmannschaft erbarmungslos schlagen und dann womöglich für immer einsperren. Bei diesem Gedanken wurde ihr so schlecht, dass sie sich auf der Bank unter dem Kastanienbaum niederlassen musste.

Plötzlich kam ihr ein Gedanke, der noch bei weitem schlimmer war als der vorherige. Was wäre, wenn der Stallmeister das Dokument den Pisanern aushändigen wollte? Für die Feinde gäbe es kaum Schwierigkeiten, alle lucchesischen Festungen zu erobern, die in dem Geheimdokument präzise mit bewachten und unbewachten Toren, Waffenarsenalen, Magazinen, Wehrtürmen, Treppen und Schießscharten, der Stärke der Besatzung, vor allem aber auch mit geheimen Zu- und Ausgängen verzeichnet waren. Wie könnte sie jemals beweisen, dass nicht sie dieses wichtige Dokument an den Feind weitergegeben hatte?

Sie starrte auf den Teich, auf dem die Schwäne ruhig ihre Bahn zogen. Genauso gut hätte sie sich jetzt sofort im Wasser ertränken können. Ihr fiel auch das Meer ein. Wenn sie nur weit genug hinauswaten und sich treiben lassen würde, wäre das vielleicht gar kein so schlechter Tod. Oder sie könnte sich absichtlich in das Kriegsgebiet wagen, und ein gnädiges Geschick würde dafür sorgen, dass sie von einem Pfeil oder einer Lanze getroffen würde.

Aber dann dachte sie wieder an ihren Vater, der mit drohender Stimme seinen Soldaten verkündet hatte: Wer selbst Hand an sich lege, statt zu kämpfen, sei ein elender Feigling und finde auch vor Gott keine Gnade, sondern werde ewig im Fegefeuer schmoren.

Silvana erkannte bei der gemeinsamen Abendmahlzeit sofort, dass der Stallmeister nicht bei dem Herrn von Marlia vorstellig geworden war, um sie zu verklagen. Der Marchese war mit völlig anderen Problemen beschäftigt. »Castruccio Castracani hat beschlossen, mit einer beträchtlichen Streitmacht in das Arnotal einzufallen und San Miniato zu besetzen, damit die Florentiner auf diese Weise gezwungen werden, ihre Truppen aus der Lombardei zurückzuziehen, um ihr eigenes Gebiet zu verteidigen.«

Marchesa Donata wagte eine Frage, und Silvana konnte beobachten, dass sie befürchtete, ihre Frage werde als unnötig von ihrem Gemahl zurückgewiesen. »Werden denn unsere armen Reiter, die doch gerade erst von Rom heimgekehrt sind, keine einzige Nacht bei ihren Angehörigen verbringen dürfen?«

Der Marchese hatte nur mit halbem Ohr zugehört. Er wirkte zerstreut und gab nur eine unvollständige Antwort. »Ja, nein, man wird sehen.«

Silvana hätte gern eine genauere Auskunft gehört. Für sie war es außerordentlich wichtig, ob Tiziano Bernardini vielleicht auf Marlia erscheinen würde, um den Marchese über das weitere Vorgehen des Principe zu unterrichten. Aber sie konnte sich nicht vorstellen, dass der Geistliche aus Collodi von ihr verlangen würde, so nebenbei, angesichts eines bevorstehenden Krieges, eine Beichte abzulegen, die ihr künftiges Leben entscheidend verändern könnte.

Wo denn San Miniato sei, wollte sie wissen. Der Marchese, der ihre Frage als vernünftig gelten ließ, erklärte ihr, dass dieser Ort wegen seiner strategischen Bedeutung hart umkämpft sei, denn auch die Florentiner versuchten, sich dort festzusetzen.

Silvana war mit dieser Antwort zufrieden. Offensichtlich war San Miniato keine Festung, die in der Auseinandersetzung zwischen Pisa und Lucca eine Rolle spielte. Scheinbar ging es jetzt eher darum, Fürst Visconti zu helfen und die Florentiner aus der Lombardei zu vertreiben, als die pisanischen Erbfeinde in Schach zu halten. Sie schöpfte Hoffnung, dass der Stallmeister von dem gestohlenen Dokument vorerst keinen nutzbringenden Gebrauch machen konnte.

Die Verlobte des Stallmeisters war anscheinend für den heutigen Abend zum Servierdienst eingeteilt worden, oder sie hatte sich vielleicht sogar freiwillig dazu gemeldet, um Silvana spöttische Grimassen schneiden zu können. Einen Augenblick lang fürchtete Silvana sogar, dass diese unverschämte Dienerin ihr die Suppe über das Kleid schütten wollte, denn das Gefäß schwankte bedenklich über ihrem Schoß. Wahrscheinlich aber befürchtete sogar diese kecke Dirne eine Strafe für eine solche Ungeschicklichkeit.

Als der Marchese die Tafel aufgehoben und die beiden Damen entlassen hatte, begab sich Silvana wieder in den Garten. Unschlüssig wanderte sie zwischen den Rosenbeeten umher, aber dann beschloss sie doch, im Stall nach dem Wohlergehen von Maestoso zu sehen. Die Boxen waren leer, und der Stallmeister war nirgendwo zu sehen. Vielleicht war er mit seinen Gehilfen zur Tränke geritten. Silvana war es recht, dass sie diesem Menschen nicht begegnen musste. Sie benutzte die Gelegenheit, noch einmal nach der verschwundenen Lanze zu suchen, aber auch diesmal vergebens. Nach einem Blick in den leeren Hof wagte sie sich auch in die Kammer, wo Sättel und Zaumzeug aufbewahrt wurden. An einem Haken hingen schmutzige Hosen und Jacken. Sie ekelte sich ein wenig, als sie in die Taschen griff, in der sich alter, getrockneter Pferdemist befand. Anscheinend wurden diese Kleidungsstücke zum Ausmisten getragen. Sie hätte sich denken können, dass der Stallmeister das gestohlene Dokument nicht in seiner dreckigen Hose herumtragen würde. In einem kleinen Schränkchen, das sie oberflächlich durchsuchte, befanden sich nur Salben und Verbandsstoff.

Als draußen auf dem Hof das Geräusch zahlreicher Hufe ertönte, verließ sie eilends die Kammer und erreichte gerade die Stalltür, als die ersten Pferde hereingeführt wurden. Sie brauchte nicht lange zu suchen, um Maestoso zu entdecken, der von einem Jungen geführt wurde. Natürlich hatte der Stallmeister sie an der Tür stehen sehen. Noch ehe sie sich an den kleinen Pferdeführer wenden konnte, lief der Stallmeister an der Reihe entlang und packte den Jungen bei den Haaren. »Nimm gefälligst die Mütze ab, wenn du mit der Contessina sprichst! Vielleicht möchte die junge Herrin ausreiten.«

Silvana hörte in seinen Worten durchaus die Ironie und konnte sich nur mühsam beherrschen. Mit Sicherheit wusste der Stallmeister, dass der Marchese für die Damen des Hauses ein strenges Ausreitverbot erlassen hatte. »Lass den Jungen doch in Frieden! Ich habe vorläufig keinen Befehl gegeben, mein Pferd zu satteln, und wollte mich nur überzeugen, ob Maestoso auch gut gepflegt wird.«

Der Junge sah betreten von einem zum anderen. Er spürte wohl, dass es zwischen diesen beiden irgendein Ärgernis geben müsse.

Als er seine Mütze wieder aufsetzen wollte, nahm der Stallmeister ihm die Kappe ab und warf sie in den Kot des Hofes. »Dort lässt du sie liegen, bis du der Contessina ihr Reitpferd vorgeführt hast. Wehe dir, wenn es da eine Beanstandung gibt.«

Silvana, die genau wusste, dass diese feindselige Haltung und die groben Worte nicht dem kleinen Pferdeführer, sondern ihr selbst galten, legte ihren Arm um die Schultern des Jungen. »Sei nicht traurig! Ich werde dir eine neue Mütze schenken, denn ich sehe auf den ersten Blick, dass du Maestoso gut gepflegt hast.«

Der Stallmeister grinste. »Ein Lob aus Eurem Munde ist Lohn genug. Ich hoffe zuversichtlich, dass Euer Reittier genügend ernährt worden ist, um lange Ritte bis zu den Festungen der Lucchesia auszuhalten.«

Was sollte sie darauf erwidern? Ihr fiel keine passende Antwort ein. So blieb ihr nichts anderes übrig, als den Rückzug anzutreten. Aber da gab es jetzt keinen Zweifel mehr. Das Dokument befand sich in seinem Besitz!

Als Silvana über den Hof zur Villa zurückging, bemerkte sie, dass ein hoher Gast in Marlia eingetroffen sein musste. Denn an einem der eisernen Ringe, die für das Anbinden der Pferde von adeligen Besuchern vorgesehen waren, scharrte ein

Hengst ungeduldig mit den Hufen, so dass der lucchesische Wimpel wie bei einem stürmischen Wind hin und her flatterte. Ihr geschultes Auge erkannte sogleich, dass es sich um ein edles Reittier handelte.

Ob Castruccio Castracani gekommen war, um mit dem Marchese über den bevorstehenden Kriegszug zu sprechen? Aber da wäre ihr mit Sicherheit seine Begleitmannschaft begegnet. Sie brauchte nicht länger nachzudenken. Bei dem Besucher konnte es sich nur um Tiziano Bernardini handeln, denn als sie näher herantrat, erkannte sie auf der Satteldecke das Wappen des Geschlechtes Bernardini. Nach all ihrem Ärger und ihren wohl begründeten Ängsten hatte sie keinerlei Lust, dem Conte zu begegnen. Ehe er womöglich aus dem Eingangsportal heraustreten konnte, eilte sie in den Park, wo die Bäume am dichtesten wuchsen. Sie wählte eine entfernte Bank in der Nähe des Labyrinthes, um möglichst schnell flüchten zu können, falls es dem Conte einfallen sollte, nach ihr zu suchen. Aber sie tröstete sich damit, dass sie im Unfrieden geschieden waren und auch Tiziano Bernardini keine Veranlassung sehen würde, mit ihr zusammenzutreffen.

Trotzdem blieb sie auf der Hut. Und daran tat sie recht. Schon von weitem erkannte sie seine Schritte auf dem knirschenden Kies. Behände sprang sie auf und verschwand in den verschlungenen Wegen des Labyrinths.

Aber anscheinend hatte der Conte sie doch entdeckt. Er blieb am Eingang des Irrgartens stehen und lauschte. Silvana zog es vor, sein Rufen nicht zu erwidern, sondern schlich leise weiter. Sie dachte an das schreckliche Erlebnis mit Roberto di Ripafratta und überlegte kurz, welchen Fehler sie wohl gemacht haben konnte, dass er sie aufgestöbert hatte. Diesmal musste sie eine andere Richtung wählen. Aber welches war jener andere Weg? Schneller als befürchtet hatte sie die Orientierung verloren. Ein plätschernder Springbrunnen mit einem dicken kleinen Posaunenengel war ihr unbekannt, und die Skulptur eines Reitpferdes mit ungewöhnlich schmalen Flanken war ihr bisher niemals begegnet. Hinter der Hecke glaubte sie, Schritte zu hören, und um sich möglichst weit von diesen Geräuschen zu entfernen, schlug sie eine andere Richtung ein. Aber hier wurde die schützende Hecke dünner. Wenn sie den nahen Wald erreichen wollte, musste sie an einigen Blumenrabatten entlanglaufen. Sie hatte die Sonnenblumen hinter sich gelassen, die ihr einigermaßen Schutz geboten hatten, und wollte mit einigen Sprüngen ein Mohnfeld überqueren, da stand er plötzlich vor ihr: Conte Tiziano Bernardini. Wo war er nur so plötzlich hergekommen? Er musste sie in einem weiten Bogen überrundet haben und war ihr dann aus dem Wald entgegengekommen. Wütend über ihr eigenes Versagen blieb sie stehen.

Tiziano Bernardini griff nach ihr und hielt sie fest. Er lachte triumphierend. »Um einem erfahrenen Krieger zu entkommen, braucht man ein feines Gespür. Wenn ich jetzt ein Feind wäre, der dir übel wollte, könnte dir Böses geschehen. Die Marchesa erzählte mir, man habe dich auf einem deiner Ritte furchtbar zugerichtet.«

Es gelang ihr nicht, seinem Zugriff zu entkommen. Aber er sollte wenigstens nicht denken, dass sie einem Überfall wehrlos ausgeliefert gewesen war. Darum stellte sie das grauenvolle Erlebnis als harmlos dar. Der Conte sollte nicht erfahren, wie wehrlos sie gewesen war. Vielleicht würde er Rückschlüsse ziehen, die der Wahrheit sehr nahe kämen. »So schlimm war es nicht, jedenfalls nicht grässlicher, als von deinen Fäusten festgehalten zu werden.«

»Warte ab, ob meine Behandlung dir nicht doch besser gefällt!«

Er zog sie fest an sich, so dass sie spüren konnte, dass er sie begehrte. Aber so leicht wollte sie es ihm nicht machen. Sie trat ihm gegen das Schienbein, und obwohl dieser Tritt mit Sicherheit schmerzte, ließ er sie nicht los. Er neigte seinen Mund zu ihrem Ohr und flüsterte ihr zu, wie sehr er sich während der ganzen Zeit in Rom, trotz der hübschen Mädchen, die dort in den Straßen zu finden gewesen seien, nur nach ihr gesehnt habe. »Ich habe mich seit Wochen auf diesen Augenblick gefreut.«

Mit Mühe bewahrte Silvana ihre Fassung. Schon begannen die roten Sterne vor ihren Augen zu tanzen, die sie so gut seit dem Ereignis in der Hütte kannte. »Du hattest mir doch die Ehe versprochen, ehe wir uns noch einmal im Liebeskampf messen.«

Tiziano sah sie erschrocken an und hätte sie beinahe losgelassen. »Das stimmt, und ich habe immer noch fest vor, dich zu meiner Frau zu machen. Aber morgen in aller Frühe werden wir gegen die Florentiner in den Krieg ziehen. Uns beiden bleibt nach unseren Auseinandersetzungen im Stall nicht viel Zeit, miteinander Frieden zu schließen. Als Tochter des berühmten Capitano Monteggiore weißt du recht gut, dass vor der Kapitulation immer ein Kampf stattfindet. Einer siegt, und der andere empfängt die bittere Niederlage. Darum kämpfe, Soldatenmädchen, damit du nicht unterliegst.«

Silvana war auf seinen schnellen Angriff nicht vorbereitet. Er warf sie zu Boden und hielt ihr beide Hände über dem Kopf fest. Silvana lag in den Mohnblüten wie auf einem roten Teppich. Aber es war nicht der Mohn des Feldes, der Silvana wie eine rote Welle überschwemmte, sondern ihre eigene Begierde. Vergessen waren ihre Vorsätze, sich diesem Mann nicht mehr zu öffnen. Sie kämpfte, um die Oberhand zu gewinnen und sich rittlings auf ihm niederzulassen. Ihn unter sich zu sehen, hätte ihr das Gefühl vermittelt, in diesem Kampf der Sieger zu sein. Aber diesmal verwehrte er es ihr, sich unter ihm fortzubewegen. Seine Lippen fuhren von dem Ohrläppchen zu ihrem Mund, den sie bereitwillig öffnete. Aber mit einem Aufschrei bäumte sie sich auf, als er ihr kräftig zuerst in das Ohrläppchen und dann in die Lippen biss. Sie versuchte mit aller Kraft, dem Gewicht seines Körpers zu entkommen. Er aber stellte sich zwar, als habe er ihren Schmerzensschrei nicht vernommen, drang aber nun gar nicht mehr stürmisch, sondern sehr zart in sie ein. Seine Bewegungen wurden immer langsamer, um den Höhepunkt möglichst lange hinauszuzögern.

Silvana sah verschwommen, wie die roten Mohnblüten im Rhythmus ihrer Bewegungen über ihnen hin und her wogten, und sie hielt ihn fest, als er sich neben sie legen wollte. Denn ihr kam der absonderliche Gedanke, dass er dann einige der zarten Blütenblätter zerdrücken würde.

Tiziano löste sich jedoch aus ihrer Umarmung, stand auf und reichte ihr die Hand, um sie vom Erdboden hochzuziehen. Mit sanften Bewegungen pflückte er Mohnblüten aus ihrem Haar. »Einen hübschen Brautkranz trägst du da. Jetzt aber heißt es Abschied nehmen.«

Er wollte sie in den Arm nehmen, aber Silvana schob ihn von sich. Eben noch hatte sie sich wie in einer anderen Welt befunden. Dann aber, wie ein schwerer Stein, der in einen tiefen Brunnen fällt, beschwerte sie plötzlich die aufgebürdete Buße des Rettore aus Collodi. Wie hatte sie diese Beichte, vor der sie sich fürchtete, in ihrem Taumel der Lust nur vergessen können? Sie fasste nach seiner Hand. »Bleibe bitte noch hier, und höre mir zu! Ich habe dir etwas Wichtiges mitzuteilen.«

Doch Tiziano schien mit seinen Gedanken schon bei den bevorstehenden Kämpfen zu sein. Er wandte sich nach einem flüchtigen Abschiedskuss zum Gehen. »Weißt du, wo San Miniato liegt? Dort werde ich morgen schon sein. Bete für mich, dass ich unverletzt bleibe. Dann werde ich bald wieder bei dir sein, um dich in die Arme zu schließen.«

Sie unternahm noch einen letzten Versuch. »Beten hilft da nicht viel. Es gibt etwas, das du wissen müsstest, ehe du dich in den Krieg begibst.«

Tiziano vermutete etwas völlig anderes. »Du brauchst dich nicht zu sorgen, wenn unser Zusammensein nicht ohne Folgen geblieben ist. Ich werde sehr glücklich sein und sogleich nach meiner Rückkehr unsere Hochzeit vorbereiten.«

»Aber …« Ihre weiteren Worte verhallten ungehört. Sie schaute ihm nach, wie er zwischen den Hecken des Irrgartens verschwand, und fühlte sich entmutigt. Schon bald aber wich diese Regung einem Trotzgefühl. Nun gut, er hatte ihre Warnung nicht hören wollen. Ihr war es nur zu recht, für diese unangenehme Beichte einen Aufschub erlangt zu haben. An ihr hatte es jedenfalls nicht gelegen, die Bußforderung zu erfüllen. Das Beichtgeheimnis war inzwischen bei dem Rettore gut aufgehoben. Das erhoffte sie sich zumindest.

In der Villa bemerkte anscheinend niemand ihren zerzausten Zustand. Marietta wirkte immer noch sehr schwach, und Silvana schickte die alte Dienerin sogleich wieder zu Bett. Sie säuberte sich oberflächlich und folgte dem Gong, der zur Mahlzeit rief.

Der Marchese sprach mehr zu sich selbst als zu den beiden Damen. Er könne nicht verstehen, warum sich der Principe auf diese Hilfeleistung für die Mailänder eingelassen habe. Ausgerechnet San Miniato habe schon so manches Opfer gefordert, und es liege doch auf der Hand, dass die Florentiner, sobald Castruccio mit seiner Streitmacht den Rücken gekehrt habe, diesen strategisch wichtigen Ort wieder besetzen würden.

Die Marchesa hütete sich wohl, zu dieser halblaut gemurmelten Kritik irgendwie Stellung zu nehmen. Silvana hörte kaum zu, bis der Name Tiziano Bernardini erwähnt wurde.

»Ich fürchte sehr, dass der Principe seinen Günstling in gefährliche Kämpfe verwickeln wird. Denn der Conte ist ein erfahrener Hauptmann, dem Castruccio mit Sicherheit die gesamte Reiterei anvertrauen wird. Leider sind beide oft allzu kühn und begeben sich leichtsinnig in Gefahren.«

An dieser Stelle schaltete sich die Marchesa ein. »Gott wird sie schützen, und dass Gott die Starken liebt, ersieht man daraus, dass Gott die Schwächlinge mit den Starken züchtigt.«

Der Marchese sah seine Gemahlin verständnislos an, und auch Silvana empfand dieses Argument als ziemlich rätselhaft. Sie scheute sich nicht, nun auch etwas zu der Unterhaltung beizusteuern. »Castruccio Castracani soll einmal, als man ihn fragte, wie er beerdigt werden wolle, gesagt haben: ›Mit dem Gesicht nach unten, denn wenn ich tot bin, wird es in diesem

Land drunter und drüber gehen.‹ Da will er wohl gar nichts mehr sehen. Und das trifft auch für den Conte zu. Die beiden werden sich allein schon deshalb nicht in unnötige Gefahren begeben.«

Der Marchese lachte und tätschelte seiner Nichte die Wange. »Ich freue mich, dass du am Schicksal unserer Kämpfer Anteil nimmst. Du hast dich inzwischen zu einem echten lucchesischen Edelfräulein gemausert.«

Silvana schlug die Augen nieder. Sie schämte sich, aber mehr noch fürchtete sie, dass das verräterische Dokument in die Hände des Marchese geraten könne.

Am Tage war es sehr heiß gewesen, und obwohl die Sonne schon untergegangen war, lagerte die Hitze noch in den Räumen. Darum beschloss Silvana, vor dem Schlafengehen ein wenig Erfrischung im Garten zu suchen. Die ersten Glühwürmchen waren ausgeschwärmt und bevölkerten zahlreich die Wiese, so dass es schien, als seien einige Sterne vom Himmel in das Gras gefallen. Die Zikaden hatten sich zu einem weithin hallenden Konzert versammelt, das den Hunden des Nachtwächters nicht zu gefallen schien. Denn sie versuchten, allerdings vergeblich, den Gesang der Zikaden zu übertönen. Der Park, der nur bei Festlichkeiten durch Fackeln beleuchtet wurde, lag jetzt zur Zeit des Neumonds im Dunkeln.

Silvana ließ sich in einem Sessel des Pavillons am Schwanenteich nieder und atmete tief die kühle Luft ein, die von der Wasseroberfläche emporstieg. Sie lehnte den Kopf zurück und schloss die Augen.

Sie musste wohl fest eingeschlafen sein, denn sie hatte die nahenden Schritte überhört und glaubte an einen Albtraum, als eine schwielige Hand gewaltsam ihren Mund verschloss und die andere Hand ein Messer an ihre Kehle setzte. »Schreie nicht, und halte dich still, sonst wirst du bald für immer schweigen!«

Silvana kam langsam zu sich und erkannte, dass es sich hier in keiner Weise um einen Traum handelte. Im ersten Augenblick glaubte sie, den Stallmeister vor sich zu haben, denn die Kleidung des Angreifers verströmte den Gestank nach frischem Pferdemist. Aber dieser Mann war bei weitem größer und von vierschrötiger Gestalt.

»Was willst du?« Sie brachte diese Worte nur gurgelnd heraus.

Der Angreifer dachte gar nicht daran, seine Hand zu lockern, und an der Kehle fühlte sie die Kälte der Messerklinge. »Ich habe etwas, das du suchst. Vielleicht hast du Lust, dieses Dokument zu erwerben, bevor ich es den Pisanern anbiete.«

Silvana wusste sofort, dass es sich um das Geheimdokument handelte. Wie nur kam es in den Besitz dieses Mannes? Sie verlor alle Furcht, denn offenbar wollte dieser Mann einen Handel mit ihr abschließen. »Also gut! Dann sage deinen Preis! Willst du reines Gold oder klingende Münze?«

Der Angreifer lachte heiser, wobei er seine fauligen Zähne sehen ließ. »Vielleicht verlange ich gar kein Geld, jedenfalls vorläufig noch nicht. Der Stallmeister hat mir dieses Dokument zwar verkauft, und ich habe eine stattliche Summe dafür ausgegeben. Ich musste mich sogar von einem meiner Pferde trennen.«

Silvana versuchte sich hinter der schwieligen Hand an einem empörten Ausruf. »Dieser Hundsfott! Dieser Verbrecher!«

Ein erneutes Lachen war die Antwort. »Mit diesen Schimpfworten hast du gar nicht so Unrecht. Nun muss ich dafür sorgen, dass ich einen gerechten Gegenwert erhalte. Den finanziellen Ausgleich wirst du mir in nächster Zeit beschaffen. Aber den Gegenwert für mein Pferd, das mir sehr lieb war, will ich schon jetzt eintreiben.«

Silvana ahnte schon, was jetzt auf sie zukommen würde, und wollte aufspringen. Der überaus kräftige Mann drückte sie jedoch mit einer Hand in den Sessel zurück und nestelte mit der anderen an ihrem Mieder. »Aber was denn? Der Stallmeister hat mir versprochen, dass dir ein starker Mann sehr gut gefallen würde. Ich bin zwar kein Conte, aber ich kann das, was dir offensichtlich bei diesem Herrn so gut gefällt, noch sehr viel besser. Warte nur ab!«

Silvana erstarrte, denn ihr wurde bewusst, dass sie von dem Stallmeister im Mohnfeld beobachtet worden war. Ihre völlige Lähmung wurde von dem Mann falsch gedeutet. »So ist es recht! Aber verhalte dich nicht gar zu still! Ein wenig Temperament darfst du schon zeigen.«

Sie glaubte nicht mehr an irgendeine Rettung und wagte kaum, ihren Ohren zu trauen, als ein wütendes Hundegebell ertönte. Die Hunde des Nachtwächters hatten anscheinend die fremde Witterung aufgenommen. Der Angreifer ließ von ihr ab und nahm sich nur noch Zeit für ein paar hastig hingeworfene Worte, ehe er in Sekundenschnelle verschwand. »Heute in einer Woche erwarte ich dich um diese Zeit im Gewächshaus. Solltest du nicht kommen, wird das Dokument noch in derselben Nacht in den Händen der Pisaner sein.«

Anscheinend hatte der Nachtwächter den Hund losgelassen. Mit gefletschten Zähnen tauchte er knurrend am Eingang zum Pavillon auf. Er sprang auf Silvana zu, die einen Schrei unterdrückte und starr stehen blieb. Trotz der Dunkelheit hatte der Hund sie sogleich erkannt, denn sie hatte ihn schon des Öfteren an seinem Zwinger besucht, ihn mit freundlichen Worten beruhigt, wenn er sie anfangs wütend anbellte, und später sogar unter der Aufsicht des Wachmanns gestreichelt.

Der Hund schnupperte kurz an ihrer Kleidung, spitzte die Ohren und entfernte sich in großen Sprüngen. Gleich darauf betrat der Wachmann den Pavillon. »Ihr seid es, Contessina! Verzeiht diesen rüden Überfall meines Hundes! Ich habe ihn freigelassen, weil ich glaubte, ein Fremder sei eingedrungen.«

Silvana stand auf. »Das trifft auch zu. Ich habe mich von der Hitze des Tages hier am Teich erholen wollen und wurde von einem Mann belästigt, den ich in Marlia noch nie gesehen habe.«

Aus dem hinteren Teil des Grundstücks ertönte das wütende Gebell des Hundes. Noch ehe der Wachmann ein lautes

»Fass« rufen konnte, kam der Hund zurück. In der Schnauze hielt er einen Fetzen Stoff, den er seinem Herrn vor die Füße legte. Silvana erkannte sogleich, vor allem durch den penetranten Gestank nach Mist, dass es sich um ein Stück des Hemdes jenes Fremden handeln müsse.

Arturo, der Wachmann, hob den Fetzen auf und versuchte in der Dunkelheit, die Farbe und Machart des Stoffes zu erkennen. »Von unseren Leuten hier trägt niemand ein solches Hemd. Aber ich werde den Fetzen aufbewahren, damit der Hund die Witterung aufnehmen kann.« Er tätschelte dem Wachhund den Kopf. »Bravo, Bongi, das hast du gut gemacht!«

Silvana hatte erwartet, dass er sich nun an sie wenden werde, ob ihr so ein Hemd bekannt wäre. Arturo erschien es jedoch wohl unpassend, die Contessina einem Verhör zu unterziehen. »Wenn Ihr gestattet, werde ich Euch jetzt zur Villa zurückbegleiten, obwohl ich nicht annehme, dass der Kerl sich noch in der Nähe aufhält. Bongi hätte sich sonst gerührt.«

Er hielt das Beutestück dem Hund vor die Nase, und Silvana hatte den Eindruck, dass sogar der Hund sich angeekelt abwandte.

Nützliche Wohltaten

Ihre Gedanken drehten sich immer wieder im Kreis. Sie fand keine Lösung, wie sie dieser Erpressung begegnen könnte. Schließlich kam sie auf die Idee, Marchesa Pina Streghi di Perotti aufzusuchen, die so gern plauderte. Bei einem Gespräch wollte sie dann das Thema auf Erpressungen bringen, ohne ihre eigenen Schwierigkeiten zu erwähnen. Sicher würde die Marchesa, die ihren Gemahl mehr als alle seine Untergebenen verehrte, mit Freuden Auskunft geben, wie Castruccio Castracani damit umgehen würde. Denn der Principe, dem die Glücksgöttin Fortuna immer zur Seite gestanden hatte, würde sicher einen gangbaren Ausweg wissen.

Ihren Vater, den Burgherrn von Nozzano, zu fragen, hatte sie gar nicht erst in Erwägung gezogen. Natürlich wäre er mit dem Schwert einem Erpresser entgegengetreten und hätte eher sein Leben geopfert als einem so unehrenhaften Handel nachzugeben. Aber der Conte Monteggiori war ja auch keine Frau.

Am nächsten Tag bat Silvana ihre Tante, sie möge ihr einen Ausflug nach Lucca gestatten, damit sie die Gemahlin des Principe besuchen könne. Denn Pina Streghi di Perotti sei wahrscheinlich in höchster Sorge um ihren Gemahl, und vielleicht könne sie die hohe Frau ein wenig beruhigen und erheitern.

Marchesa Donata zeigte sich gerührt. »Du bist wirklich ein liebes Mädchen. Ich werde bei deinem Onkel nachfragen, ob er diesen Besuch in Lucca für zu gefährlich hält.«

Der Marchese stimmte dem Plan seiner Nichte zu. An allen Toren Luccas seien Wachen zurückgeblieben, während das Gros der Truppen in das Arnotal abgerückt sei. Ein Angriff der Feinde in Lucca sei nicht zu befürchten, da die Florentiner sich noch in der Lombardei aufhielten.

Silvana ließ keine Zeit verstreichen. Im Besitz eines Billetts des Marchese, das ihr den Zugang zu den Stadttoren eröffnen sollte, ließ sie Maestoso durch den kleinen Burschen satteln, der ihr Pferd zur Tränke geführt hatte. Der Stallmeister stand mit verschränkten Armen am Ende der Boxengasse und beobachtete sie mit starrem Blick. Sie tat so, als ob sie ihn gar nicht bemerken würde, obwohl ihr seine Gegenwart unangenehm war.

Draußen fühlte sie sich sogleich freier. Am Ausgang verlangte man von ihr zwar den Erlaubnisschein, aber der Offizier der Wache begrüßte sie freundlich und salutierte, als sie das Tor passierte.

Auf dem Reitweg nach Lucca war es sehr still. Niemand begegnete ihr, und in den Dörfern sahen nur einige Frauen verstohlen zum Fenster hinaus. Die Weinberge lagen verlassen da, und am Brunnen, wo sonst fröhliches Gelächter der Mägde ertönte, herrschte beklemmende Ruhe. Nur ein alter Mann hockte auf einer hölzerner Bank und lächelte sie mit zahnlosem Mund an. »Wohin geht der Weg, schönes Mädchen?«

Silvana setzte sich neben ihn, weil er ihre Antwort offensichtlich nicht verstehen konnte und die rechte Hand wie einen Trichter an sein Ohr hielt. »Nach Lucca.«

»Da wirst du nicht viel Freude haben. Der Krieg verändert alles. Die Piazza von San Michele ist menschenleer, und die Glocken von San Martino schweigen bis zur Rückkehr des Principe. Habt auch Ihr einen Liebsten bei den Soldaten?«

Silvana wusste nicht, warum sie nickte. Aber der Alte war mit dieser Antwort zufrieden. Er blinzelte mit halbblinden Augen in die Sonne und drehte den Griff seines Knotenstockes unaufhörlich im Kreise. Die Unterhaltung schien beendet zu sein.

Am Tor San Gervasio trat ein Wächter auf sie zu, hielt Maestoso am kurzen Zügel zurück und fragte sie barsch nach ihrem Begehr. Als Silvana die kurze Notiz des Marchese von Marlia vorwies, wurde seine Miene etwas freundlicher, aber er bestand darauf, die Contessina ohne Umwege bis zum Haus des Principe zu begleiten, und trat erst den Rückzug an, als er beobachtet hatte, dass die Besucherin eingelassen wurde. Ganz so abwegig war der Gedanke nicht, dass sie vielleicht im Sinne gehabt hätte, einen Umweg über den östlichen Kanonenposten zu machen. Aber nicht hier und heute, da ihr eine andere Gefahr im Nacken saß.

Die Marchesa wartete nicht, bis man Silvana in ihr Boudoir geführt hatte, sondern kam ihr mit ausgebreiteten Armen entgegen, sobald man ihr den Besuch gemeldet hatte. »Welche Freude, dich bei mir zu sehen, mein liebes Kind! Mit Angst und Sorgen verbringe ich hier im Hause meine einsamen Tage ohne meinen Gemahl. Dich schickt der Himmel, um meine trüben Gedanken zu vertreiben.« Sie zog Silvana mit sich in ihre Privaträume, ließ Wein und Buccelati kommen und verbat sich jede Störung.

In einem unaufhörlichen Redestrom berichtete Pina Streghi von der lucchesischen Streitmacht, die in Kürze unter größter Verwüstung des Landes Fuccechio und San Miniato besetzen würde. Wenn das gelänge, müssten die Florentiner ihre Truppen aus der Lombardei zurückrufen, und man könne den Principe bald in Lucca zurückerwarten. Sie schloss noch eine längere Ausführung über Bündnistreue gegenüber dem mailändischen Visconti an.

Davon hatte Silvana nun schon oft genug gehört. Aber sie sah eine Möglichkeit, an dieser Stelle den Redestrom anzuhalten. »Es besteht kein Zweifel, dass unsere Streitmacht siegen wird, denn die Glücksgöttin Fortuna, deren Rad sich zwar unablässig dreht, hat unseren Herrn doch noch niemals verlassen.«

Die Marchesa zögerte kurz, ehe sie in ihrer Rede fortfuhr. »Nicht immer entscheidet Fortuna. Castruccuio weiß sehr genau, wann er sich auf das Glück verlassen darf und zu welchem Zeitpunkt er seine Machtfülle einsetzen, notfalls auch einmal einen Verzicht in die Waagschale des Schicksals werfen muss.«

Silvana zeigte sich enttäuscht. »Ich kann mir nicht vorstellen, dass unser Principe sich mit einem Verzicht zufrieden gibt.«

»Dann will ich dir ein Beispiel erzählen. Mein kluger Gemahl sagte einmal zu einem Freund, der ihm aufgab, einen geschickt geschlungenen Knoten zu lösen: ›Glaubst du, ich werde etwas lösen, was mir gebunden schon so viel zu schaffen macht?‹«

Die plötzliche Wendung des Gesprächs passte Silvana nicht unbedingt in ihre Pläne. Aber sie fand doch einen Anknüpfungspunkt. »Castruccio Castracani steht aber in allen Lebenslagen unter einem besonderen Schutz. Nichts und niemand kann ihm etwas anhaben. Ist es ihm denn etwa schon einmal zugestoßen, dass er Opfer einer Erpressung wurde?«

Die Marchesa geriet aufs Neue in Eifer. »Niemand hat es ernstlich versucht. Denn mein Gemahl wusste einer derartigen Bedrohung vorzubeugen. Er hat freigebig solchen Menschen Wohltaten erwiesen, die ihm gefährlich werden konnten.«

Silvana rückte auf ihrem Stuhl nach vorn. Die Marchesa hatte mit dem Wort »Wohltaten« etwas umschrieben, was man gemeinhin als »Bestechung« bezeichnete. »Wurden denn diese Wohltaten angenommen, und zeigten sie Wirkung?«

»Immer, denn Castruccio war der Meinung, dass man im Kampf gegen Feinde zwar Macht und Ruhm erwerben könne, durch Wohltaten dagegen Freunde, Sicherheit und Nutzen.«

Silvana bezweifelte zwar, dass der Principe so edel sei, wie seine Gemahlin ihn in unerschütterlicher Verehrung einschätzte. Sie hatte nämlich davon gehört, dass sich Castruccio nicht scheute, auch einen Freund ermorden zu lassen, wenn er fürchtete, dieser könne später zu einem Feind werden. Aber der Gedanke an eine Bestechung gefiel ihr immer besser.

Sie schaute zum Fenster und sah, dass sich der Himmel verfärbte und die Abenddämmerung langsam hereinbrach. »Es wird dunkel, und ich muss mich sputen, vor dem vollständigen Untergang der Sonne in Marlia zurück zu sein. Man wird sich sonst Sorgen machen.«

Die Marchesa sprang auf. »Wie selbstsüchtig bin ich doch, dich so lange in meiner Gesellschaft festzuhalten! Ich werde ohne Verzug dein Pferd satteln lassen und dich zu deiner Sicherheit von einem unserer Reiter nach Marlia begleiten lassen. Komme bald wieder, mein Kind! Dein Besuch hat mir gut getan.«

In Marlia wurde sie schon unruhig erwartet. Ein Bote, der den weiten Ritt aus dem Arnotal zurückgelegt hatte, war eingetroffen und hatte von dem Rückzug der Florentiner berichtet. Dass diese jetzt zum Frieden bereit seien, nahm man in Marlia mit großer Befriedigung zur Kenntnis. Dennoch gab es zur Besorgnis einen Grund, den der Bote dem Herrn von Marlia im Geheimen mitgeteilt hatte und über den der Marchese vorläufig nicht sprechen wollte.

Diese geheime Mitteilung erschien Silvana nebensächlich. Wäre sie lebensbedrohend, hätte der Marchese dies den beiden Damen mitgeteilt. Silvana bat darum, sich bald zurückziehen zu dürfen, denn sie wollte ungestört über ihr weiteres Vorgehen nachdenken.

Zunächst unternahm sie jedoch einen kurzen Besuch bei Marietta. Die Kranke saß in einem Sessel, den die Marchesa ihrer treuen Dienerin zugestellt hatte. Offensichtlich schien sie diese Vorzugsstellung zu genießen. Ihre Wangen waren leicht gerötet, und sie hatte sich schon wieder eine Handarbeit vorgenommen. Silvana blieb stehen, weil sie nicht vorhatte, lange zu bleiben. »Du fehlst mir sehr, Marietta! Aber vorläufig mag dieses junge Ding deinen Dienst übernehmen.«

Marietta versuchte aufzustehen, sank aber in den Sessel zurück. »Sobald meine Kräfte zurückgekehrt sind, werde ich mit

Freuden meine Pflichten wieder übernehmen. Ich habe aber schon Anweisung gegeben, Brunella solle vorläufig dafür sorgen, dass es dir an nichts mangelt.«

Diese Botschaft passte Silvana in ihr Konzept. So blieb es ihr erspart, nach der Verlobten des Stallmeisters zu fahnden, um sie zu sich zu rufen.

Als sie ihr Zimmer betrat, war Brunella schon damit beschäftigt, die achtlos am Boden liegenden Kleidungsstücke aufzusammeln und im Schrank zu verstauen. Sie lief dunkelrot an, als Silvana vor ihr stand, und ließ das Kleid fallen, das sie noch eben in den Händen gehalten hatte. Silvana vermutete, dass Brunella gerade dabei war, die Taschen zu untersuchen.

Sie stellte sich mit dem Rücken zum Fenster, damit das Mädchen ihren Gesichtsausdruck nicht erkennen konnte. »Habe ich dich etwa erschreckt? Das tut mir herzlich Leid.«

Brunella sah sie entgeistert an. Anscheinend konnte sie sich den plötzlichen Sinneswandel ihrer jungen Herrin nicht erklären. Sie wirkte geradezu ratlos, als Silvana sie zu sich heranwinkte. »Wir müssen miteinander reden. Es gibt da etwas, das du wissen müsstest.« Sie gab ihrer Stimme einen verschwörerischen Unterton. »Mir ist da nämlich ein wichtiges Dokument abhanden gekommen, das nun plötzlich im Besitz eines fremden Menschen auftaucht.«

Brunella wirkte erstaunt. Ihre Neugier war anscheinend geweckt. »Und da teilte mir jener Fremde doch tatsächlich mit, der Stallmeister von Marlia habe ihm dieses Dokument gegen Zahlung einer hohen Geldsumme verkauft.«

Die Miene des Mädchens verzerrte sich. Silvana war sich sicher, dass sie bis jetzt nichts von den Machenschaften ihres Verlobten erfahren hatte. Offensichtlich fühlte sie sich betrogen. »Das ist aber noch nicht alles. Stell dir vor, außer der hohen Geldsumme musste der Käufer auch noch ein sehr edles Pferd an den Stallmeister abgeben. Das wird dein Verlobter wohl auch noch gegen Golddukaten eintauschen. Mit all diesen Reichtümern mag er sich wohl über kurz oder lang absetzen. Sicher hat er dich eingeweiht. Mir wäre es sehr unlieb, wenn du aufgrund des unverhofften Reichtums mit deinem Verlobten Marlia verlassen würdest, denn ich habe mich an deinen fürsorglichen Dienst gewöhnt.« Silvana empfand keinerlei Gewissensbisse, derartig scheinheilig zu sein.

Die Reaktion des Mädchens kam ihr jedoch überraschend. Brunella brach in Tränen aus und erging sich in einer wütenden Schimpfkanonade. »Dieses hinterhältige Schwein, dieser Betrüger und falsche Hundesohn!«

Silvana legte vertraulich ihre Hand auf die Schulter des Mädchens und reichte ihr sogar eines ihrer Spitzentüchlein, in das sich Brunella geräuschvoll schnäuzte. Ihre Pläne nahmen Gestalt an. »Es ist alles viel schlimmer, als du dir das vorstellen kannst. Der Fremde ist der Meinung, dass er einen erhöhten Preis bezahlt hat. Vor allem deswegen, weil er sich von einem Pferd trennen musste, das ihm ans Herz gewachsen war. Nun will er gerade für dieses Pferd einen Gegenwert.«

Brunella schniefte noch einmal kräftig und starrte ihre Herrin verständnislos an. »Was meint er denn damit? Er wird Euch doch wohl nicht zwingen, Euren herrlichen Maestoso herzugeben, den alle Stallknechte bewundern.«

»Aber nein! Ich möchte dir anvertrauen, was er verlangt: Liebesdienste!«

Brunellas Tränen versiegten. Sie fand keine Worte. Anscheinend erschien ihr eine solche Forderung, die dieser Mensch gegenüber einer Contessina auszusprechen wagte, eine kaum zu fassende Ungeheuerlichkeit.

Nach einer Minute des Schweigens, in der Silvana ihre Schmuckschatulle hervorholte, hielt sie den rechten Zeitpunkt für gekommen, Brunella endgültig für ihren Plan zu gewinnen. »Du kannst dir denken, dass es mir völlig unmöglich ist, dieser Forderung nachzukommen. Es gibt aber eine Möglichkeit, die es dir gestattet, an dem betrügerischen Stallmeister Rache zu nehmen und gleichzeitig zu Reichtum zu gelangen, der bei weitem größer ist als der Preis, den der Stallmeister erzielt hat.«

Sie öffnete die Schatulle und konnte die gierigen Blicke beobachten, mit denen Brunella die glitzernde Pracht wie gebannt anstarrte. »Was muss ich tun?«

»Du gehst statt meiner in das Gewächshaus, wohin mich der Fremde binnen einer Woche bestellt hat. Vielleicht verhindert die Dunkelheit, dass er den Betrug durchschaut. Falls er dennoch die Täuschung erkennt, dann erzähle ihm, die Contessina sei mit einer schlimmen Krankheit behaftet. Am besten schilderst du ihm mit deutlich sichtbarem Ekel, es handele sich um einen nässenden Ausschlag. Du müsstest es schließlich wissen, denn zu deinen Pflichten gehöre es, der Contessina beim An- und Auskleiden behilflich zu sein. Wenn er eine Ansteckung vermeiden wolle, müsse er mit dir vorlieb nehmen.«

Brunella zeigte sich über dieses Ansinnen weniger empört als verdutzt. Sie riss die Augen auf und konnte sich zu keiner Antwort entschließen. Abermals nahm sie die Zuflucht zum Schnäuztüchlein. Falls sie die listigen Lügen ihrer Herrin als anstößig empfand, ließ sie sich das jedenfalls nicht anmerken.

Silvana beobachtete angewidert, wie sich in ihrem Tüchlein Tränen und Nasenschleim vermischten. Sie würde dieses Tuch wegwerfen. Aber für solche Gedanken war jetzt keine Zeit.

»Für dich ist diese Begegnung die beste Gelegenheit, dem Stallmeister seinen Verrat heimzuzahlen. Denn sicher hat er längst eine andere *Fidanzata*, eine Verlobte, mit der er seinen Reichtum teilen will. Warum hätte er dir sonst den günstigen Verkauf des Dokuments verschwiegen? Wenn du meiner Bitte erfolgreich nachgekommen bist, darfst du dir aus dieser Schatulle ein Schmuckstück aussuchen. Ich gebe dir mein Wort, dass ich meinen Teil der Vereinbarung einhalten werde. Du weißt ja wohl, dass eine Contessina immer ihre Versprechungen erfüllt.«

Brunella hielt ihre Augen fest auf das kostbare Geschmeide gerichtet. »Ich mache es, und Ihr werdet zufrieden sein.«

Die kleine Diebin wollte schon den Raum verlassen, als Silvana sie noch einmal zurückrief. »Sobald er dich gehen lässt, kommst du hierher zu mir. Dein Lohn ist dir versprochen.«

Nach dieser schwierigen Unterredung warf sich Silvana zufrieden auf ihr Bett. Sie glaubte an das Gelingen ihres Plans und fühlte sich erleichtert. Dankbar dachte sie an Marchesa Pina Streghi di Perotti, die in allem, was ihren Gemahl betraf, unbegrenzt mitteilungsfreudig war. Sich Freunde zu erwerben, und zwar durch Wohltaten, die man auch Bestechung nennen könnte, bringe Sicherheit und Nutzen. Hoffentlich traf diese schlaue Erkenntnis des Principe auch für sie zu.

Der folgende Tag wollte nicht vergehen. Silvana hielt sich zumeist im Freien auf, damit sie den Stall möglichst jederzeit beobachten konnte. Denn sie fürchtete, Brunella könnte auf den Gedanken kommen, ihren Verlobten aufzusuchen, um ihn zur Rede zu stellen. Aber das Mädchen ließ sich nicht sehen. Es war ihr anscheinend gelungen, den Groll so stark zu schüren, dass Brunella zutiefst gekränkt war und nicht nur an Rache, sondern auch noch an den Besitz teurer Schmuckstücke dachte, der sonst nur von adeligen Damen getragen wurde.

Endlich war der Tag der festgesetzten Frist angebrochen. Als Brunella zum Dienst bei ihr erschien, nahm Silvana eines ihrer Gewänder aus dem Schrank. »In dieser Kleidung, die du jetzt trägst, kannst du nicht zum Stelldichein gehen. Ich schenke dir eines meiner Kleider und dazu noch ein Fläschchen Duftwasser, mit dem du deine Ohrläppchen und die Handgelenke beträufeln musst.«

Silvana dachte, das Mädchen wolle aus Dankbarkeit vor ihr auf die Knie fallen. Sie entzog ihr die Hand, die Brunella mit nassen Küssen bedeckt hatte.

Lange Zeit gelang es Silvana nur mit großer Anstrengung, wach zu bleiben, um die Rückkunft des Mädchens zu erwarten. Aber Stunde um Stunde verrann, und schließlich war sie doch vor Übermüdung eingeschlafen.

Mitternacht war schon lange vorüber und ein erstes Krähen der Hähne von den Stallungen her zu hören, als ein leises Pochen an der Tür vernehmbar wurde. Silvana war auf der Stelle wach. Wo nur war Brunella so lange geblieben? Sie konnte sich nicht vorstellen, dass dieses Abenteuer sich bis in die Morgenstunden hingezogen hatte, und wahrscheinlicher war wohl, dass Brunella sich nach dem erzwungenen Liebesdienst in ihrer Kammer niedergelegt hatte, falls sie nicht sogar auf den Strohhaufen zu dem Stallmeister gekrochen war.

»Warum kommst du erst jetzt? Ich habe dich seit Stunden erwartet.« Silvana war darauf vorbereitet gewesen, das Mädchen in Tränen aufgelöst, vielleicht sogar mit Spuren einer Misshandlung wiederzusehen. Mit Erstaunen und Erleichterung begegnete ihr jedoch eine Brunella mit rosigen Wangen und einem glücklichen Lächeln. »Wie war es? Berichte genau, und wage nicht, mich zu belügen!«

»Warum sollte ich lügen? Ihr habt mir einen Auftrag gegeben, dem ich gewissenhaft nachgekommen bin. Der Fremde war schon anwesend, als ich das Gewächshaus betrat, und er griff nach mir, ohne langes Federlesen zu veranstalten. Sein …, Ihr wisst schon, war so groß, dass ich zunächst erschrocken war. Ihr hättet sein Eindringen gewiss nicht ausgehalten.«

Silvana stampfte wütend mit dem Fuß auf. »Spare dir diese Bemerkungen! Dir hat es anscheinend gefallen.«

Brunella verzog ihr Gesicht zu einem ziemlich frechen Grinsen. »Das will ich ja gar nicht leugnen. Natürlich hat Servino, so heißt nämlich der Mann, sofort an meinem ausgesprochenen Vergnügen gemerkt, dass nicht die Contessina unter ihm lag. Erst wollte er ja böse werden, aber als ich dann mein Sprüchlein von den Schwären erzählt habe, meinte er, nun müsse er die Forderung verdoppeln, wenn nicht sogar verdreifachen.«

»Und dagegen hattest du natürlich nichts einzuwenden!«

Das freche Grinsen des Mädchens verstärkte sich. »Warum sollte ich? Es waren zwar recht vergnügliche Stunden, aber nun muss ich auch den dreifachen Lohn beanspruchen.«

Silvana holte tief Luft. Sollte sie dieser Unverschämtheit nachkommen oder dem Mädchen ein paar Ohrfeigen verpassen?

Schnell kam sie zu der Einsicht, dass es besser wäre, sich zu beherrschen. Denn vielleicht, wenn sie einen weiteren Lohn in Aussicht stellte, könnte sich die Möglichkeit ergeben, das Geheimdokument wieder in ihren Besitz zu bringen.

Sie hatte schon vorher ein minderwertiges Schmuckstück aus der Schatulle geholt, das zwar herrlich glänzte, aber kein Gold enthielt.

»Mit dieser Brosche wirst du überall Bewunderung und Neid erregen. Aber trage sie nicht in der Öffentlichkeit, sonst wird man dich womöglich des Diebstahls bezichtigen!«

Brunella riss ihr das Schmuckstück begierig aus der Hand. »Mein Einsatz ist wohl noch eine weitere Belohnung wert.«

Silvana gelang es nur mit größter Mühe, ruhig zu bleiben. Fast bereute sie schon, sich dieser frechen Magd anvertraut zu haben. Zum Glück fiel ihr ein, dass sie in Nozzano einmal eine Kette gefunden hatte, die eines der Dorfmädchen beim Besuch ihres Liebhabers in der Burg verloren hatte. Weil sie damals noch fast ein Kind war, gefiel ihr die glitzernde Glasperlenreihe, und sie hatte diese Kette aufbewahrt. Unter scheinheiligem Seufzen holte sie dieses zwar hübsche, aber wertlose Stück aus einem kleinen Stoffbeutel und überreichte es mit theatralischem Zaudern und Zögern. »Halte diese Kette in Ehren, die einer meiner Ahnen aus dem Heiligen Land mitgebracht hat. Es wäre mir sehr bitter, wenn diese Kette verloren ginge.«

Ob Castruccio Castracani auch derartig wertlose Wohltaten austeilte? Sicher ließen sich die Männer, mit denen er zu tun hatte, nicht so leicht betrügen.

Brunella schien jedoch zufrieden zu sein. Hastig ließ sie das Schmuckstück in ihrer Schürzentasche verschwinden. Dumm war sie nicht, eher durchtrieben. »Heute Abend treffe ich mich wieder mit Servino. Er ist einer der Söldner, die aus dem Norden gekommen sind, und keinem Herrn untertan. Wenn er zufrieden mit mir ist, wird es noch viele weitere Zusammenkünfte geben. Denkt schon einmal darüber nach, was es Euch wert ist, wieder in den Besitz des Geheimdokuments zu gelangen.«

Sie verließ das Zimmer mit erhobenem Haupt in Siegerpose, und Silvana fühlte sich tatsächlich als die Unterlegene. Aber sie tröstete sich mit dem Gedanken, dass sie sich eines Tages für diese Demütigung an Brunella rächen würde.

Milde zu zeigen war völlig unangebracht. Das erfuhr sie noch an demselben Tag. Der Marchese berichtete nämlich empört, was ihm der Bote im Geheimen anvertraut hatte. Einige Familien, die sich nicht genügend gewürdigt fanden, hätten ein Komplott geschmiedet, den Statthalter getötet und das Volk aufzuwiegeln versucht. Daher sei Castruccuio mit einigen Soldaten eilig nach Lucca zurückgekehrt und habe den Empörern versprochen, Milde walten zu lassen. Als sie jedoch im Vertrauen auf sein Wort zu ihm kamen, ließ er sie einkerkern und hinrichten.

Die Marchesa Donata meinte, dass dies eine gerechte Strafe sei. Aber gleich darauf schwieg sie entsetzt, als der Marchese noch zu berichten wusste, Castruccio habe nach diesem Vorfall keinen geschont, der vielleicht nach der Herrschaft streben wollte. Wenn er sie nicht hinrichten ließ, so hätte er zumindest ihr Vermögen eingezogen, und man sagt, er wolle aus dem Baumaterial der Geschlechtertürme derer, die er vertrieben oder getötet hatte, eine Zitadelle bauen.

Silvana hatte aufmerksam zugehört. Sie erkor Castruccio Castracani zu ihrem Vorbild. Ganz anders müsste sie mit denen umspringen, die eine Gefahr für sie waren. Sie dachte darüber nach, wie sie den Stallmeister vom Hof entfernen und an dem Pisaner Rache nehmen könnte, der sie so schrecklich geschlagen hatte. Aber das waren wohl Träume, die sich nie erfüllen würden. Denn sie war eben nur eine Contessina und nicht ein Principe.

»Silvana, hast du nicht gehört, was ich dich schon dreimal gefragt habe?« Die Marchesa hatte ihre Stimme erhoben. »Ich möchte von dir wissen, wie es Marietta geht und ob du mit der jungen Dienerin zufrieden bist, die ich dir geschickt habe.«

Jetzt wäre es an der Zeit gewesen, die unverschämte Brunella anzuklagen. Aber damit täte sie sich selbst keinen Gefallen. Sie verachtete sich, als sie ein verhaltenes Lob aussprach.

Auch heute suchte sie wieder Kühle und Erfrischung im Garten. Sie blieb auf der Gartenbank am Teich, bis es dunkelte und die Schwäne ihre Köpfe unter das Gefieder steckten. Es zog sie zum Gewächshaus, und sie redete sich ein, dass es sehr wichtig sei, ihre Feinde zu belauern. In Nozzano mussten jedenfalls jede Nacht mehrere Soldaten Posten beziehen, um die Burg Ripafratta und den Flusslauf des Serchio zu beobachten.

Sie brauchte keine Mühe darauf zu verwenden, sich besonders leise anzuschleichen. Die spitzen Schreie von Brunella und das heisere Gelächter des Mannes waren schon von draußen zu hören. Durch die Glasscheiben konnte sie beobachten, wie dieser Servino ziemlich grob dem Mädchen zwischen die Schenkel griff. Aber Brunella schien das zu gefallen. Sie spreizte die Beine.

Plötzlich schämte sich Silvana, dass sie sich so weit erniedrigt hatte, diesen Beobachterposten einzunehmen. Das hatte mit der Wache eines Soldaten keine Ähnlichkeit. Langsam zog sie sich zurück, aber ihre Vorsicht wäre kaum notwendig gewesen, denn den Geräuschen im Inneren des Gewächshauses entnahm sie, dass die beiden jetzt fast gewalttätig übereinander herfielen.

Ihr kam der Gedanke, dem Stallmeister einen Wink zu geben, was die Verlobte hinter seinem Rücken trieb. Aber damit hätte sie sich ins eigene Fleisch geschnitten. Denn mit Sicherheit brächte er alle beide um, und das Dokument würde dann niemals wieder in ihren Besitz gelangen.

Was hatte sie sich da nur vorgestellt? Etwa dass Brunella sich verweigern würde, bevor Servino ihr nicht das Dokument ausgehändigt hätte? Wahrscheinlich hatte sie über den lustvollen Ereignissen längst vergessen, was sie ihr aufgetragen hatte. Es machte den Eindruck, als sei ihr die sexuelle Befriedigung lieber als ein Schmuckstück, das sie nicht in der Öffentlichkeit tragen konnte. Und falls es um Geld gehen sollte, lag es nahe, die Contessina zu erpressen.

Silvana ließ sich noch einmal auf der Bank am Schwanenteich nieder und versuchte, sich einen neuen Plan zurechtzulegen. Aber ihr fiel keine Lösung ein, und so beschloss sie, Brunellas Rückkehr abzuwarten, um zu erforschen, ob sie überhaupt noch mit der Hilfe des Mädchens rechnen konnte.

Aber auch in dieser Nacht wartete sie vergebens darauf, dass Brunella sich bei ihr meldete. Der Himmel färbte sich rot, als die Sonne hinter dem Horizont emporstieg, und schließlich malten die ersten Strahlen goldgelbe Kringel auf ihr Bettlaken. Als sie ein Klirren der Tasse vor der Tür hörte, schöpfte sie noch einmal Hoffnung, Brunella würde erscheinen. Aber es war Marietta, die ihr das Frühstück brachte.

Trotz ihrer Enttäuschung sprang Silvana aus dem Bett und nahm ihre Dienerin in den Arm. »Wie froh bin ich, dich gesund wiederzusehen!« Das war nicht gelogen. Die vertraute Dienerin Marietta vermittelte ihr ein vages Gefühl der Sicherheit.

Marietta wirkte noch ein wenig hinfällig, als sie das Tablett absetzte. Aber sie verstand es, ein Zittern zu verbergen. »Mir geht es wieder gut, und das ist auch wichtig. Denn Brunella ist nirgendwo zu finden. Auch ihre Kleidung und alle sonstigen Habseligkeiten sind verschwunden. Wir alle stehen vor einem Rätsel. Sie war doch sonst immer so zuverlässig. Hoffentlich ist sie keinem Verbrechen zum Opfer gefallen.«

Silvana lachte, wenn auch bitter. »Das glaube ich weniger. Eher hat sie einen Liebhaber gefunden, mit dem sie auf und davon gegangen ist.«

Marietta sah sie verdutzt an. »Daran habe ich gar nicht gedacht. Der Stallmeister ist völlig außer sich. Wahrscheinlich ist ihm auch schon dieser Gedanke gekommen.«

Wenn sie nicht so wütend gewesen wäre, weil Brunella und Servino samt dem Dokument Schloss Marlia verlassen hatten, hätte sie der Gedanke an den betrogenen und verlassenen Stallmeister erheitert. Aber nach Lage der Dinge war sie es doch, die den Schaden, wenn nicht sogar auch den Spott hinnehmen musste. Vielleicht wäre es jetzt wichtig, dieses Pärchen ausfindig zu machen, um ihnen das Dokument abzujagen. Notfalls könnte sie sich mit dem Stallmeister verbünden, der mit Sicherheit kurzen Prozess mit den beiden machen würde. Sie glaubte sich an einen Ausspruch ihres Vaters zu erinnern, man solle sich stets mit dem Feind eines Feindes verbünden.

Sie schloss die Augen. »Verzeih mir, Marietta! Ich bin sehr müde, und dir wird ein bisschen Ruhe auch gut tun.«

Wie wäre wohl Castruccio Castracani mit dieser Situation fertig geworden?

Ereignisreiche Turniere

Die Antwort auf diese Frage erhielt sie nur wenig später durch den Marchese. Er hatte die beiden Damen in sein Arbeitszimmer gebeten und ihnen mitgeteilt, dass nun keine Gefahr mehr drohe, weil Castruccio Castracani mit den Florentinern einen zweijährigen Friedensvertrag geschlossen habe. Trotzdem habe der Principe verlauten lassen, dass er sich der Stadt Pistoia bemächtigen wolle. Denn mit ihrem Besitz glaubte er schon einen Fuß in Florenz zu haben, falls sich dies als notwendig erweisen solle. »Darum muss ich leider von dir verlangen, meine abenteuerlustige Nichte, dass du vorläufig noch deine Streifzüge unterlässt.«

Marchesa Donata sah besorgt aus. »Bedeutet diese Einschränkung, dass wir erneut mit Kämpfen rechnen müssen? Ich hatte gehofft, dass wir nun endlich unsere Romheimkehrer gebührend empfangen dürfen.«

Ausnahmsweise reagierte der Marchese über diesen Einwurf seiner Gemahlin nicht ärgerlich, sondern er lächelte. »Wenn dir so sehr an einer Festlichkeit gelegen ist, darfst du mit den Vorbereitungen hierzu schon anfangen. Suche deinen Schneider auf, und lasse dir passende Kleidung anfertigen! Unser Principe plant ein ritterliches Turnier, eine Falkenjagd und eine glänzende Festlichkeit mit Musik und Tanz.«

Silvana konnte beobachten, dass ihre Tante am liebsten sogleich eine Kutsche zum Eingangsportal befohlen hätte, um ohne Verzug nach Lucca zu fahren.

Aber der Marchese gab ihr einen Wink, auf ihrem Sessel sitzen zu bleiben. Denn er habe noch etwas zu berichten. Pistoia sei, wie übrigens schon immer, in Weiße und Schwarze geteilt gewesen, einerseits angeführt von Bastiano di Possente und andererseits von Jacobo da Gia. Beide verhandelten im Geheimen mit Castruccio und erbaten sich Hilfe, um jeweils den anderen samt seiner Anhängerschaft aus der Stadt zu jagen.

Marchesa Donata seufzte tief und betrachtete ihre Fingernägel. Der Marchese, der deutlich die gespannte Aufmerksamkeit seiner Nichte beobachtete, ließ sich durch das offensichtliche Desinteresse seiner Gemahlin nicht beirren. »Also: Castruccio versprach Bastiano, er werde höchstpersönlich kommen, und teilte Jacobo mit, er werde seinen Pflegesohn Paolo Guinigi entsenden. Beide wurden beim einen und beim anderen als Freunde aufgenommen. Als Castruccio den rechten Zeitpunkt für gekommen erachtete, gab er Paolo ein verabredetes Zeichen, worauf er seinerseits Bastiano und andererseits Paolo den ahnungslosen Jacobo erschlug. Ihre Anhänger nahmen sie gefangen, töteten sie und bemächtigten sich ohne weiteren Widerstand der Stadt.«

Nun konnte Marchesa Donata ihre Empörung nicht mehr zurückhalten. »Du weißt, dass ich unseren Principe verehre. Aber eine solche Handlungsweise ist schändlich!«

»Du wirst bald anderen Sinnes werden. Zwar zwang Castruccio das Volk, ihm Gehorsam zu schwören. Aber gleichzeitig erließ er ihm viele alte Schulden und machte ernst zu nehmende Versprechungen, so dass alle sich beruhigten.«

»Versprechungen!« Marchesa Donata ließ deutlich ihre Zweifel erkennen und erhob sich, während der Marchese sich Silvana zuwandte. »Deine Meinung hätte ich gerne gehört.«

Silvana hatte sich jedes Wort gemerkt. Sie betrachtete diese Begebenheit als einen Leitfaden, wie sie selbst sich nun verhalten müsse. »Unser Principe hat sich äußerst klug verhalten. Denn wenn er nicht diese beiden Anführer aus Pistoia auf einen Schlag beseitigt hätte, wäre er womöglich zwischen den beiden zerrieben oder von dem Verschonten bekämpft worden.«

Mit dieser Bemerkung erwarb sie sich die Anerkennung ihres Onkels. »Brava! Hier spricht die Tochter des berühmten

Burgherrn von Nozzano. Sicher wirst du auch verstehen, dass du bei deinen Ausritten noch eine Weile die Stadt Pistoia meiden musst.«

Missvergnügt hatte Marchesa Donata das offensichtliche Einvernehmen der beiden beobachtet. »Zu irgendwelchen Ausritten wird zunächst keine Zeit vorhanden sein. Unsere Nichte muss mit mir den Schneider aufsuchen, um sich für die kommenden Festlichkeiten einkleiden zu lassen.«

Täuschte sich Silvana, oder hatte der Marchese ihr verschwörerisch zugezwinkert, zumindest einen Augenaufschlag zur Zimmerdecke gesandt?

Am nächsten Tag wachte Silvana von einem lauten Hornsignal auf. Sie sprang aus dem Bett und stürzte zum Fenster. Der Schall eines Horns war für gewöhnlich in Marlia nicht zu hören. Es musste also etwas Außergewöhnliches vorgefallen sein.

Auf der Allee, die vom Wachtor zum Eingangsportal der Villa führte, erschien ein Reitertrupp mit geschmückten Pferden. Voran ritt Castruccio Castracani, und hinter ihm folgten alle Hauptleute, angeführt von Tiziano Bernardini.

Der Marchese hatte es sich nicht nehmen lassen, die Heimkehrer persönlich zu begrüßen und in die Besucherhalle zu führen. Silvana hörte die sonore Stimme des Principe und das Klirren von Gläsern. Man feierte den erfolgreichen Sieg über die Florentiner, die Eroberung von Pistoia, vor allem aber wohl die glückliche Heimkehr aus Rom.

Silvana wäre gerne hinuntergegangen, um an diesem Wiedersehen teilzunehmen, aber Marietta verwehrte ihr entschieden die Ausführung dieses Wunsches. »Es ist unschicklich, sich unter diese Männerrunde zu mischen. Ihr würdet ins Gerede kommen.«

Dennoch schlich Silvana wenigstens zum Treppenabsatz und horchte. Im Augenblick führte Tiziano Bernardini das große Wort. Und irgendein Ausdruck, den er benutzte, sie wusste nicht einmal zu sagen welcher, erinnerte sie plötzlich an das, was ihr noch bevorstand: die Beichte, die der Rettore von Collodi ihr als Buße auferlegt hatte. Die Lust, an dieser Wiedersehensfeier teilzunehmen und mit Conte Bernardini zusammenzutreffen, war ihr gründlich vergangen.

Vorerst blieb ihr jede Begegnung erspart. Denn die Marchesa hatte mehrere Sitzungen beim Schneider angesetzt. Nach eindringlichen Bitten und dem Zureden des Schneiders hatte sie sich bereit erklärt, ein Reitkostüm anfertigen zu lassen, das es Silvana erlaubte, im Amazonensitz an der Falkenjagd teilzunehmen.

Zunächst aber, am dritten Tag nach der Heimkunft der Ritter aus Rom, hatte Castruccio Castracani alle Edlen aus der Lucchesia zum Turnier geladen. Die Zimmerleute der Stadt hatten an der Südseite der Sandarena hölzerne Tribünen errichtet, auf denen die Damen den Kämpfen zuschauen und diejenigen anfeuern konnten, die ihrem Herzen nahe standen.

Silvana wurde allmählich von der allgemeinen Aufregung angesteckt. Sie entdeckte gegenüber in einer Ehrenloge den Principe, der offensichtlich als Kampfrichter über Sieg oder Niederlage entschied. Eine der adeligen Damen wusste zu berichten, dass die Ritter nicht nur Mut, Tapferkeit und Geschicklichkeit unter Beweis stellen konnten, sondern dass als Preise Pferde und kostbare Rüstungen lockten. Eine Dame in reiferem Alter gab zu bedenken, dass diese Kampfspiele oft dazu dienten, alte Rechnungen zu begleichen, und darum nicht ungefährlich seien.

Eine Dritte verzog verächtlich die Mundwinkel. »Jeder weiß doch, dass mit stumpfen Waffen gefochten wird und die Spitze der Kampflanze durch das eiserne dreizackige Turnierkrönlein ersetzt wird, das nicht die Stärke besitzt, Helm und Panzer zu durchstoßen.«

Die Unterhaltung wurde in immer heftigerem Ton geführt und wäre wohl in einen Streit ausgeartet, wenn nicht ein Tusch mit Tamburin und Schalmei die Kampfspiele eröffnet hätte.

Silvana, die erwartungsvoll vor allem das Auftreten von Tiziano Bernardini erwartete, war erstaunt, dass zunächst zwei größere Gruppen in die Arena einritten und einen Scheinkampf vorführten, bei dem es wohl nur auf Schnelligkeit und Gewandtheit ankam. Aber als nach dieser Darbietung die Gruppen die Arena verlassen hatten, zeigte ein erneuter, noch kräftigerer Tusch den *Tjost* an, das Aufeinandertreffen zweier Reiter.

Mit Beifallrufen und Händeklatschen wurden die beiden Ritter begrüßt. Für Silvana genügte ein Blick, um einen der beiden Reiter zu erkennen. Die lederne Rossdecke mit den aufgenieteten Ringen und Plättchen diente wohl dem Schutz des Pferdes. Aber auf der leichten Seidendecke, die darüber gelegt war, erkannte sie das Wappen der Bernardini.

Atemlos verfolgte sie den Zweikampf, das Hauen und Stechen mit der Lanze, und sie beobachtete in ihrer Nachbarschaft, dass auch der Gegner des Conte bei den Damen recht beliebt war. Sie war entsetzt, als es dem Gegner gelang, die aus Federn und Fell verfertigte Helmdecke von Tiziano aufzuschlitzen, wurde aber von kundigen Damen belehrt, es sei ein besonderes Zeichen der Kühnheit und Kampfeslust, wenn diese Helmdecke zerschlissen sei.

Dumpf hallend erklang das Geräusch der Lanzen auf den Schilden. Der Kampf wogte hin und her, bis es Tiziano Bernardini durch einen kühnen Angriff gelang, den Helm des Gegners zu Boden zu schlagen. Ein Aufschrei, teils Jubel, teils Erschrecken, erhob sich im Rund der Arena, und Silvana beobachtete, dass einige der Damen zum Zeichen der Trauer ihre Hände vor das Gesicht schlugen. Sie wunderte sich über sich selbst, wie sehr sie sich über den Sieg des Conte Bernardini freute, der jetzt von Castruccio Castracani beglückwünscht wurde.

Zwischen den Rittern, die den Hauptpersonen nun folgten, spielten sich nach strengen Regeln die immer gleichen Kämpfe ab. Silvana wandte sich ab und begann, die anderen Besucher zu mustern. Auf den hinteren Plätzen der Tribüne entdeckte sie eine Mädchenschar und mitten unter ihnen Francesca. Sie hätte nicht geglaubt, dass es den Klosterschülerinnen erlaubt worden war, ein Ritterturnier zu besuchen. Umso mehr freute sie sich über die Möglichkeit eines Wiedersehens mit Francesca.

Mit ausgefahrenen Ellbogen bahnte sie sich einen Weg durch die aufgeregt schwatzenden Damen und umarmte die Freundin aus Collodi. »Francesca, wie geht es dir? Bist du immer noch zufrieden, eine Ausbildung in der Klosterschule zu erhalten?« Sie empfand die spontane Bejahung als unecht, denn sie konnte beobachten, dass Francescas Augen nicht mehr so leuchteten wie früher, sondern eher trübe wirkten, als habe sie geweint. Einer plötzlichen Eingebung folgend zog sie die Hände des Mädchens aus den weit geschnittenen Ärmeln. »Zeige deine Hände!«

Francesca war auf diesen unvorhersehbaren Angriff wohl nicht vorbereitet. Erschrocken sah sie Silvana an und dann auf ihre rechte Hand. Silvana hatte erwartet, was sie dort zu sehen bekam. Die Hand war rot und geschwollen.

Ihre Wut war stärker als ihr Mitleid. »Ich habe es ja gewusst und dich gewarnt. Anscheinend bereitet dir der Handarbeitsunterricht doch nicht so viel Vergnügen, wie du mir weismachen wolltest. Berichte mir, was man dir angetan hat!«

Es sah so aus, als ob Francesca weinen wollte. Aber unversehens setzte sie eine trotzige Miene auf. »Mir macht das Sticken und Nähen noch ebensolche Freude wie anfangs. Aber es gibt in der Schule ein Mädchen, dem nichts gelingen will. Da habe ich heimlich geholfen und die ihr gestellte Aufgabe erledigt. Schwester Roswitha aber, die sehr erfahren ist, hat an den Stichen die fremde Machart erkannt, und das arme Mädchen wurde zum Fasten verurteilt, bis sie bereit war, die Helferin zu verraten. Da erhielt ich, wie es die Regel vorschreibt, ebenso die Schläge mit dem Rohrstock, mit denen auch die arme Antonia bestraft wurde.«

Silvana bemühte sich gar nicht erst, ihre Empörung zu verbergen. »Du musst ja auch einmal wieder die Samariterin spielen. Beinahe geschieht es dir recht, dass du für deinen dummen Edelmut bestraft wurdest. Wo befindet sich denn jetzt dieser ekelhafte Drachen, der sich Schwester Roswitha nennt?«

Francesca legte einen Finger auf ihre Lippen. »Sprich nicht so laut! Schwester Roswitha hat gute Ohren. Die Äbtissin hat sie ausersehen, uns zu begleiten, weil sie Ordnung zu halten versteht. Sie steht vorne an der Balustrade, von wo sie uns am besten beobachten kann.«

Die Nonne in ihrem schwarzen Habit war zwischen den bunt gekleideten Damen unschwer zu erkennen. Silvana war erstaunt, mit welcher Begeisterung sie die Kämpfe verfolgte. Anscheinend ließ ihr geistlicher Stand durchaus laute Anfeuerungsrufe zu. Francesca betrachtete ihre streitbare Freundin besorgt, als Silvana sich von ihr verabschiedete. »Lass dich bitte nicht zu irgendwelchen Unbesonnenheiten hinreißen!«

Aber gerade diesen Ratschlag hätte sie nicht aussprechen sollen. Erst jetzt kam Silvana auf den Gedanken, diesem prügelnden Ungeheuer eine Lektion zu erteilen. Sie näherte sich auf Umwegen der Nonne, die anscheinend längst ihren Auftrag vergessen hatte, die Mädchenschar zu beaufsichtigen. Denn in der Arena waren zwei Ritter in einen fast brutalen Kampf verwickelt, und man hatte den Eindruck, dass es sich hier wirklich um die Begleichung einer alten Rechnung handelte. Verbissen versuchten beide, auch nur den geringsten Vorteil zu wahren. Die Lanze des einen war schon gesplittert, aber er schlug und hieb dennoch mit unverminderter Kraft auf den Schild des Gegners, den dieser nur noch mühsam vor sich halten konnte. Das Pferd schien an den Flanken zu bluten. Die Zuschauer brüllten und johlten.

Silvana handelte schnell, nicht nur, um Schwester Roswitha für ihre Erziehungsmethoden zu bestrafen, sondern auch, um diesem unrühmlichen Kampf, der doch ein Ritterspiel sein sollte, ein Ende zu bereiten. Sie bückte sich tief nach unten, spannte ihre Hände fest um die Waden der Nonne, hob allerdings mit äußerster Anstrengung den unerwartet schweren Körper hoch und stürzte Schwester Roswitha über die niedrige Balustrade. Niemand in ihrer Umgebung, die alle von dem außergewöhnlichen Kampf gefesselt waren, schien etwas von dem Angriff gemerkt zu haben, der sich nicht auf dem Kampfplatz, sondern auf der Tribüne ereignet hatte. Erst als die Nonne zwischen den Kämpfern im Sand der Arena aufschlug, herrschte zunächst erschrecktes Schweigen und gleich darauf entsetztes Geschrei.

Silvana hätte gerne gelacht. Denn Schwester Roswitha glich einem hilflosen schwarz-weißen Riesenkäfer. Der dunkle Rock, der sich beim Sturz aufgebläht hatte, bedeckte vollständig ihren Kopf, so dass die unförmigen Unterhosen für jeden sichtbar waren. Anscheinend hatte die Haube den Aufprall gemindert, denn die Nonne war ohne Zweifel bei Bewusstsein. Sie lag auf dem Rücken und ruderte mir Armen und Beinen, um sich umzudrehen, was ihr allerdings misslang.

Die beiden Kämpfer waren mehr verdutzt als erschrocken. Sie zügelten ihre Pferde, so dass der Sand aufspritzte und auf Schwester Roswitha niederrieselte. Nur mit Mühe gelang es ihnen, ihre Pferde zu beruhigen. Die Zuschauer im weiten Rund der Arena, die wie gelähmt geschwiegen hatten, konnten jetzt beobachten, dass die Nonne anscheinend unverletzt war. Erst leise, dann immer lauter, erhob sich ein gewaltiges Gelächter, und bei den jungen Männern fehlte es nicht an spöttischen Zurufen, die sich mit der Unterkleidung der Nonne befassten.

Jetzt endlich schwangen sich die beiden Kämpfer aus dem Sattel und eilten Schwester Roswitha zu Hilfe. Sie reichten ihr, um ihr jede weitere Demütigung zu ersparen, die Hände, damit sie aufstehen und ihre Kleidung ordnen konnte. Vereinzelte Rufe – *Bravi! Bravi!* – wurden hörbar, worauf sich das Gelächter von neuem erhob.

Die Nonne versuchte, Haltung zu bewahren. Sie fixierte die ärgsten Schreier und bedachte sie mit Drohgebärden. Danach gab sie der Mädchenschar energisch das Zeichen zum Aufbruch.

Die Klosterschülerinnen, die sich eben noch ein Grinsen erlaubt hatten, näherten sich mit gesenkten Köpfen dem Ausgang. Als die jungen Männer einen Spottgesang intonierten, erhob Castruccio Castracani gebieterisch beide Arme und verkündete das Ende der Spiele, ohne sich um einige Proteste zu kümmern.

Silvana näherte sich langsam der Ehrentribüne, von wo unter anderen Ehrengästen auch der Marchese und die Marchesa von Marlia die Spiele verfolgt hatten.

Die Marchesa konnte sich über den Vorfall kaum beruhigen und meinte, man müsse im Kloster vorsprechen, um zu erfahren, ob denn die Nonne hoffentlich keine ernsthaften Verletzungen davongetragen hätte. Aber der Marchese winkte ab. Viel wichtiger sei es doch, die Zimmerleute anzuweisen, für künftige Spiele die Tribüne mit einer höheren Balustrade zu versehen. So ein Unfall dürfe sich nicht wiederholen. »Seid Ihr nicht auch dieser Meinung, Conte?«

Tiziano Bernardini hatte diese Frage anscheinend nicht gehört. Er sah Silvana entgegen, die sich der Gruppe näherte, und Silvana gelangte, als sie ihm in die Augen schaute, zu der schrecklichen Erkenntnis, dass er vielleicht ihre Untat verfolgt haben könnte. Denn wahrscheinlich hatte er sie wie immer beobachtet. Sie stellte sich eng neben ihre Tante und hoffte, dass die Männer Wichtigeres zu besprechen hatten als den Sturz einer unvorsichtigen Nonne.

Ihr Wunsch erfüllte sich, denn man sprach nun über die morgige Falkenjagd. Castruccio Castracani hatte alle Edlen der Lucchesia aufgefordert, an diesem festlichen Ereignis mit ihren Gemahlinnen teilzunehmen. Unvermittelt wandte er sich

Silvana zu. »Mit Freude erwarte ich auch die Teilnahme der inzwischen berühmt gewordenen Falknerin. Ich habe mir erlaubt, einen Boten nach Nozzano zu schicken, damit auch Euer Vater mit eigenen Augen Eure Begabung bewundern kann. Für einen Burgherrn wie Dino Monteggiori, der sich durch Mut und Tapferkeit im Kampf gegen die Pisaner ausgezeichnet hat, wird die Teilnahme an der Falkenjagd eine große Freude sein.«

Silvana fehlten die Worte, um geziemend zu antworten. Das Zusammentreffen mit ihrem Vater hatte ihr gerade noch gefehlt.

Anscheinend deutete der Principe ihre Verlegenheit falsch. »Es ist sehr schade, dass man Euch den kostbaren Falken durch die Unachtsamkeit des Falknerbuben gestohlen hat. Aber ich werde mir gestatten, Euch einen neuen Falken zu schenken. Er soll es mit der Schönheit, Angriffslust und Gewandtheit leicht mit dem früheren aufnehmen können. Ihr müsst doch vor den Augen Eures Vaters bestehen können.«

Silvana versank in einen tiefen Knicks, nicht etwa aus Dankbarkeit, sondern weil sie auf diese Weise ihr gerötetes Gesicht am besten verstecken konnte.

Am Morgen des festlichen Ereignisses, das als Höhepunkt des Jahres galt, herrschte schon am frühen Morgen reges Treiben vor den Stallungen. Die Pferde blieben zwar ungeschmückt, um die Falken nicht zu beirren. Man hatte den Beizvögeln aber, weil sie unruhig mit den Flügeln schlugen, eine lederne, kunstvoll verzierte Haube aufgesetzt. Die Damen trugen schon jetzt ihre Falken auf einem Lederhandschuh mit langen Stulpen, der sie vor den scharfen Krallen schützen sollte.

Als die Marchesa den Hof betrat, musste sich Silvana eine Bemerkung verbeißen. Denn ihre Tante trug ein prachtvolles Reitkostüm mit einem weiten, langen Brokatrock, und Silvana bezweifelte, dass man in so einer Aufmachung dem jagenden Vogel durch dick und dünn folgen könne. Sie argwöhnte, dass

Marchesa Donata überhaupt nicht an der Jagd teilnehmen, sondern eher nur ihren kostbaren Vogel zur Schau stellen wollte. An den Füßen des Vogels waren jedoch die kleinen Schellen befestigt, die eigentlich das Auffinden des Vogels erleichtern sollten, anscheinend aber nur wegen des Wohlklangs von der Marchesa erwählt worden waren. Das Federspiel, jene Attrappe aus Leder und zwei Flügeln, an dem die Lockspeise festgebunden war, musste ihr ein Stallbursche nachtragen.

Silvana unterschied sich von den anderen Teilnehmerinnen nicht nur durch ihr Amazonenkostüm, das allerdings als Rock getarnt war, sondern auch dadurch, dass ihr ein Falke fehlte. Sie hoffte inständig, dass Castruccio Castracani sein Versprechen erfüllen würde.

Auf dem Weg nach Loppeglia, das als Treffpunkt ausersehen war, gesellten sich zu ihnen aus allen Richtungen der Lucchesia Ritter mit ihren Damen. Zu ihrem Erstaunen trugen auch die anderen Edeldamen prunkvolle Reitkostüme, die ein forsches Reiten wohl kaum ermöglichten. Ihre Falken, die sie auf dem Lederhandschuh trugen, waren unverkennbar von edler Herkunft. Fast mitleidig, und vor allem erstaunt, betrachteten sie die Contessina in ihrem Amazonenkostüm und ohne einen Falken. Aber Silvana konnte beobachten, dass die Herren ihren Gemahlinnen etwas zuflüsterten, und hinter sich hörte sie die halblaut gesprochenen Worte: »Sie ist die Tochter des Conte Monteggiori, eine ausgezeichnete Falknerin und besser als mancher Mann.«

Der Zug bewegte sich nur sehr langsam bergauf. Im Tal der Freddana war der Principe zu ihnen gestoßen und hatte sich an die Spitze der Gesellschaft gesetzt. Neben ihm ritt sein Günstling Tiziano Bernardini, der sich immer wieder umschaute und im Gedränge zu ergründen versuchte, wo sich wohl die Herrschaften aus Marlia eingereiht hätten.

Unter Klingeln und Bimmeln der kleinen Schellen erreichten sie schließlich die Falknerei, wo sie nicht nur von dem alten Falkner, sondern auch von Stefano begrüßt wurden. Die beiden hatten ein *Spuntino*, einen Imbiss, vorbereitet, der auf langen Holztischen angerichtet war: Brot, Schinken, Käse und *Neccio*. Dazu gab es frisches Quellwasser, aber auch lucchesischen Wein.

Nach dem anstrengenden Ritt langten alle kräftig zu, nach einigem Zieren auch die Damen, bis Castruccio Castracani für alle hörbar seine Stimme erhob. »Liebe Freunde, verehrte Damen! Wie immer bleibt es jedem Einzelnen überlassen, sein Jagdrevier frei zu wählen. Ich bitte jedoch darum, beim ungestümen Ritt durch das Dickicht auf die anderen Jagdteilnehmer Rücksicht zu nehmen, damit uns ein Zusammenprall und schwere Verletzungen erspart bleiben. Vor Sonnenuntergang werden wir alle hier zusammentreffen, die Beutetiere auslegen, um so den Sieger zu ermitteln. Ich wünsche Euch allen eine erfolgreiche Jagd!«

In höchster Geschwindigkeit verteilten sich die Reiter nach allen Seiten, um möglichst schnell die besten Jagdreviere zu besetzen. Auch die Damen bewegten sich im Schritt den flachen Wiesen zu, Silvana blieb allein zurück und sah, dass Stefano ihr von den Stallungen aus zuwinkte. Anscheinend wollte er ihr einen Falken beschaffen. Schon dachte Silvana daran, seinem Wink folgen, obwohl sie fürchtete, dass er einen zu hohen, nämlich unzüchtigen Preis fordern werde, als Castruccio Castracani sich ihr näherte. »Ihr habt doch nicht etwa angenommen, dass ein Principe wortbrüchig wird.« Er löste die Fußfesseln eines Falken, streifte Silvana lederne Stulpenhandschuhe über und überreichte ihr lächelnd einen schneeweißen Vogel.

Silvana hatte diesen Falken schon von weitem gesehen und als selbstverständlich angenommen, dass der oberste Herr von Lucca auch den edelsten Falken tragen müsse. Sie konnte ihr Glück kaum fassen und griff nur zaghaft zu.

Castruccio befestigte ihr am Sattelknauf auch noch ein Federspiel, das sich durch eine erlesene Lockspeise auszeichnete. »Nur Mut! Eine so ausgezeichnete Falknerin benötigt auch eine besondere Ausrüstung. Diesen herrlichen Gerfalken habe ich mir aus dem hohen Norden beschaffen lassen. Es gereicht mir zur Freude, Euch diesen Falken schenken zu dürfen. Ich zähle auf Euch, dass Ihr mit diesem edlen Tier Ehre einlegt, und zwar nicht nur mich mit einem Erfolg erfreut, sondern auch Euren Vater, den ich gegen Mittag erwarte.«

Ehe Silvana einige Dankesworte stammeln konnte, wandte sich der Principe den Stallungen zu, wo er sich wahrscheinlich einen anderen Falken aussuchen wollte. Natürlich! Die Zeichen, die Stefano gemacht hatte, waren seinem Herrn und nicht etwa ihr zugedacht. Aber da hatte sie sich wohl geirrt. Denn als Castruccio nun mit einem kräftigen einheimischen Wanderfalken ins Freie trat und davonritt, winkte Stefano ihr abermals zu. Silvana hatte sich entschieden, von diesen Annäherungsversuchen keine Notiz zu nehmen, blieb aber unschlüssig stehen.

Stefano war mit ein paar Sprüngen neben ihr. Er wirkte durchaus ernsthaft. »Gott zum Gruß, Contessina! Euer ehemaliger Lehrer, der Euch in der Kunst der Beizjagd unterwiesen hat, bietet Euch seine Hilfe an, damit Ihr unter den jagderfahrenen Männern bestehen könnt.«

Silvana konnte nicht herausfinden, ob er sich vielleicht über sie lustig machte. »Erwartest du einen besonderen Dank für deine Hilfe?«

Er wirkte verlegen und hatte durchaus erkannt, worauf sie anspielte. Zaghaft streichelte er den schneeweißen Falken, der sich das auch gefallen ließ. »Von allen Jägern hier besitzt Ihr das edelste Tier, und darum steht Euch der Sieg zu. Ich kenne eine Lichtung, die mit Sicherheit keiner der adeligen Gesellschaft finden wird. Dort gibt es Hunderte von Vögeln, auch Graureiher, deren lange schwarze Schwanzfedern als begehrte Trophäe gelten. Ich führe Euch dorthin.«

Silvana spürte keine warnende Stimme, die ihr riet, diese geheime Stelle mit dem jungen Falkner lieber nicht aufzusuchen. »Also gut! Reiten wir dorthin!«

Stefano hatte anscheinend sein Pferd schon vorher gesattelt, weil er mit ihrer Zustimmung gerechnet hatte. Der Weg führte durch dichtes Gehölz über eine schattige Wiese und wiederum durch den Wald. Silvana fürchtete allmählich, dass Stefano sie weit weg von der Jagdgesellschaft führen wolle, um sich dort für die erlittene Abfuhr in Nozzano rächen zu können.

Aber dann hörte sie, erst leise, dann immer lauter, ein Zwitschern und Tschilpen, das sich zu einem ohrenbetäubenden Durcheinander von Vogelstimmen entwickelte.

Stefano sah sie triumphierend an. »Na, habe ich dir zu viel versprochen? Jetzt bereite deinen Falken für den Flug vor!«

Silvana war beinahe so aufgeregt wie bei ihrem ersten Versuch. Sie löste die Fesseln des Falken, der sich sogleich steil in die Luft erhob, sobald er die Freiheit spürte. Silvana legte den Kopf in den Nacken und beobachtete ihren Beizvogel, der hoch am Himmel kreiste. Sein weißes Gefieder leuchtete silbern im Blau des Himmels, und seine kreisenden Bewegungen glichen einem Tanz. Die Vögel, die scheinbar arglos in der Luft herumflatterten, ahnten nicht die Gefahr, die ihnen drohte. Denn ganz plötzlich schoss der Falke in einem Sturzflug nieder, der sich mit den Augen kaum verfolgen ließ. Die hohen Bäume verhinderten, dass eine weitere Sicht möglich war.

Silvana mochte nicht glauben, dass es ihrem Falken gelungen war, während dieses atemberaubenden Fluges in die Tiefe ein Beutetier zu greifen. Aber da hatte sie sich getäuscht. Denn wenige Sekunden später schwebte ihr Falke über die Wipfel zu ihrem Standort, legte einen Graureiher ins Gras und setzte sich wieder auf ihre Hand.

Kaum hatte sie ihn jedoch wieder in die Freiheit entlassen, begann sein Beutezug von neuem. Manchmal hatten sie Schwierigkeiten, dem Vogel zu folgen, und waren gezwungen, einen Gewaltritt durch dichtes Gestrüpp zu wagen, um auf freiem Feld dem Flug des Falken mit den Augen folgen zu können. Diese Ritte erforderten sichere Reitkünste, und Silvana war froh, dass man sie nicht gezwungen hatte, im Damensattel zu reiten.

Als die Sonne hinter den Baumriesen verschwand und schon lange Schatten warf, stand Silvana staunend vor der Jagdbeute des Falken, der unverletzt zu ihr zurückgekehrt war.

Stefano zeigte sich als Fachmann. »Dies ist ein blendend abgerichteter Falke. Du solltest unserem Principe dankbar sein, aber ein bisschen auch mir, der dich zu dieser Stelle geführt hat.«

Er breitete die Arme aus, und Silvana fand, dass der junge Falkner eine Belohnung verdient hätte. Sie ließ sich umarmen und küsste ihn auf die Lippen. »Danke, Stefano! An dem Erfolg hast du großen Anteil.«

Stefano war wohl der Meinung, sie dürfe sich noch ein wenig dankbarer erweisen. Denn er öffnete ihr Mieder, streichelte ihre Brust, wobei seine Zunge den Weg in ihren Mund fand. Silvana schob ihn sanft zurück. »Ich möchte nicht, dass du meinen Kuss missverstehst. Ich gab ihn dir aus Freude und Dankbarkeit. Mehr darf zwischen uns nicht sein. Zwar mag ich dich sehr gern, aber eben doch nur wie einen kleinen Bruder.«

Der junge Falkner trat zurück. Er wirkte mehr traurig als vorwurfsvoll. »Ich verstehe dich, denn du wirst dich schon einem anderen hingegeben haben.«

Silvana begnügte sich mit einem Nicken. Denn sie beabsichtigte nicht, Stefano in ihr Liebesleben einzuweihen.

Sie waren die Letzten, die in der Falknerei von Loppeglia eintrafen. Silvana sah schon von weitem die breite Gestalt ihres Vaters, der unruhig immer wieder die Reihe der Beutetiere abschritt. Sogar einige der Damen waren mit Erfolg von der Jagd zurückgekehrt.

Die Sonne verschwand soeben hinter dem Horizont, und allgemein nahm man an, Silvana sei so lange ausgeblieben, damit ihr Falke gegen Abend wenigstens ein einziges Beutetier erlege. Mitleidige Blicke kamen ihr entgegen, die jedoch beim

Anblick der ungeheuren Beute urplötzlich in Anerkennung, Erstaunen, aber auch Neid umschlugen.

Dino Monteggiori stürmte ihr entgegen und schloss sie in die Arme. »Ich bin sehr stolz auf dich, meine Tochter!«

Jetzt erst näherte sich Stefano, der vorgab, er habe der Contessina beim Tragen helfen müssen. Er fügte der Ausstellung ihrer Jagdbeute noch einige Graureiher hinzu.

Es bedurfte keiner Nachzählung, um festzustellen, dass Silvana die meisten Beutetiere zum Sammelplatz gebracht hatte. Tiziano Bernardini, dem der Principe den Oberbefehl über dieses größte gesellschaftliche Ereignis übertragen hatte, trat vor und überreichte der Gewinnerin als Preis einen silbernen Becher, den Silvana etwas steif entgegennahm, weil sie nicht wusste, ob sie sich mit einer Verbeugung oder einem Knicks bedanken sollte.

Ein anerkennendes Gemurmel ging durch die Reihen der Jagdgesellschaft. Spontan trat Castruccio Castracani herzu, löste drei der kostbaren Reiherfedern aus dem Gefieder eines Graureihers und steckte sie Silvana an das Mieder. »Ihr habt diese Trophäe verdient, Contessina.«

Silvana aber nahm eine der Federn und überreichte sie dem Principe. »Ohne Euren herrlichen Falken hätte ich diesen Erfolg niemals erreichen können.«

Unter Beifallsrufen und Händeklatschen beugte sich Castruccio Castracani zu ihr herab und küsste sie auf beide Wangen, während Silvana aus den Augenwinkeln beobachtete, dass ihr Vater sich stolz nach allen Seiten umwandte und gravitätisch nickte.

Der Principe hob die Arme, um sich Gehör zu verschaffen. »Es dunkelt schon, und es wird Zeit zum Aufbruch. Morgen erwarte ich Euch alle zu einem Fest im Ballsaal meines Hauses. Da wollen wir gebührend nicht nur die Heimkehr aus Rom, sondern auch unsere neue Jagdkönigin feiern.«

Die Stallknechte führten die Pferde herbei, und der Tross, angeführt von dem Principe, setzte sich in Bewegung. Dino Monteggiori hatte seinem Rekruten Stefano erlaubt, die Nacht bei seinem Großvater zu verbringen. So reichte Silvana beiden zum Abschied die Hand, und Stefano beugte sich zum Handkuss nieder, wohl nicht aus Höflichkeit, sondern weil er ihr etwas zuflüstern wollte, was keiner hören sollte. »Nun hast du noch einen Bruder gewonnen, und diesmal sogar einen berühmten.«

In dieser Nacht wälzte sich Silvana lange Zeit schlaflos auf ihrem Lager. Anfangs redete sie sich ein, dass die Freude über ihren Erfolg sie am Schlaf hinderte. Aber nach längerem und vor allem nüchternem Nachdenken wusste sie, dass sie es niemals über sich bringen könnte, Castruccio Castracani oder irgendeinen anderen Lucchesen jemals zu verraten. Es waren die Ängste vor den unlösbaren Problemen, die einen erfrischenden Schlummer nicht zuließen.

Gelungene Flucht

Marchesa Donata hatte darauf bestanden, dass ihre Nichte sich für das Fest eine neue Robe schneidern ließ, und sie hatte dem Schneider befohlen, das Kostüm müsse bis zum Nachmittag fertig sein. Weil nämlich Castruccio Castracani die Siegerin geküsst und sie zur Jagdkönigin erhoben habe, müsse die so Geehrte in einem festlichen Jägerkostüm auftreten. Denn es sei durchaus möglich, dass der Principe mit ihrer Nichte den Hüpftanz anführen wolle, der in Lucca so beliebt sei.

Silvana kannte den Saal, in dem Castruccio Castracani seine Festlichkeiten zu feiern pflegte. Damals musste sie beim Eintritt durch die hohen Flügeltüren geblendet die Augen schließen, weil von den Wandspiegeln das Licht der silbernen Kandelaber hundertfach widergespiegelt wurde.

Fast hätte sie den Festsaal nicht wiedererkannt. Die Fackeln verbreiteten nur ein gedämpftes Licht, das durch den Blätterschmuck an den Wänden grünlich schimmerte. Sogar die Bilder hatte man ausgewechselt. Statt strenger Mienen der Ahnen in Ritterrüstungen und mit Schwertern umgürtet, lächelte jetzt die Jagdgöttin Diana, von ihren Hunden umgeben. Ein anderes Gemälde zeigte Reiter in roter Jagdkleidung, die einen Eber verfolgten. Am besten aber gefielen Silvana die Landschaftsbilder, lichte Wälder und blühende Kastanien.

Silvana war erschrocken, als sich ein Diener in grüner Livree vor ihr verbeugte und sie bat, ihm zu den Ehrenplätzen zu folgen. Sie erinnerte sich noch gut an das Fest zur Begrüßung Ludwigs des Bayern. Damals hatte sie unter jungen Edelleuten Platz nehmen müssen. Sie konnte nicht entscheiden, ob ihr das auch heute lieber gewesen wäre.

Als die Musikanten mit Schalmeien und Flöten zu einer Hirtenmelodie ansetzten, erschien der Principe mit seiner Gemahlin. Silvana erschrak, als Castruccio Castracani ihr einen Wink gab, sie möge den Sessel zu seiner Linken einnehmen, während seine Gemahlin sich zu seiner Rechten niederließ. Sie wusste nicht, wie sie sich benehmen sollte, weil alle Augen auf sie gerichtet waren. Wie aus weiter Ferne hörte sie tröstende Worte, sie solle nicht verlegen sein, es sei so üblich, dass bei diesem gesellschaftlichen Ereignis der Jagdkönig neben dem Principe sitze. Dass diese Stimme nicht von weither, sondern aus ihrer nächsten Nähe kam, erkannte sie, als sie sich ihrem Tischherrn zuwandte. Tiziano Bernardini lächelte sie an, und Silvana war froh, unter all den fremden Adeligen ein vertrautes Gesicht zu sehen.

Überreichlich wurden frisches Lammfleisch und gebratenes Wildbret aufgetragen, teils mit Honig, teils mit Früchten glasiert. Aber Silvana konnte vor Aufregung nur wenig essen. Sie hatte das Gefühl, man beobachte jede ihrer Handbewegungen. Vor der gesamten Besatzung der Burg Nozzano wäre sie nicht so verlegen gewesen wie jetzt im Angesicht der Edlen aus der Lucchesia. Sie sah angelegentlich auf ihren Teller, als ob sie die dort aufgemalten Hirsche und Rebhühner bewundere.

Noch bevor die Süßspeisen aufgetragen wurden, erhob sich der Principe und kündete an, dass er nun mit einem Tanz die diesjährige Jagdkönigin ehren wolle, und er fordere alle Teilnehmer der Falkenjagd auf, an dem nachfolgenden Reigentanz teilzunehmen.

Beinahe schüchtern ergriff Silvana die dargebotene Hand des Herrn der luccheser Signoria. Der Hüpf- und Springtanz, den Marchesa Donata für möglich gehalten hatte, blieb aus. Stattdessen schritt der Principe gravitätisch durch die Mitte des Raumes und führte Silvana so, als ob er die Front seiner Soldaten abschritte. Durch diese beinahe militärische Demonstration gewann Silvana allmählich Sicherheit. Aber erst als Castruccio auch die übrigen Festgäste herbeiwinkte, entspannte sie sich, obwohl der Principe mit ihr im Mittelpunkt blieb und sich nicht in den äußeren Reigen einreihte. Als aber nun hoch klingende Zimbeln zu einem Saltarello einsetzten, löste sich der Reigen auf, und alle Tänzer hatten Gelegenheit, ihr Temperament zu zeigen.

Beschwingt kehrte Silvana zu ihrem Ehrenplatz zurück. Aber kaum saß sie wieder zur Linken des Principe, fühlte sie sich erneut befangen. Sie widmete sich ausgiebig der Süßspeise, einer Creme, auf deren Oberfläche der Koch einen schneeweißen Falken aus Zuckerguss meisterhaft dargestellt hatte.

Castruccio Castracani zeigte mit ausgestreckten Armen an, dass er etwas Besonderes zu verkünden habe. »Liebe Freunde! Zu Eurer Unterhaltung werden jetzt junge Musikanten aus Lucca, Tanzmädchen, Gaukler und Possenreißer auftreten.« Diese Ankündigung wurde mit großem Jubel aufgenommen.

Der Principe ergriff Silvanas Hand. »Ihr seht so ernst aus, Contessina! Das wird sich bei den Possenreißern hoffentlich ändern.« Ohne ihr Einverständnis abzuwarten, schenkte er seiner einsilbigen Tischnachbarin randvoll vom lucchesischen Rotwein ein und forderte sie auf, das Glas zu leeren. Es klang wie ein Befehl, und Silvana trank folgsam das Glas bis zur Neige.

Zu den jungen Musikanten gehörte ein Sänger, der mit melodischer Stimme ein Minnelied vortrug. Plötzlich musste Silvana an ihre Mutter denken und gleich darauf an die Erpressung durch den Pisaner. Mehr den je erschien ihr die Lösung dieses Problems aussichtslos.

Castruccio Castracani wirkte fast ärgerlich. »Warum könnt Ihr nicht fröhlich sein?« Er griff erneut zur Flasche und füllte ihr Glas. »Falls Euch Sorgen drücken, ist unser *Vino delle Colle Lucchesi* der beste Seelentröster.«

Er wartete ungeduldig, bis sie ausgetrunken hatte, und zog sie an den Armen hoch. »Ich werde Euch unseren wunderschönen Rosengarten zeigen. Die Pracht und der Duft der Blüten werden Euch erfreuen.«

Inzwischen waren die Gaukler aufgetreten, und während sie dem Gartenausgang zugingen, sah Silvana die bunten Bälle der Jongleure durch die Luft fliegen. Ihr kam es so vor, als ob sich der Wirbel der Bälle durch den ganzen Saal erstrecke. War es dieses Durcheinander, das zu einem plötzlichen Schwindel führte? Ihre Schritte wurden so unsicher, dass Castruccio fest seinen Arm um sie legte.

Draußen wunderte sich Silvana, dass der Mond am Himmel einen wilden Tanz aufführte und dass die Sterne von Süd nach Nord, von Ost nach West purzelten. Sie wies zum Himmel. »Ist das nicht merkwürdig, Principe?«

Castruccio Castracani lachte. »So etwas kommt vor.«

Silvana hatte gehofft, dass an der frischen Luft ihr Schwindelgefühl nachlassen würde. Aber das Gegenteil war der Fall. Sie schwankte im Takt der Sterne, wie sie glaubte, hin und her. Der Principe zog sie zu einem Strauch und pflückte eine über Nacht erblühte Rose ab und heftete sie an ihr Mieder. Von dem schweren Duft fühlte sich Silvana jedoch wie betäubt und versuchte darum, sich von dieser Blume zu befreien. Dabei stach sie sich durch das Mieder hindurch in die Brust und stieß einen Wehlaut aus.

»Warum wolltest du mein Geschenk wegwerfen?« Die Frage klang weder vorwurfsvoll noch beleidigt. Castruccio öffnete das Mieder und saugte mit den Lippen den Blutstropfen auf, der sich gebildet hatte. Allerdings kam es Silvana so vor, dass seine Lippen ungewöhnlich lange auf ihrer Brust verharrten. Vielleicht narrte sie aber auch ihr Schwindelgefühl.

Eine dunkle Gestalt hatte den Rosengarten betreten. Silvana bemerkte sie erst, als jemand sie von hinten umfasste. Der Principe richtete sich unwillig über diese Störung auf. »Wer wagt es, ungebeten in den fürstlichen Rosengarten einzutreten?«

»Derjenige, der ein Anrecht auf diese Dame hat.« Silvana hatte an dem Griff um ihre Taille erkannt, wer sich ihnen unbemerkt genähert hatte. Es war Tiziano Bernardini.

Wenn Castruccio erstaunt war, so ließ er sich das wenigstens nicht anmerken. Offensichtlich war er sogar belustigt. »Du bist also einer von denen, die beim Einkauf eines irdenen Kruges erst den Klang probieren, um herauszufinden, ob er gut sei.«

Tiziano zog Silvana zu sich heran. »Wie meinst du das?«

»Das ist doch nicht schwer zu verstehen. Ebenso wie du zur Probe gegen den irdenen Krug pochst, begnügst du dich, bevor du zu heiraten gewillt bist, auch nicht mit dem Betrachten der Braut, sondern prüfst, ob sie nicht eine Bruchstelle aufweist.«

Tiziano wirkte verärgert. »Wenn du nicht mein Freund wärest, würde ich dir jetzt den Fehdehandschuh hinwerfen.«

Der Principe klopfte seinem Günstling begütigend auf die Schulter. »Seit wann nimmst du einen kleinen Scherz übel? Ich verlasse euch jetzt, damit du ohne ungebetene Zuschauer gegen den Keramiktopf pochen kannst.«

Silvana hatte mit steigendem Unbehagen dieser Unterhaltung beigewohnt. »Ich mag solche Vergleiche nicht, die auch von unseren Soldaten in Nozzano stammen könnten. Es gibt Wichtigeres für uns beide als solche lockeren Reden.«

»Wie Recht du doch hast!« Tiziano zog sie in seine Arme und wollte sie in den hinteren Teil des Gartens ziehen, der in undurchdringlicher Finsternis lag.

Aber Silvana sträubte sich und entwand sich seiner Umarmung. »Mit dem Wichtigeren meine ich nicht eine unpassende Vereinigung im Rosengarten des Principe. Ich habe ein Geständnis auf der Seele, das ich nicht länger mit mir herumtragen mag.«

Tiziano hob sie gegen ihren Willen hoch und trug sie in den Schatten hoher Kastanienbäume. »Was kann es Wichtigeres geben als unsere Liebe?« Er begann, ihr Mieder zu öffnen, aber Silvana schob ihn unwillig beiseite.

Tiziano Bernardini versuchte, mit Gewalt seinen Willen durchzusetzen. »Bei dem Principe schien dir das nicht unangenehm zu sein.«

Mit einem Schlag war Silvana nüchtern. Sie hatte erkannt, dass jetzt nicht der richtige Augenblick war, vor dem Conte eine Beichte abzulegen. Mehr noch bei seinen beleidigenden Worten als bei seinem derben Zugriff war ihr die Lust auf ein erotisches Abenteuer vergangen. Sie riss sich los und stürmte den Gartenweg zurück über die Terrasse in den Ballsaal.

Dort empfingen sie die forschenden Blicke des Vaters und die besorgte Miene ihrer Tante, die aufmerksam ihre Kleidung betrachtete, ob sich das Mieder auch als geschlossen erwies und am Rock keine Erdspuren zu entdecken waren. Von dem Principe war nichts zu sehen, und im Saal herrschte trotz der heiteren Klänge eine unerklärliche Unruhe.

»Was ist geschehen?« Silvana hatte sich an ihren Vater gewandt, der ratlos wirkte.

»Ich kann es dir auch nicht sagen. Ein Bote ist eingetroffen und hat Castruccio Castracani um eine Unterredung gebeten.«

Kurz darauf verstummten auch die Musikanten, denn niemand verspürte Lust, das Tanzvergnügen fortzusetzen. Die Gaukler und Possenreißer hatten sich schon zurückgezogen, und die Gäste standen zögernd herum, ob sie jetzt die Kutschen vorfahren lassen sollten, weil das Fest offensichtlich beendet war.

Als die Ersten schon nach ihren Kutschern riefen, öffnete sich die Tür, und der Principe erschien. »Liebe Freunde! Aus Rom erreichten mich soeben Hiobsbotschaften. Das Volk der Römer befindet sich wegen der Teuerung der Lebensmittel in Aufruhr. Mordtaten und andere Verbrechen sind an der Tagesordnung, ohne dass Heinrich, der Statthalter des Kaisers, dem Übel beikommen kann. Allgemein sucht man die Schuld darin, dass der Papst in Avignon weilt. Daher fürchtet Heinrich, dass die Römer König Robert von Neapel herbeirufen werden, um ihn selbst aus Rom zu verjagen und dem Papst die Stadt wiederzugeben.«

Unter den Gästen wurden deutliche Missfallenskundgebungen hörbar. Auf den Papst war man als Ghibelline nicht gut zu sprechen.

Der Principe brachte mit einer beschwichtigenden Geste seine Zuhörer zum Schweigen. »Da Heinrich keinen näheren Freund besitzt und niemanden weiß, an den er sich um Hilfe wenden könnte, lässt er mich bitten, ich möge mit meinem Gefolge nach Rom kommen, um Ordnung zu schaffen.«

Die Gäste, die ja eigentlich um des Vergnügens willen gekommen waren, applaudierten begeistert. Einzelne Rufe »Auf nach Rom!« waren zu hören.

Castruccio Castracani schien zufrieden. »Es steht außer Frage, dass wir nicht zögern werden, die Bitte des Statthalters zu erfüllen. Diesen Dienst sind wir Kaiser Ludwig schuldig.« Er winkte seinen Günstling Tiziano Bernardini herbei und gab ihm den Auftrag, zweihundert Berittene auszuwählen, die für den erneuten Zug nach Rom geeignet seien. Der Abmarsch wurde für den nächsten Morgen festgesetzt.

Silvana wusste nicht, ob sie sich über den erneuten Aufschub freuen sollte. Sie hätte die Beschwernis der aufgetragenen Buße gerne hinter sich gebracht, und sie hatte gehofft, dass die nächtliche Stimmung im Rosengarten den Conte milde gestimmt hätte.

Als sie am nächsten Tag gegen Morgengrauen erwachte, hörte sie aus der Ferne Hörnerklang, der den Abmarsch der Truppe begleitete. Der Principe hatte die Stadt unter dem Oberbefehl von Paolo Guinigi zurückgelassen. Ein Überfall der Florentiner oder gar der Pisaner war aufgrund des Waffenstillstandes nicht zu erwarten. So kam Silvana nach einigem Nachdenken zu dem Entschluss, in der weiteren Umgebung nach Lagern zu forschen, in denen sich Söldner aufhielten. Es müsste doch möglich sein, diesen Servino aufzutreiben. Falls sie im Verlauf der Beichte, die sie unzweifelhaft als Verräterin brandmarken würde, dem Conte das unversehrte Dokument vorlegen könnte, würde er ihr vielleicht verzeihen.

Der Stallmeister schaute grämlich vor sich hin und rief einen jungen Burschen herbei, um Maestoso zu satteln. Silvana verkniff sich mit Mühe die Frage, ob er denn etwas von seiner Verlobten gehört habe. Aber sie wollte seinen Zorn nicht noch mehr anstacheln. Es wäre wohl besser, ihn zum Freund als zum Feind zu haben.

Inzwischen hatte sie sich einen Plan zurechtgelegt, der ihr Erfolg versprechend erschien. In Lucca ritt sie zunächst zum Tor San Gervasio und begann mit einem der Wachhabenden ein Gespräch über die Annehmlichkeiten eines Waffenstillstands. »So ist Euer Dienst an den Toren doch etwas leichter geworden. Oder gibt es Ärger mit den zahlreichen Söldnern, die ohne einen Kriegsherrn die Gegend unsicher machen?«

Der Soldat klopfte auf seine Lanze und grinste. »Mit solchem Gelichter machen wir kurzen Prozess.«

Silvana stellte sich, als ob sie die Wehrhaftigkeit des Mannes bewundere. »Das glaube ich Euch aufs Wort. Aber wo halten sich diese üblen Kerl denn jetzt auf, da es für sie keine Beschäftigung gibt? Sind sie weiter nach Süden gezogen, vielleicht gar nach Neapel zu König Robert?«

»Das mag der Teufel wissen. Hier jedenfalls sollten sie sich lieber nicht sehen lassen.«

Mit dieser Auskunft konnte Silvana nichts anfangen. Aber auch am Stadttor San Pietro erhielt sie keine Hinweise, die ihr weitergeholfen hätten. Beinahe hätte sie ihren Plan fallen gelassen. Aber weil es ihrem Wesen entsprach, niemals vorschnell aufzugeben, fragte sie noch an der Porta Santa Maria nach dem Verbleib der Söldner.

Dem jungen Wachhabenden, der sich zu langweilen schien, kam das Gespräch offensichtlich gelegen. »Diesen Herumtreibern haben wir mit dem Degen Beine gemacht, als sie hier am Tor auftauchten. Wir haben sie gar nicht erst in die Stadt gelassen. Denn jeder weiß, dass diese gottlose Bande stiehlt und sich mit Gewalt nimmt, was man nicht freiwillig gibt.«

Silvana drückte ihr Bedauern aus. »Das wäre aber auch für die Mädchen hier in der Stadt sicher gefährlich.«

»Mit Sicherheit! Denn so ein jungfräuliches Bürgermädchen gefällt diesen Bluthunden allemal besser als die Huren, die mit ihnen ziehen.«

Der Boden für die letzte Frage war genügend vorbereitet. »Und wo halten sich diese schrecklichen Menschen jetzt auf?«

Der Soldat wiegte seinen Kopf hin und her und schnalzte mit der Zunge. »Man spricht davon, dass sie am Fuße des Monte Pisano ein Lager aufgeschlagen haben. Täglich sollen sich weitere Söldner dort einfinden. Ich würde jedem, der unbewaffnet ist, davon abraten, in der Nähe dieses Lagers vorbeizureiten.«

Silvana war mit diesen Auskünften zufrieden und kehrte nach Marlia zurück, wo sie von Marietta mit Kopfschütteln und unwilligem Gebrumm empfangen wurde. Aber der Marchese und die Marchesa hatten ihr Ausbleiben anscheinend nicht bemerkt. Es gab für sie im Augenblick nur ein einziges Thema: der erneute Zug nach Rom.

Noch vor fünf Uhr in der Frühe brach Silvana unbemerkt von den übrigen Hausbewohnern auf. Als sie das Ausgangstor von Marlia passierte, salutierte zwar der Wachtposten, schaute sie jedoch erstaunt an und machte sich wohl Gedanken, wohin die junge Contessina so früh reiten würde, doch eine Frage zu stellen, wagte er allerdings nicht.

Die Sonne hielt sich um diese Zeit hinter den Hügeln verborgen. Silvana fröstelte in der noch nächtlichen Kühle, Maestoso schnaubte und ließ seinen Nüstern weiße Dampfwolken entweichen. Die Berge der Apuanischen Alpen lagen in völliger Finsternis, und nicht einmal der weiße Marmor von Carrara strahlte sein schimmerndes Licht aus. Die Mohnblüten am Wegesrand hatten ihre Blütenblätter noch nicht entfaltet, und sogar die Vögel zogen es vor, noch in ihren Nestern zu bleiben.

Silvana wählte den Weg nach Süden, verließ nach einer Stunde den Weg, um querfeldein zu reiten. In einem Bauernhaus, aus dessen Schornstein dichter Qualm eines morgendlichen Herdfeuers entwich, bat sie die Bäuerin um ein Glas heiße Milch, denn inzwischen waren ihre Finger klamm, so dass es ihr fast unmöglich war, die Zügel zu halten.

Die Bauersfrau, die soeben die einzige Kuh gemolken hatte, lud den fremden Gast zum Sitzen auf der Ofenbank ein und stellte ihr das heiße Getränk auf den hölzernen Küchentisch, wobei sie offensichtlich Mitleid empfand. »Wohin treibt Euch denn der Ritt so früh am Morgen?«

Silvana legte ihre Hand zum Wärmen um das irdene Geschirr. »Ich muss eine Botschaft in das Lager am Fuße des Pisano bringen. Ist es noch weit bis dorthin?«

Sie merkte sogleich, dass es ein Fehler gewesen war, das Söldnerlager zu erwähnen. Denn aus der Miene der Bäuerin war alle Freundlichkeit gewichen. Plötzlich wirkte sie misstrauisch. Vielleicht gab es eine Möglichkeit, diesen Fehler wieder zu korrigieren. »Man hat mir ein wichtiges Dokument gestohlen. Wenn ich das nicht zurückerhalte, werde ich von meinem Herrn viel Ungemach erdulden müssen. So ein Mädchen ist eben doch schutz- und wehrlos.«

Sie hatte den richtigen Ton getroffen. Die Bauersfrau nahm sie tröstend in den Arm. »Armes Mädchen! Du dauerst mich sehr. In diesem Lager treibt sich übles Gesindel herum, und ich fürchte, dass dir Böses zustoßen könnte. Vielleicht wärest du besser beraten, auf dieses Dokument zu verzichten.«

Aber Silvana schüttelte den Kopf. »Die Strafe, die mich erwartet, wenn ich unverrichteter Dinge heimkomme, ist viel schrecklicher als alles, was mich in diesem Lager erwartet.«

Sie bedankte sich für die heiße Milch und sah, dass die Bauersfrau Tränen in den Augen hatte. »Hinter dem Haus führt ein schmaler Weg durch den Bosco, auf dem du das Lager von der Rückseite her erreichen kannst. Verbirg dich erst einmal im Dickicht und beobachte die Zelte, damit du nicht einem groben Kerl in die Hände fällst, der kurzen Prozess mit dir machen würde.«

Es gab kein Zurück. Sie musste ihren Plan so oder so zu Ende führen. Als sie aus dem Haus trat, ging soeben die Sonne auf. Sie nahm dies als gutes Vorzeichen, schwang sich in den Sattel und ritt dem kleinen Weg zu, den die Bäuerin ihr gewiesen hatte.

Nach etwa zwei Stunden erkannte sie an den Rauchsäulen, die von offenen Feuern stammen mussten, dass sie ihr Ziel bald erreichen würde. Je näher sie kam, umso lauter wurden die Stimmen vieler Menschen. Und als sie sich ganz in der Nähe im Dickicht verborgen hatte, vernahm sie laute Flüche, wütendes Geschrei, Kreischen der Frauen und Weinen der Kinder. Ermutigend war das gerade nicht.

Sie hatte Maestoso auf einer versteckten Lichtung zurückgelassen und legte sich nun bäuchlings auf den feuchten Erdboden, um so verborgen den Platz beobachten zu können. In der Frühe brannten viele Feuerstellen. Es roch nach verbrannten Eicheln, aus denen wohl das Morgengetränk hergestellt wurde. Nach und nach krochen aus den alten verschlissenen Zelten einige Menschen. Sie hatte keine rechte Erinnerung mehr, wie dieser Servino ausgesehen hatte, aber Brunella würde sie auf den ersten Blick erkennen.

Etwa eine Stunde lag sie auf der nassen Erde. Sie hatte das Gefühl, dass die Kälte bis in ihre Knochen drang, und wollte schon ihren Horchposten verlassen. Da endlich wurde ihr Ausharren belohnt.

Ganz in ihrer Nähe wurde ein Zeltvorhang beiseite geschoben, und Brunella erschien im Freien. Sie sah sich nach allen Seiten um, blickte forschend in den Wald, so dass Silvana fürchtete, sie könne entdeckt werden. Von Servino war nichts zu sehen. Vielleicht war er bei der Männergruppe, die kurz zuvor lärmend das Lager verlassen hatten, um auf den umliegenden Gehöften heimlich oder mit Gewalt etwas Essbares zu erbeuten.

Silvana ließ noch eine geraume Zeit verstreichen. Da sich Brunella zu den anderen Frauen an eine Feuerstelle begeben hatte und Servino nicht auftauchte, hielt sie den richtigen

Zeitpunkt für gekommen, ihren tollkühnen Plan in die Wirklichkeit umzusetzen. In Hockstellung ließ sie sich langsam den Hügel hinabgleiten, schlich im Schutz einer armseligen Lumpenbehausung zum Eingang des Zeltes, aus dem Brunella herausgekommen war. Noch einmal sah sie in die Runde, und als sie nichts Verdächtiges bemerkte, schlug sie den Vorhang zurück und schlüpfte ins Innere.

Sie war froh, dass die dünne Leinwand voller Löcher war, so dass die Sonne in dieser erbärmlichen Unterkunft ein wenig Helligkeit verbreitete. Auf dem Boden lagen einige schmutzige Wolldecken ausgebreitet, und in der Ecke standen zwei Kisten, in denen wohl die wenigen Habseligkeiten der beiden untergebracht waren. Die Suche würde also nicht zu viel Zeit beanspruchen.

Wie konnte Brunella nur das saubere Bedienstetenzimmer auf Marlia gegen diese stinkende Unterkunft eintauschen? Sie musste diesen Servino schon sehr lieben, um das Leben hier auszuhalten! Doch sie verbat sich weitere Gedanken, die nur wertvolle Zeit kosteten, Zeit, in der die beiden vielleicht zurückkehren konnten. Das könnte zu einem Hindernis werden! Ebenso wenig wie von dem Söldner durfte sie von Brunella erwischt werden. Sie zwang sich zur Ruhe und begann, die erste Kiste zu durchwühlen. Aber darin fand sie nur Brunellas Kleidung, die ihr ziemlich mitgenommen erschien. Es dauerte eine geraume Zeit, bis sie alle Rocktaschen durchsucht hatte. Außer schmutzigen Lappen, die wohl als Schnäuztuch dienten, und einer zerbrochenen Haarspange war nichts darin zu finden.

Ihre Hoffnung schwand, das Dokument zu finden. Aber noch hatte sie nicht die zweite Kiste untersucht, und eigentlich war es doch anzunehmen, dass sich dieses Dokument wohl verwahrt bei den Sachen des Söldners befand. Immerhin handelte es sich doch um einen Wertgegenstand.

Silvana wusste, dass sie sich nicht mehr allzu lange in diesem Zelt aufhalten durfte, und sie begann hastig, zwischen schmutzigen Hemden und zerlöcherten Strümpfen zu wühlen.

Gerade als ihre tastenden Hände den Grund der Kiste erreicht hatten, ohne das ersehnte Geheimdokument zu entdecken, ertönten draußen Schritte. Sie hielt den Atem an und drückte sich eng gegen die verschlissene Leinwand, als ob sie sich dort verstecken könne. Lieber Gott, lass diesen Menschen draußen vorübergehen!

Ihr Gebet wurde nicht erhört. Nur sehr langsam, mit trägen Bewegungen, wurde der Vorhang zurückgeschlagen, und sie befand sich Aug in Aug Brunella gegenüber. Es ließ sich nicht sagen, wer von den beiden erschrockener war. Dieses Zelt gehörte zu Brunellas Terrain. Sie war hier zu Hause, und jeder, der hier eindrang und gar noch die spärlichen Besitztümer durchwühlte, galt ihr als Feind. Herkommen und Adel verliehen keine Vorzugsstellung. Das erkannte Silvana an dem wütenden Gesichtsausdruck ihres Gegenübers. Sie rechnete damit, dass sich Brunella auf sie stürzen würde. Mit solch einem Angriff würde sie schon fertig werden.

Aber es kam viel schlimmer. Brunella fing an, kreischend um Hilfe zu rufen. Und am meisten erschreckte Silvana der Schrei: »Servino, komm schnell, die Contessina ist in unser Zelt eingedrungen!«

Hier war keine Zeit zu verlieren! Mit aller Kraft stieß Silvana ihre Gegnerin beiseite und sah noch, wie Brunella über die Kisten stolperte und zu Boden stürzte. Anscheinend hatte sie sich nicht ernstlich verletzt, denn sie schrie weiterhin gel lend um Hilfe.

Silvana stürmte dem Abhang zu, aber sie erkannte zu ihrem Schrecken, dass Servino, der inzwischen aufgetaucht war, ihr den Weg abzuschneiden drohte. Sie schlug einen Haken, und es gelang ihr, einige Meter weiter den Hang zu erklimmen. Das war wohl ihr Glück, denn auf der Höhe hatten Bauern Stämme und Äste gefällter Bäume zu großen Haufen aufgeschichtet. Silvana hatte das Gefühl, die Adern müssten ihr platzen, als sie versuchte, das Holz in Bewegung zu setzen. Inzwischen hatte Servino Unterstützung bekommen. Mehrere Lagerinsassen hatten schon die Hälfte des Abhanges erklommen. Sie schrien und brüllten, schüttelten die Fäuste und drohten mit ihren Reitpeitschen.

Diesmal suchte Silvana ihre Zuflucht nicht im Gebet, sondern in höchster Not fiel ihr ein Ausspruch ihres Vaters ein: »Wer vom Feind umzingelt und in Gefahr ist, sein Leben zu verlieren, dem fallen übermenschliche Kräfte zu!«

Noch einmal verdoppelte sie ihre Anstrengungen. Ein Bersten und Knacken zeigte an, dass die Hölzer in Bewegung gerieten, und mit donnerndem Gepolter rollten die Stämme abwärts, rissen ihre Verfolger zu Boden, und etliche mussten wohl überrollt worden sein. Denn sie hörte nun nicht mehr wütende Drohungen, sondern entsetzliche Schmerzensschreie.

Ohne zu zögern brach Silvana durch das Dickicht auf der Anhöhe, fand nach einigem Suchen die versteckte Lichtung, auf der sie Maestoso hinterlassen hatte. Ihre Hände zitterten zwar, als sie ihn losband und die Fußfesseln löste, aber im Sattel verlor sie alle Furcht. Ihr geschulter Orientierungssinn zeigte ihr an, wo der Reitweg nach Norden zu finden war. Sie setzte Maestoso in Galopp und war sich sicher, dass niemand sie auf diesem Pferd einholen konnte.

Nicht nur ihr Reitpferd war vom schnellen Ritt nass, sondern auch sie selbst war völlig durchgeschwitzt. Der junge Bursche, der Maestoso zur Tränke geritten hatte, nahm das Pferd mit vorwurfsvollen Blicken entgegen und begann sogleich, das glänzende Fell mit einem Strohwisch trockenzureiben. In diesem Augenblick tauchte auch der Stallmeister in der Boxengasse auf. »Ihr seid ja noch durchnässter als das Ross, Contessina. Möchtet auch Ihr von mir trockengerieben werden?«

Silvana verschlug es bei dieser unverschämten Bemerkung zunächst die Sprache. Aber dann entfuhr ihr eine Antwort, die sie später zutiefst bereute. »Wenn Ihr Eure ehemalige Verlobte und deren Liebhaber in ihrem Versteck aufgetrieben hättet und von ihnen verfolgt worden wäret, dann sähet Ihr auch nicht anders aus.«

Sie konnte beobachten, dass sie den Stallmeister mehr getroffen hatte, als wenn sie ihm mit der Reitpeitsche ins Gesicht geschlagen hätte. Er lief dunkelrot an, und seine Augen verengten sich zu Schlitzen. Mehrmals öffnete und schloss er den Mund, als ob er eine Frage stellen wollte. Silvana konnte sich vorstellen, dass er sich nur zu gern nach dem Aufenthaltsort seiner untreuen Verlobten erkundigt hätte. Aber er wollte sich vor ihr wohl keine Blöße geben.

Als ihm keine Frage über die Lippen kam, drehte sich Silvana um und ging trällernd davon. Dennoch wusste sie, dass es keinen Grund für ein fröhliches Liedchen gab. Mit knapper Not war sie den Söldnern entkommen, die offensichtlich so etwas wie eine verschworene Gemeinschaft bildeten. Niemand wäre ihr beigestanden, wenn man sie halb oder sogar ganz totgeschlagen hätte.

Sie war einer großen Gefahr entgangen, hatte aber dennoch nichts gewonnen. Denn das Dokument war unauffindbar gewesen, und vielleicht hatte es Servino längst an die Pisaner verkauft. Die Grenze zum pisanischen Gebiet war vom Lager am Pisano nicht weit entfernt.

Silvana ließ sich ein Bad richten und wäre beinahe in dem warmen Wasser eingeschlafen, wenn Marietta ihr nicht aus der Wanne geholfen hätte. »Meine arme kleine Contessina, Ihr seid ja völlig erschöpft. Wo seid Ihr nur wieder gewesen? Wann endlich wollt Ihr Euch mir anvertrauen?«

Silvana ließ sich in ihr Bett helfen und in eine Decke hüllen. Sie fühlte sich geborgen und schloss die Augen. »Bald, meine liebe Marietta, bald!«

Bittere Wahrheit

Als Silvana am nächsten Morgen erwachte, fühlte sie sich elend und von allen Menschen verlassen, die es vielleicht gut mit ihr meinten und bereit waren, ihr in der Not beizustehen. Das war ungerecht, denn Marietta, die ihren Zustand wohl bemerkte, umsorgte sie fürsorglich, massierte sie mit arabischem Kräuteröl, schüttelte immer wieder die Kissen auf und ließ aus der Küche allerlei Köstlichkeiten kommen.

Als auch diese besondere Zuwendung nichts half, ließ sie sich auf der Bettkante nieder. »Ich werde diesen Platz nicht eher verlassen, bis Ihr mir Euren Kummer anvertraut habt.«

Silvana richtete sich auf und legte einen Arm um die schmale Schulter ihrer Dienerin. »Das ist eine sehr lange Geschichte, die sich nur schwer erklären lässt.«

Marietta, die wohl glaubte, ihre junge Herrin wolle erneut Ausflüchte suchen, schüttelte die Hand ab. »Ich habe sehr viel Zeit. Denn für mich gibt es nichts Wichtigeres, als Euch glücklich zu sehen. Ich kann es nicht länger ertragen, dass Euch ein heimlicher Kummer drückt.«

Plötzlich brach Silvana zusammen. Zum ersten Mal in ihrem Leben zweifelte sie an ihrer Widerstandskraft und ließ Furcht und Gewissheit zu, dass sie in diesem Kampf unterliegen könne. Sie legte ihren Kopf in den Schoß der Dienerin und begann mit gepresster Stimme ihren Bericht, erzählte von der Erpressung durch den Pisaner, von seiner Gewalt und den Drohungen, dem Besuch in dem Bordell, von dem Überfall im Gewächshaus, den Söldnern, die sie vergewaltigen wollten und die sie selbst mit der Lanze grausam getötet hatte. Sie ließ auch ihren Diebstahl des Geheimdokuments nicht aus und ihr

Erschrecken, als sie entdeckte, dass man es ihr entwendet hatte. Sie schilderte ausführlich ihre Besuche in Burgen und Festungen, in denen sie als Tochter des berühmten Dino Monteggiori freundlich aufgenommen worden war. Dabei sei es ihr doch nur darum gegangen, etwas über Geheimgänge oder wenigstens Ausrüstung und Besatzungsstärke zu erfahren. Sie stockte, als sie zu dem Erlebnis in der Garfagnana kam, wo sie sich während des Gewitters entjungfern ließ, und sprach von ihrer Begierde und ihrer Lust. Als sie zu der Beichte kam, die sie vor dem Rettore von Collodi abgelegt hatte, hielt sie inne, bevor sie sich entschloss, von der Buße zu reden, die der Geistliche ihr auferlegt hatte.

Marietta hatte sich während des lückenlosen Berichtes so still verhalten, dass Silvana schon fürchtete, sie könne eingeschlafen sein. Anfangs hatte sie Silvana noch tröstend über das Haar gestrichen, aber dann wurden ihre Bewegungen immer zögernder und blieben schließlich ganz aus.

Erst als Silvana von ihrem erfolglosen Streifzug in das Söldnerlager erzählt hatte und erschöpft schwieg, sprang Marietta mit einer Behändigkeit auf, die sie ihr nicht zugetraut hätte. Sie warf sogar einen Krug mit Wasser um, den sie soeben erst gebracht hatte. So etwas war ihr, solange Silvana sie kannte, noch niemals passiert. Die Wasserlache, die sich auf dem Boden ausbreitete, nahm sie anscheinend gar nicht wahr. Eine solche Schimpfkanonade, die jetzt folgte, hätte Silvana der immer zurückhaltenden Dienerin gar nicht zugetraut. Marietta benutzte Ausdrücke, die sogar Dino Monteggiori nur selten in den Mund nahm.

Silvana, die eben noch so verzweifelt gewesen war, musste lachen. Sie richtete sich auf und umarmte Marietta, die sich jedoch gar nicht beruhigen konnte. Ihre Augen funkelten, und sie ballte sogar die Fäuste, als wolle sie einen unsichtbaren Feind angreifen. Dass Silvana sich ein Lachen kaum verbeißen konnte, nahm sie mit Empörung zur Kenntnis. »Hier ist Fröhlichkeit nicht angebracht, Contessina! Wir müssen einen Ausweg finden, der Eure und die Ehre Eurer Familie nicht beschmutzt.«

Das fröhliche Gelächter verstummte augenblicklich. »Darüber denke ich schon seit Wochen nach.«

»Die Forderung des Rettore, Ihr müsstet Tiziano Bernardini alle Eure Taten und Untaten beichten, ist klug durchdacht. Denn sobald der Conte von den Festungen erfährt, die durch Kenntnis des Dokumentes einen Angriff des Feindes zu erwarten haben, kann er die betroffenen Kommandanten warnen.«

Silvana mochte diesen Plan nicht als gut bezeichnen. »Aber ich fürchte mich vor seiner Reaktion.«

»Das tut Ihr mit Recht. Ich kenne Tiziano seit seinen Kindertagen. Die Dienerschaft im Hause Bernardini hat mir geklagt, er sei ein wilder und jähzorniger kleiner Bursche, stets zu allerlei Streichen aufgelegt, so dass man ihn oft mit der Rute züchtigen musste. Ich hoffe für Euch, dass er seinen Jähzorn abgelegt hat.«

Silvana brach, um Mariettas Mitleid zu erregen, in lautes Jammern aus. Sie raufte sich sogar die Haare.

»Beruhigt Euch, Contessina, und verhaltet Euch still! Ich muss nachdenken.«

Sie ließ sich wieder auf der Bettkante nieder, legte grübelnd ihren Kopf in beide Hände und schwieg so lange, dass Silvana ungeduldig wurde. »Ich habe doch gleich gewusst, dass auch du keinen Rat weißt.«

Schließlich richtete sich Marietta auf. »Ich erachte es für das Beste, Contessina, dass Ihr den Conte zu einem Ausflug in die Garfagnana überredet und in jener Hütte übernachtet, wo Ihr Euch zum ersten Mal vereinigt habt. Wenn in Erinnerung an die schönen Stunden sein Begehren und Eure Lust wieder erwachen, nutzt die Gunst der Stunde und legt Eure Beichte ab. Vielleicht wird er Euch dann verzeihen.«

Dies schien wirklich die einzig erträgliche Lösung zu sein. Dennoch konnte Silvana ihre Angst nicht ablegen. »Wenn er mich nun schlägt?«

Marietta zeigte kein Mitleid. »Dann nehmt es als gerechte Strafe hin!«

Die folgende Woche verbrachte Silvana im Bett und ließ sich von Marietta pflegen und umsorgen. Sie hatte nicht gewusst, dass es durchaus angenehm war, sich nicht irgendwelchen Schwierigkeiten zu stellen oder rastlos durch die Gegend zu reiten.

Einmal erschien Marchesa Donata, die sich Sorgen gemacht hatte, als sie von Marietta unterrichtet wurde, Silvana sei krank. »Du siehst fiebrig aus. Ich werde einen Medikus kommen lassen.«

Aber sowohl Marietta als auch Silvana lehnten den Besuch eines Arztes als unnötig ab. Denn beide wussten nur zu gut, dass es Scham und Aufregung waren, die der Nichte der Marchesa die Wangen rot färbten.

Marchesa Donata legte eine erlesene Süßigkeit auf die Bettdecke, die sie eigens durch den Koch hatte anfertigen lassen. »Vielleicht trägt so etwas zu deiner Gesundung bei. Denn bald musst du wieder im Vollbesitz deiner Kräfte sein. In Kürze erwarten wir unsere Reiter aus Rom zurück.«

Eine plötzliche Blässe vertrieb das Rot der Wangen. Die gute Marietta griff sofort ein, als sich Silvana rückwärts in die Kissen fallen ließ und dabei das süße Plätzchen zerdrückte. »Die Contessina ist noch sehr schwach und braucht viel Schlaf. Sie ist jedoch für Euren Besuch und die gute Botschaft sehr dankbar.«

Silvana hatte sich tief unter der Decke verkrochen und tauchte prustend wieder auf. Nur mit größter Mühe hatte sie sich im Beisein der Marchesa ein Lachen verkniffen. »Wie schön du das mit der guten Botschaft gesagt hast, Marietta. Dabei fürchte ich mich geradezu vor der Rückkehr des Conte.«

Marietta war ernstlich ärgerlich. »Jetzt steht Ihr sofort auf, Contessina! Wer so fröhlich lachen kann, noch dazu über die herzensgute Marchesa, ist nicht mehr pflegebedürftig.«

Sie griff zu der Kleidung und half Silvana, die keinen Protest wagte, beim Anziehen.

Marietta brummelte empört vor sich hin. »Schämen müsstet Ihr Euch. Wenn Euer Vater, der allseits geachtete Burgherr von Nozzano, seine Tochter sehen könnte, die sich ins Bett verzogen hat, weil sie Furcht vor der Begegnung mit Conte Bernardini hat, dann würde er das als Schande für das Geschlecht der Monteggiori empfinden. Wie lange wart Ihr nicht mehr im Stall, um nach Eurem treuen Pferd zu sehen, das Euch mehr als einmal das Leben gerettet hat? Was ist nur aus der tapferen Contessina geworden? Ein ängstliches und feiges Mädchen, das besser bei den Klosterschwestern aufgehoben wäre.«

Silvana starrte erschrocken in das zornige Gesicht der alten Dienerin. Hatte sie nicht wirklich Recht? Sie wusste keine Worte, um sich zu rechtfertigen. War es nicht auch beschämend, dass Marietta sie daran erinnern musste, das Befinden ihres Pferdes zu kontrollieren, das sie in keiner guten Verfassung dem jungen Stallburschen übergeben hatte?

Sie zögerte nicht länger, sondern suchte Maestoso in seiner Box auf. Sein Fell sah trocken und gepflegt aus. Er war gerade dabei, Heu aus der Raufe zu ziehen, und hatte ihre Schritte anscheinend nicht erkannt. Erst als sie mit leisen Koseworten neben ihn trat und ihren Kopf gegen seinen Hals lehnte, wandte er sich nach ihr um und gab ein leises Wiehern von sich. In der Stallgasse war niemand zu sehen. So schmiegte sich Silvana einige Zeit gegen das warme Fell, während Maestoso ihr zärtliches Streicheln dem Heu vorzog. Da sie jedoch keinerlei Lust verspürte, dem Stallmeister zu begegnen, verließ sie den Stall, als sie ein Poltern in der Sattelkammer vernahm.

Marchesa Donata war erstaunt und zugleich erfreut, als die doch noch vor drei Stunden schwer kranke Silvana in ihrem Boudoir erschien. »Ich bin sehr glücklich, dass du dich so schnell erholt hast. Denn wir erwarten morgen Abend Castruccio Castracani und seinen Günstling Tiziano Bernardini zu einem festlichen Mahl. Erstaunliche Nachrichten sind den beiden schon vorausgeeilt. Man hat unserem Principe die römische Senatorenwürde verliehen, weil es ihm gelungen ist, den Aufruhr ohne Blutvergießen zu beenden.«

»Und? Wie hat er das bewerkstelligt?« Silvana zeigte sich wie immer an den Taten des Principe höchst interessiert.

»Nun ja, er hat es eben auf seine Weise geschafft, indem er nämlich auf dem Seeweg eine große Menge Getreide aus dem Pisanischen kommen ließ. Denn schließlich war es die Teuerung, die zu dem Aufruhr geführt hatte.«

»Also hat er nach seinem alten Grundsatz gehandelt, dass man durch Wohltaten eher zum Ziel gelangt als durch Feindschaft.«

Marchesa Donata kannte den Principe sehr viel länger als Silvana. Vor allem sah sie ihn nicht in goldenem Glorienschein wie dessen Gemahlin. »Ganz so ist es nicht. Denn er brachte auch durch Bestrafungen der Rädelsführer die Römer unter die Herrschaft des Statthalters Heinrich zurück.«

Silvana seufzte. Diese geniale Mischung von einerseits Zuwendung und andererseits Gewaltanwendung würde sie nie beherrschen. Immer wieder überlegte sie, wie sie diese Erfolg versprechende Taktik für sich nutzbar machen könnte. Ihre alte Dienerin hatte ihr wohl den rechten Weg gewiesen. Sie würde also dem Conte alles gewähren, was er von ihr verlangte. Das käme ihr selbst nur allzu gelegen. Und nicht etwa auf dem Höhepunkt der Lust, wie die in diesen Dingen wohl unerfahrene Marietta ihr geraten hatte, sondern erst danach, wenn sie beide erschöpft und befriedigt in enger Umarmung verbleiben würden, wollte sie bei Tiziano ihre Beichte ablegen. So musste es möglich sein.

Der Marchesa war aufgefallen, dass sich Silvana mit ihren Gedanken in weiter Ferne befand. Sie fasste nach der Hand ihrer Nichte. »Du siehst sehr blass aus, und deine Finger sind eiskalt. Ruhe dich aus, damit du morgen an unserem Festmahl teilnehmen kannst!«

Nur zu gern verließ Silvana den Raum und suchte ihr Schlafgemach auf.

Sie hatte geglaubt, dass ihre Sorgen es nicht zugelassen hätten, ruhig und traumlos zu schlafen. Aber sie erwachte erst, als Marietta die Vorhänge beiseite schob, um die Sonne hereinzulassen. Sie hatte sogar Lust auf einen kleinen Ausflug in die Umgebung. Aber Marietta riet ihr dringend davon ab, Marlia zu verlassen. Denn noch sei es in der Lucchesia viel zu gefährlich, weil sich nach dem Krieg immer noch allerlei Gesindel herumtreibe. »Ich halte es durchaus für möglich, dass ein paar Kerle aus dem Söldnerlager Euch auflauern. Ihr seid ihnen entkommen, und das mögen diese verworfenen Menschen gar nicht gern.«

Silvana fand, dass diese Ermahnung zu Recht erfolgte. So vertrieb sie sich die Zeit im Garten und beobachtete die Gärtner, die für den Festabend den Blumenschmuck zusammenstellten. Erst jetzt wurde ihr bewusst, dass sie nicht eine einzige Blume mit Namen zu nennen wusste. Alles, was sie kannte, war der Ginster, der auf dem Burgberg von Nozzano in reicher Fülle wuchs, und die Mohnblüten, die den Reitweg entlang des Serchio mit flammendem Rot begleiteten. Es war ihr peinlich, den Gärtner nach dem Namen einer prunkvollen Blüte zu fragen, deren strahlendes Weiß aus all den anderen bunten Blumen herausleuchtete. Sie blieb stehen und betrachtete eine Weile dieses zarte Blütenwunder, das sie gern einmal mit den Fingern berührt hätte.

Der Gärtner, der zuvorkommend seine Kappe gezogen hatte, schien ihre begehrlichen Blicke richtig zu deuten. Er schnitt eine langstielige Knospe ab und überreichte sie der Contessina. »Gestattet Ihr mir, dass ich Euch diese Lilie überreiche? Sie wetteifert mit Eurer Schönheit und ist wie geschaffen, an Eurem Mieder getragen zu werden.«

Obwohl Silvana der Meinung war, dass der Gärtner Komplimente verteilte, die er sicherlich seiner Herrschaft abgelauscht hatte, nahm sie die Lilie dankbar entgegen.

Der Abend kam schneller heran, als sie gedacht hatte. Marietta hatte schon eine passende Robe herausgesucht und zeigte sich entzückt, als Silvana mit der Lilie das Zimmer betrat. »Diese edle Blume passt wunderschön zu dem silberblauen Kleid aus lucchesischer Seide. Wisst Ihr denn auch, dass weiße Lilien ein Zeichen der Unschuld sind? Das steht Euch am heutigen Abend gut zu Gesicht.«

Silvana sah unschlüssig vor sich hin. Sie konnte sich nicht vorstellen, dass Marietta zu irgendeiner ironischen Bemerkung fähig sei. Darum nahm sie den Hinweis auf die Unschuld als bare Münze und ließ sich die Lilie am Mieder befestigen.

Sehr langsam schritt sie die Treppe hinab, die zur Empfangshalle führte. Die Furcht vor einem Wiedersehen mit Tiziano Bernardini hatte sie wieder erfasst. Aber beide Männer, die plaudernd vor dem Eingang zum Festsaal standen, sahen ihr mit bewundernden Blicken entgegen.

Castruccio Castracani neigte sich zum Handkuss nieder. »Ihr werdet mit jedem Tag schöner, Contessina, und die Lilie, die Ihr tragt, erhöht noch Eure makellose Schönheit. Da wird mir Tiziano zustimmen.«

Silvana glaubte ein Augenzwinkern gesehen zu haben. Sie erinnerte sich an den Vergleich mit dem tönernen Krug, an den man klopft, um seine Unversehrtheit zu prüfen. Gegen ihren Willen errötete sie.

Tiziano folgte dem Beispiel des Principe und verbeugte sich noch ein wenig tiefer als Castruccio Castracani. »Verzeiht mir, wenn ich Euch widerspreche. Viel eher als die Lilie würde doch zu diesen rosigen Wangen eine Rose passen, die allerdings auch Dornen aufweist.«

Wahrscheinlich hätte Silvana diese freche Bemerkung mit einer Unverschämtheit beantwortet, wenn nicht der Marchese und die Marchesa von Marlia erschienen wären und ein Diener gleichzeitig die Flügeltür zum Festsaal geöffnet hätte.

Man tafelte in kleiner Runde, und bald schon kam ein ungezwungenes Gespräch in Gang. Der Principe berichtete, dass man ihm in Rom viele Ehren erwiesen habe. Die Erhebung zu einem römischen Senator sei mit großem Pomp gefeiert worden, und man habe ihn gebeten, eine Toga aus Goldstoff anzulegen, auf die kundige Näherinnen auf die Vorderseite die Inschrift gestickt hätten: »Er ist es, den Gott will« und auf die Rückseite »Er wird es sein, den Gott wollen wird«.

Silvana dachte im Geheimen, dass diese Inschriften doch ein wenig übertrieben seien und dass ihr Vater sich solche Lobhudelei verbeten hätte. Aber der ruppige und unbeherrschte Burgherr von Nozzano war eben nicht so eine stets siegreiche Lichtgestalt wie Castruccio Castracani.

Sie vermied es nach Möglichkeit, Tiziano Bernardini anzuschauen, und erschrak, als er das Wort an sie richtete. »Würdet Ihr mir die Freude machen, Contessina, mich morgen auf einem Ausritt zu begleiten? Schon lange Zeit habe ich entbehren müssen, mit einer schönen Frau an meiner Seite zu reiten.«

Ehe Silvana bejahen oder verneinen konnte, hatte der Principe befehlsgewohnt schon eine Entscheidung getroffen. »Natürlich wird die Contessina deiner Bitte nachkommen. Heimkehrenden Kriegern schlägt man keinen höflich vorgebrachten Wunsch ab.«

Silvana sah deutlich, dass sich beide Männer anlächelten. Da auch der Marchese und die Marchesa dem Ausritt zustimmten, denn nach der überstandenen Krankheit könne die Bewegung im Freien der Gesundheit nur zuträglich sein, war der Ausritt beschlossene Sache.

Als sich auch noch Marietta an demselben Abend hoch befriedigt zeigte und meinte, diese Entwicklung käme doch dem ausgeklügelten Plan sehr entgegen, wusste Silvana, dass von jetzt an kein gütiges Geschick sie vor der gefürchteten Beichte retten würde.

Tiziano Bernardini hatte sich auf diesen Ausritt gefreut. Das hatte Silvana sogleich an seiner Miene erkannt, als sie sich am frühen Morgen im Stall trafen. Zu ihrer Erleichterung wählte er den Reitweg flussaufwärts in die Garfagnana. »Ich werde dir die unterirdischen Fluchtwege der Festung Coreglia Antelminelli zeigen. Das wird eine Tochter des Burgherrn von Nozzano mit Sicherheit interessieren.«

Erschrocken versetzte Silvana ihr Pferd in einen langsamen Schritt. Sie musste diese Besichtigung mit allen Mitteln verhindern. Denn später würde er ihr womöglich diesen Besuch als weiteren Spionagefall ankreiden. »An so einem schönen Tag wie heute will ich mich nicht gern in dunklen Gewölben aufhalten. Viel lieber möchte ich über die bunt blühenden Wiesen der Garfagnana reiten.«

Sie merkte sogleich, dass der Conte beleidigt war, weil sie seinen Vorschlag nicht angenommen hatte. Er fasste sie im Nacken und drehte sie zu sich um. »Muss ich denn eine Contessina wie einen jungen Hund behandeln, den man mit sanfter Gewalt auf den richtigen Weg bringt?«

Bei anderer Gelegenheit hätte sein Griff sie erregt. Aber in dieser Situation war an Zärtlichkeiten nicht zu denken. Dennoch war sie nachzugeben bereit. Denn erzürnen wollte sie den Conte unter keinen Umständen. Sie nahm sich jedoch vor, nicht einen einzigen Eindruck in ihrem Erinnerungsvermögen zu speichern.

Mit fast geschlossenen Augen stolperte sie hinter ihrem Führer durch die dunklen steinigen Gänge, die irgendwo vor einigen Stufen endeten, die nach oben führten. Tiziano hatte sie an den Händen gefasst und hinter sich hergezogen. »Diese Treppe führt bis zum Wehrturm, wo der Eingang kaum sichtbar ist. Anscheinend steckt dir deine Krankheit immer noch in den Knochen. Du wirkst müde, und darum will ich dir die vielen Stufen nicht zumuten.« Er drehte sich um und führte sie ins Freie zurück, wo Silvana die wärmenden Sonnenstrahlen freudig begrüßte.

Tiziano Bernardini betrachtete sie kopfschüttelnd. »Man sollte nicht meinen, dass du unter Soldaten zwischen grauen

Mauern aufgewachsen bist! Marchesa Donata hat es verstanden, aus dir ein empfindsames adeliges Fräulein zu machen.«

Über diese Bemerkung ärgerte sich Silvana. Du wirst schon hören, was sich hinter der weichen Schale versteckt, wenn ich erst meine Beichte abgelegt haben werde. Niemals hätte sie gewagt, diese Gedanken laut werden zu lassen.

Gegen Mittag erreichten sie die Wiese, an deren Rand sich die kleine Hütte befand. Silvana mochte kaum glauben, dass dies der Unterschlupf war, der ihnen vor dem Gewitter Schutz geboten hatte. Vergeblich suchte Silvana die Risse im Holz, durch die Wind und Regen Einlass gefunden hatten. Die Dachziegel leuchteten rot in der prallen Sonne, und die Tür saß fest in den Angeln. Auch der nahe Berg, unter den sich damals die Schutzhütte geduckt hatte, schien ihr weiter entfernt zu sein. War das überhaupt jene kleine Strohscheune, in der sie ihre erste Liebesnacht verlebt hatte? Jetzt aber gab es kein Zurück.

»Du hast Recht! Ich ermüde immer noch sehr schnell. Ist es dir recht, wenn wir hier eine Rast einlegen? Marietta hat aus der Küche Brot und Fleisch, sogar eine Flasche Wein kommen lassen. Dieser Proviant wird mich wieder zu Kräften kommen lassen.«

Tiziano meinte zwar, dass Castiglione nicht mehr weit sei und sicher bereite die Kastellanin ihnen ein gutes Mahl. Aber andererseits seien auch die Köstlichkeiten aus Marlia nicht zu verachten.

Sie setzten sich auf die hölzerne Bank vor der Hütte, und Silvana sorgte dafür, dass Tiziano reichlich zulangte und sich vor allem mehrmals aus der Flasche bediente. Die mittäglich heiße Sonne und der edle Wein aus den Kellern von Marlia machten sie müde. Silvana beobachtete besorgt, dass Tiziano einzunicken schien. »Die Wiese ist noch feucht. Wäre es nicht vernünftiger, wenn wir uns drinnen ein Strohlager bereiten?«

Tiziano war sofort einverstanden. »So wie damals? Muss ich etwa wieder um einen Platz an deiner Seite kämpfen?«

Silvana zog es vor, nicht zu antworten. Wortlos begann sie, sich ihrer Kleidung zu entledigen, und sie konnte beobachten, dass Tiziano sie zuerst verwundert, dann aber mit wachsender Begierde betrachtete. »Es ist hier unter den sonnendurchglühten Dachziegeln viel zu heiß. Du solltest es dir auch bequemer machen.«

Tiziano zögerte nur kurz, ehe er seine schwere Reitkleidung ablegte. Seine Müdigkeit war verschwunden, aber Silvana wollte es ihm nicht zu leicht machen. Sie rollte sich auf die Seite und wandte ihm den Rücken zu.

Er fasste ihr wieder in den Nacken, was sie diesmal erregte. Aber noch gelang es ihr, kühl zu bleiben und sich Tiziano vom Leibe zu halten. Über ihre abweisende Haltung schien er sich zu ärgern. »Warum verweigerst du dich mir? Hast du dich, während ich in Rom war, einem anderen hingegeben?«

Silvana erschrak. Ein solcher Verdacht durfte ihm gar nicht erst kommen. Zu schlimm war das, was sie ihm beichten musste. Mit einem kräftigen Schwung warf sie sich herum, drängte sich an ihn und biss ihn spielerisch in die Ohrläppchen. »Eigentlich müsste ich dir böse sein, dass du so etwas denken und sogar aussprechen kannst. Du warst der erste Mann, der mich besessen hat, und es wird niemals einen anderen geben.«

Tiziano zog sie eng an sich heran. »Beweise es!«

Längst hatte Silvana die Kontrolle über sich verloren. Vergessen waren Taktik und Strategie, die sie beim Vorspiel anwenden wollte, um Tiziano weich und versöhnlich zu stimmen. In all dieser Zeit, während der Romreise und schon lange vorher, hatte sie sich unbewusst nach ihm gesehnt. Aber warum hatte er sie verlassen, um sich in Rom als Günstling des Principe ehren zu lassen? Warum hatte er nicht ihre Nöte erkannt, obwohl er doch behauptete, sie zu lieben? Warum hatte er niemals bemerkt, dass sie sich in Gefahr befand? Warum nahm er von ihrem Körper Besitz und missachtete ihre Seele?

Silvana konnte nichts dagegen tun, dass plötzlich Tiziano Bernardini als Stellvertreter für alle anderen eintreten musste, die ihr jemals an Körper und Seele Schaden und Schmerz zugefügt hatten: für ihre Mutter, die sie verlassen hatte, für ihren Vater, der sie unter erbärmlichen Umständen fast wie eine Gefangene gehalten hatte, für Roberto di Ripafratta, der sie erpresst, misshandelt und in ein Bordell geschleppt hatte, für Matteo, der sie wie einen Jungen behandelt und geschlagen hatte, für den Stallmeister, der ihr das Dokument entwendet hatte, für den Pisaner, der sie fast totgeprügelt hatte, für die Streuner, deren Vergewaltigung sie nur durch einen grausamen Mord entkommen war, und für die Söldner, die sie verfolgt und ihr mit Sicherheit ein schreckliches Schicksal zugedacht hatten.

Sie sah nicht Tiziano, der sie zärtlich umfasst hielt, sondern wie durch die Verwünschung eines bösen Zauberers verwandelte sich seine Miene in immer neue Fratzen derer, die sie gequält hatten. Von diesem Augenblick an wusste sie nicht mehr, was sie tat. Mit einer Kraft, die sie nie zuvor an sich gespürt hatte, warf sie sich über seinen Körper, biss, kratzte und schlug ihn völlig entfesselt.

Tiziano Bernardini lachte anfangs und versuchte, ihre beiden Hände von sich fern zu halten. Aber Silvana befreite sich von seinem Griff, schlug ihm mitten ins Gesicht und fügte ihm die unerträglichsten Schmerzen bei, derer sie fähig war. Sie hätte ihn womöglich noch angespuckt, wenn nicht Tiziano endlich den Ernst ihrer Angriffe erkannt hätte. Er packte sie, warf sie unter sich und nahm sie zweimal hintereinander mit höchster Brutalität.

Silvana schrie laut auf bei seinen Misshandlungen, er aber zeigte sich ungerührt. Endlich, nachdem er von ihr abgelassen hatte und Silvana neben sich in das zerwühlte Stroh warf, kamen ihr die erlösenden Tränen, auf die sie seit ihren Kindertagen gewartet hatte. Sie schluchzte und weinte, bis sie seine tastende Hand spürte, die sie sanft streichelte. »Verzeih mir, dass ich dir Schmerzen zugefügt habe, obwohl ich dich seit langem liebe. Ich glaubte, eine völlig Fremde vor mir zu sehen. Was ist mit dir? Wer hat dich so verletzt, und welche Nöte drücken dich, dass du so außer dich geraten konntest?«

Dies war die Frage, auf die sie schon so lange gewartet hatte. Sie wandte sich ihm zu, während er nicht aufhörte, sie sanft und ohne alles Begehren zu streicheln.

Noch immer schluchzend schmiegte Silvana ihren Kopf in seine Armbeuge. »Du wirst mich nicht mehr lieben, wenn ich dir erzähle, was zu diesem Ausbruch geführt hat.«

Aber Tiziano küsste sie leicht auf die Stirn. »Vertrau mir!«

Obwohl Silvana ihren Verstand und ihr altes Misstrauen erwachen fühlte, begann sie leise und stockend, dann jedoch immer lauter und verzweifelter ihre Geschichte zu erzählen, gegen deren Ende ihr fast die Stimme versagt hätte. Jetzt wird er gleich voller Wut über mich herfallen. Außer dieser Befürchtung hatte sie für keinen anderen Gedanken Raum.

Nichts dergleichen geschah! Zwar hatte Tiziano mit dem tröstenden Streicheln aufgehört, aber er lag wort- und regungslos neben ihr. Auch Silvana verhielt sich still, und sie wäre bis zum nächsten Tag so starr liegen geblieben, wenn er nicht zu sprechen begonnen hätte.

»Es ist nicht an dir, um für das Vergebung zu erbitten, was du getan hast. Viel eher sollte ich die Schuld bei mir suchen. Denn ich hatte nicht die furchtbaren Schwierigkeiten erkannt, mit denen man dich belastet hatte. Deine harte Schale, die du dir notgedrungen zugelegt hattest, hielt ich für ein Zeichen des Hochmuts und der Arroganz.«

Silvana hielt es für notwendig, ihn zu unterbrechen. »Nein, auch ich trage ein gerütteltes Maß an Schuld. Sicher hätte es einen Ausweg gegeben, den ich nicht gesehen habe, weil ich an meine Unverletzlichkeit glaubte.«

Mit Erstaunen bemerkte sie, dass Tiziano unschlüssig schien, ob er die Unterhaltung fortsetzen solle. Als er zu sprechen begann, senkte er den Kopf, damit sie ihm nicht in die Augen sehen konnte. »Es hätte einen Ausweg gegeben. Meine große Schuld, die nur zu verzeihen ist, weil ich das Beste gewollt habe, ist eine Unterlassung. Schon seit langem weiß ich, dass deine Mutter aus Leichtsinn einem Minnesänger gefolgt ist.«

Silvana schrie laut auf. »Du hast von allem gewusst? Auch, dass sie als ehrlose Hure ein unwürdiges Dasein geführt hat?«

Tiziano hob seinen Kopf. »Roberto di Ripafratta hat dich belogen. Niemals hat sich deine Mutter so weit erniedrigt.«

»Aber er wies zum Beweis ihren Ring und auch ihre Ohrringe vor, die er ihr angeblich bei einer sexuellen Vereinigung entwendet hätte. Er lobte sogar an ihr die großartigen Eigenschaften einer Hure.«

»Das alles sind Lügen, mit denen er dich unter Druck setzen wollte. Es stimmt, dass der Minnesänger eines Nachts verschwand und deine Mutter zurückließ. Sie fühlte sich so gedemütigt, dass sie nicht wagte, nach Nozzano zurückzukehren. Bitterste Not zwang sie, ihren Schmuck zu verkaufen, und schon brachte sich Roberto di Ripafratta durch einen Mittelsmann in den Besitz dieser Pretiosen. Deine Mutter ahnte nicht, dass sie sich damit in die Hand des pisanischen Feindes gegeben hatte.«

Silvana hatte das Gefühl, sie müsse ersticken. Noch erfasste sie nicht das Ausmaß der ungeheuerlichen Mitteilung. »Bedeutet das etwa, dass alles, was sich aus der schändlichen Erpressung ergab, sinnlos und unnötig war?« Sie zitterte so sehr, dass Tiziano sie fest in den Arm nahm.

»So ist es. Zu keiner Zeit hat sich deine Mutter, außer ihrem Leichtsinn, der Schande und Ehrlosigkeit schuldig gemacht. Sie ist, wie man so sagt, an einem gebrochenen Herzen, in Wirklichkeit an einem heimtückischen Fieber gestorben.«

Silvana sah nachdenklich vor sich hin. »Dennoch hat sie die richtige Entscheidung getroffen, nicht nach Nozzano zurückzukehren. Mein Vater hätte ihr das Abenteuer mit dem Minnesänger niemals verziehen. Ich habe in Collodi Francescas Mutter gesehen, die von Kümmernissen schwer gezeichnet ist. Vielleicht hat sie ein ähnliches Schicksal erlitten wie meine Mutter.«

Aber Tiziano schüttelte den Kopf. »Ihr Los ist bei weitem schlimmer. Die Herrin von Collodi war eine leidenschaftliche Pflanzenliebhaberin. Als sie eines Tages mit ihrem kleinen Söhnchen im Park spazieren ging und mit dem Gärtner über eine seltene exotische Blume sprach, machte sich der Kleine von ihrer Hand los. Eben hatte sie noch sein Jauchzen beim Ballspiel gehört. Als seine Stimme verstummte, wandte sie sich um, konnte aber das Kind nirgends entdecken. Die gesamte Dienerschaft von Collodi beteiligte sich an der Suche, bis gegen Abend einer der Ritter den kleinen Erben im Burggraben in dem grünem Schlick ertrunken vorfand.«

Silvana schlug die Hände vor ihr Gesicht. »Wie schrecklich!«

»Die Folgen der Unachtsamkeit sind mit einfachen Worten kaum zu beschreiben. Von diesem Tage an hat der Burgherr niemals mehr ein Wort an seine Gemahlin gerichtet. Er hat sie von Tisch und Bett verbannt und auch Francesca verboten, jemals mit ihrer Mutter zu sprechen. Sogar die Dienerschaft ist angehalten, ihren Dienst stumm zu versehen.«

»Aber das ist wirklich gar zu grausam. Wenn ich daran denke, dass auch meine Mutter nach einer Rückkehr so behandelt worden wäre, muss ich beinahe für einen gnädigen Tod dankbar sein. Hat mein Vater erfahren, dass seine Gemahlin in der Fremde gestorben ist?«

Tiziano schüttelte den Kopf. »Ein Bote brachte Castruccio dic Nachricht vom Ableben der Contessa Luisa. Wir hielten es für besser, deinen Vater in dem Glauben zu lassen, sie sei in den Fluss gefallen.«

»Das war ein Fehler. Längst wohl hat er geahnt, vielmehr sogar gewusst, dass meine Mutter mit einem Minnesänger davongelaufen war. Die Folgen hatte ich lange Jahre zu tragen. Wenn ich auch froh bin, dass meine Mutter nicht bei fahrendem Volk zur Hure wurde, trifft es mich doch wie ein Lanzenstich, dass durch meine Leichtgläubigkeit diese Erpressung möglich war, die mich in so entsetzliche Sorgen und Kümmernisse gestürzt hat. Ich habe die Lügen für bare Münze genommen, als der Pisaner den Schmuck vorzeigen konnte.«

Tiziano reichte ihr die Hand und zog sie hoch. »Wir müssen diese schrecklichen Ereignisse zu vergessen suchen. Ich fühle mich nicht minder schuldig als du. Was hätte ich dir ersparen können, wenn ich schon früher mit dir über deine Mutter gesprochen hätte! Aber auch du hättest dich längst mir anvertrauen müssen.«

Silvana schüttelte den Kopf. »Du hättest mir nicht geglaubt. Immer hast du dein Misstrauen gezeigt.«

Ein Nicken bestätigte ihre Befürchtung. »Bei alledem bin ich jedoch froh, dass dein Selbstbewusstsein dich alle diese Gefahren einigermaßen unbeschadet überstehen ließ. Aber jetzt dürfen wir nicht länger zögern, denn es gilt, alle Festungskommandanten zu warnen, deren Burgen mit ihren geheimen Zugängen in dem gestohlenen Dokument genannt sind.«

Unsicher sah Silvana ihm in die Augen. »Was hast du vor? Nimmst du mich mit, oder lässt du mich in der Ungewissheit hier allein?«

Er legte seinen Arm um ihre Schultern und führte sie hinaus auf die Wiese, auf der die Pferde noch immer am langen Zügel grasten. »Vertrau mir doch diesmal! Nicht weit von hier liegt die Festung Castiglione, deren Wehrturm von hier aus mit bloßem Auge erkennbar ist. Dorthin werde ich dich bringen, wo du bei dem Kastellan und seiner Frau in guter Obhut sein wirst.«

Erlösende Befreiung

Als die beiden vor der Zugbrücke erschienen, wurde das schwere Eingangstor ohne Verzug geöffnet. Anscheinend hatte man sie schon von weitem erkannt. Die Kastellanin eilte herbei und schloss Silvana in ihre Arme. »Willkommen in Castiglione! Aber was muss ich da erblicken? Ihr seht verweint aus.«

Der Conte ließ den beiden Frauen keine Zeit für eine lange Begrüßung. Er winkte dem Kastellan, er möge ihm in das untere Turmgemach folgen. »Ich muss mich kurz fassen. Denn ich habe wichtige Botschaften für alle Festungskommandanten der Lucchesia. Durch einen unglückseligen Umstand hat man der Contessina ein Dokument entwendet, in dem Ein- und Ausgänge, Munitionsarsenale und Waffenmagazine verzeichnet sind. Für den Feind wäre die Erstürmung der Burgen jetzt ein Leichtes. Mein sofortiger Aufbruch ist für uns alle lebensnotwendig. Nehmt die Contessina in Eure Obhut! Ihr haftet dafür, dass sie sich nicht von hier entfernt.«

Sein Aufbruch erfolgte überstürzt. Es war wichtig, daran bestand kein Zweifel. Aber was hatte er mit der letzten Bemerkung gemeint? Zu gern wäre sie jetzt heimwärts nach Marlia geritten.

Wie Silvana bald erfahren sollte, legte der Kastellan den Befehl des Conte auf seine Weise aus. Mit groben Worten scheuchte er seine Frau aus dem Raum und ergriff nicht minder grob Silvana an beiden Handgelenken, die er ihr schmerzhaft auf den Rücken drehte, ohne auf ihr Stöhnen zu achten. »Euch Weibern kann man nicht trauen. Ich werde Euch in sicheren Gewahrsam nehmen.«

Gewaltsam schob er Silvana vor sich her. Auf ihre bange Frage »Wohin bringt Ihr mich?« erhielt sie keine Antwort. Er nahm von seinem rasselnden Schlüsselbund einen großen eisernen Schlüssel und öffnete eine kleine eiserne Tür. Silvana musste sich bücken, um hindurchtreten zu können. Vor ihr dehnte sich eine steile Treppe, deren brüchige Stufen in undurchdringlichem Dunkel endeten.

Rücksichtslos zerrte er Silvana trotz ihrer heftigen Gegenwehr die Treppe herab. Ein schmaler, fensterloser, feuchter Raum empfing sie. »Seid froh, dass ich Euch nicht in jenes Kellerloch herabgelassen habe, das nur von oben durch eine Falltür zu erreichen ist. Je mehr Ihr Euch wehrt, umso schmerzhafter wird das, wozu ich jetzt gezwungen bin, wenn ich sicher sein will, dass Ihr nicht die Flucht ergreift.«

Er nahm zwei kurze Ketten von einem Haken, der in die Mauer eingelassen war, schlang sie dem entsetzten Mädchen um die Handgelenke und befestigte sie an einem eisernen Ring. Erst als ein Schloss mit lautem Knacken einrastete, wusste Silvana, was ihr geschehen war. Sie war in einem unterirdischen Verlies gefangen.

Die kurzen Ketten gestatteten ihr nur ein Hocken an der feuchten Mauer. Trotz dieser Haltung übermannte sie ein gnädiger Schlaf. Denn noch tröstete sie sich mit dem Gedanken, dass Tiziano bald zurückkehren und sie befreien würde.

Als sie erwachte, war ihr jegliches Zeitgefühl verloren gegangen. Verbrachte sie Stunden oder schon Tage in diesem Verlies, in dem zu ihrem Schrecken Ratten ihre einzigen Mitbewohner waren? Als sie ein leises Kratzen an der Eisentür vernahm, glaubte sie zunächst an ein Tier und erhob sich mühevoll mit steifen Gelenken zum Stehen.

Aber gleich darauf durchfuhr sie ein heißes Glücksgefühl. In der Dunkelheit erschienen die Umrisse einer weiblichen Gestalt. Vor ihr stand die Kastellanin Maria Grazia. Vielleicht hatte sie sich des Schlüssels bemächtigt und würde sie jetzt befreien.

Maria Grazia flüsterte so leise, dass sie ihre Worte kaum verstehen konnte. »Ihr seid schon zwei Tage hier in Gefangenschaft, und gestern habe ich versucht, Euch Wein und frisch gebackenes Brot zu bringen, um Eure Pein zu lindern. Sogar den Schlüssel für die Ketten hatte ich schon greifbar vor Augen. Aber mein Mann, den ich zur Beobachtung auf dem Wehrturm wähnte, hat mich überrascht.«

Silvana dachte weniger an die misslungene Befreiung als vielmehr daran, welche Strafe Maria Grazia für ihre Eigenmächtigkeit erdulden musste. »Da Ihr heute einen neuen Vorstoß gewagt habt, nehme ich an, dass Euer Mann Milde walten ließ.«

Die Kastellanin lachte laut, hielt sich aber gleich darauf den Mund zu, weil das Gelächter in dem Keller von allen Wänden widerhallte. »Da kennt Ihr ihn schlecht. Er hat mir die Peitsche zu schmecken gegeben und fürchterliche Drohungen ausgestoßen, falls ich Euch jemals noch einmal Eure Gefangenschaft erleichtern würde. Er behauptet, Ihr wäret eine Verräterin, die kein besseres Los verdiene.«

Silvana schwieg, und Maria Grazia schob dieses Stillschweigen auf die Erschöpfung der Gefangenen. »Ihr müsst sofort das Brot zu Euch nehmen und den Krug austrinken, damit keine Spuren zurückbleiben. Nicht einmal heilende Kräuter kann ich auf Eure zerschundenen Handgelenke legen, da sonst mein Mann meinen Besuch bemerken würde. Beeilt Euch! Ich muss zurück!«

Eine weitere lange Nacht verstrich. Als sich am nächsten Tag wieder die Tür des Verlieses öffnete, zeigte sich der Kastellan. Silvana nahm mit Erleichterung zur Kenntnis, dass er keine Peitsche bei sich trug. Er würde wohl kaum wagen, eine Contessina so zu behandeln wie seine Frau. »Wir müssen langsam darüber nachdenken, was ich mit Euch machen werde, falls der Conte nicht zurückkehrt, vielleicht freiwillig, vielleicht auch unfreiwillig, weil er in einen Hinterhalt geraten ist und gar nicht mehr lebt.«

Diese Worte trafen Silvana härter, als es alle Schläge gewesen wären. Zum ersten Mal zweifelte sie daran, dass Tiziano wiederkehren würde, und sie geriet in Panik, die sie hinter Entschlossenheit versteckte. »Lasst mich frei. Ich werde unverzüglich nach Marlia zurückreiten.«

Der Kastellan griff nach ihr, und Silvana wandte sich ab, damit er nur ja nicht den Weingeruch bemerkte. »Davon kann keine Rede sein. Ehe ich Euch gehen lasse, hätte ich noch eine andere Verwendung für Euch.« Aber offensichtlich wagte er noch nicht, sich an ihr zu vergreifen. Mit unflätigen Flüchen verließ er den Kellerraum.

Maria Grazia ließ sich nicht mehr sehen. Silvana dachte daran, was der Kastellan ihr angetan haben könnte, falls er sie abermals erwischt hatte. Hatten der Lärm und die lauten Männerstimmen, die jetzt gedämpft zu ihr drangen, etwas damit zu tun? Angespannt horchte sie und erkannte unzweifelhaft Schritte auf der Treppe, die zu ihrem Verlies führte. Wollte der Kastellan sie holen und einer entehrenden Bestrafung unterwerfen, die man Verrätern zugedacht hatte? Sie hatte davon gehört, dass man Verräter von einer Brücke stürzte oder sogar im Sumpf versenkte, war aber zu erschöpft, um Angst und Verzweiflung zuzulassen.

Als jetzt die Tür mit einem heftigen Stoß aufgeworfen wurde, hatte sie ihre Fassung nicht verloren, sondern blieb aufrecht stehen. In der Dunkelheit näherte sich ihr ein Mann, den sie unter Tausenden wiedererkannt hätte.

Es war Tiziano Bernardini, der jetzt mit einem Sprung neben ihr stand. Er riss dem Kastellan den Kettenschlüssel so heftig vom Taillenbund, dass dessen Hose in Fetzen herunterhing. Zitternd, wohl aus unterdrückter Wut, schloss er die Ketten auf, schwang sie über seinen Kopf und schlug sie dem Kastellan mitten ins Gesicht, das sogleich an mehreren Stellen blutend aufplatzte. »Wie konntet Ihr es nur wagen, die Contessina einer solch quälenden Behandlung zu unterwerfen? Ich hätte gute Lust, Euch hier an dieser Stelle anzuketten und Euch verschmachten zu lassen.«

Der Kastellan gab nur ein Winseln von sich. »Aber, aber Herr! Ihr hattet mir doch befohlen, die Contessina sorgsam zu bewachen. Ich wusste nicht, dass Ihr das anders gemeint hattet.«

Der Conte schlug noch einmal mit der Kette zu, so dass der Kastellan zu Boden stürzte und dort wie leblos liegen blieb. »Widerlicher *Cretino,* du hattest mich sehr gut verstanden und nur deinen Sadismus an der Contessina ausgelassen, weil du dich in deinem Vertrauen getäuscht fühltest. Ich werde dich ablösen lassen. Zu einem Kastellan taugst du nicht.«

Die letzten Worte konnte der Kastellan nicht mehr gehört haben, weil er ohnmächtig geworden war.

Tiziano umarmte Silvana, führte sie die Treppen hinauf und befahl der Kastellanin, ein kräftigendes Mahl zu richten.

Erst gegen Abend befand er Silvana für genügend erholt, um den Heimritt wagen zu können. Silvana ergriff die Zügel und rieb ihre schmerzenden Gelenke. »Wo bliebst du nur so lange?«

Tiziano Bernardini sah sie ernsthaft an. »Nun ja, du hast mir, indem du dir das Dokument stehlen ließest, eine aufwändige Arbeit hinterlassen. Es dauerte lange, bis ich alle Festungskommandanten über die drohende Gefahr unterrichtet hatte. Danach, weil ich dich in guter Obhut vermutete, habe ich mir erlaubt, bei deinem Vater in Nozzano, aber auch bei dem Marchese von Marlia, um deine Hand anzuhalten.«

Silvana fühlte sich beschämt. »Du willst wirklich eine Verräterin wie mich ehelichen?«

Jetzt lächelte Tiziano. »Aber gerade deswegen. Denn ich muss dich und uns doch vor weiteren Eskapaden schützen. Aber ehe es dunkelt, müssen wir Marlia erreicht haben, wo man sich vielleicht schon Sorgen um uns macht.«

Aber Silvana wollte noch eine Frage loswerden, die sie beschwerte. »Wissen die anderen etwas von all dem, was ich verbrochen habe?«

Tiziano tat recht geheimnisvoll, um sie ein wenig auf die Folter zu spannen. Aber ihre Ängste rührten ihn. »Kein Mensch hat etwas erfahren, und so werden wir es auch in Zukunft halten. Wir beide haben jedoch noch etwas zu besprechen und werden nach der Abendmahlzeit ein wenig im Park spazieren gehen. Sieh mich nicht so furchtsam an! Wir müssen etwas zu Ende bringen, damit von jetzt ab keine Bedrohung mehr unser gemeinsames Leben belastet.«

Marchesa Donata lief ihrer Nichte mit ausgebreiteten Armen entgegen. »Ich freue mich so sehr, dass ihr beide nun endlich zusammengefunden habt, denn ich glaubte schon, dass du, da es dir doch immer noch an Erziehung mangelt, niemals einen passenden Ehemann finden würdest.«

Sichtbar ärgerte sich der Marchese einmal wieder über die Worte seiner Gemahlin. »Silvana ist das prächtigste Mädchen der gesamten Lucchesia. Tiziano Bernardini darf sich glücklich schätzen, dass die beste Falknerin und geübteste Reiterin unserer lucchesischen Gesellschaft zu einer Heirat bereit ist. Dino Monteggiori wird sehr stolz auf seine Tochter sein.«

Die Marchesa schürzte verächtlich die Lippen. »Ach, mein Bruder …« Sie ließ den angefangenen Satz unvollendet.

Vielleicht hätte diese Kontroverse zwischen den Ehegatten zu einer unerquicklichen Auseinandersetzung geführt, wenn nicht ein Diener die Flügeltüren geöffnet und zum Festmahl gebeten hätte.

Der Koch, seit dem Gespräch mit Silvana ein untertäniger Verehrer der Contessina, hatte sich besondere Mühe gegeben, und Silvana genoss nach dem Aufenthalt in Castiglione so sehr die Köstlichkeiten, dass sie mit voll gestopftem Mund bei Tisch saß. Die Marchesa beobachtete stirnrunzelnd diese mangelhaften Tischsitten und stimmte emphatisch dem Conte zu, der grinsend bemerkte, dass die Contessina in einer Art esse, als ob sie mehrere Tage in einem Verlies eingesperrt gewesen sei.

Silvana hätte ihrem Verlobten gerne unter dem Tisch einen Tritt versetzt, aber sie konnte ihn nicht erreichen. Wenigstens ließ Tiziano ihr noch genügend Zeit, um der kunstvoll garnierten Nachspeise in überreichlichem Maße zuzusprechen, bevor er sich erhob. »Ich bitte um Vergebung, wenn ich für den heutigen Abend um die Gesellschaft der Contessina bitte.«

Marchesa Donata nickte verständnisvoll und gab sich beinahe verschwörerisch. »Aber natürlich, mein lieber Conte. Für ein Brautpaar gibt es Wichtigeres zu bereden als eine, wenn auch noch so exzellente, Speisefolge.« Sie lächelte erst Tiziano, dann Silvana an, die eine solche Bemerkung als durchaus unpassend empfand.

Im Park war es schon dunkel, und Tiziano fasste Silvana an der Hand und strebte der Bank am Schwanenteich zu, die das Licht der Fackeln nicht erreichte. Silvana glaubte, er habe diesen finsteren Ort unter den Zweigen des alten Baumriesen gewählt, weil sie dort Zärtlichkeiten austauschen konnten, ohne entdeckt zu werden. »Und, was nun?«

Zu ihrer Enttäuschung unterblieb der Beginn eines Vorspiels. Stattdessen rückte Tiziano ein Stück von ihr weg. »Silvana, du musst dich noch einmal als Soldatenmädchen und tapfere Tochter des Burgherrn von Nozzano bewähren.«

Was sollte diese Einleitung? Die vorsichtige Formulierung gefiel ihr gar nicht. Darum schwieg sie, was Tiziano offenbar als Zustimmung auffasste.

»Wenn wir uns nicht endgültig des schändlichen Pisaners Roberto di Ripafratta entledigen, wirst du dich niemals frei in der Lucchesia bewegen können, sondern immer in der Furcht vor einem Überfall leben müssen.«

Silvana zog es vor zu schweigen, weil sie den Sinn seiner Worte nicht enträtseln konnte.

»Ich habe nun folgenden Plan entworfen und hoffe auf deine Zustimmung. Du lässt Roberto di Ripafratta durch einen Boten die Nachricht zukommen, du habest dich entschlossen, seinen Forderungen nachzukommen, um die Ehre deiner Familie zu retten. Er darf nicht merken, dass du seine Lügen durchschaut hast. Als Treffpunkt schlägst du die Festung Tereglio vor, die weit genug von Lucca entfernt ist, so dass er keinen Hinterhalt zu fürchten hat. Vom Wehrturm der Burg Coreglia lässt sich jedoch der Anmarsch der Pisaner gut beobachten. Deine Aufgabe ist es, dem Feind glaubwürdige Auskünfte über Tereglio zu erteilen. Sobald du dich anschickst, eine genaue Lagebeschreibung der geheimen Zugänge dieser Festung zu überreichen, werde ich mit meiner Reitertruppe eingreifen und als Ersten Roberto di Ripafratta töten. Die übrigen werden, sobald ihr Anführer gefallen ist, die Flucht ergreifen. Nun, was sagst du dazu?«

Silvana rückte bis zum äußersten Ende der Bank. »Dieser Plan gefällt mir überhaupt nicht. Es besteht durchaus die Möglichkeit, dass ich diejenige bin, die den Tod zu erwarten hat, sobald sich nämlich Roberto im Besitz der Lagebeschreibung wähnt. Es besteht durchaus die Möglichkeit, dass euer Eingreifen zu spät kommt.«

Tiziano Bernardini sprang auf und wanderte erregt vor der Bank auf und ab. »Ist das wirklich mein tapferes Soldatenmädchen und die Tochter des berühmten Kriegsherrn Dino Monteggiori? In wie vielen Gefahren hast du dich schon befunden und alle in bewundernswerter Weise durchgestanden! Seit wann fürchtest du um dein Leben? Unserer Liebe steht auf tönernen Füßen, wenn du dir nicht sicher bist, dass ich dich gegen jeden Angriff schützen und eher mein Leben als das deine opfern werde.«

Silvana hegte einige Zweifel über die Zuverlässigkeit des Plans, wollte aber Tiziano nicht enttäuschen. »Also gut! Ich bin einverstanden!« Eine innige Umarmung ihres Geliebten entschädigte sie für ihre Befürchtungen.

Tiziano hatte es übernommen, durch einen zuverlässigen Boten dem Pisaner eine Nachricht zukommen zu lassen, die Contessina Monteggiori habe nach dem letzten Treffen erkannt, dass es besser für sie sei, seinen Forderungen nachzukommen. Sie erwarte ihn mit wichtigen Neuigkeiten unterhalb der Burg Tereglio.

Am angegebenen Termin ließ er Silvana allein zu dieser Festung reiten, denn es könne doch sein, dass Roberto di Ripafratta sie beobachten lasse, ob sie auch ohne Begleitung käme. Diese Ausführung des Plans gefiel Silvana in keiner Weise. Um ein Mindestmaß an Sicherheit zu besitzen, ritt Silvana in aller Frühe los und legte sich oberhalb des Treffpunkts im Dickicht des Burghügels auf die Lauer.

Der Morgen war kühl und neblig, und sie bedauerte, nicht eine wärmende Decke mitgenommen zu haben. Maestoso wollte sie nicht ohne Satteldecke zurücklassen, da sie bei dem unwirtlichen Wetter eine Kolik des Pferdes befürchtete. Sie dachte nicht daran, dass sie sich selbst eine Erkältung zuziehen und durch Husten verraten könnte. Die Stunden verrannen nur sehr langsam, und sie wusste nicht, wie sie sich die Zeit vertreiben sollte. Dennoch ließ sie, da sie immer wieder an den Überfall bei Collodi denken musste, nicht in ihrer Aufmerksamkeit nach und wehrte sich gegen eine immer stärker werdende Schläfrigkeit.

Gerade als ihr die Augen zuzufallen drohten, hörte sie eine Stimme, die sie nur zu gut kannte. »Wir sind früh genug, um uns am Waldrand in Deckung zu bringen. Dort bleibst du, und ich trete hervor, sobald das Mädchen eintrifft.«

»Sollten wir sie nicht vielleicht schon vorher abfangen?«

»Nein. Denn sie ist schlau genug, ihre Auskünfte für sich zu behalten, ehe sie sich nicht sicher fühlen kann, dass wir allein gekommen sind. Unsere Begleittruppe befindet sich gut versteckt auf der Rückseite des Hügels im *Bosco*.«

»Ich bin immer noch dafür, dass wir sie mit Schlägen gefügig machen.«

»Du hast doch in Collodi erlebt, dass sie sich eher totschlagen lässt, als zur Verräterin zu werden. Wir werden sehr freundlich zu ihr sein, da sie sich, wie ich der Botschaft entnommen habe, inzwischen zu einem Nachgeben entschlossen hat. Die Schläge in Collodi haben wohl gefruchtet.«

»Wie du meinst, Roberto. Aber sobald wir im Besitz einer wertvollen Mitteilung sind, ergreife ich sie und reiße sie zu mir aufs Pferd. Ich werde sie sogar eigenhändig im Wald verscharren.«

Roberto di Ripafratta trug noch eine Forderung vor: »Aber nicht, bevor ich es ihr so gegeben habe, dass sie sich geradezu nach der *Via del Fosso* sehnt.«

Silvana war nahe daran, in der Burg Tereglio um Aufnahme zu bitten. Aber sie fürchtete, dass man sie dort so schell nicht einlassen und sie von den Pisanern ergriffen würde, bevor das Tor sich öffnete. Es gab kein Zurück.

Langsam kletterte sie über rollendes Gestein den Abhang hinunter, und zwar so laut, man ihr Kommen bemerken musste. Sie trat in die Mitte des Platzes und schaute sich nach allen Seiten um. Roberto di Ripafratta erschien am Waldrand und kam ihr entgegen. »Nun, welche Botschaften bringst du mir?«

Silvana hatte alle Furcht abgelegt. Falls Tiziano ihr nicht zu Hilfe eilen sollte und sie mit seinen Versprechungen getäuscht hätte, würde sich ein Leben für sie ohnehin nicht mehr lohnen. Sie entfaltete ein Papier, auf dem sie schwer entzifferbare Angaben notiert hatte. Der Pisaner drehte sich um und gab einen durchdringenden Pfiff von sich, worauf sein Begleiter zu Pferd aus dem Dickicht stürmte.

Von da ab überstürzten sich die Ereignisse. Silvana hob ihr Bein und stieß Roberto das Knie in den Unterleib. Sie musste wohl gut getroffen haben, denn er schrie wütend auf und krümmte sich zusammen. Sein Begleiter kam ihr bedrohlich nahe. Aber in dem Augenblick, als er zupacken wollte, erhob sich ein Toben und Tosen. Aus dem Wald brachen schwer bewaffnete Reiter hervor, die Silvana sofort an ihren Wimpeln als lucchesische Ritter erkannte. Ehe sie noch einen Jubelruf ausstoßen konnte, hatten jedoch beinahe gleichzeitig die pisanischen Truppen den Hügel umrundet und stürzten sich mit Lanzen und Schwertern auf ihre Feinde.

Jemand kam herangesprengt und riss sie zu sich auf den Sattel. Sie wehrte sich mit allen Kräften und gab sich schon verloren, bis sie spürte, dass der Reiter sie in keiner Weise feindselig umfasste. Es war Tiziano Bernardini, der jetzt im Galopp mit ihr den Hügel emporstürmte und sie oben mehr oder weniger vorsichtig in das Gras fallen ließ. »Warte hier oben, bis ich dich hole!«

Silvana fühlte sich wie benommen. Sie schämte sich, dass sie das Kampfgetümmel nur durch einen Tränenschleier beobachten konnte. Freund und Feind waren kaum zu unterscheiden. Der Klang der aufeinander prallenden Schwerter war bis auf die Bergkuppe zu hören. Früher einmal hatte sie dieses martialische Geräusch sehr geliebt. Aber wie hässlich hörte sich dieser Klang gegenüber dem Tönen eines *Tamburello* an.

Gleich danach empfand sie beschämt ihre Gedanken als ungerecht. Alle waren gekommen, um ihr beizustehen. Sie erkannte Castruccio Castracani, der sein Schwert immer wieder durch die Luft wirbelte und mit jedem Streich einen Feind niederstreckte. Viele der Adeligen, von denen sie jetzt die meisten kannte, kämpften an seiner Seite. Gerührt sah sie, dass allen voran der Falknerjunge Stefano schritt und ohne Unterlass die Trommel schlug. Sogar Matteo hatte es sich nicht nehmen lassen, der Contessina zu Hilfe zu eilen. Wenn er sich auch in der hintersten Reihe aufhielt, handhabte er die Lanze mit großer Geschicklichkeit. Als sie dann noch mitten im Kampfgetümmel ihren Vater erkannte, wäre sie beinahe den Hügel abwärts auf den Kampfplatz geeilt. Sie hätte nie geglaubt, dass er sogar unbedenklich sein Leben für sie einsetzen würde. Er liebte sie, dessen war sie sich jetzt sicher.

Inzwischen hatte sich auch die Besatzung der Festung Tereglio den lucchesischen Kämpfern angeschlossen und war mit ihren Waffen eine willkommene Hilfe. Aber wo war Tiziano Bernardini? Silvana entdeckte ihn erst nach einer Weile, weil er unaufhaltsam eine Bresche in die Reihe der Feinde hieb, um bis zu Roberto di Ripafratta vorzudringen, der seine Leute lautstark anfeuerte. Silvana hatte für einen Augenblick die Augen geschlossen, und als sie wagte, von neuem das Gemetzel zu verfolgen, erkannte sie voller Schrecken, dass sich Tiziano und Roberto gegenüberstanden. Ihr kam es so vor, als ob alle anderen Kämpfer zurückgetreten wären, um diesen beiden Raum zu geben. Ein solcher Kampf hatte mit dem Ritterspiel, das sie noch vor kurzem in Lucca gesehen hatte, nichts zu tun. Mit ungeheurer Kraft und Wildheit ließen die erbitterten Kämpfer ihre Schwerter kreisen. Silvana erkannte ihre Absicht, dem Gegner das Schwert aus der Hand zu schlagen, da die Rüstungen sich als undurchdringlich erwiesen. Aber plötzlich griff Tiziano zur Lanze, entließ sie mit einem Surren aus der Hand, und die Spitze drang genau an der Stelle ein, wo sich der Hals dem Angreifer ungeschützt als Ziel darbot.

Ein entsetzter Aufschrei ging durch die Reihen der Pisaner, als sie miterleben mussten, dass ihr Anführer blutend aus dem Sattel sank. Silvana hatte noch nie erlebt, was nun folgte. Die feindlichen Reiter rissen ihre Pferde herum und flohen ohne zurückzublicken dem Wald zu, wo sie versuchten, sich in Sicherheit zu bringen oder den Rückweg zu finden. Schon setzten die Luccheser zur Verfolgung an, als Castruccio Castracani mit einem Hornsignal das Ende des Kampfes befahl.

Der Principe und Tiziano Bernardini erklommen den Hügel und langten gemeinsam bei Silvana an. Castruccio Castracani betrachtete sie ernsthaft. »Euch beide, meinen Freund Tiziano und die tapfere Tochter des Conte Monteggiori, erwarte ich heute Abend in meinem Haus. Ich fürchte, dass ich mit euch ohne Gnade umspringen muss.«

Silvana wandte sich ängstlich an Tiziano. »Hast du mich entgegen deines Versprechens verraten?«

Er nahm sie tröstend in den Arm. »Du hast doch gehört, dass er von uns beiden gesprochen hat. Er meint also nicht dich allein.«

Silvana fühlte sich sehr beklommen, als sie sich in einer Kutsche dem Haus des Principe näherten. Sie hatte sich nach der Schlacht liebevoll von ihrem Vater verabschiedet und hätte sich glücklich gefühlt, wenn da nicht die bevorstehende Aussprache mit Castruccio gewesen wäre.

Nach ihrer Ankunft wurden sie sogleich in die Empfangshalle geführt, wo sich der Principe aus einem Sessel erhob. Zu Silvanas Beruhigung lächelte er. »Habt ihr beiden Streithähne nun endlich Frieden geschlossen? Alle Edlen von Lucca und Nozzano mussten ausrücken, um euch beizustehen. Damit so etwas in Zukunft nicht mehr vorkommt, werde ich ein Machtwort sprechen. Innerhalb einer Woche will ich euch vor dem Traualtar sehen, und ich werde euch den Vorzug einräumen, in unserem Dom San Martino vor dem eingemeißelten Labyrinth des Kreters Dädalus euren Segen zu empfangen. Dieses Relief soll euch immer an jenen roten Faden der Ariadne erinnern, die aus Liebe dem tapferen Theseus half, den Irrgarten verlassen zu können. Solltet ihr euch aber meinem Befehl widersetzen, werde ich euch auf engem Raum gemeinsam einsperren, bis ihr anderen Sinnes geworden seid.«

Er winkte den beiden, dass die Unterhaltung beendet sei. Aber als Silvana schon beinahe den Raum verlassen hatte, holte er sie mit herrischer Gebärde zurück und drückte ihr einen zusammengefalteten Bogen Papier in die Hand. Silvana erschrak zutiefst, als sie das gestohlene Dokument erkannte.

Der Principe gab ihr einen leichten Backenstreich. »Dieser Servino war allzu großsprecherisch, als er im Lager von diesem Dokument erzählte. Sehr schnell hatte sich nämlich unter den Söldnern ein Verräter gefunden, der mir in der Hoffnung auf Belohnung das wichtige Dokument übergab. Wir haben diesem Servino die Wahl gelassen, sich bei Robert von Neapel, weit weg von hier, zu verdingen oder in Lucca vor Gericht gestellt zu werden. Er hat natürlich den ersten Vorschlag angenommen. Ihr aber legt das Papier wieder dorthin, von wo Ihr es genommen habt! Ab jetzt erweist Euch jedoch als würdige Einwohnerin der Lucchesia!«

Silvana wollte stotternd erklären, dass sie nie und nimmer die Stadt Lucca an die Feinde verraten hätte. Aber Castruccio Castracani zupfte ein wenig an ihren Ohrläppchen. »Ich glaube dir. Im Übrigen wird Tiziano Bernardini schon dafür sorgen, dass du niemals mehr in Versuchung geführt wirst, jedenfalls nicht in eine solche.«

Tiziano wirkte befreit und unternehmungslustig. »Was hältst du von einem Ausflug ins Mohnfeld?«

»Gar nichts. Ich fühle mich sehr erschöpft.«

Aber er dachte nicht daran, sich von seiner Idee abbringen zu lassen. »Dem kann abgeholfen werden.«

»Du solltest mir lieber die Antwort auf eine Frage geben, die mich schon lange beschäftigt. Warum hast du damals auf dem Forum zur obersten Spitze der Hauptfassade von San Michele gewiesen, wo der heilige Michael von zwei Engeln flankiert wird?«

Tiziano schien diese Frage viel Vergnügen zu bereiten. »Denke nach! Hast du etwa gemeint, ich wolle uns mit dem Drachentöter Michael oder den Engeln vergleichen? Weit gefehlt! Ich habe die untere Galerie mit dem so genannten Bestiarium gemeint. Dort tummeln sich nämlich auf den Kapitellen aus Marmor allerlei einheimische und exotische Fantasietiere. Du hast mich damals an ein ungebärdiges kleines Wildschwein erinnert.«

Silvana wandte sich empört ab. »Manchmal beißen diese Tiere auch, jedenfalls wenn sie nicht aus Marmor sind.«

»Beweise es!«

Aber Silvana stand nicht der Sinn nach einem Liebeskampf. Ihre Gedanken waren auf etwas anderes gerichtet. Noch ehe die Mohnblüten auf ihren hohen Stängeln in Schwingung gerieten und langsam auf sie herabschwebten, nahm sie sich vor, frühzeitig an demselben Abend ein Dankgebet gen Himmel zu schicken. Vielleicht könnte sie ja auch in dem Psalter eine Strophe finden, die weniger martialisch klang als jene, mit der sie um Vernichtung ihrer Feinde gebeten hatte.